U0869613

旷世奇缘

章云天——著

作家出版社

向你们致敬：

为了中华民族大团结拼搏奋斗，

甚至献出生命的英烈！

说在前面的话

上世纪的一九六六年和一九九六年，在河北省境内，曾发生过两件轰动一时的新闻。一是一九六六年，邢台地区发生了大地震，西藏兄弟们精心挑选捐献了二百多匹好马，经过千辛万苦送到灾区支援春耕生产。二是一九九六年，西藏日喀则以及阿里地区遭受了百年不遇的雪灾，邢台市发动群众，捐献了七八十台小拖拉机，顶风冒雪开到了灾区。六六年发生的藏马援邢事件，还惊动了国家最高层。尊敬的周恩来总理，曾经专门为此做出过指示。

随着岁月的流逝，再大的事件也淹没在了历史的尘埃之中。我觉得有必要拂去档案馆文件柜里封册上的浮灰，让此两件事重见天光，使其精神继续发扬光大，永远照耀着中华各民族，才用了多半年的时光整理出来这部作品。

早在上世纪的一九七五年，我在无极县郭庄公社下乡，就听一位朋友讲过藏马援邢之事。他当时在郭庄中学念书，一天上街看到有十多位藏族男女都喝多了，在大街上又跳又唱，招来许多乡亲围观。他问了问情况，才知道他们是为邢台灾区送马的，来郭庄是为了看望“平叛”英雄郭小四的父母的。因被村子里招待时喝多了，一个个才情不自禁放浪形骸。

一九九六年我已经调入石家庄工作，对邢拖支藏的事情了解得比较多，当时就有想法把这两件事用小说的形式写出来，但苦于对西藏文化不怎么了解，就迟迟没敢下笔。

也是，藏族文化博大精深，除非是生于斯长于斯，否则很难把握好分寸。这些年，我虽然去过西藏，也只是走马观花；参观过北京的西藏文化博物馆，也是不甚了了。但是，这两件事如鲠在喉，时时有不吐不快的感觉。我这才反复阅读了获茅盾文学奖的长篇小说《尘埃落定》，并根据自己的创作习惯，在写作过程中尽量“藏化”，用汉藏两代人离奇惊巧的经历和他们的悲欢离合，把这两件事融合在了一起。

当然，人物和故事都是杜撰出来的，加之本人水平有限，作品难免有锛凿刀砍斧锯之痕迹。希望读者诸君多提宝贵意见或建议，我在此表示衷心感谢了！

楔　子

是什么惹得霜天醉，点滴滴总是离人泪。

贾宝玉说女人是水做的，笔者说女人是泪做的。谁知道女孩儿眼中到底有多少泪，能从黑流到明、从春流到冬？这个问题，估计只有咱们造人的老老老……奶奶女娲能说清楚。

一

小满儿靠在村头大柳树上，眼瞅着在浓重的晨雾中越走越远的马车，尤其是车上坐的、往回频频招手的山峰哥，眼里的泪水又情不自禁地流了出来。

昨天夜里，小满儿依偎在山峰哥的怀抱里，差不多整整哭了一宿。邢山峰是昨天后晌儿才风尘仆仆地回到家的。小满儿那个高兴啊，傻乎乎的不知说什么好了，等接人的大伯哥山岭刚出去，便燕子一样扑进了丈夫怀中！她琢磨着山峰哥回来休探亲假，怎么着也能待个十天半拉月的吧？！

也是。年轻的小夫妻本来就聚少离多，一年三百六十天见不了几回面，那种白天的苦苦思念和漫漫长夜的寂寞孤独，就是常人也能理解啊。谁知道，吃晚饭时邮递员却送来了封加急电报，上面只写了五个字：有情况，速归！

邢山峰当然知道，电报是西藏日喀则地区亚东县委书记赵胜利发来的。他们在那一带战斗、工作、生活了好多年，非常了解那里的社会现状和村风民俗。在旧社会，一言不合就打架群殴，甚至土匪抢劫的突发事件几乎天天都有。现在虽说好多了，但那里的民风原本就豪放彪悍，发生碰碰磕磕的偶然事件也在所难免。

赵胜利是他当连长时的团长，两人的关系一直挺好。这次他回来前曾去过县委，书记知道他回来休探亲假，如果不是有要紧事，不会给他发电报，而且还是加急的。当过军人自然知道雷厉风行，要是有去北京的火车，他当晚就返回了。情况紧迫感情需求更急迫，小两口儿饭都没吃好就上了炕，宽衣解带、亲吻抚摸……伴着热泪长时间干着那种千恩万爱、要死要活、销魂蚀骨的好事。直到天一扑明儿的时候，劳累过度的邢山峰才迷迷糊糊睡着了。小满儿泪水莹莹地瞪眼瞅着他，一直到小鸡子叫。

实际上，邢山峰也没睡踏实。因为他刚睡着，就做了个不知做过多少遍的梦——一把刀，一把弯曲、寒光闪闪的藏刀猛地划过他的脸，瞬间鲜血迸溅，模糊了他的双眼。他“啊”地惊叫一声，睁开了血红的双眸。小满儿忙问：“哥，你怎么了？”

邢山峰愣怔片刻，勉强笑了笑说：“没、没事。”说罢，便又闭上眼睛睡了过去。

小满儿看看窗台上的马蹄表，已经是凌晨三点半了。她便爬起身来，穿上棉衣去厨房包饺子。肉馅儿是昨天晚上临睡前就剁好了的。她和好了面，一个人边擀皮儿边包了起来。山峰哥能吃多少她心里清楚，包了三十来个就停了手。她刚想回上房里和丈夫再温存一会儿，大伯哥邢山岭就赶着马车来到了大门口。他“吁”住大红马，说：“快把山峰叫起来吧。天已经不早了，千万耍误了火车！”

“嗯，”小满儿答应一声，又说，“哥，你点火煮饺子吧，我这就去叫他。”

邢山岭没吭声，把马车拴好便进了厨房。棒子秸也是头晚就准备好放在灶坑里的，他边抽烟边点火烧水。他刚刚四十来岁，是个身高体壮、浓眉大眼，脸上已经略显沧桑的庄稼汉子。他是邢家庄大队的支部书记，更是一个声名远播的好兽医。他们家多少代都是兽医，爷爷的爷爷还曾是清朝宫廷里的御用兽医，据说还得到过慈禧太后的奖赏哩！

小满儿今年十九岁，身材娇弱，属于那种小巧玲珑的类型。她浅粉色的瓜子脸上，一双眼睛大得出奇，尤其是瞳孔又黑又亮，看人的时候好像能把你吸进去似的，任凭谁都不敢和她长时间对视。她虽然身材娇小，一对乳房却非常大而高挺，看上去沉甸甸的不由得让人替她担心，怀疑那杨柳细腰能不能长久撑得住，说不定哪天就可能折断了呢！她属于那种内向型性格，一天到晚说不了三句话，成天就知道默默地埋头干活。但她又是人小胆大，而且是特别有主意，自己想干的事，谁劝都白搭，一条道走到黑，八匹马也拉不回来。她不是本地人，但却是和山峰一块长大的，从小叫哥哥，结了婚也没能改过来。所以，村里的老娘儿们看不惯，没少在背后玊玊点点笑话她。也有个好心的老奶奶，曾当面劝过小满儿，可她就是想改也改不过来。只见她进了上房，“啪”一声拉着了电灯。

邢山峰在部队多年养成的习惯，睡觉时都支棱着只耳朵。他警觉地一下子就醒了，忽地坐起身来，瞪着发红的眼睛茫然发愣。小满儿忙说：“哥，起来吧，天已经不早了。”

邢山峰怔了片刻，含糊地答应一声，边打着哈欠边摸索着穿衣服……他虽然离开部队有几年了，但还是喜欢穿没了领章的军装。你看，他这套衣服已经洗得发白，有几处补上了补丁还在穿。他心里老琢磨着回部队，再跟老首长要两套替换下来的旧军装。小满儿在他脸上亲了一口，说：“哥，你快收拾东西吧，我看看饺子熟了没有。”

邢山峰答应着，忙把随身带的一些东西往行李箱里塞。他后悔昨天晚上光急着上炕忙活那种“正经事”，竟没顾上把行李收拾好，现在手忙脚乱的，心里就有点儿发慌了。他看看手表，已经是凌晨四点了，忙冲外喊道：“满儿，来不及就不吃饭了！咱哥来了没有？”

小满儿端着一盘饺子进来说：“咱哥早就来了。这饺子就是他给煮的，快趁热吃了吧！”

“不吃了！不吃了！”山峰说，“误了火车怎么办？一天就这么一趟，快走吧！”

“那……要不你带在路上吃吧。”小满儿说着，把盘子递给他，拉上行李箱就往外走去。

邢山峰没说什么，边往外走边用手拿起饺子往嘴里塞。他今年二十四岁，长得和哥哥一样身高体壮，“国”字脸上面皮白净、宽眉大眼，算是个标准的威武小伙儿，只是脸下部有一条伤疤，牵扯得嘴角有点儿扭曲，减少了当年的英俊，但仍然显得很帅气。一九五八年秋天，他刚刚满十八岁便当了兵，第二年便赶上了“西藏叛乱”。他在一场战斗中多处受伤，曾立下过特等战功。部队首长特别重视，把他送到北京治伤疗养，伤基本痊愈后回家休息了一段时间。也就是在那时候，他才和小满儿结了婚。这是在他当兵走前就说好了的，因为从小到大，孩子们都叫他俩“小两口儿”。按照山岭媳妇，也就是他大嫂的意思，在他走前就应该把这事办了。但山岭说年岁不到，结婚算是不合法才没有结。真要结婚时，他心里还有点儿犹豫，觉得自己脸上有伤疤嘴都有点儿歪，配不上小满儿了。但她的态度却非常坚决，说他是人们心中的英雄，是自个儿多少年的恋人，就是缺胳膊少腿也愿意……后来，在他强烈的要求下，才转业到日喀则地区的亚东县委办公室工作，直到一九六五年年底，才被安排到他曾经战斗过的坎坝公社一带当上了党委书记。

直到马车已经完全看不见了，小满儿才转回身，慢慢往村里走……她像被抽了筋剔了骨，一颗心也被山峰哥带走了，浑身酥软、懵懵懂懂地回到了家里。

这时候，天色已开始透亮，东方天际的一抹红霞，把昏沉沉的长空染成了一片血色。村子里牛哞狗叫，大杨树高高的枝头上，几只老鸹飞上飞下，不安地躁叫骚动着。血色淡淡的村街上，已经有几个勤快的男女起来挑水、垫圈、打扫门前地了。

小满儿看着炕上凌乱的被褥，似乎还能闻到山峰哥身上那种让人陶醉的男子汉味道。她心里更加难受，一下子扑倒过去，放声号啕大哭了起来。这时，外面更嘈杂了，鸡啼狗吠孩子哭，尤其是一声声高亢的驴吼，不知怎的让人不由得一阵阵胆战心惊。小满儿爬着哭、打着滚哭、跳下炕佝偻在地上哭……好不容易哭累了、哭够了，心里才觉得好受点儿。也是，除了山峰在家养伤、他们结婚那年厮守了几个月，后来的几年，她还不是像守活寡一样？她白天在生产队里干活，能和对眼的伙伴说笑几句，每天回到家里还不是孤零零的一个人？看着人家小两口儿打打闹闹、亲亲密密，她的心里当然不是个滋味。今年好不容易把他盼回来休探亲假，才待了一宿就又走了，换成哪个女人心里会好受？但甭管怎么样吧，她一直深深地爱着亲爱的山峰哥，从没有半点儿动摇过。

这时候，外面好像更加吵闹乱套了。不时还传来人们惊讶的说话声：“怎么这么多的老鼠啊？”“就是。这是怎么了？”“好家伙，还有长虫哩！”“可是从来都没见过！”……

小满儿可没心情管这些。她强打精神，手脚利索地收拾打扫着炕上地下、桌子凳子……大伯哥山岭常对人说：“甭看满儿个儿小，可她浑身都是劲，干起活来像一阵风！”这话没错，小满儿干活是眼到手到，手到了眼又瞅着别的活。她打开立柜准备收拾时，却发现山峰哥的“工作证”和“持枪证”落在了柜板上。她一下子就愣住了，才想到昨天傍晚自己为他洗内衣时掏出来放在了这儿。山峰哥走得着急忙慌的，自己竟然忘了给他拿出来。这两份证件的重要性她听哥说过，没有它们可以说是寸步难行！怎么办？怎么办？小满儿急切地思索了一会儿，心里就有了主意：立马去邢台火车站，说不定山峰哥坐的火车晚点了，自己能赶得上呢？她把两份证件装进口袋里，起身便往外走……可是，她出了屋门又迟疑地停住了，也不知道是哪根神经起了作用，使她忽然想到有件东西必须带上。她又返回屋里，从立柜槽子深处掏出来一个小包袱背在了身后。那里面可是她家最值钱的东西，不只是所有的存款、结婚时山峰哥给她买的金戒指，尤其是还有他们老邢家最值钱的传家宝——一只亮闪闪的翡翠玉镯。她从屋里出来，推上靠在墙上的破自行车，慌里慌张地出去时竟忘了关大门。

天光还没有大亮，村街上早起的人就多了起来。他们一个个却顾不上干活，惊讶地看着到处乱钻乱窜的老鼠发呆。也有胆大的，边咒骂着边用铁锨、木棍什么的拍打着它们。小满儿不管这些，骑着车子很快就出了村头。

就在此时此刻，猝然间一道狰狞的闪电划开了天空！少顷，伴随着骇人的轰隆声响，狂风暴雨骤然而至！街上站着的人们像是被吓傻了，一个个怔了片刻，才想起往家里跑……小满儿被惊得“哎呀”一声，连车子一起摔倒在地上。她愣怔了片刻，爬起来第一件事就是把背后的小包袱拨进怀里塞在衣服里面。而后，她搬起车子，浑身泥水地推着急忙往回跑……狂风呼啸、暴雨如注。一瞬间，近处的村庄、远处的山林，头顶上的天、脚底下的地，连同整个世界都变得混沌初开般一片苍茫！

小满儿已经变成了落汤鸡。就在她即将进入村子里的当口，随着一阵惊天动地、深沉的“轰隆隆”巨响，大地震降临了！她被吓得瞠目结舌，站立不稳，连同自行车一起摔倒在地上。她瞪眼看着村里的房舍、树木什么的，像纸扎的一样，一片片轻飘飘塌落下去。那些起来干活的人们，有的摔倒在地，有的扶着树木发呆，一时间好像都不明白这是发生了什么。

小满儿下意识地急忙爬起来，车子也顾不上推就往家里跑去……可是，就在这瞬间，她眼前的地面上突然裂开了一道尺多宽的大缝隙，从里面迸溅出的水和泥沙，冲起来比树尖子还高，而且一下子溅了她满身满脸。她再次被惊呆了，吓傻了，忙连连往后退……这时候，村子里已经乱成了一锅粥！男男女女们惊慌失措，像无头的苍蝇般窜来窜去，就是不知道该去哪里躲藏。而且，他们有的穿着衣服；有的披着被单；有的仅穿着条大裤衩；也有的干脆光着屁股，十分狼狈地用手挡住那要紧的地方。小满儿可不敢回家了，看到在又一阵地动树摇中，已经剩下不多的房屋全部倒塌了下去。她忙摇摇晃晃地朝不远处的山坡上跑去……

再说，邢山岭把弟弟送到了邢台火车站，从出站口看着他往喷着浓烟、鸣着汽笛的绿皮火车上走……地震的瞬间，他眼看着火车站的门脸大楼就塌了半块，火车也像抽风的蛇一样，剧烈地扭动着身子。弟弟邢山峰刚扒住车门，差点儿被甩下来。他不由得张开嘴想惊叫，红马儿却像疯了一样，边长声嘶鸣着奔跑起来。他惊愣片刻，忙拼命拉住缰绳，边“吁吁吁”地喊叫着，被动地跟着歪歪斜斜的马车跑起来。邢山峰登上车厢，和好几个人被火车的晃动甩倒在地上。估计开车的司机也是惊慌失措，还不到时间便发动火车冲出了站台。

邢山峰和几个男女从地上爬起来，也顾不上找自己的座位，随便坐在最近的空位置上，还得用手紧抓住眼前的小单桌。他“呼呼”喘息了好一会儿，混乱的思绪才慢慢清晰了起来。他心里明白地震会造成什么样的灾难，不知道小满儿现在怎么样了？家里的房子倒了没有？她会不会被砸住了？还想着自己该不该回去看看。但是，他一想到赵胜利的电报，马上就决定先回单位，有什么事处理清了，再回来看看。至于家里怎么样了，只能等回到公社里再打电话问问情况。不是嘛，是福不是祸，是祸躲不过。他这样想着，一颗心才慢慢安定了下来。

地震再大也影响不了自然规律的正常运转。你看，当云收雨霁的时候，硕大的、像鸡蛋黄一样颜色的太阳还是冉冉地升了起来，慢慢地给整个世界披上了一层富丽的脂红。

正是阳春三月，春暖花开的季节。山坡上一丛丛迎春花开出了蓬蓬灿烂的金黄。清凌凌的小溪水“哗啦啦”流淌着，在沟壑间跳跃出一堆堆耀眼的碎银子。小溪岸边如烟的柳树枝头，毛茸茸的芽蕾，像小鸟儿的脑袋，正一点儿点儿努力地往外拱动、拱动……

小满儿坐在一块石头上，目光久久地发呆。她不知道自己该怎么办、该去哪里。回家？不可能，房子都塌了，回去了住哪儿啊？吃什么？不回家又该去哪儿？去孤儿院？估计那儿的房屋也倒塌了，阿姨们都没地儿住，自己怎么能再给她们找麻烦？她百思不解的时候，突然想起带在身上的两个证件，心里一下子就明白了：自己应该去找山峰哥，把这两个重要的证件尽快交给他。

对，就这么办！她刚拿定了主意，马上又变成了一片迷茫。去找山峰哥，应该怎么去？当然应该先坐火车去北京，然后坐飞机过去。她这样想着却又犯了难，不是么？坐火车她会，因为几个月前她跟着山岭大哥去过北京。那是因为山峰哥从西藏去北京疗伤，山岭哥把她送过去住了几天。可是，那飞机该怎么坐？机场在哪儿？机票怎么买？自己一点儿都不知道。更要命的是，自己身上就那么点儿零钱，甭说买飞机票，怕是连火车票都买不起。

小满儿想啊想啊，想得脑袋都疼了，浑身像被火烤着汗水直流。突然，一个念头像小精灵般从她的脑海里蹦了出来：对，走着去！走着去找山峰哥！这工夫，她又想起小时候在孤儿院时，阿姨们给她讲过的“孟姜女千里寻夫哭倒万里长城”的故事。就是啊，人家能千里寻夫，自己为嘛不能啊？她下定了决心，心情一下子轻松了起来。可当她站起身，又犯难地愣住了。去西藏的道路该怎么走哇？先去哪儿后去哪儿？又能走多长时间呀……管它哩，反正听山峰哥说过，西藏在祖国的大西北，就朝那个方向走，鼻子底下有嘴，边走边问呗！

这时候，小满儿身上的衣服已经被山风吹干了，只是长头发还有点儿凌乱。她走到小溪旁洗了把脸，像照镜子般把头发抓挠了几下，自己觉得差不多了才辨识了一下方向，然后朝着大西北迈开了第一步……她当时可是没想到，此行竟然是那么地艰难险阻，天灾人祸差点儿让自己陷入万劫不复的境地！

邢山岭赶着马车左闪右躲，好不容易走到村口天已近晌午。他站在村头上，看到眼前的景况差点儿晕了过去！这是自己的村子吗？怎么一下子变成了地狱？！他往回走时应该说是有心理准备的，知道房子会倒塌一部分，人畜也会受伤甚至被砸死一些，可没想到房屋会一间完好的也没剩下；那些年轻力壮的男男女女，一个个衣不遮体，浑身流血地边哭边疯狂地挖掘着房屋废墟想抢救亲人。看到他回来，那些人“呼啦啦”都跑了过来，一个个泪流满面甚至是号啕大哭地诉着：“书记，你可回来了！”“天塌下来了！可怎么办呀？”“这是老天爷不让咱活了哇！”……

邢山岭也控制不住地流着泪说：“大家光啼哭也不是个办法啊！快，分成几个小组，从各个村头往里，一户户清理，能救出多少算多少吧！”

这时，大队长邢抗日跑了过来，说：“书记，我算了算，全村有一半子多人没、没出来，大牲口也死了许多！”他三十来岁，四方脸，是个又黑又壮的年轻人。邢山岭忙说：“知道了。现在还不是算账的时候，救人要紧，快分头行动吧！”

邢山岭把大家简单分成四个小组，在村干部带领下，从村子的东西南北挨家挨户往中央进行抢救。因为大家都是为着活命，仓皇间从屋里跑出来的，身上衣服都穿得很少，更没有工夫拿别的什么东西了。所以，他们一个个谁手里也没工具，只能靠两只手，拼命刨开那些破砖烂瓦，抬起檩条大梁、门扇窗框嘛的，把一个个还活着呼救的老人和孩子，小心翼翼地连刨带拉想办法弄出来。

虽说都是庄稼汉，长年累月下地干活，手上都有厚厚的一层老茧子，但茧子再硬，也架不住那些砖头瓦块、铁钉木刺的摩擦碰撞啊！所以，没抢救多大工夫，一个个的手就不像手了，鲜血淋漓的，惨不忍睹。但是，并没有人停下来，大家忍着因疼痛引起的浑身汗水，继续抢救着，呼唤着……再看那些被救出来的老人和孩子，一个个身上的衣服同样很少，光着屁股的更多，也是伤痕累累，甚至缺胳膊少腿地痛哭不止。面对这炼狱般的情景，谁又能淡然相视？只怕是庙里的泥胎，连同金刚罗汉也会泪如雨下！

邢山岭见此情况，忙分派几个女社员去为那些老人和孩子进行包扎。可说起来容易做着难，包扎？拿什么包扎呀？酒精、棉球、纱布，要嘛嘛没有。她们能做的，只能是撕下自己的衣襟，或者把刨出来的被里褥面撕成条，也顾不上脏还是净，捆在他们的伤口处先止住血再说。老人能咬牙忍住，孩子们却不管不顾，一个个咧着小嘴合着小眼，呼爹叫娘鬼哭狼嚎！也是，他们的爹娘可能已经不在了，再怎么哭叫也没人答应。正因无人答应，他们才哭得更悲痛，更撕心裂肺！孩子们的哭声最让人于心不忍，感染得所有人都泪眼婆娑，边抢救边抬手擦抹着，再加上整个现场灰飞土扬，没多会儿一个个就变成了土爷爷灰奶奶，没有一个像人模样！

正在全村的幸存者悲痛欲绝的当口，几辆站满着解放军战士的卡车轰鸣着冲进村头停了下来。大家还在愣神儿的时候，战士们扛锨拿镐，纷纷跳下车来。乡亲们马上明白了，这是救星来了啊！一个个情不自禁、泪流满面地高喊："毛主席万岁！""共产党万岁！""解放军万岁！"……

二

再说，邢山峰揣着一颗惴惴不安的心，坐火车到了北京。他从火车站出来，先打听着找了一家电信局，想和村子里通个电话，问问地震的情况，看看家里怎么样了，有没有人受伤、房屋是不是还完好？但是，还没等他把话说完，女服务员便告诉他说："对不起！因为地震，整个邢台地区的电话都打不通了！"稍停，她像是心有愧疚，忙又补充一句说："应该是地震把线路损坏了。"

邢山峰愣了好一会儿，才万般无奈地走了出来。他很想返回去看看，但想到赵胜利的电报又犹豫了。常言说：军令如山倒。虽然现在自己已不是军人了，但多年养成的习惯改不了，更何况，又不知道自己的公社里发生了什么事，一颗心总是不踏实。哥哥常说："工作上的事再小也是大事，家里的事再大也是小事。"想到这里，他没再犹豫，登上公共汽车倒来倒去，直接奔北京机场。

解放军官兵们的到来，使抢救工作大大加快了进度。因为他们都是年轻力壮的小伙子，身上没伤，手中又有工具，干起活来一个个都像是拼命三郎。邢山岭他们倒有了喘息的机会，忙蹲到旁边抓紧时间抽锅子。

随着抢救出来的人越来越多，人们像是麻木了，眼里的泪水也哭干了。男男女女沉默着，赶紧为那些救出来的伤者进行包扎。现在包扎就容易多了，因为解放军的卡车来时，带来了许多酒精、纱布、药棉和绷带什么的。他们边为受伤者包扎，边感叹着解放军官兵们心细如发，真是贴心贴肺的亲人啊！

天近晌午，又有两辆军车开进村里来。大家看到一辆车上装着十数个保温桶，里面盛的是白菜、豆腐、肉片炖成的杂烩菜；大筐里装满着热腾腾的白面大卷子。另一辆车上装的是搭建简易房的木板、角铁等材料。

邢山岭他们从大早起到现在，一个个水米没进，也应该是早就饿得前心贴后心了。但原来急着抢救亲人，谁肚子里都燃着一团火，所以并没感到有多饿。现在看到那么诱人的杂烩菜和大卷子，男男女女的肚子里就"咕咕"叫成了一片。可再饿也不能表现得那么没出息啊，大家纷纷端起菜碗拿着卷子往解放军官兵们手中塞。战士们自然是急忙地推辞着，现场就有点儿混乱。一位姓张的连长说道："军民一家亲，大家客气什么呀？乡亲们就是我们的家人和长辈，让长辈们先吃。"

就这句话，感动得山岭他们刚停了一会儿的泪水又“哗哗”地流了下来。一个个蹲在地上，边吃边呜咽着让泪珠子尽情地往碗里滴落。

这时候，后来的解放军战士在村头清理出一片干净的空地，开始熟练地搭建起简易房。乡亲们瞅着瞅着，心里的感动却无法用语言表达。

邢山峰坐在飞往拉萨的飞机上，原本想眯瞪一会儿却怎么也睡不着。他心里翻腾着自己家里这些年的经历，更加感谢哥哥山岭。是啊，常言说长兄如父，何况哥哥还救过自己一条小命。要是没有他，自己早就不在这个世界上了。

前面说过，他们家是多少代兽医，在十里八乡早已是声名远播，妇孺皆知了。山峰刚记事的时候，他爹还当着村里的保长。日本鬼子侵略中国时，就在离他们村不远处建了座炮楼，里面经常住着十来个鬼子。那年春天，鬼子们从村里抢走了两个黄花闺女。爹爹知道后气愤难耐，当晚就联系了区小队，带领着村里的民兵把炮楼拔了。十来个鬼子一个也没跑掉，都被杀死在了已经被炮弹炸得歪歪扭扭的炮楼里。两个黄花闺女光着身子被救出来，已经被糟蹋得不像样子了。她们根本没有回村，在人们不注意间直接跳进釜阳河里自尽了。

他爹预料到敌人会进行报复，一连十多天凌晨都把乡亲们叫起来躲到山里面去，等天黑透了再回村各回各家。因为当时日本鬼子和八路军正处在拉锯状态，鬼子白天出来到处骚扰，到晚上便龟缩到县城或者炮楼里不敢动了。八路军却趁着晚上时间出来，扒铁路、毁电线，找机会炸炮楼消灭敌人。

时间一长，人们也就麻痹了。山峰他爹再叫他们躲出去，有些人就不怎么当回事了。那天一扑明儿，他爹正在喊人们起来，一小队鬼子带领着上百名伪军就把村子包围了。哥哥山岭因为头一天就和人说好了，今天要去几十里地外赶集买牲口，所以就起得比较早。他听到敌人的动静，急切间喊大家快起来，抱起还在睡觉的小山峰，仗着熟悉村里的地理环境，从一个小胡同里跑出了村子……山岭在兄弟姐妹中排行老大，山峰是最小的，整整比他小了十六岁。

他们的爹带领民兵们进行了拼死抵抗，却因为寡不敌众，被敌人血洗了村子。他们一家十九口子，除了他们两个，全被敌人杀害了。

小满儿肚里饥了，喝了好多山泉水还是饿。她抬眼四望，却找不到任何可以吃的东西。也是，春天是各种植物开花放蕊、招蜂引蝶的季节，怎么能结实挂果呢？她想要是秋天就好了，满山遍野的玉米棒子、一块块山药地，随便扒拉出来就能充饥。要是有时间，还可以把棒子或山药烧熟了吃。现在，她想也白想，只得饿着肚子，沿着坎坷崎岖的山路往西北方向走去……说是朝西北走，但她走着走着就转向了，辨认半天根本分不清东西南北，只能等走出这山沟再说了。

直到天擦黑儿，牛进圈、鸡上架、老骡子老马回老家的时候，小满儿终于走出山口，来到了一座小县城里。她站在街口望去，只见几盏昏黄、稀疏的路灯照耀着一片片灰蒙蒙的房舍，照耀着坑坑洼洼的街道上寥落的行人。有几座比较高的建筑，顶部塌陷，泥皮脱落，看样子是地震留下的痕迹。在一个较开阔的街心广场上，数顶帐篷旁有大人和孩子的身影晃动着，更加证明了地震确实也曾骚扰过这里。

小满儿实在是饿坏了，走来走去终于看到一个小饭馆还在开门营业。老板是个壮年汉子，正坐在门口的桌子旁，端着一个用罐头瓶子改成的茶杯东张西望。饭馆门面小，里面更小，掰着手指头算算也就有四张单桌，而且并没有顾客吃饭。老板看她走过来，忙满脸含笑地站起身问道："丫头，吃饭呀？"

小满儿忙点了点头，浑身疲惫地坐在另一张桌子旁边。老板又问："想吃点儿嘛呀？"

"有炒饼不？"小满儿说，"绿豆芽炒饼。"

"有哇。"老板说，"绿豆芽和饼丝都现成，打开火就能炒。"少顷，他又补充一句："快，抽袋烟的工夫。"

"那就……"小满儿略思索一下，说，"来半斤吧。"

"好的。"老板答应着，回身往后厨走去……而后又回头笑着说，"丫头，你这么点儿个小人儿，能吃得了半斤炒饼啊？"

小满儿没吭声，只是点了点头。也是，她人小饭量不小，而且是那种吃多少也不长肉的没良心肚。在家里时，嫂子就经常笑她说："真看不出你吃的饭到哪儿去了！"

小满儿的嫂子当然就是山岭哥媳妇，一个好说好笑、好心眼儿的庄稼娘儿们。她和山岭哥结婚十多年了，也曾养活过个小子，谁知道长到两岁多时害上了痢疾，窜稀屎窜得瘦成了一把骨头，大脑袋都抬不起来，找村里的老先生紧看慢看，到底是没能留住。后来，她就再也没有怀上过。所以，他们老邢家现在是人丁不旺，急需她小满儿大显身手。但是，这种事着急也不管用啊。她和山峰哥结婚也有两年多了，肚子却老也不见动静。

就在小满儿等待吃饭的时候，邢家庄村里的抢救行动已经基本告一段落。清理结果，人死的不多，伤的却不少。让大伙儿感到心疼的是，山岭那个胖胖壮壮的媳妇被砸死了。她的怀里抱着个小包袱，看样子是因为心疼东西耽误了时间。她本来已经出屋门走到了院子里，房子倒塌时那根重重的木梁正好杵在了她的后心处。她的身上没有流血，应该是受了内伤。

正当邢山岭抱着媳妇又哭又叫时，邢抗日跑了过来，“呼呼”喘息着说：“叔，俺们把山峰叔家搜查了好几遍，就是没找到人，不知道满儿婶子去、去哪儿了！”

邢山岭又是一惊，没好气地说：“她一个小人儿能去哪儿啊？你们再前后左右认真找找！”

邢抗日答应着，快步离去了。山岭从媳妇怀里把包袱抽出来，打开看看里面就有些零钱和他这些年得过的各种奖状，还有一件颜色鲜艳、花色独特的小藏袍。他看得出，这是当年在大相山上救下小满儿时她身上穿的东西。他没多想，站起身把包袱捆在腰间，命令旁边的民兵队长邢三来他们帮着把媳妇的尸体抬到指定地点，便急匆匆走了。因为让他着急上火的还有另一件事。

村里的人死的少伤的多，大牲口却是死的多也伤的多。这些心里明白却不会说话的生灵们，地震时正在槽头上吃草。它们预感到地震要发生，想跑却跑不出来，因为它们被人用缰绳死死地拴在木头桩子上，想动都不能动，只能眼睁睁看着屋顶塌下来砸在自己身上。想想它们当时恐惧而万般无奈的心情，真是好可怜好可怜啊！

牲口是庄稼主子的半块家业，少了它们，马上就要开始的春耕生产就没法进行。他这个大队书记，又是有名大兽医的当家人，自然不敢掉以轻心。他叫上了两位经常给自己打下手的民兵，赶去村子的另一头，开始没明没夜地为那些可怜的家伙们进行救治。

这时候，解放军官兵们已把老人和孩子们转移到了简易房中，从别处赶来的军医，马不停蹄地为受伤的人们疗伤包扎。夜色降临的时候，一天来流尽了泪水的村民们终于喘了口气，脸上有了点儿笑模样。

小满儿等着吃饭，听着从后厨传来“叮叮当当”的刀具声，闻着炝葱花的诱人香味，更饥饿难耐。她拿了只空碗，从老板用来喝水的罐头瓶子里倒满了茶水，仰头“咚咚”地喝了下去。她平时特别心细，也很爱干净，这种别人剩下的东西，是连碰也不会碰的。今天，她喝了一碗还不解渴，就又倒了一碗……看来，人这种东西，真是只有享不了的福，没有受不了的罪，当生命真正急需的时候，什么讲究都忘了。

终于，老板用盖帘端着一盘子炒饼和一碗蛋花洋柿子汤送到小满儿面前。当时，西红柿传到这里时间还不久，人们看着它红彤彤的却不知道叫什么，好多年都叫它“洋柿子”。老板“呵呵”笑着说：“尝尝，咸呀还是淡？不沾咱再回回锅！”

小满儿哪儿顾上那么多，几大口就下去了半盘子。她觉得打住心慌后，才抬头说：“俺、俺没要洋柿子汤。”

“白送你的。”老板说，“看你一个女孩子出门在外不容易……你是邢家庄那边的吧？”

小满儿看他一眼，问道：“你怎么知道啊？”

“听口音听出来的呗。”老板说，“我在那村里有个好伙计，听你说话就很……亲热。”

小满儿“哦”了一声，心里嘀咕着没说什么。她真不想让人知道自己的根底，更不想让人知道自己要去干吗，觉得说多了不是好事。谁晓得这老板是个话唠，边点上锅子烟边说：“我那个伙计叫邢山岭，是村里的书记。你认识不？”

“认、认识。”小满儿只得说，“那是个……大好人。”

“就是。山岭人强。”老板说，“他还是个好兽医。解放前后那几年，俺们几个弟兄经常去西藏贩马，每回去都找上他，生怕那么多牲口在半路上闹个灾啊病的。”他抽了口烟又说：“西藏那边牲口可便宜了，白菜价，在咱们这边买个小猪子的钱，就能在那边买匹好马！”

“是，是啊？”小满儿随口问着，心里开始嘀咕要不要问问他去西藏的道路该怎么走。还没等她张口，老板又说：“那年，他还在半路上捡了个小闺女，好像还是个西藏人。那个小闺女病得不轻，不知道后来长成人了没有。”稍停，他又问：“你知道这事不？”

小满儿迟疑地摇了摇头，说：“不，不知道。”

“也是。”老板说，“你才多大呀？估计那个小闺女的岁数和你差不多。”

这工夫，小满儿终于下定了决心，便开口问道：“去西藏……这路该怎么走呀？”

“当然是从四川大相山翻过去最近了。翻过去再过一条大河，就到西藏地界了。”老板想都没想，就不无卖弄地说，“听说现在川藏公路已经修通了，要坐汽车还沾。要是走着去，小路可就比大路近多了！”而后，他又惊讶地问：“咋？你这是要去西藏啊？”

“不，不是。”小满儿忙说，“俺随便问问呗。”

“是，是啊？”老板又问，“那你这是去哪儿啊？”

“俺去……前边的村子里串个亲戚。”小满儿说着不敢再停留，忙问了问价格付了钱，便出门走了。

老板还想说什么，目送她的背影好一会儿。

小满儿牢牢记住了“大相山”这三个字，边在街上走着边琢磨是不是找个小旅馆住一宿。后来，她自己又否定了这种想法。可不是，自己身上就那么点儿钱，道路还远着哩，哪儿能住得起旅馆呀？她这样想着来到了城外，看到不远处的禾场上有一垛花秸，心里便有了主意。她走过去，从花秸垛中间掏了个洞，倒退着钻进去，度过了自己离家的第一夜。当然，她这一宿睡得并不踏实，先是想着不知道家里怎么样了，又想着山峰哥不知道现在到哪儿了，不由得还掉了几滴眼泪。毕竟是这一天太累了，当附近村里传来一声声驴叫时，她才迷迷糊糊睡着了。也是，动物的习惯咱们这当人的还真摸不清。农村人都知道，所有的驴每当半夜时分都一递一声地叫一遍，这是为嘛呀？谁能说清楚呢？

邢山峰坐飞机飞到拉萨时，天已经晌午了。他一刻也没敢耽误，坐公交车直接去了汽车站，总算赶上了去日喀则的最后一班长途汽车。一路无话，等到了亚东时，太阳已经偏西了。

公社主任索朗巴措牵着两匹马，正焦急地等在出站口。他二十三岁，身强体壮，黑红的脸膛上眼睛不大却格外明亮。他嘴巴却不小，而且两个嘴角朝上弯着，像是随时都在笑一样，让人一见就有一种亲和感。只见他“嘿嘿”一笑，就算和山峰打了招呼。山峰比他大一岁，两个人是几个月前同一天被亚东县委派遣到坎坝公社当书记和主任的。他算是西藏解放后第一代文化人，也曾在县委当过通信员。他们俩早就熟悉，巴措一直称呼山峰叫“阿佳”，也就是“哥哥”的意思。山峰急着问公社里出了什么事，他却嘿嘿一笑说：“这事都怪降央次仁那家伙不讲理……走吧，路上我再告诉你。”

两人飞身上马，冲出人群向茫茫大漠奔腾而去……因为路途还很遥远，估计到他们工作的坎坝公社，已经是第二天黎明了。

降央次仁是上坝大队刚上任的支部书记，虽说已经快四十岁了，但脾气上来往往会不管不顾，暴躁得像个喝多了的小伙子。一个多月前，他们大队的一匹花马生下了一对龙凤胎，全体社员高兴得了不得！次仁觉得这是上天对自己当上书记的格外眷顾，请来了全公社各大队的书记，又是喝酒又是唱跳地折腾了两天。因为马产双驹、麦生双穗很少见，在当地认为是佛祖降福，极其祥瑞的大事。

也就在同一天，下坝大队的花马也生下了一匹小马驹，样子和上坝的马驹一模一样，要是放在一起，除了马妈妈，人们用肉眼很难分辨出来。没想到过了几天这马驹就不见了，全体社员在村里村外甚至分头出去在茫茫大漠上找了好几天，仍然是一无所获。本来，在这一带丢失一匹马驹也不算什么事，可一位小青年却说看见是深更半夜被降央次仁偷走了。这一来事情可就闹大了！

原来，上坝和下坝两个大队紧挨着，因为争水和抢占草地等大事小情，历史上就有矛盾。解放后通过各级领导做工作，表面上是已经不再显什么，但内中的疙瘩并没有真正解开。

这次的马驹事件，两个大队的社员又把老账翻了出来。再加上下坝村的书记麦其泽登看不上次仁的那种"嘚瑟"劲儿，就没有积极主动想办法平息此事。所以，两个大队的社员都非常不冷静，已经聚在一起吵闹了好几天，年轻人甚至还推推搡搡地动了手。要不是巴措白天黑夜都盯在那儿，恐怕棍棒刀枪都上来了。他今天出来接山峰，还是派了公社的通信员李玉海替自己在那儿盯着呢。所以，他不敢耽搁，接上山峰便急忙往回走。

小满儿心里有事，没睡多会儿就突然被什么动静惊醒了。她迷迷糊糊愣怔了好一会儿，才想起自己是要干吗，现在身在哪里，不由得悲从中来，泪水"哗"一下子就流了出来。

正是黎明前的黑暗时刻，天气又黑又冷。她把脑袋从花秸洞里探出来，看着黑黢黢死一般沉寂的四周，一阵恐惧袭上心头，更觉得浑身冰冷，从里到外哆嗦了起来。这时的她忽然有点儿后悔，自己真要去找山峰哥呀？这路有多远？要走多少天？路上会碰到什么？自己心里一点儿数都没有，甚至是死是活都难料，是不是忒冒险了？

突然，旁边的大杨树上有什么鸟儿叫了起来，那声音"哇哇"

的像小孩子啼哭一样。她这才想起来，自己就是被这种动静惊醒的。她知道这是“夜猫子”的叫声，在家里时就听到过。老人们常说：夜猫子进宅，无事不来。可现在是在大野地里，它叫不叫应该和自己没什么关系吧？她这样想着，心里才渐渐平静了下来。可是……她突然觉得一阵肚子痛，不是那种想解手的痛法，而是一种从来没有过的疼痛，搅动得浑身都难受。她心里第一个念头就是自己是不是有了？又想起几个月前，自己曾去北京和山峰哥一起住过几天，是不是那会儿就怀上了？她思索了片刻，又否定了这种想法。因为山峰哥曾带她去看过一位老中医，人家明明白白告诉说自己这一经生来就偏弱，能不能生小孩儿很难说。再说了，自己去北京已经三四个月了，怎么也没干哕呕吐过呀？人家别的妇女要是怀上了，不到俩月上就折腾得没办法吃饭了……她这样想着，心里才慢慢稳定了下来。

这时候，东方天际已经透亮了。一抹“鱼肚白”扩散得越来越大，渐渐被一种酥红替代了。不远处的村子里，也越来越热闹了起来。牛哞、狗吠、孩子的哭声、大人的咳嗽声……一切都传递着勃勃的生活气息。

小满儿从花秸洞子里爬出来，简单整理了一下自己的衣服，把上面沾的花秸拍打下来。她走到不远处的机井池子旁，就着里面昨天浇麦子剩下的水洗了把脸，也摘下头发上的花秸末子，整个人就变得干净清爽了起来。她往村子里看了看，琢磨着自己去哪儿找口饭吃。

也就在这工夫，邢山峰和索朗巴措已经回到了坎坝公社里。他们洗了把脸，简单吃了点儿东西，便再次骑上马，朝几十里外的上下坝大队奔去……他们俩也不能说一夜未眠，因为都是多年练好了的功夫，骑在马上照样睡觉。马儿该跑跑它的，他们该睡睡自己的，除了有时候被颠簸得迷迷糊糊醒一会儿，眼睛不睁就又睡着了。马儿识途，照样把他们驮了回来。

等他们到了上坝大队，已经是午后时分。上下坝两个村子里的上百人聚在一起，正吵闹、撕扯得不可开交。那个可怜的李玉海，被人挤到了圈外，干瞪着眼，也没办法上前去。只见，那些人愤怒地吵叫着，谁也听不清别人在喊什么。中间的十多个人，由降央次仁和麦其泽登带头，一个个你扯住他的衣领，他拽住你的袍袖，推来拉去地撕撸着乱成了一团。有的人脸上手上已经挂了花，鲜血蹭在衣服上，殷红一片挺吓人的。

邢山峰和巴措打马奔来，那些人因精力太集中，竟没注意到他们。直到两人赶到近前，有些胆小的看见才悄悄地躲走了。圈里的人们根本心无旁骛，仍在撕撸拉扯着。邢山峰忙跳下马，上前几步大声呵斥："干什么？你们想干什么？！"

那些人根本没听见，一个个暴怒得脸红脖子粗，龇牙瞪眼地叫喊个不停。巴措也喊道："快住手！快住手！邢书记来了！"

那些人不知是没听到，还是故意表现自己的正义有理，仍然不肯停歇。邢山峰见状，拔出手枪朝空中"啪啪啪"打了一梭子，人们这才停住手，一个个吃惊地看着他。少顷，降央次仁忙说："邢书记，是这么回事……"

麦其泽登也抢着说："书记，你听我先说！"

"谁也不用说了，我都知道。"山峰严肃地说，"去，把你们的母马和小马驹都给我拉来，让大家看看到底是怎么回事！"

降央次仁和泽登忙吩咐自家的人，回村里去把各自的母马和马驹牵来了。山峰又让他们把母马分开一段距离，把马驹放在正中间由两人分别抱住它们，然后命令所有人都闪开。众目睽睽之下，只见两匹母马长长地嘶鸣了一声。两匹马驹愣怔片刻，分成两边跑向了母马，然后亲昵地和自己的母亲用嘴巴交流着信息……一瞬间，下坝村里的人们高兴地跳跃着欢呼起来；上坝村里的人们却傻眼了，一个个不解地看着自家的村书记。此时的次仁显得很尴尬，嘴唇翕动着一句话也说不出来。山峰忙狠狠地看了他一眼，回头对大家说："没事了。乡亲们都回去吧。"

大家很听话，纷纷牵上自家村里的马回去了。下坝村的人们边走边"哈哈"笑着，说了一些解气的狠话。上坝村的人们一个个却显得垂头丧气。麦其泽登却没走，看次仁一眼"嘿嘿"笑着问道："邢书记，这事……该怎么处、处理？"

"怎么处理不用你管。"山峰说，"你也回去吧。"

麦其泽登欲言又止，迟疑片刻说："佛祖圣明，好人坏人分得清！"然后，他拍着双手往自家村里走去……山峰对次仁说："走吧。去你们大队部，咱们好好谈谈。"

降央次仁没吭声，带头往前走……巴措说："真是，这么简单点儿事，我怎么就没想起来呀？嘿嘿……真是，一着急蒙住了！"

也就在这时候，地震灾区的人们沸腾了。一个消息像长上了翅膀，一传十十传百，飞一样传遍了各个村庄：周总理来了！

当时，邢山岭正在为一头受伤的牛处理伤口，弄得浑身都是血污。他和邢三来已经连续工作了十多个钟头，连饭都没顾上吃，已经是疲惫不堪。突然，村头那棵被震歪了的大杨树上挂的喇叭里传来《社会主义好》的歌声：

社会主义好，社会主义好，
社会主义国家人民地位高。
反动派，被打倒
帝国主义夹着尾巴逃跑了！
……

邢山岭浑身一震，马上觉得精神好了许多。他停住手，伸长了耳朵努力倾听，才分辨出喇叭里除了歌声还夹杂着人们的欢呼和笑声。这时，邢抗日匆忙跑来说：“书记，周总理来了，公社的通信员来告诉说让咱们马上去会场哩！”

邢山岭因为一直在忙，并没听说周总理要来之事，不由得惊讶地问：“你说什么？周总理真的来、来了？！”

“可不是来了，”邢抗日说，“要不干吗通知咱们去开会呢？”

“可是……”邢山岭看看那些急需救治的牲口，说，“你看我哪儿能走得开呀？要不你带领乡亲们去、去吧。”

邢抗日看了看那一大片亟待救治的牲口，知道他确实是走不开，只得叹了口气，回村里去召集那些没伤没病的村民。

正是吃早饭的工夫，村街上弥漫着淡淡的雾气和浓浓的饭菜香味儿。小满儿顺着田间小路从禾场上走过来，试试探探地进了村头。

这是个小村，总共不过几十户人家。而且，家家户户的大门都敞开着，有的人家一家老小正在洗手洗脸，准备吃饭；有人家的饭菜已经摆上了院子里的低桌，浓浓的香味伴随着腾腾的热气满世界飘荡。小满儿不时吸溜着鼻子，从一家家门口走过去又走回来，走过去又走回来……却实在没勇气迈进任何一家的门槛。有吃饭的男女不时奇怪地看她一眼，可并没有一个人过来和她打招呼。只有一条大黄狗从饭桌旁跑出来，在她的脚后嗅来嗅去。她并不怕狗，因为她家里也养着一条叫“荒子”的大黄狗，一天到晚跟在她身后，连晚上睡觉也忠实地守在她的炕下边。她从心里就没把它当成是狗，一直当它是个孩子……她这会儿当然不知道，荒子就因为被铁链子锁在墙根下，没能跑出来被坍塌的院墙砸死了。

现在这条大黄狗在她脚后闻了好一会儿，大概是嗅出了残留的狗味，一声没叫又跑回家去趴在饭桌旁。它用贪婪的目光注视着主人手上的饭菜，不时提醒般地“呜”地叫一声。

小满儿走来走去，盼望着有人过来和她打招呼或者问一声，她也好顺杆往上爬蹭顿饭吃。可惜，倒是有人不时用冷漠的目光看看她，却没有一个人上前来和她搭讪。她平时最讨厌男人用狼一样的目光打量自己，或者嬉皮笑脸地过来套近乎，眼下却一个人都没有。她的肚子里“咕咕”直叫，她十分失望地回到村头上。她看到大杨树下的水井旁，一个三十多岁的男人正拧动着辘轳打水，便鼓起勇气，厚着脸皮颤声问道：“大哥，打、打水呀？”

没想到那人鼻子里“哼”了一声，连看都没看她。小满儿的粉脸腾一下子就红了，她稍愣片刻，一颗心“咚咚”跳着，逃跑般冲出了村口。

降央次仁带领邢山峰和索朗巴措来到大队部，没多会儿便交代了事情的全过程。

原来，他们村的花马生了双驹，在乡亲们的鼓动下闹得动静太大，几乎全公社都知道了。谁想到，过了没几天，其中那匹母马驹就找不见了。他带领十多位民兵分头出去找，接连几天差不多跑遍了数百里的大漠，却是活不见马死不见尸。大家首先想到是不是被狼吃了，可狼也不可能连骨头带蹄子吃下去呀？总得留下点儿什么吧？后来才想到是不是被别人偷走了。

谁能偷那么小的马驹呀？降央次仁首先想到的是下坝村的人。因为他们这两个村子有矛盾，别说是干部，就是老百姓也是互相较劲，谁都怕谁好了盖过自己村。他们闹那么大的动静，下坝村的人们心里肯定不舒服。不管是干部还是群众，有小心眼儿者找机会给他们添点儿腻歪是有可能的。他这样想着，就暗中留了意，果然发现下坝村的马群中有一匹小花马，怎么看怎么像自己村里找不到的那匹。于是，趁一天晚上夜黑风高，他去下坝村的马群中把那匹小马驹牵了回来。

没想到他们村的那匹花马妈妈并不配合，又踢又咬，就是不让这匹马驹吃奶。次仁才知道自己错了，这确实不是他们村里的那匹马驹。他也想过给人家退回去，可又实在是抹不开面子。因为下坝村的百姓发现自己村里的马驹不见了，正在满世界寻找，闹得动静还挺大。他要这时候退回去，不正撞在人家的枪口上？那些鸡一嘴鸭一嘴的吐沫星子，还不把他给淹死了？！

降央次仁养了半辈子马，自然知道该怎么办。他把自己村里的那匹花母马的尿液和粪便涂抹在马驹身上，果然就起了作用。母马嗅了又嗅，不再排斥马驹，让它钻到自己肚子下去吃奶。那匹公马驹也很高兴，亲昵地嗅了嗅它让开了吃奶的最好位置。

邢山峰和索朗巴措对次仁进行了严厉批评，并让他写出书面检查和去下坝村赔礼道歉。次仁为难地龇牙咧嘴，说道：“书、书记，检查我可以写，赔礼道歉就、就免、免了吧！”

三

那时候的人们不知道什么叫“沙尘暴”，就知道叫刮大黄风。

那天的黄风又刮得特别大，好像把整个灾区的浮尘烂土都旋卷起来满世界扑荡！一片昏黄之中，走个对面都看不清谁是谁。一个人走在路上，肯定会身不由己，被风刮得东倒西歪！

在一个村头空旷的广场上，数百人背对着风席地而坐。男男女女排成了长队，有的戴着风镜，有的戴着口罩，有的干脆用围巾把自己的脑袋包裹起来……他们在等待敬爱的周总理的到来，一个个心情激动却不能说话，因为一张口就可能吃一嘴沙尘。

老天爷有时候挺不厚道，这里的人们刚经历了一场胆战心惊的大灾难，别说死了的，活着的人魂儿还没全回来，就又来了场这么大的黄色风暴。你看这些男男女女，一个个弓背缩肩，真是从外冷到里，连一颗心都是拔凉拔凉的。好在国家的当家人要来看望大伙儿了，人们心里才有了种暖融融的感觉。

周总理在十几里地外下了飞机，在省地县领导的陪同下，乘车往会场赶来。他们这一路走得也不顺利，因为道路损坏严重，大车小辆又多，而且，周总理到哪儿都不允许当地派警车开路，一辈子都是如此。在一个十字路口，他们的车队还真被堵住了。只见，南来北往、东行西走的汽车、拖拉机、马车和那么多推车挑担的老百姓挤成了疙瘩，谁也不肯让谁，结果是谁也走不动。两名小警察跑来跑去，大声吆喝着急出了满头大汗，仍没人听他们的。

周总理看到这种情况，一声不吭就下了车。那些陪同的人员见状也忙从车里钻了出来。周总理抬眼四下看了看，登上路旁的一块大石头，挥动着胳膊说："同志们，乡亲们，大家都停一停……要不这样谁都过不去！"

人们在这种情况下看到周总理，一下子都愣住了，现场瞬间变得一片宁静。周总理趁机说："来，大家都听我指挥……这边的车先停一停，让那边的车先通过。后边的不要往前挤，等不了多会儿大家都能顺利过去！"

这时候，所有人都变得那么听话。他们一个个眼含热泪地喊着"周总理"，按照他的指挥鱼贯而行，真是没多大工夫路就通了。两位小警察同样是热泪盈眶，举手向总理敬礼……周总理冲他们摆摆手，说："你们辛苦了！"

周总理他们的车队赶到会场时，已经是上午十一点多了。

那真是全场沸腾，群情激奋！人们虽然仍保持着整齐的队形，但已经全部站了起来，一个个激动万分，边鼓掌边喊道："周总理！周总理……"而且，手掌鼓出来震撼人心的节奏！

周总理朝大家招招手，大声说："乡亲们受苦了。我代表党中央、代表毛主席来看望大家了！"

人们不由得齐声喊道："毛主席万岁！共产党万岁！毛主席万岁……"

周总理边向大家招手边观察着会场的风向，已经在各级领导带领下登上了临时搭建的三尺多高的舞台。他并没有马上讲话，却突然命令道："全体起立！"

人们刚刚坐下，听到总理的命令有点儿纳闷，但还是整齐地站了起来。周总理又喊："全体都有了……向后转！"

人们更加不知所以，一个个稍愣神，看看左又看看右才执行了总理的命令。这时候，周总理已经跳下舞台，健步向对面走去……那些大大小小的干部也是一头雾水，忙跟在总理身后。周总理一直走到正对面，跳上块大石头开始讲话。

狂风呼啸，沙尘扑荡。人们看着身穿挺括、整洁的深蓝色中山装，神采奕奕的周总理才明白了。他这样做是为了让大家背风听讲，自己却是戗风讲话，一个个眼里不由得又涌出来泪水。人们一时不知该怎么表示，只得一次次边鼓掌边呼唤："周总理！周总理……"

只见，周总理抹了一把脸上的灰尘，大声讲道："我代表党中央和毛主席来看望大家……毛主席相信你们，我也相信你们，不管天上有灾还是地上有灾，我们都能战胜它！因为我们是天不怕地不怕的社会主义国家的人民，是勇敢不可战胜的人民！"

这时候，邢山岭和三来仍在救治那些大牲口。他边手不停气不喘地忙活着，边听杨树枝头的喇叭里周总理的讲话声：“地震可以毁坏我们的房屋，可以夺走我们的生命，却永远也夺不走我们中国人的志气！夺不走我们重建家园的决心！”

邢山岭边听边热泪盈眶，不时坚定地点点头。周总理又讲道：“我们的口号是：自力更生、奋发图强、发展生产、重建家园！现在快到清明也快到播种季节了，生产会很忙。重建家园，首先要发展生产。有的公社同志提出来，说‘家里损失了从地里找回来，从生产上夺回来’。我代表党中央，代表毛主席支持你们！”

接下来便是经久不息的掌声和欢呼声。等喇叭里没有了声音，邢山岭却在想，春耕生产马上要开始了，可死伤了那么多大牲口，这生产可怎么办呀？他看着那些缺胳膊少腿的骡马牛驴，再次落下了痛心的泪水。

小满儿空着肚子紧走慢走，当饿和累出了一身虚汗时，终于来到一个较大的集镇。

虽然天已经过午，这里仍然是人群熙攘，摊摊点点列队成阵，叫买叫卖声嚷成了一片，弄得谁也听不清旁边的人在喊叫什么。人多、天气干燥，又加上有风，就把地上的尘土刮了起来。你看吧，满街筒子像是有雾一样烟气腾腾，弄得人们灰头土脸，一个个像土地爷和土地奶奶似的没有人模样。

小满儿坐在一个饸饹锅旁，急切地要了碗饸饹和两个烧饼……就因为吃了这顿饭，让她突然意识到一个危险问题，也就地采取了应急措施。

卖饸饹的是个壮年汉子，长得人高马大，四肢发达，脑袋却小得出奇，看上去非常别扭，像歪瓜裂枣般要多难看有多难看。

可他却是个胆大又风流的家伙，看到漂亮的小满儿时竟然毫不掩饰，眦了眼珠子死盯盯瞅着她，哈喇子都快流出来了。而且，他借递饸饹碗和烧饼的工夫，几次趁机摸了她的手甚至胳膊，嘴里还问个不停："你长得咋这么俊呀？这是去哪儿啊？一个人不害怕呀？要不要我陪你去呀？"

小满儿那个恶心呀，恨不得饭也不吃了，拍屁股就走人。可她已经把钱交了，肚子里又饿得难受，只得硬着头皮一声不吭，大嘴马牙地吃了下去……也是，自从她长到十五六岁，男人们看她的目光就像狼一样，恨不能把她一口吞了下去。而且，也有胆大者，追着她嬉皮笑脸地没话找话浪几句……记得有天晚上村子里放电影《上甘岭》，她站在人群中聚精会神地观看，就觉得有个男人像是拿着手电筒，在她屁股后面蹭来蹭去。而且，他"呼呼"喘着粗气，吹得小满儿后脖梗儿发痒。她不由得回头看了一眼，那个男的像是很痛苦般咧嘴笑了笑，"哼"一声停止自己的动作弯下腰去。她没当一回事，只是挪开了几步，钻到姑娘群中继续观看。谁知电影放完回到家里，她才发现自己的裤子上沾了一大片湿漉漉、黏乎乎，像鼻涕一样的东西。她开始并不知道这是什么，嘴里嘟囔着骂了一句脏话打水清洗……但是，她毕竟已经到了情窦初开的年龄，洗着洗着一下子就明白了，不由得一阵脸红心跳，气得差点儿点把火把裤子烧了，从那之后，她再也没穿过那条裤子。

可也是，小满儿生在农村长在农村，有意无意间没少听老娘儿们讲这方面的嘎咕事。她不清楚人干这种好事是嘛样，可也没少见猪狗和牲口们是怎么做的。村子里的大闺女都一样，见到这种场面都是紧看两眼便匆匆走开，躲到人们不注意的墙旮旯里，脸红心跳地边看边留意有没有被人瞅见。

小满儿吃完了饸饹和烧饼，便急忙走开去。那个卖饸饹的家伙久久目送着她，有人想买饸饹，喊了几声他都没听见。小满儿并没有离开集市，而是转转悠悠找了个卖刀具的地摊，挑拣着买了把一拃长的、锋利的小刀带在了身上。

当天晚上，邢山岭召集了没能去现场参加会议的伤病社员，听邢抗日讲述总理的事迹。

周总理离开现场时，天已经过午。他在地区和县领导陪同下，到会场旁边的绿色军用帐篷里吃饭，遵照他的嘱咐，午餐无鱼、无肉、无酒，只是吃了些大米饭、炒豆芽、拌菠菜等家常便饭。午饭匆匆用过，总理没顾上休息，就地召集干部和群众代表开座谈会。座谈会开始前，他像拉家常一样亲切地问一位女同志："你叫什么名字啊？你爱人在哪里工作呀？"

"我叫田彩珍。"那位妇女忙回答，"我爱人在浙江当兵。"

"是啊？"总理笑着说，"你们这里'爱人'怎么称呼？我们那里叫'老公'。"

总理说得那么随意和亲切，在场的人员都笑了。他又接着说："你爱人在浙江当兵，是在保卫着我的家乡啊！我应该谢谢你们！"

大家见总理这么平易近人、和蔼可亲，一个个都放松了下来，会场的气氛变得轻松而活跃。他与每个人对话，首先询问那里死了多少人，倒了多少房屋，灾后群众生活怎么样，并且是口问手记，一丝不苟，特别认真。在问到一位县委书记时，他摘下帽子戴上了眼镜，看着地图，仔细地听，认真地看，并不时在地图上指指点点，严肃地询问哪些乡村受灾严重，群众情绪怎么样。县委书记回答后，他说："人是最宝贵的，有人在，什么都不怕，损失再大也能夺回来！"

接下来，周总理又询问大家，灾后群众吃什么？有没有饿肚子的？他们住得怎么样？穿得如何，有没有受冻的？还询问了春耕生产有什么打算，有什么困难没有？

座谈会结束，天已经较晚了。周总理还是坚持去了受伤人员集中救治中心，耐心地逐个询问他们的伤情如何，家里都剩下了几个人，并拉着他们的手，不厌其烦地一个个进行了安慰。好多人被感动得热泪盈眶，像孩子见到家长一样倾吐着自己的委屈。

听着邢抗日的讲述，在场者同样很受感动，一个个擦抹着眼泪唏嘘不已。他们感慨着有这样的好总理，也深深感受到这是我们国家之幸。

几天后，邢山岭救治完了所有受伤的大牲口，才想起一直没看到小满儿的身影。他心里纳闷又着急，不知道这闺女去哪儿了。他知道小满儿在这里既没亲戚又没几个朋友，唯一能去的就是县里的孤儿院，便抽空儿骑着车子去了一趟，结果仍然是一无所获。他边骑着车子往回走，边想起来她被捡回来以后这些年的点点滴滴。

那应该是打跑日本鬼子后的第二年。他受人邀请去西藏贩马，回来路过大相山时看到一个小孩儿不知被谁扔在了山谷中。他忙跳下马，把孩子捡起来时发现她还有一丝丝气，也从穿戴上看出她应该是藏族人。邀请他去跟着贩马的马帮队长劝他快扔掉，说一个快死的孩子来路又不明，会给他们带来晦气。他却觉得大小是条命，就是个牲口也得救啊，何况是个孩子呢？他把孩子抱在怀中，一路上又喂水又喂马奶，小心翼翼地带回了家。

邢山岭捡孩子那天正好是“小满”节气，便随口给她起了这么个名字。他当时还没结婚成家，山峰也才五岁，所以每次出远门都寄养在亲戚家里。捡来的这个孩子可真给他添了大麻烦，且不说路上喂她时的费劲，到家后仍然是不睁眼也不张嘴，喂什么也只能把她的嘴掰开，一点儿一点儿往里头灌。而且她当时还发着高烧，长了浑身疥疮，流脓滴水弄得整个屋子里都臭烘烘的。

邢山峰却不嫌她脏，成天价围在旁边用手拨拉着她的小脸，“妹妹妹妹”叫个不停。有那么几天，山岭真有点儿后悔把她抱回家来。他先后请来好几位老中医，灌汤喂药整整折腾了一个多月。当他差不多快失望想放弃时，有一天她却睁开了格外明亮的大眼睛，不哭也不闹地打量着周围的一切……山岭扔下药碗，长出了一口气坐在了炕沿上。小山峰却已经把她抱了起来，仍是“妹妹妹妹”叫个不停。

小满儿当时不过一岁多，刚会走路却不会说话。但她从不好啼哭，身上有什么难受时，只会默默地吧嗒吧嗒掉眼泪。后来的两年山岭可是受了大累，一个大男人带着俩孩子，又当爹又当娘的，那份辛苦只有他自己知道。实际上小满儿挺聪明，能起来走路的时候也开始跟着山峰学说话。山岭多少次想问她叫什么名字，家是哪里，想了想又放弃了。因为他知道问也白问，一个不到两岁的孩子，确实什么也不知道。

小满儿五岁那年，山岭要结婚成家，担心人家女方嫌弃，就把她送进了县里刚成立的孤儿院里。当时小山峰不干啊，跟在哥哥屁股后面又哭又闹，弄得山岭也掉了两滴眼泪。一直到了孤儿院里，山峰仍哭闹着不肯走。没办法，山岭只得和院长商量着，让他也在这里住了一个多月。后来，他自己也认识路了，一个人经常跑来和小满儿玩上两天。院长和老师们都喜欢这俩孩子，又看在山岭的面子上，从没人计较这些。

小满儿在这里学文化，学生存，学做人做事，慢慢长大后就留在这儿干杂务，一直到满十八岁那年嫁给了邢山峰。

邢山峰把上下坝的纠纷处理完后，亲自去了趟县城，向赵胜利书记当面进行了汇报。

赵胜利也是个通情达理之人，也知道他们家乡遭遇了大地震，休假刚进家又飞回来了，便说：“现在公社里要是没嘛事，你再回去看看吧。”

邢山峰迟疑一下，说：“我先打个电话再说吧。”

赵胜利同意后，就让他用自己办公室的电话给家里打电话。河北邮电局很快就接通了，但对方告诉他，说是邢台地区的任何电话都打不通，因为线路损坏严重，至今尚未接通。他看着赵胜利，一时不知该怎么办。赵胜利挥了挥手，说：“算了，你还是回去看看吧。”

邢山峰对他表示了感谢，又回公社里召开了个全体干部会，布置了春牧和防火等工作。而后，他和索朗巴措又去各大队巡视了一遍，等骑马往日喀则走时，已经是十天以后了。他坐汽车倒飞机再倒火车，到邢台后又找朋友借了辆自行车，骑着往回走时，看到一种现象让他心里久久不能平静。

当时，河北一带的春耕生产已经开始。他看到道路两旁，都有好多解放军官兵在帮着拉犁拉耙拉大车，心里就很不是个滋味。可不是，解放军官兵是干什么的？他们的主要任务应该是保家卫国，遇到大灾大难时冲锋在前也算说得过去，现在可好，帮着搞春耕当牲口一样使用。真是本末倒置，这算怎么一回事啊？他想着想着，心里突然涌上来一个念头，无论如何要想办法改变这种现象。

傍晚时分，邢山峰来到自家村头上。他跳下自行车，久久打量着这个面貌全非、变得十分陌生的村庄。他看到这里同样有好多解放军战士在帮着盖房屋，已经有几排新房耸立在清理过的旧基础上。离开一段距离，在数十排简易房之间，闪动着男男女女忙碌的身影。他推着车子走过去，人们热情地和他打着招呼，一个个却又露出欲言又止的神情。他的心里就有了种不好的预感，在人们的指引下找到了哥哥“家”里。

邢山岭一个人孤独地坐在简易房旁边的地灶旁，两条粗重的眉毛拧在一起，闷头抽烟心里不知在想什么。

此情此景，让山峰看了十分心酸。他叫了声“哥”，眼泪都快流出来了。邢山岭看了他一眼，意外地问：“你怎么……又回来了？”

邢山峰一时没回答。他放下自行车，找了块砖头坐在哥哥身旁。他简单地说了一下自己回去的情况，问道：“我嫂子呢？”

邢山岭长叹了口气，说：“她没能跑，跑出来……”

邢山峰吃惊地张大了嘴巴，一时不知该说什么……邢山岭却说：“没办法，她死就死了。可到现在找不到小满儿，我正琢磨着打电话告诉你哩。”

“找，找不到？！”邢山峰吃惊地愣片刻，着急地问，“那她去哪儿了？”

“就是说不清楚啊。”邢山岭说，“你家的现场清理了好儿遍，就是活不见人死不见尸。”稍停，他又补充说：“只看到大黄狗被砸死了。”

邢山峰大张着嘴，不知该说什么。邢山岭在鞋底子上磕了磕烟灰，大声咳嗽着吐出口浓痰才说：“我想着小满儿在这里没亲戚也没朋友，她能去哪儿啊？就去孤儿院找了一趟。人家院长告诉我，说她没、没去过。”

“没去过……那她能去哪儿啊？”邢山峰重复了一遍，思索片刻又说，“哥，找不到她也不一定是坏事，最起码说明她可能还活着呢。你说是不？”

“应，应该是吧。”邢山岭拿不准地说，“那……你说她能到哪儿去呀？”

“我猜乎着……”邢山峰思索着说，“她说不定去找我了。”

“找你？！”邢山岭意外而惊讶地说，“她、她怎么去找啊？这千里万里的，她怎么去呀？”

“也是。”邢山峰同样拿不准，像自语般地分析说，“她会坐火车，但不会坐飞机，手里又没多少钱……怎么去呀？”

“就是啊。”邢山岭说，“她一个女孩子，要真去找你可就麻烦了。她又不认识路，谁知道这一去会碰上什么事啊。”

“哥，我有种感觉，她去找我的可能还是有的。”邢山峰说，“你知道，她从小就有个拧脾气，想做的事，谁都拦不住她。”

“那倒是。”邢山岭叹息着说，“她也是个一根筋、认死理的主儿，人不大，犟脾气不小，傻劲儿上来了，嘛事也敢干。”

“先不说她了，”邢山峰说，“只要死不了，总有见面那一天。”他迟疑片刻，又说：“哥，我想和你商量件事。”

“嘛事啊？”邢山岭边崴弄着往烟锅子里装烟边说，“你说吧。”

“我往回走的时候，”邢山峰说，“看到那么多解放军战士帮着搞春耕，心里很是不忍……再说了，这也不是个办法呀。”

“谁说不是啊。”邢山岭边用火石和火镰打火边说，“他们帮咱救灾救难，帮咱兴屋盖房，已经耽误多少天了，现在又拉犁拉耙，帮着搞春耕，真是不好意思。”他把已经冒烟的火绒按进烟锅里，紧抽着说：“大牲口死得忒多，也是没办法的事。”他因为老做这个动作，大拇指肚已经被烤成了焦黄色。

“所以我就想……”邢山峰说，“咱们能不能从西藏买一批马回来，解决牲口少的问题？”

邢山岭被提醒，忙说：“这办法不赖。那边的马便宜，真是在这边买头小猪子的钱，就能在那边买匹好马！”

“那你找几个大队书记商量商量，”邢山峰说，“看需要多少匹。我回去就想办法。”

“我明天就去找公社张书记。”邢山岭说，“咱们公社总共十一个大队，统计一下看需要买多少匹。”

“沾。”邢山峰说，“我在家等两天，你们统计好了也好回去组织买马。”

自己已经走几天了？小满儿掰着手指头算了半天也没弄明白。

没办法，小满儿知道自个儿从小就对数字不敏感，在家里的时候，经常连初一十五都分不清楚。实际上，她离开家已经是第十二天了，好在这一路倒也平安无事。她白天饥一顿饱一顿的，天色一晚就找地儿住下，从不熬黑乱夜赶路。反正天气也热了，随便找个草窝子或桥底下就能睡。她又不傻，每到头睡前都把周围侦察好了，尽量不让人看见。而且，她会把小包袱用绳子拴在手腕上、枕在脑袋下面，防止被人偷走了；还有就是把刀子放在手边，随时预防不测。

让小满儿感到腻歪的是衣服脏了，身上像长了虱子般痒得难受，长头发也锈成了毡片，怎么也理不顺解不开。她每天在浇小麦的机井池子里洗把脸、洗洗脚，倒头便睡下了。衣服脏了且不说，眼看着脚上的鞋已经是开口飞花，露出了大脚指头和脚后跟。她想找个集上买双鞋买身衣服，可看看手里有限的零票子就犹豫了。

也是好人有好报吧。这天傍晚，她在一个村头的花秸垛旁掏洞准备睡觉时，却看到一个老太太顺着条小路走了过来。她忙装作没事人一样，围着花秸垛随便转圈子。老太太捯腾着裹过的小脚，胳膊上挖着个用红布包着的笸箩，走起路来一扭一扭的很慢。她看了小满儿一眼，奇怪地问：“闺女，你这是要在这儿过宿呀？”

“不，不是。”小满儿忙说，“我随便看，看。”

“随便看看？”老太太说，“听口音你不是本地人吧？一个人在这儿转悠嘛呀？”

小满儿不知道该怎么解释了。老太太又说：“一个闺女家，出门在外不容易，要碰上坏人怎么办？走，跟我回家吧。”

“谢谢奶奶！”小满儿忙说，“我没事，已经习惯了，就不给你添麻烦了。”

“这孩子。”老太太慈祥地笑着说，“常言说，天下农民是一家。你就覅客气了，跟我走吧。反正俺家里也没别人，你还能陪我说说话哩。”

小满儿迟疑片刻，边表示着感谢边跟在老太太身后。两人走了几步，她忙把老太太胳膊上的筐箩接了过来。老太太边走边叨唠着说：“俺命不好，养活了俩小子，一个被日本鬼子祸害了；一个去山上砍柴摔死了，这会儿就剩下了个闺女。这不，闺女养活了个外孙儿，我去伺候了她几天。”

两人回到老太太家时，天已经黑透了。有不少人家已经亮起灯光，传出刷锅洗碗的声响。

这是个简陋而贫穷的家，一看就知道人丁不旺。三间土坯房屋泥皮脱落，除了猪圈、鸡窝和栅栏门就一无所有了。但是，这一切都收拾得干净整洁，到处显示着老太太是个利索人。她忙不迭地倒上盆水让小满儿洗手洗脸，说：“闺女，你先洗洗。我这就做饭。”

小满儿表示着感谢，蹲下身洗着手脸……老太太抱了捆棒子秸，坐到屋门外的灶坑旁，边点火边说：“天不早了，咱省点儿事，就吃鸡蛋挂面吧。”

“沾，沾呀。”小满儿说着，擦了擦手坐在灶坑旁帮她拉风箱。老太太等锅烧热后炝了个葱花，添了两瓢水，又去里屋拿出两个鸡蛋和一大封挂面。她站在一旁等水烧热，问道："闺女，你这是打哪儿过来的呀？"

"奶奶。"小满儿忙回答说，"俺是从邢台那边过来的，已经走好多天了。"

"邢台？"老太太惊讶地说，"那可有大几百里地呢！可不得走好多天！"稍停，她又问："你们那儿闹地震了是吧？"

"可不是。"小满儿说，"房子塌了，家也没有了。可是……奶奶，你怎么知道啊？"

老太太指了指窗框上挂的小喇叭说："听里头广播的呗。这玩意儿就是好，有嘛事一广播，全国人民都知道了……这老天爷也是作孽啊！"

两人说话间，锅里的水快烧开了。老太太忙让小满儿停住往灶口里添柴，说："水不能烧开，要不就把鸡蛋滚烂了！"她边说边往锅里打鸡蛋，眼瞅着鸡蛋漂起来了，又忙把挂面顺了进去。等了一会儿，锅里的水沸腾了片刻，她让小满儿把火熄灭了，才开始往碗里挑挂面，盛鸡蛋……并说："闺女，你要是吃不饱还有早起蒸的饼子，就着吃吧。"

小满儿表示了感谢，接过老太太从里头屋里拿出的棒子䅟饼子，也顾不上客气，就大嘴马牙地吃了起来。老太太看着她，问道："闺女，你这是去哪儿呀？"

"我去……"小满儿迟疑一下，说，"大相山那边串个亲戚。"稍停，她又问道："奶奶，这儿离大相山还有多远呀？"

"大相山？"老太太思索片刻，说，"我也说不好……应该是还有好几百里地吧？你这个亲戚可是够远的。"

"没办法。"小满儿说，"是俺姐姐嫁到了那里。她快生小孩了，我去伺候月子哩。"

"那是应该去。"老太太说，"在这个世界上，姐妹最亲了。"

“可不是。”小满儿说，“奶奶，等会儿俺想烧锅热水，洗洗身子和头发。”

“沾。”老太太痛快地说，“吃完饭我就给你烧。”

当天晚上，小满儿痛痛快快洗了个热水澡，又用碱面洗了洗头发，没等干就躺在炕上睡着了。老太太摸黑盘腿坐在炕头上，边看她边脑袋一栽一栽地打瞌睡，直到小鸡子叫。

也就在同一天晚上，邢山岭组织全大队十一个生产队队长召开了个紧急会议。

邢山峰讲了自己的想法，也简单介绍了一下在西藏买马的情况，以及那边买一匹马需要多少钱。同时，他和大家还讨论了买马回来应该怎么走和大概需要多少时间。

队长们一听热情很高，都觉得这是个好办法，应该抓紧时间尽快把马买回来。说到具体数字，大家按每个生产队买三匹计算，全村需要三十三匹马。但是，邢山岭对他说的路线提出了不同意见。他说：“你说的是走川藏公路，那样绕来绕去，要多走好多路程。要按我们过去买马时走的路线，起码省二十多天。”

实际上，邢山峰对怎么走心里也不是很清楚。虽说他经常来来回回，但都是坐火车去北京，再坐飞机到拉萨，然后是坐汽车和骑马。他只知道川藏公路已经修通了，也知道入藏后该走的路线，但到底是远是近并不很明白。邢山岭便讲了他们当年买马时走的路线，说是从大相山、过通天河入藏最近，那时候，所有的马帮都是走的这条路。生产队长们都没去过，当然什么也不清楚。他们瞪着眼听山岭说了半天，一致同意怎么走近就怎么走。

会议结束已经是半夜了。队长们打着哈欠离开后，邢山峰弟兄俩又说到了小满儿。当然，说也白说，她到底去了哪里，谁心里也没底。山峰总觉得她是去找自己了，但到底是怎么去的他也说不明白。他和哥哥躺在简易床上，到天亮也没睡着。大早上起来，他又骑车去了趟孤儿院，人家院长刚穿上衣服，同样告诉他小满儿确实没来过。

那天晚上，是小满儿离开家这么多天睡得最好的一宿。她连一个梦都没做，醒来时已经是日上三竿了。老太太也把早饭做好了，正坐在炕沿上瞪眼瞅着她。小满儿闭着眼打哈欠，伸懒腰，等睁开眼才看到老太太。她愣怔间竟然忘了自己这是在哪儿，也记不起老太太是谁了。直到老太太亲切地问道："妮儿，睡醒了？"

小满儿这才想起昨天傍晚所发生的一切，不由得羞涩地笑了一下，叫了声："奶奶。"

"快起来吧。"老太太笑着说，"我把早饭都做好了。你吃了好早点儿赶路。"

小满儿这才爬起身，穿上衣服洗脸。那时候农村人都不讲究，说是"庄稼汉，两把半"，意思就是说洗脸很快，随便摸拉两把就沾了。而且，人们都没有刷牙的习惯，顶多就是喝口水漱漱口。她自从跟了山峰后，也学会了刷牙，但这次出来，哪儿还顾得上啊。老太太边帮她梳头边说："闺女啊，你叫奶奶就把俺叫老了……俺才五十多岁哩。你要是不嫌弃，就认个干娘吧。"

小满儿何等聪明，想都没想就忙改口，干脆地叫了声："干娘好！"

"哎！哎！"老太太连忙答应着，咧开缺牙露齿的嘴笑了。小满儿也觉得很高兴，因为她长这么大，从没叫过"娘"。小时候她还不会叫的工夫，就被人偷走了。等到了山岭家，也是只有"嫂子"没有"娘"，现在终于有了个娘，虽说是"干"的吧，叫着也亲切。

早饭吃得也很好。干娘专门给她蒸了一锅带圪渣的棒子糁大饼子，熬了小米绿豆粥，还从盐罐子里掏出块过年时留下的咸肉，放上葱花儿炒了仨鸡蛋。这顿饭，小满儿觉得是这么多年来吃得最香的一顿。她也没客气，连吃了两个大饼子，喝了两碗绿豆粥。干娘在旁边瞅着，吃惊地拿筷子夹着炒鸡蛋忘了往嘴里送。小满儿有点儿不好意思地一笑，说："干娘，你这个闺女可是能吃，日子长了会把你吃穷哩！"

干娘这才笑了笑，说："俺养得起闺女就管得起饭，你能吃多少就吃多少吧！"

这话正中小满儿的下怀。她本想再吃个饼子又有点儿不好意思，听她这么一说，拿起第三个"吭"地就咬了一大口。干娘就更吃惊了，说："你这么点儿个小人儿，仨大饼子两碗粥可往哪儿搁呀？！"

"俺就是这没良心肚子，"小满儿说，"而且吃多少也不长肉。"

"好！好！"干娘笑着说，"不长肉就长劲呗！"她说得不错，小满儿要看身材小巧，但确实劲儿大。比方说掰手腕，一般的小伙子都掰不过她。

娘儿俩吃完早饭，天已经是半晌午了。干娘想再留她住一天。小满儿心里有事，想着尽快看到她山峰哥，所以想马上就走。干娘见实在留不住她，便把剩下的大饼子和一根腌萝卜包在一个包袱里，让她带在路上吃。小满儿很感动，连连道着谢。干娘就说了："看来干娘就不如亲娘亲，咋还跟我客气上啦？"

小满儿迟疑了一下，痛快地答应一定要带上。干娘这才笑了，又从柜子里取出一身衣服和一双鞋，说："这是你姐以前穿的衣服和鞋子。她这会儿生了孩子长了十多斤肉，怎么也没法穿了。都给你吧。"

小满儿意外地忙想道谢，想起她刚才说的话，就一声没吭地接了过来。也是，她身上的衣服早就该洗了。干娘趁她睡着的工夫已经替她洗了，到这会儿还没干没法穿。她脚上的鞋子也快挂不住了，破得像人们常说的：前头露着五瓣蒜，后头露着咸菜疙瘩。她就什么客气话都没说，穿上衣服和鞋子，背上饼子包袱和自己随身带的小包，“咚”一声给干娘磕了个响头，眼里噙着泪花转身往外就走。干娘把她送出门，倚靠在大门框上目送她出了村口。老太太也激动了，回到厨房里，边刷锅洗碗边掉了好几滴泪水。

四

这天一大早，邢山岭接到通知去公社里开会。这儿的房子也塌完了，办公室也是简易房。

公社书记叫张富堂，是山岭他们一发子干部。山岭去得早，便随口说了去西藏买马之事。张富堂高兴地说：“这是好事啊。我也正为大牲口少发愁呢。你们一个大队才买二三十匹，干吗不把全公社都发动起来，买几百匹回来？”

“我也是这个意思啊。”山岭说，“就想征求您的意见，看别的大队要不要哩。”

“要。肯定要！”张富堂说着扔给他一颗烟，又等了一会儿，看各村的书记已经都到了，便说，“开会前咱们先说件事……山岭你给大家说说吧。”

邢山岭便把想去西藏买马的事，从头到尾说了一遍。这些书记谁都没去过西藏，对那边的情况一无所知，七嘴八舌地提了好多疑问。山岭就自己当年跟马帮去西藏的情况，详细地做了介绍，又说出这事是他弟弟提出来的，应该没问题。人们都知道山峰在那边当公社书记，听山岭这么一说，就都把心放了下来。他们就自己村的大小，有的说买二十匹，有的说买三十匹，最后下来，总共凑了二百零八匹。但是，当说到钱的问题，好多人都沉默了。因为当时村集体都穷，一下子拿那么多钱确实很吃力。张富堂见状，忙说："八仙过海，各显其能。回去都想想办法，集体没有，可以发动群众凑一凑。实在不沾，我去县里想想办法，看能不能争取一部分贷款。"

邢山岭回去后，便和弟弟说了这事。山峰倒没说什么，当天便去了北京，第二天傍晚时分，才回到了坎坝公社里。李玉海忙不迭地给他打水洗脸，又冲了杯奶茶。他刚坐下喘了口气，索朗巴措就进来了。他笑嘻嘻说了件事，让山峰感到十分意外。

接下来的几天，小满儿走得很顺利，心情也格外高兴！

是啊，天气好，人的心情就好。你看，长空万里，白云悠悠。灿烂的阳光下，放眼望去，地里的庄稼已经长到半尺多高。这里、那里、远处、近处，到处活动着男男女女干活的身影。成群打伙的人们，谈论着，说笑着，不时还能听到熟悉的歌声：

公社是棵常青藤，
社员都是藤上的瓜。
瓜儿连着藤，
藤儿牵着瓜。
……

小满儿听着，看着，忍不住自己也想唱两嗓子。她背着一大包袱饼子，吃饭不发愁，饿了随手掏出来一个，再咬下块萝卜咸菜，边走边有滋有味地吃得很香甜。吃饱之后，她会就着浇地的垄沟，痛痛快快地喝上一肚子水。

初夏的天气不冷又不热，正好赶路。那几天，她每天都多走二十几里路，而且一点儿也不觉得累。晓行夜宿，她知道自己一个女孩子不能赶夜路，每天社员们收工的时候，便停下来寻找睡觉的地方。她远远看着那些被主人牵着的大牲口，像牛啊马驴什么的，由于慌家竟把它们的主人带得步履踉跄，不由得就笑了。她从小在农村，当然知道这种现象。这些牲口在上工时，一个个简直懒得迈步，被主人吆喝着，驱赶着也尽量磨蹭。到天色较晚下工时，它们比主人还着急，不等人们收拾利索，便急不可待地往回走了。也是，干了一大后晌儿活，它们也累了、渴了、饿了，谁不想早点儿回家吃饭歇着啊！

小满儿睡得最多的，还是村头的花秸垛，因为简单、省事，掏个洞倒退着钻进去，闭上眼就是一宿。还有一点也很重要，这里离村子近，坏蛋们不敢轻举妄动，万一有什么不测，喊两嗓子就能惊动村头的人家。当然，也不是每个村头都有花秸垛。她住过白天有看电机的机手，晚上就没人了的机井房，也住过黑黢黢的山洞。

可是，让小满儿没想到的是，一天晚上路过一座不知叫什么名字的城市，她却遭到一个小流氓的算计，差点儿出了大事！

索朗巴措告诉山峰，说这几天各大队的书记们聚在一起，正商量着怎么支援地震灾区呢！

这事是由巴措的阿妈桑吉卓玛发起的。她是坎坝大队的支部书记，岁数和邢山岭差不多，也就是四十来岁。她模样端庄，性格稳重，瓜子脸上最明显的标志是眉宇间有一个很大的痦子——现在的人们叫“美人痣”，也叫“喜鹊登梅”，据说是有福气的象征。

桑吉卓玛在当地十里八乡的威望和影响，可比巴措大多了！

现在的人们都知道，西藏是和平解放的，但当时小规模的战役还是有的。在发生在亚东县边沿地带的一场战斗中，卓玛担任战地救护队队长，曾一个人救下来十多名解放军战士，自己也身受重伤。西藏自治区政府成立了，她受到表扬和嘉奖，还被留在了自治区妇女联合会参加工作。一年多后，她总觉得自己不适应这城市生活，日夜思念家乡的蓝天白云，思念那里的青山绿水，才多次申请回来了。她现在的身份，是亚东县委委员，坎坝公社党委成员兼坎坝大队支部书记。

当从中央人民广播电台的广播中听到邢台地区遭受地震灾害后，桑吉卓玛日夜难安，总觉得应该为那里的百姓做点儿什么。因为她心里一直有个情结，要是不做点儿什么于心不忍。她和儿子商量后，请来降央次仁和麦其泽登等几位大队书记，议论多次却想不出到底该怎么支援才好。

邢山峰听到此，不由得露出会心的微笑。这真是，天下农民是一家，各族人民心连心啊！他当时便和巴措说了想在这边买马的计划，也讲了灾区人们现在生产中的困难。巴措很高兴，回家向母亲如实汇报。卓玛一听，双手“啪”地一拍，笑着说：“就是。咱们怎么就这么笨呀？商量了几次都没想出来！”

第二天，坎坝公社党委召开各大队全体干部会议，专门研究这件事，没想到却引起一场激烈的争论。

那天傍晚的时候，小满儿浑身疲惫地来到一座不知道名字的小城市。

只见，路灯初亮，人流如云，来往不绝的汽车喇叭声吵得人心烦意乱。小满儿从没这么近距离地和城市接触过，一时觉得有点儿胆怯。她贴着墙根儿，在建筑物和树木的暗影中慢慢走着……一对对红男绿女勾背搭肩，放肆地谈笑着在她身边走过。

人家很自然，她却有点儿脸红心跳：城里人怎么这样啊？大庭广众下搂搂抱抱，不怕人笑话啊？真不要脸！

街两侧大大小小的饭店一家挨着一家，而且卖的饭也基本一样——麻辣火锅。小满儿站在门口，看着火锅里沸腾着鲜红的汤水，就觉得已经辣到自己嘴里去了。她身上背的大饼子两天前就吃完了，现在肚子里“咕咕”叫着，却找不到自己能吃的东西。她走啊走，从大街走到小巷，才终于看到一个卖锅盔的摊子。她便买了两个锅盔，边吃边往前走，想找个能过夜的地方，没想到却被一个流里流气的小青年盯上了。

小满儿不是没防范意识，也曾买过一把小刀随身而带，但因为一直没用上，心里便麻痹了。她边吃着锅盔，边沿着一条小巷子往前走，感觉快要出市时，被一条小河拦住了去路。她愣了片刻，发现不远处有座石桥，便四下看了看走了过去。她顺着河岸的斜坡，小心翼翼地滑下去，才看到河里已经基本上没水了，也看到在桥下靠近桥墩处，有柴草窝和几块硬纸板。她心里明白，这是无家可归的可怜人过夜的好地方。她又四下看了看，到处静悄悄杳无人影，便把纸板铺在柴草上躺了下去。

实际上，那个鬼鬼祟祟的影子从小满儿买锅盔时就一直尾随着她。这是个长发披肩，衣服凌乱而污脏的流浪汉，也是不知什么原因跑到城里来的庄稼孩子。这桥下，是他和那些无家的“叫花子”甚至流浪狗过夜的地方。小满儿来到这里，可以说正中他的下怀。

小满儿想到了这里说不定会来人，也瞪眼思索了一会儿，但毕竟是忒累了，便舒展开身体，打了个哈欠闭上了眼睛。那个影子并没有马上下来，而是在桥头猫了半天才蹑手蹑脚地溜了下来。这时的小满儿正处在犯迷糊的当口，意识已经不怎么清醒了。对这个影子的到来，她一点儿也没察觉。那个小青年迟疑片刻，便像饿虎扑食一样猛地抱住了她！

小满儿被这突然袭击吓傻了，一瞬间竟忘了挣扎。那个青年也很紧张，“呼呼”喘息着在她耳边说：“小妹妹，咱，咱俩玩会儿呗！”

这样一来，小满儿才彻底清醒了。她边拼命挣扎边大声说：“你撒手！快放开我！”

小青年没想到小满儿有这么大的力气，一时间竟然被她推倒在身旁愣住了。小满儿骨碌开一段距离，趁机把口袋里的小刀掏了出来。因为这里光线很暗，那个家伙并没看清她手中的刀子，不管不顾地再次扑了上来……慌乱间，小满儿也不可能多想，毫不犹豫地把刀子扎在了他的大腿上。他痛苦地惊叫了一声，抱着大腿滚开了。小满儿“呼呼”喘着粗气，脚步踉跄地登上了河坡。

因为时间差，小满儿所在城市的天已经黑了，西藏边陲才到半后晌儿。

坎坝公社的会议还在进行，大家争论的焦点是这批马是捐献还是用钱买。邢山峰坚持要拿钱买，一再声明说：“不能白捐献，必须用钱买！贵点儿贱点儿可以商量，钱多钱少是那么点儿意思。要不我家那边的干部群众也不会同意呀！”

“用钱买还算支援灾区呀？”桑吉卓玛比儿子的态度更坚决，提高声音说，“不能要钱，一分也不能收！”她站起身，用目光逼视着全场问道：“大家说是不是这么回事？”

“对，没错！”“就是，不能收钱，支援灾区么！”“咱也不能太不仗义了！”……在麦其泽登带头下，几位干部纷纷响应。但也有人移开了目光，互相观望着一时没吭声。邢山峰忙提醒道：“大家都说说，都说说，心里是怎么想的就怎么说。”

“这事……”降央次仁迟疑一下，说，“既然书记说了，我看收点儿钱也没、没什么。”

他这么一开头，就有几个人跟着说道：“就是。少收点儿也行。”“收个成本价，有个意思就行、行了。”……

“不行！”桑吉卓玛猛地站起身来，激动地大声反驳道，“捐献就是捐献，一分都不能收！”

“我同意。”索朗巴措也激动地起身说，“不能收！一分钱也不能收！”

邢山峰忙笑着说：“咱们都别激动，心里怎么想就怎么说。我还是坚持我们家乡干部群众的意见，象征性地收个成本钱。”少顷，他又补充：“多少是那么个意思就行了。”

“我同意！”降央次仁也站起身来，说，“书记说了，少收点儿大家都不为难。”

“同意。”又一位大队支部书记说，“收、收点儿，多少是那么个意思。”

“你们、你们……”桑吉卓玛气得嘴唇直哆嗦，冲着次仁磕巴地说，“还有点儿良心不？！”她说罢，竟然一下子冲出门去，骑上院子里的一匹黄骠马，狠狠抽了一鞭，瞬间消失在了大家的视线之外。

在场的所有人都被她弄蒙了，一个个互相观望着不知该怎么办。巴措忙说：“大家等等吧。阿妈应该是回家拿一样东西。”

“那好。”邢山峰也说，“大家可以喝口水，抽颗烟，休息一会儿。”

趁他们喝水休息，咱们再回头说说小满儿的情况。

小满儿冲上河岸，一颗心“咚咚”跳着在黑洞洞的小巷子里狂奔、狂奔……等到了大街上，才把脚步放慢了下来。她走了几步，心里却有点儿犯嘀咕：那个家伙怎么样了？会不会死了哇？

自己是不是做得忒过分了？她这样想着，有一瞬间曾想回去看看，但又拿不准地停住了。

天还不算晚，大街上仍是灯火辉煌，人群熙来攘去。但此时已经看不到几个中老年人，大多是青年男女，或成群打伙，或勾背搭肩地逛商场、进影院。路灯杆的喇叭里正在播放电影《上甘岭》插曲《我的祖国》：

一条大河波浪宽，
风吹稻花香两岸。
我家就在岸上住，
听惯了艄公的号子，
看惯了船上的白帆。
……

也是，小满儿长这么大，头一回碰上这种事。虽说过去也曾有坏男人偷偷地捅她一下、摸她一下，但像今天这么放肆的还真没遇上过。她虽说很生气，还是因为心肠太软就没走开，而是站在巷子口的黑影中，暗中盯着出口处……过了有做顿饭的工夫，她终于看到那个家伙一瘸一拐地走了出来。她这才放心了，飞快地融入人群之中。她犹豫再三，深深觉得这城市里和农村不一样，最后咬牙发狠，挑了个最便宜的旅店住了下来。

会场上，在人们焦急的等待中，桑吉卓玛回来了。她飞快地跳下马，气呼呼进门来。

在众目睽睽之下，卓玛急切地打开了手中的一张牛皮画像，冲着次仁大声问："你睁开眼看看，认识这个人不？"

降央次仁和大家一起看去——画像上是一位英气勃勃的青

年解放军战士，正目光炯炯地注视着所有人。他们沉默着，互相观望着一时没吭声。邢山峰也一下子惊呆了，因为那上面画的，正是以前自己！卓玛转脸看看他，问道："邢书记，你认识这个人不？"

邢山峰这才回过神来，迟疑一下忙摇了摇头说："不，不认识。"

"不认识啊？"卓玛有点儿失望地说，"他也是你们邢台人，是一位战斗英雄呢！"

"是，是啊？"邢山峰的脑瓜儿转得很快，忙说，"我们那儿当兵的多了，有不少就曾经在你们这一带驻过防呢。"

桑吉卓玛回头问次仁等："难道你们都不认识？都忘了？还有没有良心呀？！"

降央次仁这才回答道："认，认识。当然认识。这不就是咱们的救命恩人嘛。"

"认识就好办了。"卓玛说，"我打听过，这位战士的老家就是邢台的。现在，他虽然不在了，但咱们不能忘恩负义。大家说，这批马咱们还收不收钱？"

"不收、收了。"次仁忙说，"一分钱也不能收了，不管多少匹，全部捐献！"

"对！全部捐献！""我同意！""我也同意，一分不能收！"……全屋子人乱纷纷响应着。邢山峰忙摆摆手，还想说什么……巴措已经大声宣布："好！这二百多匹马全部捐献！从明天起，大家回去发动群众，捐一匹不嫌少，捐十匹不嫌多！"

"好！就这么办！""咱们不能当忘恩负义的小人！"……人们说着，在巴措的手势下纷纷站起身来走出去，骑上自己的马，冲出大门四散而去。

索朗巴措看着山峰"嘿嘿"笑。山峰感慨地叹了口气，说：

“这样做，我回去没办法向乡亲们交代。”

“不用你回去。”巴措说，“到时候，我们把马送过去。”

晚上，邢山峰站在镜子前，久久地打量着自己的尊容，从心里发出阵阵感叹：这才过去了七八年，自己怎么就变成这模样了？不要说别人，就是自个儿也不认识自个儿了。当年的自己，瘦高的个头，四方脸，白白净净，多么英俊潇洒啊！自从去北京疗伤，又疗养了多半年之后，自己身体发福，肚子都起来了；而且，脸也变得圆嘟嘟的，还被刀疤弄得有点儿扭曲。怪不得后来从北京回到家里，连小满儿也瞪着眼，没能马上认出来。他不无懊悔地感叹良久，怎么能忘记那场战役呢？那血雨腥风，尤其是划过脸上的那一刀，几年来多少次在他的梦中出现，估计已经成为伴随终生的记忆了！

那是一九五九年的春天，邢山峰入伍一年多，也是刚刚入了党并当上了班长。当时，他们的部队就在亚东县靠近印度边境处驻防。西藏叛乱基本平定后，有一批匪徒流窜到了这一带。那时候的信息传递很慢，所以多数人都不知道。当时，亚东县正在召开三级干部大会，桑吉卓玛、降央次仁和麦其泽登等大队书记都参加了。

散会那天刮着大风，能见度比较低。卓玛和次仁他们骑着马往回走时，遭到了这批匪徒的劫持。他们抢过马匹，并把卓玛、次仁等十多个人用一条绳子串起来，作为人质往印度边界转移。接到命令后，排长赵胜利带领战士们急忙赶去救援。等快追上匪徒和卓玛、次仁他们时，情况已相当紧急。这些人已经到了边境地带，距离界碑山口不过一百多米，可山峰他们却落后了二百多米。要不是因为逆风，估计他们的马蹄声对方都能听见。

匪徒们看到那座山口，大多也放松了警惕，说笑着速度便慢了下来。排长赵胜利心急如焚，紧张地和三位班长商量着怎么办。可不是，如果他们放开战马追赶，肯定会被匪徒听到动静，逃跑的速度加快，用不了多久便会冲过山口。那么，他们将非常被动，导致救援行动彻底失败。急切间，邢山峰提出来一个大胆的想法，就是他一个人先追上去超过那些匪徒，只要能守住那个界碑山口，敌人就休想冲过去！赵胜利紧急思索间，他又焦急地说："排长，已经没有时间了……现在风声正紧，一匹马的蹄声估计不会引起敌人的注意。"

也许这是个不是办法的办法，赵胜利也觉得别无良策，就点头同意了。山峰提上机枪，又把几个战士身上的手榴弹全部拿过了，在排长和战友们的殷切嘱咐下，打马冲了出去……果然如他所料，匪徒们放肆地说笑、打骂着次仁他们这些磨磨蹭蹭的人质，刚开始确实没听见他的马蹄声。他也就完全放开了，边连连挥鞭边用脚刺撞击座下的赤兔马，十米、二十米、五十米、一百米……直到距离敌人还剩十多米，他大喝一声："乡亲们快闪开！"

匪徒们似乎被这突如其来的、炸雷般的声音惊呆了，一个个往后看着不知该怎么办。趁此机会，次仁和泽登他们一起滚进了旁边的山沟里。也就在这一瞬间，卓玛竟然看清了山峰的面容，并牢牢地记在了心里。山峰也趁机闯过惊慌失措的匪徒们，打马冲出去几十米，天神降临般耸立在山口处！

接下来的战斗非常激烈而残酷！首先是赤兔马能领会主人意图，没等山峰下命令，便卧了下来挡住了他。山峰满意地拍了拍它的面颊，迅速摆好机枪，从马脖子处开始射击。一梭子子弹打出去，三四个匪徒连同马匹便倒在了山坡上。说到底，这些匪徒不过是一群乌合之众、一帮子亡命徒，搞烧杀抢掠瞎捣乱在行，要真参加战斗就熊了。只见，这些人一阵慌乱之后，在一个高个歪脖子指挥下，一个个鬼哭狼嚎着边开枪边往上冲……眨眼间，赤兔马便中了好几枪，鲜血如注般喷溅而出。邢山峰见状，心疼加上气愤，站起身平端着机枪又是一阵扫射。眼看着又有几个匪徒和马匹倒在了血泊中，他自己也中了好几枪。

那个歪脖子见状，忙大声吆喝道："弟兄们，往上冲啊！过了这个山口，就是我们的天下！达赖活佛就在那边等着咱、咱们呢！"

众匪徒一听便来了精神，更加疯狂地嚎叫着往上冲……邢山峰见距离太近了，便扔下机枪，接连投出去几个手榴弹。眼看着又有几个匪徒，歪歪扭扭倒在了血泊中。这样一来，匪徒已经是死伤过半。剩下的十多个跳下马来，挥舞着藏刀把山峰紧紧围住了。这时候，赵胜利带领着战士们已经冲至近前，形成了包围圈向匪徒们步步逼近，并高喊着："缴枪不杀！举起手来！"

匪徒们见逃跑已经无望，一个个血债累累，知道投降也不会有好结果，更红了眼睛般向山峰冲过去……急切间，赤兔马却拼尽最后一点儿力气站起身来，把山峰挡住了。匪徒们稍愣神，连连把藏刀插进马身上。邢山峰趁此机会，已经上好了刺刀。就在马儿倒下去的一瞬间，他猛然跳出来，和敌人展开了肉搏……又有几个匪徒倒下后，他也连中数刀，而且有一刀正好砍在了他的脸上。血花迸溅、血花迸溅……山峰的血和马儿的血汇在一起，顺着山坡汩汩流淌！赤兔马的肚子被打成了筛子，已经没有了生命体征。挣开绳索的卓玛和次仁他们忙上前去，七手八脚把血淋淋、已昏迷的山峰救了起来。

那场战役之后，桑吉卓玛曾经多次去部队打听，才知道救他们的那个战士是邢台人。关于他的伤势和救治情况，战士们都说不清楚，只告诉她部队当晚已经派直升飞机把他送去北京抢救了，结果如何说不清楚。卓玛在现场见到过那位战士的伤情，估计他生存的可能性微乎其微，还偷偷掉了几滴眼泪。她首先想到的是，一定要为那位战士画一张像，好让自己和孩子们记住这位大恩人，永远也不能忘记。为此，她专门去了趟拉萨，托朋友请了一位西藏画界的著名大师，凭着自己的记忆让人家在牛皮上画下了那张像。也就从那之后，她心里便存下了一个“结”——找机会一定去邢台，看看那位战士的老家和家里人，带上礼物和诚挚的心，再给他们献上一条洁白的哈达。

这次，卓玛听说邢台地区遭受地震灾害，首先想到能为那里做些什么？当她和几位大队书记还没商量出办法时，邢山峰回来说那边急需买一批马，好支撑春耕生产。她听到儿子巴措说这事，当时便拿定了主意：不管那边需要多少匹马，一定不能收钱，一分也不能收！她和几位大队书记都通了气，包括降央次仁在内，大家都表示不能收钱。没想到在山峰书记的一再坚持下，有几个人还变卦了，态度变得模棱两可！她当时非常生气，才扔下大家，不顾一切回家去取来了那张画像。

五

在一天的后半晌儿，小满儿终于来到了大相山下。她看着那高耸入云的千山万仞，不由得倒吸一口凉气，后退了好几步：老天爷，这能过去么？！

中午吃饭的时候，小满儿曾经问过店里的女老板，知道自己离家后已经走了两千多里地。她暗中掰着手指头算了算，可不是，自己出来都一个多月了！这期间，自己也翻过不少大大小小的土山石山，可和眼前这座大相山比起来，那不过都是些山岗子和土疙瘩！她呆立了好一会儿，走来走去地打量着四周，寻找着进山的途径……却看到在一面刀劈般整齐壁立的巨大石墙上，不知什么年代，也不知什么人刻下了三个大字——大相山，还留下了一首诗：

七擒孟获出奇兵，
至今犹闻鼓角声。
一代名相诸葛亮，
出师表颂千古情！

这些字小满儿认不全，但她听过说大鼓书的唱《三国演义》，知道诸葛亮七擒七纵孟获的故事，不由得胡思乱想感慨了一番。

这时候，有一位庄稼汉扛着锄头下山来。小满儿忙问道："大哥，这山能过、过去吗？"

"能、能啊。"庄稼汉看着她说，"咋？你要过那边去呀？"

"我……"小满儿迟疑了一下，不由得多了个心眼说，"不、不是。俺随便问问。"

庄稼汉笑了笑，说："你想过去也没多难。"他把手往后一挥，又说："就顺着这条小路往上走……可最好是从明儿一大早开始，要不天晚了山上有野兽。"

小满儿忙道了谢，佯装没事往旁边溜溜达达走去。庄稼汉久久目送着她的背影，似乎一时不肯离去。小满儿走出去老远了，偷偷看到没人了，才又返回来。她站在原地，迟疑地思索着是今天上山，还是等明天一大早。过了好一会儿，她又看了看周围确实没人了，又找不到一个过夜的合适地方，才决定今天上山，心想：反正是走一步就离山峰哥近一步，上山去随便找个山洞，天头黑就住下来，等明儿一早再翻山。

小满儿拿定了主意，便没再犹豫。她深吸了一口气，整了整身后的包袱，登上了那条似有似无、时隐时现的坎坷小路。她哪里知道，由于解放后修了公路，人们翻大相山已经很少走这条路了。那个庄稼汉是去山里干活的，没想到她真要翻山过去，所以就那么随便一说。

两天后，索朗巴措向山峰汇报社员们捐献马匹的情况，再次让他对藏族兄弟们的热情和豪气感到意外、吃惊和发自内心的感动！

那天吃过晚饭，山峰去了公社的总机房，试探着想给老家里打个电话，没想到还真的打通了！他又高兴又激动，忙请求对方帮忙去找哥哥接电话，更没想到，山岭马上就把电话接了过去！原来，山岭就在邢家庄公社总机房里，正准备给他打电话呢！

弟兄二人都非常激动，简单寒暄了几句便说到了买马的事情。山岭告诉他，说县里很支持他们的行动，有关部门正帮着办理贷款手续。山峰也介绍了这边的情况，说藏族兄弟们都不同意用钱买，灾区需要多少就捐献多少，一分钱不要。山岭很感动，一再坚持要用钱买，要不这边的乡亲们也过意不去。两人商量着先走走看，最好能找一个双方都能接受的折中办法。最后，弟兄俩自然说到了小满儿。山峰听说她还是没有任何消息，心里一下子变得沉甸甸，连说话也没了兴趣。等放下话筒，他坐在总机旁，久久地发呆、发呆……直到巴措来找他。

两人回到办公室，没等坐下巴措便兴奋又着急地说："书记，这事……还挺不好办呢！"

邢山峰理解为让人们自报马匹出了问题，不由得着急地问："怎、怎么了？"

索朗巴措"嘿嘿"一笑，说："你们老家那边不是说要二百二十四马么？可不到两天，这边的乡亲们便自报了三百多匹！你是要谁的不要谁的呀？不要谁的谁不高兴，为这事有几个大队的社员差点儿动了手！”

邢山峰非常意外和高兴，忙说：“是、是啊？真是谢谢藏族兄弟们了！”

“谢什么呀？”巴措却不高兴地说，“这事可该怎么办呀？不是让咱们为难么？”

邢山峰思索着，一时没吭声。巴措又说：“我阿妈倒是出了个主意，但是要耽误几天时间。不知道行不行？”

“是、是啊？”山峰忙问道，“卓玛同志出的什么主意呀？”

“进行选拔赛。”巴措说，“多中选好，好中选优，优中选精，最后留下二百二十四！”

“这不挺好吗？”山峰高兴地说罢，又由衷地感叹道，“真是……太感谢这里的乡亲们了！”

小满儿登上了大相山，才真正知道什么叫“蜀道难，难于上青天”了！

由于多少年已经基本没人从这里走了，羊肠小道完全埋没在深深的荒草之中。每年春天里，它们发芽、生长、分蘖、抽穗……到秋天里把籽儿播撒在地上死去。一年接上一年，不屈不挠地无限循环，把原本的石板路全部占领了。你看，现在又有野草翠绿的嫩芽儿倔强地从石板路缝隙里钻了出来，在黄白色的干草中格外显眼。

小满儿每次落脚，心里总要犯嘀咕：这荒草中有没有毒蛇、老鼠、蜈蚣什么的？会不会把自己咬了啊？万一被毒蛇咬了，这深山老林里连个人影都看不见，自己就只能等死了！她胡思乱想着，找了根干树枝做拐杖，每走一步先要划拉几下子才敢把脚落下去。她这样磨磨蹭蹭，像蜗牛爬行一样慢，刚登上一面不高的山坡，天就已经快黑了。

小满儿看不到日落，只觉得光线越来越暗，很快连眼前的小路都看不清了。她只得停了下来，一脸茫然地打量着四周。只见，在深不见底、只能听到咆哮水声的峡谷中，一团团一块块的雾气升腾上来，很快便弥漫了整个山野，使她的脸上都感到湿漉漉的。她不敢再往上走，用目光搜索了好一会儿，才发现不远处有个山洞，便紧走了几步钻了进去。

山洞不深，而且还很光滑，最里面有个柴火窝，一看就知道这是个什么野兽的家。小满儿迟疑片刻，胆怯地本想退出去又觉得无处可去，只得找来块大石头，把洞口堵住了。她浑身疲惫，仍然仔细检查了一下柴火窝，发现还算干净，便仰身躺了下去。她思索片刻，把小刀拿出来攥在手中，心里才踏实了点儿。随着外面骤然而起的呼啸风声，一阵悲凉袭上心头，她实在忍耐不住，撒泼般“哇哇”大哭了起来。

什么时候睡着的，小满儿自己都不知道。当一阵不知是什么野兽愤怒的咆哮声把她惊醒后，山洞中黑黝黝嘛都看不见。她茫然发愣间，才听到野兽的嚎叫声近在咫尺，而且还能听到它用爪子抓挠石头的声音。她惊骇地怔了一会儿，紧张得浑身哆嗦着却不知该怎么办。这时，外面的野兽已经不叫了，只是用爪子抓挠并推动着石头，大有进不来誓不罢休的意思。她听到石头碰撞洞壁的声音，知道石头已经被推动了，便不顾一切地拿起小刀爬过去，用双手推住了石头……僵持间，她从石头和洞壁的缝隙间看到了一双绿莹莹的眼睛，也听到了对方粗重的呼吸声。她害怕得浑身发紧，毛发悚立，双手也开始哆嗦……突然就看到有一只毛茸茸的大爪子从缝隙中伸了进来。急切间，她顾不上多想，便用力把小刀插在了爪子上。野兽痛苦地哀嚎了一声，才把爪子收了回去，但仍然坚持晃动着石头。

小满儿一颗心怦怦急跳，好像要从嘴里蹦出来。她半点儿不敢松懈，只能拼尽全力推住了石头……就这样对峙了有吃顿饭的工夫，外面的野兽终于放弃了。它无奈地悲嚎两声，迅速跑开了。她由于用力和紧张，身上的汗水都出来了。她不放心地从缝隙中往外看了一眼，确信野兽已经跑开，才浑身酥软地瘫倒在地上。那到底是只什么野兽，她一直没弄明白，多少年后想起来，心里还不由得打哆嗦。

当天晚上，邢山峰又和哥哥通了个电话，报告了这边的进展情况和准备对马匹进行选拔。山岭非常高兴，也感慨万千地一再嘱咐弟弟，一定要对藏族兄弟们表示感谢。他也告诉山峰，说这边的钱已经准备好了，县里的贷款和各大队凑的钱都存进了银行里，随时都可以带张现金支票过去。

第二天，坎坝公社召开了各大队书记会议，专门商量了赛马活动怎么开展的问题。因为事情的进展出乎所有人预料地顺利，书记们觉得脸上有光，一个个兴高采烈，话也就多了。

实际上，山峰毕竟不是当地人，来这儿时间又短，不了解情况，把问题想复杂了。赛马活动在这里就不算什么事，每年都要举办好几次，不光是过藏历年或是过节，遇上高兴事大家一商量就可以举办。比如上坝大队马生双驹时，他们村就单独举办过一次。当然，这次是全公社统一行动，规模和声势可就不一样了，但整个流程还是差不多的。

人民公社成立那年，这十多个村庄就举办过一次。当时的主办人就是桑吉卓玛，她自然熟悉这一切。降央次仁提出来这次还让她主持。卓玛却连连摇着头说：“可是不行，我老了，没办法和当年相比。”

麦其泽登说："那就让巴措主任主持，卓玛大姐可以当顾问，总行、行吧？"

"我看行。""就是。我也同意！""你们娘儿俩在一块，有事随时都可以商量。"……大家乱纷纷表示赞成，事情就这样定了下来。

小满儿连惊带吓一夜都没睡好，天头明才迷糊了一会儿，还做了好几个噩梦。

天刚亮，勤快的小鸟儿们便急不可待地从窝里钻了出来，一个个跳上微曦染红的枝头，"叽叽喳喳"拉着家常，商量着今儿去哪里找食吃，然后再去哪儿玩耍。当一缕晨光透进山洞的缝隙，照在小满儿脸上时，她马上警觉地睁开了发红的眼睛。她茫然地眯瞪着，一时竟想不起自己这是在哪里，要去干什么。她努力回想着坐起身来，看到旁边的包袱和手边的小刀，才明白了自己目前的处境。她伸腰打了两个长长的哈欠，把眼泪都打出来了，才擦抹着眼睛弯腰站了起来。她走过去搬开洞口的石头，站在荒草没膝的小路上，又打了个哈欠才彻底清醒过来，不由得从肺腑深处长长地"啊"了一声。

早晨的山林清新而干净，刚长出来不久的嫩草和树叶，在轻轻的晨风中油绿油绿的浮泛着微光。满山遍野姹紫嫣红的小花们，顶着晶莹的露珠儿在轻风中摇曳。这一切和着鸟儿们的叫声，真是一个充满勃勃生机、让人神清气爽的早晨！

小满儿想洗把脸，张望半天看不见哪里有水，只能听到脚下的峡谷中水声咆哮，但那是永远也够不着的。她蹲下身子，划拉着花草上的露水在脸上抹了几把，又吸溜着喝了一点儿点儿，马上觉得精神了许多。她辨认了一下方向，沿着那条唯一的、模糊不清的小路往上攀登、攀登……也不知过了多久，当她汗水淋漓、气喘吁吁时，肚子也“咕咕”叫了起来。她一屁股坐在荒草上，从包袱里掏出昨天上山前买的、已经发硬了的大馒头，狼吞虎咽地吃了起来……当她被噎得打嗝时，才想起来自己忘了带水上山。她没办法，只能像刚出洞口那样，用手划拉着吸溜了不知多少滴露水，才觉得舒服了点儿。

锣鼓声喧天，长号声悠远，阳光烈烈、彩旗飘飘的赛马现场好不热闹！

这是在离坎坝公社两里多地的托尔萨河岸边，人欢马叫，万头攒动，全公社的社员们身穿节日的盛装络绎不绝地聚拢而来。在靠河最近的草地上，搭建起来一座披红挂绿的简易舞台。邢山峰、县委书记赵胜利、相关单位的领导和坎坝公社各大队的支书们坐在上面，一个个高兴地说笑谈论着。

索朗巴措作为总指挥，拿着用铁皮做成的喇叭，吆吆喝喝地跑来跑去。且不说现场有多少人，那三百多匹披红戴花的马儿整齐地排列在一起，再加上它们各自服饰鲜亮、精神抖擞的骑手，看上去是怎样的一种壮观啊！正式比赛还没开始，巴措就已经忙得满头大汗了！

实际上，赛马的各种程序每位藏族兄弟都是稔熟在胸的，根本不用谁教导和指挥。你看，有十四同种颜色的黄骠马已经站在了起跑线上。它们当然知道自己要干什么，一匹匹不安地喷着鼻子，前蹄捯动着显得急不可待。骑手们倒很淡定，一个个互相观望地开着暗含蔑视对方的玩笑。

当索朗巴措吹了声口哨，并把手中的黄色旗子举起来时，全场瞬间哑然，千百双眼睛都投在了这十匹马儿身上。随着旗子的猝然降落，没等主人发布口令，所有的马儿便像箭头一样冲了出去！随即，全场像是突降了狂风暴雨，欢呼声、锣鼓声、喊叫声……浑然响成了一片！人们喊着自己熟悉和支持的马儿的名字，发疯般舞动着手中的马鞭或鲜花。邢山峰他们也都站了起来，目光紧张地随着那些马儿向前、向前……

百米开外的终点线上，已经有十多位经验丰富的老者作为裁判员，手中拿着黄旗目光炯炯地注视着前方。随着马儿们争先恐后的奔腾，骑手们也都紧张地站立了起来，边大声喊着口令边连连挥动着马鞭……但是，不管他们怎么努力，胜负总是要分出来的。那些马儿开始几乎是齐头并进，渐渐地便拉开了距离……等冲到终点线上，那些老裁判员目光如炬，哪匹马差半步都会被淘汰！

到此时，观众的情绪便会明显分开。胜利者的家属和粉丝们自然是欢呼雀跃；失败者的追随者们却是垂头丧气，甚至互相埋怨着动起手来。

小满儿顺着狭窄的栈道往上攀登，已经很累了但并没出汗。因为山高林密，凉风飕飕，阳光再强烈也照不到她身上。让她胆战心惊的有两方面：一是栈道不只狭窄，上面还长了一层苔藓，脚踩上去滑溜溜的。而且栈道边缘的木扶手由于年久失修，好多处已经没有了。即便有也不能碰，稍微一碰便会断裂开来。她要是不小心脚下一滑，很可能撞断扶手掉入下面的万丈深渊。二是头顶上的天空越来越窄，两边的那些奇峰怪岭像形形色色的魔鬼，逐渐往中间靠拢，最后头顶上的蓝天白云都看不见了，仅剩下窄窄的“一线天”。

一只巨大的苍鹰在这“一线天”上盘旋鸣叫，老也留恋不去。它也许是把小满儿当成了什么动物，想随时俯冲下来把她抓去喂鹰宝宝。

小满儿半点儿也不敢懈怠，尽量靠近旁边的石壁，用一只手抓住凸出的石棱或野草小树，一步步攀登、攀登……有一个现象让她感到震惊之余也给自己增添了力量——那就是石缝中小树的顽强和忍耐。你看，那光滑的石壁上根本就没有土，一颗种子落上去却能生根发芽，多少年才长成了一棵树。只见它们的根系暴凸出来，像一条条长虫一样紧紧抓住石壁上的苔藓，就靠这微弱的营养一点儿点儿成长着自己。这种顽强和执着，谁看到也会为它们感到惊叹和佩服，也为自己增添了坚持奋斗下去的信心和勇气！

因为看不见太阳，小满儿也不知道天已经什么时候了。她攀登到筋疲力尽、肚子里“咕咕”叫时，觉得浑身已没一点儿力气了，才瘫坐在一方稍微凸出的平台上。她往下看了一眼，就没敢再看第二眼。这个平台不过家里的灶火坑那么大，下面就是凶险的、咆哮着雷鸣般水声的万丈深渊。她看了一眼，便感到一阵晕眩，好像脚下的平台也在晃动，随时都有坍塌下去的危险。她往里靠了靠，让后背尽量贴紧石壁，心里才觉得踏实了点儿。

小满儿实在是饿极了，从包袱里掏出最后一个馒头，掰下一块塞进了嘴里。可是，因为口水已经干竭，馒头也是又干又硬，她嚼了半天却怎么也咽不下去。她想像早晨那样用露水润润喉咙，但荒草上的露水早已经风干了，用手划拉半天一滴也没有。她一时不知该怎么办，只能用目光毫无目的地到处搜索——终于，她看到在平台的最边缘，有一个巴掌那么大的小坑，里面还残存着不知什么时候下雨留下的一点儿水。她不由得惊喜过望，忙小心翼翼爬了过去——可是，她看到水里有数不清的拨浪吊儿（孑孓），正欢快地游来游去。前面说过，她是个爱好的人，要放在平时，看着都会干哕。但是，现在顾命要紧，她用手指划动着想把那些小东西赶开，却怎么努力也做不到。因为里面的这些东西太多，赶来赶去也没办法把它们聚拢在一起。她怔了片刻，把心一横，眼一闭，俯下脸伸出嘴，连水带那些小东西一块喝了下去。有那么一瞬间，她感觉到拨浪吊儿在嘴里的蠕动，还差点儿张嘴吐了出来。但她一想到这是最后的希望，喉咙干呕着硬是咽了下去。随即，两大滴泪水顺着她苍白的面颊流了下来。

选拔马匹的比赛进行到下午出了点儿意外，让邢山峰认识了一个原本不该认识，却又偏偏给他们夫妇带来灭顶之灾的人物！

上午的比赛很顺利，已经挑选出来了五六十匹好马。不管是参赛者还是工作人员，包括来看热闹的百姓都有心理准备。他们来时就带上了糍粑、肉干和奶茶什么的，午饭就地解决，甚至有人还带来了青稞酒，男男女女三五成群围坐在阳光灿烂的草地上，高兴地谈笑着大呼小叫。喝到兴奋时，吃到开心处，有不少人载歌载舞，又唱又跳，整个现场热气腾腾，好不热闹！

索朗巴措和他媳妇茸贡梅朵是当地有名的歌手。尤其是梅朵，更是大草原上久负盛名的“百灵鸟”。她虽然已经是一个孩子的母亲了，但仍保持着少女般窈窕的身材和纯净的气质。她人长得很漂亮，又是个好说好笑好热闹的性格。所以，在众人的欢迎和起哄声中，她把丈夫拉到舞台上，两口子边舞边唱起了当时非常流行的歌曲《逛新城》：

> 雪山升起了红太阳，
> 拉萨城内闪金光。
> 翻身农奴巧梳妆，
> 阿爸和女儿逛新城呀。
> ……

长空明净，白云浮移，金色的阳光普照着花红草绿的原野，普照着悠闲吃草的马群和牛羊，也普照着奔腾不息的托尔萨河……身处此情此景，没有谁不感到心旷神怡，对大自然和所有生灵充满着敬重，从内心深处升腾起一种强烈的勃勃生机！

邢山峰当然也受到了这种氛围的感染，有了种想高歌一曲的冲动。但是，他的目光却被远处一个高大的身影吸引住了。也不是现在，而是从比赛刚开始他就被这个人的行动引起了好奇和想了解他的冲动。

这个人身高马大，皮肤黝黑，剑眉下一双眼睛闪动着犀利而冷峻的光芒。他好像腿有毛病，走起路来有点儿瘸，行动也较迟缓。他一大早就拎着只高马扎来了，却孤零零地坐在较远处的高坡上，比赛期间一直没往前凑，而且脸上总是一副冰冷的神色。

赛马中间出了点儿差错。就是一匹高大的乌骓马不知受到什么惊吓，突然甩掉骑手冲出赛场，往草原深处狂奔而去。一时间，所有人都意外地愣住了。那位骑手忙爬起身，和自己大队的几个人吆喝着追了上去……乌骓马奔腾咆哮着，就在经过高坡的一瞬间，那个看上去高大而行动迟缓的人儿却出乎所有人预料地、闪电般纵身跃上了马背！

乌骓马也好像意外而茫然地愣了片刻，紧接着便长啸一声前蹄腾空直立了起来。那个人儿毫不惊慌，像黏在它身上般纹丝不动。马儿却吃了一惊，驮着他往远处奔去……那个人儿不慌不忙，抡起油葫芦般的大拳头，狠狠砸在了它的耳根子处。乌骓马一声没吭，房倒屋塌般轰然摔倒在了地上。再看那个人儿，早已轻轻跳下来，气定神闲地拍打着双手冷笑。

好多人都看呆了。过了一会儿，降央次仁喊道："韩团长，好样的！"

"就是，身手不凡！""咱弟兄们都比不上！""真不愧是英雄团长！"……好多人喊叫着，"啪啪"地拍起手来。那位韩团长冲大家摆了摆手，微微一笑坐回马扎上。邢山峰也看呆了，过了一会儿回过神来，才扭头问旁边的桑吉卓玛：“大姐，这位是谁呀？”

“你问他呀？”卓玛不无尊敬地说，“这个人可不是个简单人物，名字叫韩湘楚，是抗战时期的铁血团长，据说还曾受到过蒋介石的接见，亲自赠给他一把‘中正剑’呢！”接下来，她详细介绍了这位高大而冷峻的人物。

韩湘楚早在抗战前就是国民党军队的一位团长，曾带领部队在这一带驻过防。那时候，他治军很严，从没发生过部队官兵骚扰百姓的事情，反而还消灭和赶跑过几股土匪，为当地的安宁起到很大作用。所以，这一带的百姓一直对他保留着很好的印象。抗日战争爆发之后，他们的部队被调防到内地参战，据说曾参加过喜峰口、台儿庄等多次战役。他也多次负伤仍坚持带头冲锋，被人们称为“铁血团长”。在解放战争中，他带领部队起义，被反对起义的部下打断了一条腿。后来，根据他自己的要求，政府才同意他来这里安家落户。

听完卓玛和大家你一嘴他一嘴的介绍，邢山峰心里就想着，等哪天有时间，一定去拜访这位传奇般的人物。

六

小满儿吃了大馒头，总算打住了心慌。她站起身往上看了一眼，不由得倒吸了口凉气。

这时候，天色已经向晚。西斜的日头被团团黑云包裹着，天地间的光线也暗淡下来。让小满儿吸凉气的不只是这些，她看到的是前面那直上直下、陡峭壁立的栈道，往上伸延着好像钻入到云层中，根本望不到头！她心里发慌：老天爷！这什么时候才能翻过山去啊？看这天像是要下雨了，自己在哪儿躲藏，晚上又在哪儿过夜呀？！

老天爷可不管小满儿是怎么想的。当她再次下定决心，登石阶往上攀登时，没走多远它就变了脸。只见，一阵狂风陡然刮过，天上的乌云便像奔腾的马群，乱纷纷劈头盖脸地压了过来……小满儿心慌意乱，躲又无处躲，藏又无处藏，只能硬着头皮，更加紧了往上攀登的脚步。也不过抽袋烟的工夫，枣那么大的雨点子便伴随着呼啸的狂风，“啪啪”地砸落了下来。

小满儿边往上登攀边左顾右盼，就是找不到一个容身的山洞什么的。她没办法，只得把包袱紧抱在怀中，低头弯腰任凭大雨点子砸在头上、背上，没多会儿就变成了一只落汤鸡。而且，因为雨水的冲洗，台阶变得湿滑，稍不小心便有滑落万丈深渊的危险。她真的不敢再往上走了，急切中看到一个上面有大树遮挡的平台，急忙赶过去，心慌身颤地紧靠着石壁，大口大口地“呼呼”喘息了起来。

头顶上的大树枝稠叶密，暂时挡住了稀疏的雨点子。小满儿喘息了一会儿，心里暗自庆幸着老天还是有眼的。谁知道好景不长，雨点子中突然夹杂起来铜钱那么大的冰雹，噼里啪啦地砸落下来。树的枝叶能挡住雨点子，却承受不住冰雹的重量。小满儿再怎么躲闪也无济于事，头上、肩上，连同脚面上都被砸得生疼。她只得蹲下身去，佝偻着尽量减少被砸的面积。好在冰雹下了没多会儿，就像来时那样突然停住了。她抬手摸了摸，脑袋上竟然被砸了好几个大疙瘩，甚至有两处还渗出了鲜血。她因为疼，也因为心情沮丧，竟不由得“哇哇”大哭了起来。

夏日的天儿，孩子的脸儿，说哭就哭，说笑就笑。大雨连同冰雹下了不过做顿饭的工夫，便云收雨霁了。太阳又从西天际露出脸来，用血色的光芒重新普照着山山岭岭。

小满儿的心情也随着天气好了起来，但却觉得身心疲惫，一步也不想往上走了。山风飕飕刮过，气温陡然下降。她的头发上还滴着水，被淋湿的衣服紧裹在身上，突然感到一阵冰冷，再怎么佝偻身子也止不住打哆嗦。她当然不知道，这里的气温和家里那边不一样，冷冷热热一天不知变换多少次，有时候让人猝不及防。她看了看西天，日头已经只剩下了半张脸，知道天很快就黑了，自己不愿走也得走，总不能在这儿过夜吧？她只得挣扎着站起身来，边慢慢往上攀登边左顾右盼，想找个山洞好熬过这在大山中的第二个晚上。

除了那匹乌骓惹了点儿事之外，马儿选拔赛进行得还算顺利，三天过来，共挑选出了二百二十匹。其中，有一匹桃花母马还带着一只小马驹。

出事的那乌骓是一匹公马，身材又高又大，比一般的马儿整整高出来了半个脑袋。而且，它浑身的皮毛像绸缎般油光闪亮，四条小腿连同蹄子却像刚落地的雪一样洁白。它的脑门儿正中间也有桃子大小一片白，是人们常说的那种“白孝顶”。它刚过了五岁生日，看上去精神抖擞、气宇轩昂，浑身充满着勃勃生机，真是谁见谁爱。主人给它起的名字就叫“黑玉”。在主人的一再要求和坚持下，“黑玉”重新参加了一次比赛，没想到它竟然一战成名，跑出了所有马匹最好的成绩！

连同那只小马驹，总共是二百二十一匹，事情就这样定了下来。桑吉卓玛却说：“让我说不如再增加两匹，防止路上发生什么意外。”

大家不知所以地看着她。卓玛又说：“这千里万里的，翻山越岭、大漠沼泽……万一路上出点儿什么事，送过去不够两百二十匹了，咱们怎么对得起灾区人民啊！”

大家这才明白了过来，纷纷表示同意。于是，索朗巴措他们又从淘汰掉的马匹中挑选出两匹放进去。这样，算上那只马驹，总共是二百二十三匹。关于送马过去的人员，各村的支书们经过充分讨论，挑选出了二十名全公社最好的骑手。

邢山峰原本想自己带队过去，请示县委却被否定了。赵胜利告诉他，说是上级有指示，根据目前的国际形势，任何单位的一把手都不能脱离工作岗位。没办法，只得让索朗巴措带队前往。桑吉卓玛却坚持要过去，理由是想去救命恩人的家乡看看，尽量找到那位英雄的家属，亲自献上一条洁白的哈达。山峰怕“露馅”不敢坚持，只得表示同意。降央次仁也说：“那就让巴措媳妇也去呗。一家人在一块也能互相关照，她们娘儿俩还能帮大家做饭洗衣什么的。”

大家表示同意，又商定了出发日期。没想到第二天邢山岭过来了。

在大山中的第二个夜晚，小满儿过得更是惊心动魄！

小满儿拼尽最后一点儿力气，紧赶慢赶，终于在天色黑透前发现了一个山洞。她顾不上多想，急切切就钻了进去。山洞中黑黢黢伸手不见五指，而且有一种难闻的气味，顶得她有点儿喘不上气了。她扶着洞壁弯腰往里走了几步，感觉到脚下凹凸不平，心里突然意识到什么，不由得迟疑地停住了脚步。就在这时，借着从洞口透进来的微弱光线，她模模糊糊看到一团黑影从里面冲了出来……她下意识地急忙躲闪，还是被重重撞得仰倒在地上，而且后脑勺儿像是磕在了一块尖石头上，瞬间疼得她叫出声来。也就在这时候，她从低吼的声音和扎人的鬃毛中猜到对方是一头猪，一头野猪。

小满儿挣扎着站起身来，没留意脑袋又碰在了洞顶上。她下意识地摸了一把，却从后脑勺儿上弄了满手湿乎乎的东西，才知道自己刚才仰倒时被磕得出血了。她并没有在乎。也是，一个庄稼闺女，平常干活时断不了碰着磕着的，出点血不算什么。她心里反倒有点儿不好意思，觉得自己把野猪的家给占了，人家在哪儿过夜啊！一时间，她想退出去把山洞留出来，又觉得实在没地儿过夜，便硬着心肠摸索着找了一块大石头，把洞口挡住了。

这时候，又有什么东西"哼哼"低嚎着从洞里边走出来……小满儿一下子愣住了。她担心里面还有野猪，更怕自己对付不了，就想退出去。正在她迟疑间，果然有一小团东西已经走到了她的脚旁。她定睛一看，原来是一只小小的野猪，可能是感觉到她的脚的温暖，竟然乖乖地卧倒在脚面上。说来也怪，就在这瞬间，一股巨大的母爱突然涌上小满儿的心头。她忙弯下腰去，不管脏净把小野猪抱在了怀中。

小满儿已经适应了洞中的黑暗，便佝偻着腰往洞底走去……没多会儿，她就看到柴草窝子里还有一只小野猪，正被冻得瑟瑟发抖。她迟疑片刻，干脆坐在柴草窝子里，伸手把那只小野猪也抱了过来。

夜深了，更深了。大山中的夜晚并不安静，夜鸟悲啼，不知什么野兽哀嚎，一声、一声……伴随着大峡谷中"隆隆"的水声不时传来。小满儿什么也听不见，什么也没多想，甚至连害怕都忘记了。她实在是太累了，和两只小猪崽互相传递着体温，竟然沉沉地睡着了。

邢山岭带来了张现金支票，整整六万元。在当时，这可不是一笔小数目！

邢山峰忙把它交给了公社的会计苗倩茜。苗倩茜也是汉族人，二十九岁的老姑娘了还没结婚。她是西藏解放时，跟着父母过来的，许是因为长得漂亮，心高气傲，一直没找到对象。

苗倩茜拿着支票去了公社信用社，值班的是个藏族女同志。她一看到支票上的数字，瞪着眼睛半天没吭声，最后告诉说现在保险柜里没那么多钱，要等过两天到县信用总社去取。

索朗巴措知道这件事后，对山峰表示了强烈的反对并告诉了阿妈。桑吉卓玛一听也急了，当时就召集各大队的书记闹到了公社里。大家一致要求山峰执行当初藏族兄弟们献马的初衷：无偿捐献，一分不收！

邢山峰和哥哥给大家解释了半天，这些人根本听不进去，甚至鸡毛狗眼地差点儿和他们吵起来。索朗巴措幸灾乐祸地在旁边说："你在俺们这儿待的时间不算短了，难道还不了解这里人的脾气秉性？说好了的事，别说用马拉牛拽，就是用棒子打、用刀割下脑袋来也不会有半点儿反悔！"

邢山峰哭笑不得又没办法。他何尝不知道这里人的脾气秉性？他当年的战友就有一个藏族兄弟组成的敢死连，一个个打起仗来真是不要命，再难攻的堡垒也硬打硬拼，就是头拱地、死多少人也得拿下来！汉族的同志们背后笑他们是"一根筋"，是说他们不会想办法找窍门，认准一条道，就是撞了南墙，用脑袋碰个窟窿也得钻过去！这也许是藏族文化浩如烟海的底蕴中，流传千古的一种特质吧。山峰想到马队急着出发，心里更明白在这些支书当中，桑吉卓玛是灵魂人物，一般情况下，大家都听她的。就个人影响来说，卓玛的威望甚至比他这个公社书记都大。他想到此，就没再坚持，琢磨着等马队上了路再说吧。

邢山岭提出了要随马队一块回去，山峰想了想就同意了。他一是考虑哥哥当年曾几次跟着马帮过来，道路比较熟悉；二是马队在路上不知会走多长时间，万一有马儿闹个灾啊病的，不就用上他这个兽医了？

山里人经常笑话平原人，说是上山难下山更不易，不死也得脱层皮！

邢家庄虽然也算半山区，小满儿被捡回来长大后，也经常跟着山峰哥去山里拾柴砍草，但是，那里的山和这里的山相比，简直就是个小土岗子，充其量不过像条河堤！

第三天，小满儿连滚带爬地下山来，确实已经累得没有了人模样。她的衣服被灌木丛和石头撕扯开了好几个大口子，连皮肤都有多处几乎划出了鲜血，已经凝固成了一道道的红印子。她那美丽的小脸儿，因多日来的饥饱劳累，已经皴得不成样子，头发好久找不到能洗的地方，也已锈成了毡片，用手捋都捋不开！她觉得自己又脏又臭，真是没脸见人了！

好在山脚下是一方美丽的小平原，只见梯田层叠，溪水潺潺，农人在田间劳作，鸽阵在空中翻飞，真是山清水秀，风光格外旎旖！稍远处，绿树掩映着十多户散落的茅屋草舍，鸡鸣狗吠，童声嘹亮，让离家久的人感到格外亲切！

小满儿本想进村去找户人家，求爷爷告奶奶找口饭吃，能睡一觉更好。但想到自己这副模样，怕把人家吓着了，便准备先找地方洗个澡，把身上弄干净了再说吧。她四下观望了片刻，便思索着顺着小溪往下走去……也算是好人好命吧，她走了没多远，就看到梯田间有一个菜园子，里面的西红柿和紫茄子虽然还不大，却也是硕果累累。她犹豫了好一会儿，实在忍受不住肚里“咕咕”叫的饥饿，四顾无人注意，便走过去飞快地摘了两个大茄子、拔了棵大葱，急忙跑开了。她长这么大，还是头一回“偷”人家的东西，那种神经紧张和小兔般的心跳，弄得她一阵眩晕，逃跑间差点儿摔倒在地上！

也许是老天爷的眷顾吧，小满儿急行了没多远，就发现小溪水流进了一个山洼，形成了一个不大的湖泊，而且有绿树环绕，要不是有心，很少有人会注意到这里。她非常高兴，看看四下无人，便穿着衣服跳了进去。湖水有点儿凉，弄得她连打了好几个喷嚏，便不顾一切，洗了洗茄子和大葱，狼吞虎咽地吃起来……她吃着吃着意识到一件事，就是这里的气温和老家那边不一样，晚上冷得够呛，白天又热得出奇。但是，甭管日头怎么毒辣，在阳光下站一会儿，就会浑身冒汗，可是一走进阴凉里，立马就感到凉风飕飕，浑身清爽起来。她当然不知道，这种温差的区别，是因为已经进了高寒地带。

小满儿把茄子和大葱吃完后，才觉得肚子里舒服了好多，浑身也有了劲头。她再次扫视周围没发现有人影，便脱光了衣服，边洗衣边洗澡，洗了个痛痛快快！她把衣服洗好后，仍然担心周围有人，小心翼翼、左顾右盼地出水来，把衣服晾在阳光下的红花绿草上，又慌忙跳进了水中。她想洗头发，却又认为在这儿没有碱面，担心洗不干净，犹豫了片刻，觉得洗洗总比不洗强吧？便把脑袋扎进了水中……她觉得这里的水滑溜溜的，却没想到小溪是从山上流下来的，途中不知多少次冲刷过带有碱性的矿石。她洗完晾干后，才觉得头发又光滑又蓬松，比用碱面洗得还顺溜。

因为担心白天太热，马队决定晚上出发，送行仪式从傍晚时才开始。

藏族兄弟姐妹们有个祖传习俗，就是只要有高兴事，或是有重大的喜庆活动，大家都会非常热情地积极参加。也不管路途近还是远，一个个穿上节日的盛装，带上哈达、糍粑、肉干和马奶子酒，骑着马络绎不绝地从四方奔腾而来。送行仪式仍设在托尔萨河边的草原上，也就是挑选马匹活动进行的地方。

只见，远处有连绵的群山错落，近处有清冽的河水奔流，花红草绿的平原上万众欢呼、群马奔腾……这所有的一切，在夕阳斜照下流金泛彩，显得非常盛大而辉煌！

藏民们无私奉献的二百多匹马，按颜色分成了数个方阵：桃花、黄骠、乌骓、赤兔……骑手们两人负责一组，身穿特制的、颜色靓丽的马装，一个个气宇轩昂、威风凛凛地站在各自的方阵前。只见，每匹马背上都驮着大大小小的草袋、料包、食品、搭帐篷的毡毯和羊皮袋子——里面装的可能是水，也可能是马奶子酒。

各大队的干部们唱着送行平安歌，为自己村里的勇士们敬酒献哈达。县委书记赵胜利和四大班子的头头脑脑也赶来了，一是为马队送行；二是送来了一些常用的药品和一位医生，为马队所有人员的健康做好保障。他登上高台，情绪激昂地讲了几句话，再次对藏族兄弟们的义举表示感谢，并祝福他们一路平安！

浩浩荡荡的马队即将出发。锣鼓响起来，长号吹起来，就在乡亲们唱着平安歌相送的当口，却发生了点儿小小的意外，使现场显得有点儿混乱。

一条硕大的、牛犊子般的藏獒冲进队伍，冲着索朗巴措和桑吉卓玛狂吠个不停。只见它浑身火焰般的鬃毛炸裂开来，蹦跳吼叫吓得马儿们急忙往后躲！巴措见状，不由得大声呵斥道："荒子，你来干什么？快给我滚回去！"

荒子非但不听他的，还表示反抗般地狂叫不停。坎坝村里的乡亲都知道，这条藏獒是卓玛从荒原上捡来的。当时还是个小崽子，生下来不过十多天，不知道是被人扔了还是自己跑丢了。卓玛把它带回家时已经奄奄一息，谁都没想到它还能活下来，而且能长成这么威武雄壮！当然，卓玛为它付出的辛苦只有他们全家人知道，白天用小勺一点儿点儿往它的嘴里灌牛奶，晚上像个孩子一样睡在自己身旁，还要每天为它清洗梳理厚厚的鬃毛。邻居们都说，两年前伺候孙子麦其旺堆都没有这么精心尽力过。当然，这都是玩笑话，只能说她是把狗当孙子一样照顾了。

索朗巴措见荒子不听话，便举起马鞭再次呵斥：“荒子，还不快给我滚回去！”

谁知道荒子非但不听，反而目露凶光和杀气，蹦跳着摆出一副要拼命的模样。这样一来，巴措却不知道该怎么办地愣住了。卓玛忙说：“它从小没离开过我，就让它跟着吧。”

小满儿在湖水中玩得时间长了，随着天色向晚，气温也急剧下降，她觉得有点儿冷了，才爬上岸来。她看看草地上的衣服已经风干了，便急忙穿在身上。好在衣服上被树枝挂的口子都不大，不注意看不出来，她心里才有点儿欣慰。她见天色已不早，又腰疼腿酸浑身不得劲儿，便想去村庄里找一户人家，掏点儿钱吃顿饭，住一宿再走。她边这样想着边往不远处的小村里走去……

天近傍晚，在梯田里干活的农人们开始下山来，陆陆续续往家里走。一位中年妇女挑着饭担慢悠悠走过来。她打量了小满儿两眼，开口便问道：“闺女，你这是往哪儿去呀？”

小满儿稍愣了一下，忙回答：“大婶儿，我是从……外地来的，路过你们这儿，不知道能不能找户人家，让俺住一宿？”稍停，她又补充道：“掏点儿钱也行、行啊。”

“这闺女，你这样说可就见外了。”中年妇女笑着说，“天下农民是一家。甭说住一宿，住十天半月也不收你的钱！”

小满儿见人家这么痛快，心里不由得一阵高兴。她刚要表示感谢，人家又说：“走吧，跟我回家。咱先做饭，好吃不好吃管饱！”稍停，她又补充道：“在俺家住一宿，明儿一大早，你该去哪儿去哪儿！钱么，咱还是免了吧……哈哈！”

小满儿一下子想起那位留她住宿，管饭又送衣服和鞋子的大娘，心里觉得这个社会真好，世界上还是好人多！她这样想着，毫不犹豫地跟在中年妇女身后往小村里走去……看来，她还是太单纯了，小时候被人从家里偷走的记忆似乎没给她留下什么阴影，不知道人心难测，这个世界有多么凶险！

中年妇女叫马兰花，是个四十出头，人称“笑面虎”的娘儿们。她嫁到这个小山村已经二十多年了。两口子就养活了一个儿子，今年已二十三岁了。可因为生孩子时难产，折腾得有做顿饭的工夫也没能生出来。收生婆拍打着鲜血淋漓的双手，急得满头大汗也没办法，不得不去了公社卫生院……孩子倒是生下来了，却落下浑身毛病，三岁多才学会走路，五岁上才学会叫娘，直到现在，仍然是半傻不俏的。爹娘给他起了个什么名字人们不知道，乡亲们都叫他“傻呆呆”。

马兰花生孩子时吓了个半死，以后就没敢再要。孩子在别人眼里是个傻呆呆，在她眼里仍然是个命根子，怎么看怎么亲，照样是顶在头上怕摔了，含在嘴里怕化了。孩子长到十五六岁，她便求爷爷告奶奶，想给儿子娶个媳妇。但是，就她儿子那傻样儿，谁家老人瞎心、闺女瞎眼肯嫁过来呀？所以，傻呆呆至今仍然是光棍儿一根，晚上只能抱着枕头睡觉。

马兰花心里那个急呀，每想起来就吃不下睡不着，满嘴起燎泡，牙疼得半边脸肿得像个大馒头。但这种事着急也不管用，牛犊子赶兔子——有劲使不上！这两年，她老琢磨着骗个大闺女或是小媳妇进家来，让儿子把生米煮成熟饭，能给这个家里养活个孙子就好了。

小满儿哪里知道这些？她万万没想到，这一步迈进了生死门，能不能化险为夷、安全脱身就看她的智慧和命运了！

大漠的夜晚依然是那么美丽！布满星星的夜空深蓝透亮，而且显得那么低，就像压在头顶上，只要你伸手一跳，就能摘颗正在眨眼的星星下来！尽管今晚没有月亮，星光的辉映仍然是那么灿烂，稍远处的山影、近处的树木，就连一只被惊飞的蚂蚱都看得清清楚楚！

马队不紧不慢，静悄悄走着。旷野中，只有马蹄踩在沙砾中的细碎声音。偶尔有匹马喷个响鼻，就显得格外惊人。虽然已经出来了好几十里地，但大家都觉得仍在家门口。因为这一带太熟悉了，是他们春夏放马和秋天来砍草的地方。所以，骑手们都很放心，一个个都已沉入了梦乡。这是藏族兄弟姐妹与生俱来的天性，骑在马上就像躺在自家的毡毯上，该睡觉睡觉，该做美梦做美梦，两不耽误。

索朗巴措可没有睡。他骑在头马也就是比赛时冲出跑道，被韩湘楚打倒在地的那匹威猛的乌骓马“黑玉”上。他妻子茸贡梅朵骑的桃花马紧随其后，人已经睡着了。这是两人商量好了的，一个值前夜班一个值后夜班。毕竟是出门在外，一是把握方向，再就是不怕一万就怕万一，防止出了什么意外好及时处理或叫醒大家。

人随着年龄的增大，觉就会越来越少。邢山岭和桑吉卓玛都没睡着。他们两人跟在马队最后，有点儿压阵的意思。山岭比卓玛大两岁，当然算是同龄人，共同语言就多了一些。两匹马并辔而行。开始是有一句没一句地说着闲话，后来卓玛就讲起了五九年春天那场劫难，三番五次说起那位救他们的英雄。邢山岭当然知道她在说谁，但因为弟弟曾经嘱咐过，他便装作浑然不知，“哼哼哈哈”地支应着。

整个队伍中最活跃的就数藏獒荒子了。它吐着鲜红的长舌，“哈哧哈哧”喘息着，不知疲倦地跑前跑后，一会儿又看不见影了。邢山岭不放心地对卓玛说："荒子去哪儿了？要不要喊喊它？"

"甭管它。"卓玛淡定地说，"它准是看到什么小动物了，一会儿就会回来。"

果然，没多会儿荒子就叼着只鼠兔回来了。而且，它像献功般在卓玛的马前低鸣着摇头摆尾。卓玛忙跳下马来，拍拍它毛茸茸的大脑袋说："我们荒子真能干！明天咱们有兔肉吃了！哈哈……"

马兰花表现的热情热得有点儿"烫手"，但仍没引起老实的小满儿的任何警觉。

她们两人回到村头一个不大的院落里。马兰花放下饭担，开锁进屋倒了碗水，让小满儿坐在院子里喘口气。自己却像一阵风似的抱柴进厨房，生火、烧水、和面……手脚不闲地忙个不停。多少天没喝过热水了？小满儿掰着手指头都数不清。她就觉得今天的热水格外好喝，就像放了蜂蜜一样又甜又香！她喝了一碗，自己又进屋倒了一碗，才慢慢喝着打量这个家。

这是个典型的北方小三合院。三间正房比较好一点儿，石头根脚白灰墙，木头梁檩椽子一应俱全。两间东厢房可就差远了，石头根脚干打垒的墙，房顶只是铺了层秫秸，抹了一层花秸泥凑合着完事。所有的院墙都是干打垒，看上去已经有年头了，风吹雨淋，破损得很厉害。院子西南角上有个猪圈，里面有只半架子猪，许是饿了，哼哼叽叽叫个不停。东南角就是大门口，两扇小稍门黑漆脱落，已经看不出原来的模样了。

马兰花干活还是挺利索的，没多会儿就把一张烙饼和一碗鸡蛋挂面端上了桌。她擦了把汗水，笑着说："闺女，你一定饿了吧？快！先吃吧！"

小满儿确实饿极了，也没客气便大嘴马牙地吃起来。心里仍在念叨着这个世界上还是好人多。正在这时，一个四十出头的男人和一个二十多的大小伙子扛着锄头进了家门。马兰花忙笑着作介绍："这是俺孩子和他爹……这闺女是过路的，天晚了，在咱家住一宿再走。"

小满儿忙站起身，冲两人笑了笑算是打了招呼。那个中年汉子鼻子里"哼"了一声，放下锄头进屋去了。那个小伙子肩上的锄头都没顾上放，死眼子瞅着她歪着嘴"嘿嘿"傻笑，甚至哈喇子都流出来了。小满儿一眼就看了出来，这是个半傻不俏的家伙。他那火辣辣贪婪的眼神儿，让她感到浑身像针扎一样不舒服，心里不由得多了份警觉。直到马兰花一个劲儿催促，那个家伙才放下锄头进屋去了。

也许是因为高山挡住了光线，这里的夜晚来得早而且突然，好像咔嚓一下子就黑了！小满儿吃完了烙饼和挂面，觉得还没饱，但又不好意思要第二碗。她迟疑了一会儿，起身把空碗送回屋里，却看到人家三口人正在"呼噜噜"喝着棒子糁白粥，吃着黑乎乎的山药干饼子，心里一下子又感慨起来：这家人多好！多实在！自己真不该胡思乱想。

马兰花忙站起身，亲切地问道："闺女，吃饱了没有？要不要再喝碗粥？"

"饱了！饱了！"小满儿忙说，"谢谢大婶儿你们！"

"那好。"马兰花说，"你翻山越岭地走了一天，肯定累了吧？等会儿我烧锅水，你烫烫脚再睡，这样有好处。"

"不、不用了。"小满儿说，"也真累、累了，那我就早点儿睡了。"

"那……好吧。"马兰花说，"屋子我已经给你收拾好了，没事就早点儿睡吧。"

那个傻小子一直死眼子看着她，这时才说："那、那是我的屋子。嘿嘿……"

"闺女，去睡吧，"马兰花说，"甭忘了把屋门插上……你放心睡。明儿一大早我做好了饭再喊你起来赶路！"

"嗯。"小满儿答应着，迈进了东屋门……马兰花也跟了进来，划火柴点着了窗台上的豆油灯，并从柜子里拿出条被单，铺在了凌乱的小炕上说："知道你们闺女家家的爱好。这是我前天刚洗过的。"

小满儿再次表示了感谢，浑身疲惫地瘫倒在炕上。马兰花吹灭了油灯，边往外走边说："甭忘了把门插上。"

小满儿这才又起来，关上屋门并上了插管重新躺了下去，没多会儿就迷迷糊糊睡着了。

七

马儿们一递一声地嘶鸣起来，把沉睡的队员们都惊醒了。大家知道，天已经是半夜了。

索朗巴措看了看手表，果然正好是十二点。他笑着对梅朵说："这是马儿们提醒咱们该休息吃饭了。你肚子饿了吧？"

"可不是。"茸贡梅朵说，"早饿了，肚子一个劲儿'咕咕'叫哩！"

"那咱就休息。"巴措说，"通知大家按锅做饭，把马儿们喂上！"

"不用喂。"梅朵指了指不远处，说，"你看，那边的沙坑里有草有水，让它们去吃就行了。"

索朗巴措不放心地说："这么多马，散放行、行吗？可一匹也不能少了！"

"你就把心放肚里吧。"梅朵说，"有荒子在，保证一匹也跑不了！"

实际上，根本用不着下通知或打招呼，队员们都醒了，一个个哈欠连天地跳下马来，自个儿忙活着各自的事。民族不同，生活习俗各异。藏族兄弟姐妹的一些习惯，汉族人不一定容易接受。就比方说大小便，他们就比较随意。男的走开几步，背转身掏出家伙式儿就放水，并不忌讳身后有男还是有女。女的更简单，只要把身子一旋，让宽大的藏袍充分展开了，圪蹴下去就地解决问题。这应当和他们的生存环境有很大关系，祖祖辈辈生活在茫茫大漠上，有时候周围连棵树都没有，到哪儿去找隐身之处啊？再仔细想也是，都是大男大女，谁不知道谁长着嘛呀？有必要费工夫躲躲闪闪吗？这也充分展示了他（她）们性格中的豪放和真实。当然，据说他们的这些生活习惯，现在也有了很大的改变，在这方面讲究多了，已经和汉族没什么区别。

在所有人当中，邢山岭应该是最累最困的。因为和那些骑手相比，他毕竟大了二十来岁，又是多少年没像这样长时间骑马了，身体疲倦是肯定的。再就是他没有卓玛他们那种功夫，骑在马上根本睡不着，睁着眼睛觉得又干又涩，闭上眼睛还头晕。所以，他不只是身体，连精神都觉得疲惫到了极点！他的神情和表现，细心的卓玛早已经看了出来。所以，她没强调让山岭吃饭，而是把自己的毡毯铺在地上，一再催促他躺下休息。山岭强挣扎着笑了笑，也就像个孩子一样听话地睡了下去。

年轻人精力过盛，浑身的疲惫打几个哈欠伸伸懒腰就过去了。趁着梅朵给大家烧水做饭的工夫，他们一个个又蹦又跳，有的翻跟头，有的打拳，把星光下空旷的大漠弄得生机勃勃！

小满儿可没有他们那么兴奋，沉睡中并没意识到厄运的突然降临！

也就是半夜时分，小满儿住的厢房门被马兰花用刀子毫无声息地撬开了。傻呆呆在她的授意下，蹑手蹑脚进屋来。她又把屋门关上，从外面上了大铁锁。这一连串的动作，不可能一点儿声音都没有。但小满儿睡得像只小死狗儿，竟然半点儿都没察觉。也是，一连多少天的奔波劳累，吃不好，睡不好，早把这个女孩子累惨了！今天后晌儿她已经把身体和衣服都洗干净了，傍晚又吃了顿可口的饱饭，往小炕上一躺，没多会儿就沉沉地睡着了。现在你要说是小动静，就是在窗户外放鞭炮，估计她也醒不了！

傻呆呆只是呆，并不是十分傻。尤其是在男女之间的事情上，他比正常人的需求更强烈！因为他身体强壮，别的事又从不往心里去，就剩下琢磨这件事了。当然，他并不是无师自通，农村人也不知道什么性教育。他学的那些性事和动作，都是看马呀驴的进行交配时得来的。现在，他看着微光朦胧中沉睡女人的妙曼躯体，身体最深处那种原始的冲动便像火山爆发一样，熊熊燃烧了起来！紧接着，身体某个部位的器官便像铁棍子一样雄赳赳昂起头，把他已经解开腰带的裤子顶落在了地上。

此时的小满儿仍是毫无察觉，睡得那个香啊，哈喇子把枕头都濡湿了一大片。傻呆呆看着她，被馋得口水也流下来了。他愣了一会儿，便一个饿虎扑食把小满儿抱住了。睡梦中的她终于被惊着了，但脑子并没彻底清醒过来，一时不知道发生了什么事，蒙眬间还在茫然发怔。那小子碰触到她绵软的肉体，那种欲望燃烧得他浑身颤抖了起来，瞬间竟不知道下一步该怎么做。也就是在此瞬间，小满儿才真正清醒了过来。她第一个下意识的动作，就是双手用力推开上边那个东西，并把身子猛地滚动了一下，怒喝道："你、你想干，干吗呀？！"

傻呆呆被她推得差点儿掉下去。他稳稳神，跪在炕沿上磕磕巴巴地说："要、要怕。俺娘说让咱，咱俩养活个孩，孩子！"

"啊？！"小满儿真被惊吓着了！她再次怒喝一声："放你娘的狗臭屁！"紧接着，把双脚抬起来，拼尽全力蹬在他的两腿间……这一来可就麻烦了。因为男人身上最柔软、最娇气的地方，就是腿裆里那堆东西。有经验的女人，当被男人打急了时，便会用"下取"这招儿，就是紧紧攥住对方那玩意儿用力揪。多威猛雄壮的汉子，也吃架不住，会疼得眼泪都流出来，浑身马上就瘫软如泥，就剩下可怜地连连求饶了。据说，如果女的就是不松手，真会死人的！

傻呆呆一下子仰摔在地上，疼得"哇哇"大叫了起来。小满儿见他这样，心里倒有点儿害怕了。她忙坐起身，往下看着他问："你……你没、没事吧？"

那小子见她这么关心，反倒把疼痛忘了。他忙跳起身来说："没、没事。嘿嘿……"

看他这神情大变，小满儿倒后悔自己多问了一句。她明白这里不是久留之地，忙从炕上跳了下来，边用脚探索着找鞋，边从炕头上拿起自己的小包袱……但是，鞋早不知道被那个傻家伙弄哪儿去了，半天也没找到。她心里着急，便光着两只脚走过去想拉开屋门……傻呆呆却在旁边说："你拉不开，俺娘把门锁、锁上了。"

小满儿不信，用手拉了拉门确实是从外边锁着哩。她这才真急了，边拍门边大声喊："开门！快开门！"

外面竟然没半点儿动静。傻家伙"嘿嘿"笑着，身体里面那股子邪火突然又迸发了出来。他扑过去，猛地抱住小满儿，边撕扯着她的衣服边往炕上拖。小满儿感觉到了他那个硬邦邦的东西，挣扎反抗着从包袱里摸索出那把小刀……傻小子一见吓得更傻，边躲闪边咧开大嘴冲外大喊："娘，刀、刀子！"

其实，马兰花就站在门口外，听见儿子变声变调的喊叫声，忙“哗啦啦”打开了屋门。小满儿何等机灵？趁此机会把她撞了个趔趄冲出门去。剩下的娘儿俩一下子都傻眼了，怔怔的一时不知该怎么办。

小满儿冲到大门口，却发现那个一句话也没跟她说、憨憨的大男人就站在大门旁。她心里不由得一惊，预感到今天怕是在劫难逃，急得浑身的汗水一下子就出来了。没想到，大男人却“咣当当”把两扇门全都拉开了，并用手示意她快走……等马兰花和傻儿子赶过来后，他只闷闷地说了一句：“你们……这是想蹲大牢啊！”

马儿们吃饱喝足，按方阵“扑通通”躺成一片，乖乖地睡着了。

队员们吃了糍粑和牛肉干，喝了茸贡梅朵烧的酥油茶，一个个哈欠连天，困意也上来了。按照索朗巴措的事先分工，留下两三个人值班，别人也靠在自己的马身上打起盹儿来。一直没睡的，也就是荒子了。它不知哪儿来的那么大精力，就是吃了那只兔子后，在卓玛身边稍微躺了一小会儿，就又活蹦乱跳了。你看它，吐着长长的舌头，不时滴落着口水，围着马阵小跑溜丢地转了一圈又一圈。每当偶尔从大漠深处隐隐传来几声狼嚎，它便警惕起来，跑出去一段距离蹲在地上，瞪着绿油油的大眼睛，死死地盯着那个方向。

队员们对狼的嗥叫声远没荒子那么敏感。因为他们知道，现在不比前些年，大漠中的草原狼已经很少了，尤其是数十头成群的狼团队，已基本上绝迹了。就是有三五头的狼群，也不敢袭击这么大的马队。尤其是现在，荒漠中有吃不完的鼠兔、黄羊甚至野鹿，它们一般会躲得远远的，轻易不敢招惹人畜。当然，如果是在雪山冰原上，它们实在找不到可吃的东西，那就且当别论了。

还有一个人没睡，就是桑吉卓玛了。她帮梅朵收拾好了大家吃饭用的碗勺什么的，本想躺下睡会儿，可又担心山岭还没吃东西，便坐在旁边，想等他醒过来。没想到山岭又累又困，睡起来没完没了。卓玛几次想开口喊他，看他那深睡的甜蜜样儿又不忍心，只得坐在旁边，守着他打起盹来。

凌晨，已经黎明时分，夜色突然变得十分黑暗。午夜时候能隐隐看到的远山近树连同自己眼前的马队，都变得一片黑茫茫，真是黎明前的黑暗，名不虚传啊！

随即，气温也骤然降了下来，冷得马儿们直往一块扎堆。骑手们倒没事，一个个紧偎在马身上，靠它们的体温暖和自己。卓玛更担心山岭被冻着了，便把自己身上盖的毡毯的一角搭在了他身上。

小满儿冲出马兰花家的大门，慌不择路地奔跑着。

天黑，路不熟。小村的街道曲里拐弯看不见头也不知道尾。小满儿不知道该怎么走，只能像个没头的苍蝇一样，东窜窜西奔奔，结果，惊得全村里的大狗小狗一起狂吠了起来，甚至有条狗跟在她屁股后头，一次次差点儿咬到她的脚后跟。狗这东西就是这样，你越跑它越追。你突然停下来，它便会忌惮收住脚步，瞅着你浪叫却不敢上前。小满儿家里养着条大黄狗，知道该怎么对付。她蹲下身，佯装在地上捡砖头……那狗吓得扭头便往回跑。就在人和狗僵持时，幸好有个浑厚的男人声音把它叫回去了。

后面的狗吠声停止的时候，小满儿总算冲出了村口。她突然觉得双脚疼得厉害，便大口大口喘息着放慢了脚步。她低头看了看，才发现自己的脚上没鞋，已经有好几处不知让什么东西磕碰得鲜血直流了。她这才想起自己从马兰花家炕上跳下的工夫，确实没找到鞋穿，便一下子愣住了。她往后看了看，气得差点儿哭起来。有那么一瞬间，她真想回去要自己的鞋，因为那是干娘给的新鞋，才穿了不到一个月！她犹豫了一会儿，还是放弃了这个念头。因为她心里明白，再回去不一定能活着出来。她一屁股坐在地上，边流泪边从包袱里拿出自己那双飞花漏洞的旧鞋，穿在了疼痛难忍的脚上。

这时，天已经蒙蒙亮。小满儿起身要走时，又被旁边的一块石碑吓住了。石碑上刻着三个黑色的大字——野狼沟！她心里想：莫非这里有狼啊？要真碰上了，可比进马兰花家凶险百倍！可自己又有什么办法呢？只能听天由命，硬着头皮往前走呗！

人要是豁出来了，胆子也就大了。小满儿辨别了一下方向，硬撑着脚痛，一瘸一拐地朝大相山对面的小相山走去……可是，老天爷偏偏喜欢和人搞恶作剧，你越怕什么它就给你什么。小满儿走了没多大工夫，就听到从不远处的山林里，传来几声像狗又不是狗的嚎叫。她胆子再大也不敢拿小命开玩笑，迟疑着不敢往前走了。片刻，她看到旁边有棵大柳树，便拼尽全力爬了上去……她抱住树桄喘息时，又感到肚子一阵剧痛，而且狼的叫声越来越近，不由得害怕地“嘤嘤”哭了起来。

谁都没想到，马队走出去了一百多里地，遭遇到的第一场灾难不是天灾而是人祸！

马队从凌晨出发，一直走到了中午时分。人饿了，马也乏了。火辣辣的太阳炙烤着荒漠，让人觉得连喘气都困难。索朗巴措原想找个有水有树有阴凉的地方，好让大家休息吃饭，可放眼望去，穷尽目光连棵草都看不见！他只得传话下去，让大家就地休息。

好在队员们也习惯了，有时候出去放马或打草，一整天不见阴凉不喝水是常事。在这条件极其艰苦的大漠中生存，意志和耐力缺一不可。大家马上松弛了下来，生火做饭、喝水喂马好一阵忙活。

邢山岭毕竟不是在这种环境中长大的，虽说身体不错，在家里时每天都下地干活，可那里的日头没法和这里相比。那里的日头只能让人流汗，这里的却把人身体里的油都烤了出来！他觉得浑身疲惫，好像一点儿点儿气力也被日头耗干了，硬撑着也打不起精神来！桑吉卓玛看在眼里真有点儿于心不忍，便让梅朵用毡毯搭了个凉棚，催着让他躺下来休息。

说实话，山岭对她这几天来的照顾非常感激，可客气话说多了倒显得虚伪，也就随她去了。但一个大男人被人家这样照顾着，心里自然是不好意思，但要表示感谢还是客气话，干脆就不说了。卓玛倒觉得这没什么。她天生就是个热心肠，不管和谁在一起，也不管在哪儿，同样会这么做，像个大姐姐一样关照身边的人。

眼看着太阳有点儿偏西，马队又出发了。刚吃饱喝足，人有精神，马走得也快，前行数十里后，来到了一座不知名的小山。大家不由得眼睛一亮，都觉得这儿真是个好地方！

只见，山头不高，但绿树成荫。树木较稀疏的地方，又长满着丰茂葳蕤的野草。更让人和马高兴的是，还有一条蜿蜒的小溪流淌在平缓的山谷中。清冽的山涧水从野石怪树间跳跃下来，带着一股凉风"哗啦啦"冲洗着人们燥热的肺腑。

出来这么几天，实际上人和马都处于干渴状态。人当然要好一点儿，带了那么多羊皮口袋，水是可以喝的，但也是限量。因为不知道在大漠中要走多少天，也不知道半路上能不能找到水源进行补充，所以索朗巴措是严格控制大家用水的。大家能够理解，谁都明白在茫茫沙海里要是断了水，和要命没什么两样！

马儿们就更惨了。出来这几天，它们谁都没喝过水，全靠青草中的汁液支撑着哩！只有那匹跟着妈妈的小马，卓玛实在看不下去，偷着喂它喝过几次吃饭的剩水。现在看到小溪中流淌的清水，马儿们都疯了，头一次不听队员们的话，立刻争先恐后、挤挤簇簇地跑了过去！它们那个馋相，就像几天没见妈妈的孩子，拼命扑过去吃奶一样。一匹匹也没了平时的绅士风度，有的站着，有的跪着，有的干脆躺下来，歪着脖子大口大口喝个没完没了！

队员们也顾不了那么多，圪蹴在溪边用手一捧捧喝起来。要说还是数荒子文明，它挤在两匹马中间，用鲜红的舌头一次次舔水喝……就这样，没多会儿小溪中的水竟然被喝断了流。人和马焦急地等待期间，意外发生了。

小溪对面的山坡上林木葱茏，野草荆丛密不透风。累累怪石夹杂其间，看上去真有点儿阴森恐怖。人和马只顾喝水了，开始谁都没注意。只有荒子舔了几下水，似乎意识到有什么不对头，抬起大脑袋望着对岸用鼻子嗅来嗅去……突然，“啪啪啪”几声枪响从那边传来，人和马一下子都愣住了！惊恐间，已经有两匹马身上流出了鲜血。其余的马儿们倒也很机灵，尽管没听到主人的指令，一匹匹乱纷纷躲到树木稠密处或是石头后面。

因情况发生得太突然，甭说是索朗巴措，就连经多见广的卓玛也慌了神！可不是，自从前些年西藏叛乱以后，除了打猎的时候，谁听到过枪声？而且，现在这枪声和打猎的土枪声音也不一样啊！队员和骑手们大多是年轻人，就更不知道怎么办了。也就是过了十几秒的瞬间，巴措已经冷静了下来。他迅速地从背后摘下猎枪，大声命令道：“大家注意隐蔽！有枪的都拿出来给我打！”

在他的影响下，队员们也冷静了下来，一个个急忙找好了掩体，十多杆猎枪同时开火，铁沙子像急雨般飞向了对岸。可是，因为看不见目标，打过去也只是起到了震慑作用，连敌人在哪儿都不知道。就在大家停住射击，把目光转向巴措时，对面的枪声又响了起来。一个队员被打伤了胳膊，痛苦地叫骂着朝对面开枪。茸贡梅朵忙爬过去，扯下头巾为他包扎。

索朗巴措一看就急了眼，命令大家再次开枪还击。就在这时候，谁都想不到的情况发生了。只见，他骑的那匹乌骓马和荒子竟然同时跃过小溪，直接往对岸扑了过去……所有人愣怔间，就听到那边的荆丛里传来鬼哭狼嚎般痛苦的哭叫声。大家惊讶地站起身来，却什么也看不明白，只能看到乌骓马连连喷着鼻子，一次次跃起前蹄在荆丛中疯狂地踩踏着。荒子已经看不见了，只能听到它的撕咬和咆哮声。过了一会儿，大家就看到有两条人影从草丛里跳出来，惊慌失措地往山下跑去。乌骓马和荒子也跳了出来，紧紧跟随着穷追不舍。其中的一个人浑身鲜血淋漓，跑起来脚步踉跄，好像随时都有倒下去的可能。另一个人歪着脖子跑在前面，并不时回过头来开枪射击……

索朗巴措见状，忙和队员们追了上去。但因为怕伤着乌骓马和荒子，他没让大家开枪。突然，随着那个歪脖的一声枪响，乌骓马长长地嘶鸣一声，摇晃着慢慢倒在了地上。

傍晚时分，彩霞满天。太阳似乎不甘心落下去，从团团乌云后面努力地把光线投射了出来。它妙手如裁，巧夺天工，给那些似牛像马或是骆驼的云朵镶上了一条耀眼的金边。

小满儿气不喘汗没流，忍着脚痛慢慢地从小相山上下来了。也是，小相山和大相山相比较，简直就像坟冢和馒头，而且因为种庄稼人们走得多，石阶道路平坦光滑，走起来如履平地。可她往前走了没多远，就被一条大河挡住了去路，不由得后退半步，倒吸了一口凉气！

老天爷！这哪儿是河呀，简直就是条天堑，要想过去，除非是你能长上翅膀！这时，她突然想起离开家的头一天傍晚，在一个小饭店里吃炒饼时那个老板说的话：小相山过去就是“通天河”了。莫非这就是“通天河”？她不由得抬眼望去……果不其然，极目之处苍苍茫茫，分不清天和地。河水真像是被谁扳倒了银河，从天上倾泻而下，顺着大峡谷一路奔腾呼啸过来！她又看了看脚下，只见河水更是疯狂，咆哮着掀起层层巨浪，没完没了地拍打着两岸的累累怪石，激起来千堆雪，腾起来的水雾弥漫了整个峡谷。

小满儿茫然地呆立良久，不知道自己该怎么过去。她又往下看了看，发现稍远处隐隐约约像是有座桥，不由得心中一喜，便急忙往下走了过去……老天爷，这算什么桥啊？只见数根大铁索连着河两岸，上面就铺了一层木板，在水雾中晃晃悠悠，像是随时都可能飘落下去！在桥头处竖着块石碑，上面果然刻着“通天河”三个大字。

这时候，天色已经向晚。太阳终于无可奈何地落在了西山后，把余光也收了回去。天际的那些乌云还在，只是在晚风中变幻了形态，牛、马和骆驼都不见了，只剩下模模糊糊的一片垂挂在苍穹上。一只雄鹰像是找不到家看不到孩子了，着急地鸣叫着在空中飞来旋去。

小满儿再为难，也得想办法过去呀！她无助地四下看了看，竟然没见一个人影，便无奈地用双手抓住齐腰处悬挂的铁索，试探地伸出了一只脚……好家伙！那桥马上就晃荡了起来，像是要把她抖落进水里。她被吓得连忙把脚收了回来，迟疑片刻蹲在地上流开了眼泪。

天色越来越暗了。薄雾已经从四面八方升腾起来，很快便弥漫了整个山野。四周的山林里不时传来声声猿叫或鹿鸣，那应该是妈妈呼唤孩子快回家的声音。

也许是好人好报吧。正当小满儿低头落泪的工夫，一个小老太太背着竹篓走到了她跟前。她瞅着小满儿迟疑片刻，轻声问道：

“闺女，咋了？你想过河呀？”

小满儿没看见她的到来，不由得被吓了一跳。她抬起泪眼看了看，忙站起身回答：“是……奶奶。俺想过河，却实在不敢走这桥。”

“没、没事。”老太太笑着说，“这桥稳当着哩！俺们一年四季差不多天天这么走。没事。”稍停，她又说：“来吧，闺女。你拽住我这背篓，咱俩一块过去。”

“谢谢奶奶！”小满儿说罢，忙抓住她的背篓，胆战心惊地登上了铁索桥……

森林警察开着吉普车赶来了，巴措和卓玛的心才算落了地。

森警队长告诉他们，说是搜遍了整座小山，就在小溪对岸的荆棘丛中找到了一具尸体，已经被马踏狗咬成了一堆烂肉，没有了任何生命体征；在乌骓马死去的悬崖底下，找到了一个伤势十分严重的匪徒，倒是还有一口气，但能不能活过来很难说。正说话间，荒子吐着长舌，大口大口喘息着跑回来了。只见它浑身沾满了鲜血，已经完全看不出来本来面目。卓玛心疼地叫着“荒子荒子”，不管脏净把它搂住了。

茸贡梅朵忙把它放入溪水里，认认真真进行了清洗却没发现任何伤口。大家这才明白，它身上的鲜血应该是被死亡的匪徒溅上去的。乌骓马可就不行了，身上伤痕累累，要命的是正脑门儿处中了两枪，子弹把它的脑袋都炸飞了半边，已经完全没有了任何生命体征。

索朗巴措那个心疼啊，抱住它的脖子，叫着“黑玉黑玉”流下了眼泪。作为游牧民族，死匹马伤头牛没人当回事。但这匹马不同，它是主人从小养大和调教出来的，现在还不到六岁，正是马儿生命的旺盛期。大家看着也很心疼，忙采来好多鲜花覆盖在它身上。巴措还郑重其事地给它献上了条哈达。

这时候，搜山的森警们都回来了，说除了那一死一伤两名匪徒，没发现其他情况。队长又询问了马队出发后的所有情况，也没有发现任何可疑之处。大家都觉得很意外，因为自从那年西藏叛乱平息以后，这一带风平浪静，从没发生过流血事件，这一次也太突然了！两名匪徒是从哪里冒出来的呀？莫非是国外的反华团体派来专门搞破坏的？可也不对呀，他们下这么大功夫，就为着打死人和马制造点儿混乱？细想也不值得呀！

甭管怎么样吧，这场事故算是过去了。队长嘱咐他们一路小心，又信誓旦旦地说："你们放心，等那个身受重伤的匪徒缓过来，一切就会真相大白，到时候会给你们个交代！"

索朗巴措他们表示了感谢，森警们带着那个仍在昏迷的匪徒走了。这时候，天色已晚。巴措和大家商量着就在这儿歇息一会儿，一是为"黑玉"举行个葬礼，二是让马儿吃草，人们吃饭，顺便把所有羊皮袋子里的水补充满。

八

小满儿抓着老太太的背篓，小心翼翼地登上了铁索桥，马上就觉得脚下没根，像踩在云彩上似的让人心里没底。也是，那桥随着山风的大小，不同幅度地荡来荡去，好像随时都有被吹断的可能。再看看桥下的流水，呼啸奔腾，一泻千里，让人看着都眼晕，她不由得把背篓越抓越紧。老太太回头看看她，问道："闺女，害怕了不是？"

小满儿不好意思地勉强一笑，说："是、是有点儿。"

"没事。"老太太显得那么轻松自如，笑着说，"俺们一天不知走多少趟，从来没出过嘛事。你就放心大胆地走吧！”

“嗯。”小满儿答应着，尽量把手松开了些。过了一会儿，老太太又问：“闺女，你叫我奶奶，看俺有多大岁数了？”

小满儿稍愣神，忙又看了她两眼——老太太的身材又瘦又小，穿一身灰不喇唧看不出颜色的衣服，脸上的皱纹一层迭一层，和核桃皮差不多。她心里嘀咕了一下，试探地说：“你有……快六十了吧？”

老太太笑了笑，说：“俺刚过了四十九岁生日，该吃五十的饭了！”

小满儿张着嘴，一时不知该说什么。老太太又说：“俺山里人就是这样，吃不上穿不上，成天价长在地里干活，风吹日晒可不是显得老么！”

两人这么说着话，小满儿也就把害怕忘了。她跟着老太太过了通天河，便来到了一个繁华的大镇子上。老太太跟她告别了一声，自己拐弯走上了另一条路。

这个镇子就叫“通天镇”，是个汉藏混居、十分热闹的大村庄。虽说正是华灯初上时刻，因为这儿还没通电，也就没有了华灯，却家家门口都挂着点蜡烛的红灯笼。

小满儿站在街头上，打量着周围的一切，突然就觉得这里很……好玩儿。因为民族不同，习俗各异，家家门口的装饰和做生意的幌子都不一样。不只是上面写的字不一样，有汉字，有藏文，样式就更不相同了，甚至有一两家，门口还挂着大清朝的龙旗哩！再看看满街晃动的男男女女，穿戴也是五花八门，不光是藏服汉装，还有其他不知是什么民族的服装。

小满儿站得时间久了，就觉得这里特别冷，被冻得浑身打哆嗦，而且肚子饿得“咕咕”直叫，已经是前心贴后心了！她连忙找了一家汉人开的饭店，要了一碗打卤面，狼吞虎咽地吃了下去……面吃完了，浑身才缓过劲儿来了。她顺着大街往前走了一段，比较着找了一家还算干净的、汉人开的小旅店，迟疑片刻迈进了门槛……她当然没想到，自己这一脚竟然踏到了阎王殿的大门口，后来更是九死一生，差点儿把小命儿搭进去！

队员们吃饭喝茶，一个个不无后怕地谈论着今天的这场遭遇，猜测着匪徒可能的来历。

趁此机会，邢山岭用卓玛随身带的藏药对受伤的马儿进行了救治，也给那个受伤的队员重新包扎了一下。藏族兄弟是不吃马肉的。他们心疼马儿一生的辛苦付出和忠诚，从不吃马的肉，不喝马的奶，任由它们自生自灭。即便是马儿因病死了，也就是深埋而已。

大黑马是为了保护马队，消灭匪徒而壮烈牺牲的，当然受到大家的格外心疼和尊重。在桑吉卓玛的提议下，马队为它举行了一个隆重的葬礼，还建起了一个玛尼堆，准备等回来后，把它的尸骨移至家乡作为永久的纪念。

做好了这一切，天已经快半夜了。马队继续出发，翻过无名山又投入了茫茫的大漠之中。许是因为大黑马的死，弄得大家心情不好，一路上谁都没心情开口说话，一个个只是闷头走着。就连荒子也受到了这种气氛的感染，再也没有那么兴奋地跑前跑后，只是跟在卓玛的马后，低头蔫蔫地走着。谁知道走了没多远，马队懵懵懂懂又碰上了沙尘暴！

也是，这藏北的天气就像孩子的脸儿，一会儿哭一会儿笑，就是神仙只怕也猜不透说不准什么时候会发生变化。本来，低垂的夜空是格外晴朗，皎洁的月牙儿挂在正中天。虽说是月朗星稀，但仍有星星们履行着自己的职责。沙尘暴一来，大概是畏惧它的淫威，先是星星们一个个躲了起来，就连牛郎星和织女星也不知去了哪里。只有北方七斗和刚刚升起的启明星，毫不畏惧地履行着自己的职责，依旧大胆地眨动着明亮的眼睛。

突如其来的沙尘暴却像个天不怕地不怕、魔法高超的鬼怪，概而不论地把所有的东西都吞进了自己肚子里去！只见，一团团一块块的沙尘组成一堵顶天立地的巨墙，沙飞石走淹没了人世间和天上的一切！马队自然是个小可怜，眨眼间就被吞没了！

不过，藏族兄弟们都习惯了，见怪不怪，并没把沙尘暴当作一回事。当然，他们也没什么高招儿，惹不起就躲起来呗。只见，他们让马儿一个个背着风头躺下去，自己却蜷缩在马肚子下面，用毛巾或头巾盖住嘴脸，尽量屏住呼吸忍耐着。但是，即便是这种姿势也维持不了多久，因为飓风推动的沙石太多，甚至能把山那么高的沙丘整个推散开来，像下雹子一样摔到人和马的身上。如果人和马一直不动，很有可能被埋在下面，那就永远也别想出来了！所以，不管是人还是马，躲了一会儿还得要活动活动，谁愿意永远埋在下边啊！可是，只要你稍微一动，那些沙子立马就会毫不留情地闯进你的嘴和鼻子里，呛得人喘不过气来！

这个旅店规模不大，也不过十多间客房。门口挂的红灯笼上，写着“天河旅馆”四个字。

小满儿进门后，看到有一男一女正坐在值班的柜台旁说着什么。那个男的大家认识，就是人高马大、瘸着一条腿勇拦大黑马的韩湘楚。那个女的叫杨雪月，是他的老婆。这个女人值得详细介绍一下，因为她实在太漂亮了，而且在后面的故事中是个让人捉摸不透的角色！

杨雪月三十四五岁，正是一个女人熟透了的季节，颗粒饱满，浆汁充盈得似乎要溢了出来，浑身每一个细胞都散发着对异性的强烈诱惑！只见她红唇皓齿，皮肤白净细腻，身材不胖不瘦不高也不矮，而且该高的地方恰到好处地凸了出来，该低的地方很有分寸地凹了下去……看到她会让人想起大仲马的一句话：啊——！三十五岁的女人是一首抒情诗，一个感叹号！

不止这些。杨雪月还是个极端聪慧和精明，眼观六路、耳听八方，能够见人说人话、见鬼说鬼话的女人。她和已显苍老的韩湘楚站在一块，没人会认为他们是夫妻，多数会觉得是女儿和父亲在一起。也是，她是韩湘楚的第三个老婆，嫁给他的时候，刚刚满十五岁。这其中的原因咱们先按下不表，后面再说。

只见韩湘楚用犀利的目光扫了小满儿一眼，一个念头便蓦地涌上了心头。他什么也没说，只是冲老婆笑了笑，点上颗雪茄起身去了后面。杨雪月却像见到了熟人，满面春风地迎过来问道："妹子，要住店吗？"

小满儿心里瞬间感到很亲切，忙点了点头说："住一宿多、多少钱？"

"房间不一样，价钱当然也不同。"雪月说，"你想开个包间还是想要一张床？"

"要一张床多少钱？"小满儿又说，"要最便宜的。"

"大通铺最便宜，"杨雪月仍然笑着说，"住一宿两块钱。"

"是、是啊？"小满儿迟疑了一下，说，"那就要大通铺吧。"

"妹子，"杨雪月又说，"那大通铺可是男女混住，你能习惯不？"

"啊？！"小满儿吃惊地瞪大了眼睛，说，"男女混、混住？那可不、不沾！"

杨雪月一听"不沾"两个字，"哧"一声就笑了。她忙问道："妹子，你是……河北石家庄一带的人吧？"

小满儿一愣神，也忙问："你怎么知道？"

"我是邯郸人。"杨雪月说，"我们那边靠近河南，好多人都说'中'。往北几十公里就是邢台，那边的人都说'沾不沾'。你一说

‘不沾’，我就知道你应该是那一带的人。”

“是啊？”小满儿惊讶地问，“你是邯郸人，那咱们还是近乡哩！”

“可不是近乡亲呢。”杨雪月高兴地说，“老乡见老乡，两眼泪汪汪。哈哈……”

两人越说越亲近，后来干脆以姐妹相称了。杨雪月没给她开客房，而是在储藏间里放了张床，说好了白住不收钱，而且让厨师给她做了一大碗热腾腾的鸡蛋挂面，亲自端着送了进来。小满儿非常感激，也就完全没有了戒备之心。她边吃边像竹筒倒豆子，把邢台地震和自己此行的目的讲了出来。杨雪月听得一怔一怔的，眼睛都直了，忙问道：“这千里万里的，你就靠两只脚走着去？”

“是啊。”小满儿说，“这不，我已经走了一个多月了！这儿离……日喀则地区的坎坝公社还有多远？”

“坎坝公社？”杨雪月问，“是亚东县的坎坝公社吗？”稍停，她又说：“我家就是那边的。”

小满儿不知道什么亚东县，一时没吭声。这也怪邢山峰，因为他从没想过小满儿会去找他，就没把自己工作的单位说得那么具体。杨雪月又说：“从这儿到那边，少说还有好几千里地呢！”

这回轮到小满儿瞪眼了。她惊讶地说：“还、还有那么远呀？我当到了西藏地界很快就能到哩！怎么还有这么远、远呀？”

“你可真是个傻闺女！”杨雪月嘻嘻笑着说，“你知道西藏地区有多大么？能顶咱好几个河北省哩！”

小满儿一听就被吓着了，好看的粉脸拉下来，泪水开始在眼里打转转。杨雪月忙劝说道：“好妹子，不急。不是还有姐姐我么，你还怕什么呀？”

小满儿这才破涕为笑，像亲人一样柔弱地扑进她的怀中……

沙尘暴来得凶猛走得也迅速，当东方刚刚泛白时，一切便风平浪静了。

队员们都变成了“土人”，一个个爬起来边哈哈大笑着边“呸呸”地吐着嘴里的沙子。马儿们也都站了起来，边喷着鼻子边抖落身上的沙尘。人和马这么一折腾，又扬起来了一片烟雾。大家眼里都进了沙子，揉得泪水都出来了还是冲不干净。有人提议让大伙儿都洗洗脸，卓玛却心疼那宝贵的水，只是倒着让大家冲洗了一下眼睛。也是，水在荒漠中比金子还贵，谁知道再走多远才能找到水源进行补充啊！后来几天的行程，大家才知道她的这个决定是多么英明正确！

当硕大的红日从东方冉冉升起的时候，吃饱喝足的马队精神抖擞地上路了。年轻人精力旺盛，体力恢复得也快。不知是谁提议，二百多匹马分纵队开始进行比赛。只见，乌骓、桃花、赤兔、黄骠……像大漠中的朵朵彩云，在初升的阳光辉映下争先恐后地飘过来卷过去。人欢马叫，霎时间把整个空寂的大漠搅动得生机勃勃！连荒子也激动了，乐此不疲地跑到最前头叫几声，又跑回来跟在卓玛和山岭身后，吐着长舌“哈哧哈哧”喘息不停。

索朗巴措和茸贡梅朵到底也是年轻人，实在忍受不住这种挑战。只见，夫妻二人相视一笑，连连挥鞭打马追了上去……巴措又换了一匹乌骓，梅朵骑的是一匹桃花。两匹马自然都是马中之龙，眨眼间便冲到了整个马队的最前边。就这样你追我赶，人欢马叫，大漠上又腾起来一片烟尘。如果有人看到，肯定会认为又是一场沙尘暴呢！

邢山岭和桑吉卓玛看着这些年轻队员欢蹦乱跳，感慨着岁月的不饶人。趁此机会，卓玛问起了地震的情况，才知道他的老伴被砸死了，心里油然升起了一种怜悯之情。但她并没有表现出来，只是陪着他连声叹息，说了几句连自己都觉得是废话的劝慰。嘿嘿，她不说还好，一说倒触动了他心中最柔软的那根神经。山岭的泪水在眼里打转转，不由得连连抬手擦抹着……卓玛有点儿发慌，一时又不知该怎么劝解，气氛一下子变得有点儿尴尬。

邢山岭也感觉到对方心里的不自在，忙擦干泪水，轻声细语地讲述了自己的前半生……二十来岁上全家被日本鬼子杀害；三十岁上唯一的儿子在釜阳河里耍水被淹死；这次地震，媳妇又被砸死了。当然，他牢记着弟弟的话，并没把山峰的真实身份讲出来。

桑吉卓玛听得是泪水涟涟，不时同情地唏嘘着。她觉得自己的前半生就够坎坷的，想不到还有人比自个儿的经历更悲惨。也是，卓玛家祖辈都是农奴。她一生下来就是小农奴，十二岁上就被土司抓去当丫鬟，整天挨打受骂苦苦挣扎。后来她逃出来远离家乡，流浪几年才嫁给了个同样受苦的农奴成了家。生下儿子巴措后，她丈夫在一次给土司放马时碰上了狼群，被活活咬死撕吃了。直到西藏和平解放，她参加了工作才活得像个人了。

许是同病相怜吧，两个人讲着讲着心里觉得越来越近，但谁都没说什么。尤其是邢山岭，看着卓玛那明亮清澈的大眼睛，更不敢有什么非分之想了。

小满儿吃饱喝足之后，杨雪月又让服务员端来了盆热水。她痛痛快快地洗了洗身子，便把小包袱枕在脑袋下，怀着十二分的感激睡着了。

杨雪月回到自己住室，看到韩湘楚正坐在灯下，边抽着雪茄边在思索着什么。她妩媚地一笑，问道："说吧。你怎么突然就过来了？"

"没事啊，"韩湘楚说，"想你了呗。你都快半年没回去了，就没想过我？"

“想啊。想得都快记不起来了！”杨雪月说着，便没再问什么。这是他们俩多年来形成的规矩，不管在什么时候和情况下，只允许丈夫随便问她，她却不可以多问他。而且，他还一直告诫这是为了她好。她撒娇般扑进湘楚的怀中，边亲吻着边想动手解他的衣扣……韩湘楚笑着挡住她的手说：“等等，先跟你说件正经事。”

杨雪月停住手，仰脸看着他问：“什么正经事呀？”

韩湘楚拍拍她的粉脸，说：“这回，我估计能满足你多年的心愿了！”

杨雪月一听便停住了手，奇怪地问道：“什，什么心愿呀？”

“孩子呀。”韩湘楚说，“你不是早就想要个孩子吗？这回我估计差不多。”

“孩，孩子？”杨雪月更加奇怪地问，“什么孩子？向谁去要啊？”

“就刚才那个女人呀。”韩湘楚说，“你没看出来，她已经怀孕了？”

“刚才那个女人……”杨雪月自语般思索地问，“我怎么没看出来？”

“你没有这方面的经验呗。”韩湘楚说，“你没看出来，她走路时腰已经硬了？小肚子也略凸了起来？”

杨雪月想了想，摇着头说：“我真没看出来。”

“她肯定是怀上了。”韩湘楚说着又点上了颗雪茄，边抽边分析道，“这个女人模样漂亮，皮肤挺好，生下的孩子肯定也错不了。”

“可、可是……”杨雪月思索着迟疑地说，“就算你说得对，可怎么才能把人家的孩子弄成咱们的呀？”

“那还不简单呀？”韩湘楚笑了笑，说，“想办法把她留在咱们身边，等她生下孩子后拿过来不就行，行了？”

“把孩子拿过来？”杨雪月又问，“那把她……怎么处理呀？”

“那就更简单了。”韩湘楚说，“要不让她在这个世界上消失，要不想办法卖到国外去！”

杨雪月皱着眉头想了想，忙摇着头说：“那可不行。她是从地震灾区来的，去咱们那边找她的丈夫。”稍停，她接着说：“她丈夫叫邢山峰，说是就在坎坝公社当书记呢。”

“噢。这个人我认识，刚调入坎坝公社不久。”韩湘楚说着脸色阴沉了下来，有点儿恶狠狠地说，“那就……更不能让他们见面了！”稍停，他又补充一句说：“你也知道……我看到共产党高兴心里就难受！”

每当这个时候，杨雪月就不敢再说什么了。她沉吟片刻，小心翼翼地问：“那……怎么才能不让他们见面，而且能把孩子留下来？”

“这我早就想好了。”韩湘楚说，“你把她带回去，路上尽量耽误时间，能拖多久就拖多久！”

杨雪月张了张嘴，想说什么又停住了，心里思索着他的话。韩湘楚又说：“还有一点……你们一定要赶在晚上回去，深更半夜鸡不叫狗不咬的时候最好。”稍停，他又补充一句：“别的，你就别管了。”

杨雪月似懂非懂地点了点头，眨巴着美丽的大眼睛没再说什么。韩湘楚“嘿嘿”笑着把她拉进自己怀中，三下五除二便扒光了她的衣服……

阳光。阳光。火辣辣的阳光炙烤着大地，白晃晃躲不开也避不掉，把人眼睛灼得生疼！

沙丘。沙丘。热腾腾的沙丘蒸发着马队，连绵绵的一个紧接着一个，看不到头也不见尾!

天空上找不到一丝儿丝儿云彩。空气中感觉不到一点儿点儿微风。估计气温已经达到了四十摄氏度以上。放眼望去，大漠上别说是树，连棵草都看不到。马队连续五六天没找到水源了，那么多的羊皮口袋已经基本告罄，人和马几乎到了脱水的程度!

你看，队员们一个个嘴唇苍白，脖子上脱皮，因口水干涩连话都不想说了。马儿们也是没精打采，一匹匹少了平日的威风。要是不缺水，它们的鼻子头总是湿漉漉的，现在也和小伙子们的嘴唇一样，白花花的变成了盐碱地!

走到这种地步，队员中有人在暗地里开始议论：是不是走错了？谁引的路哇？这种情绪一出来，更加影响了整个马队的行进速度，甚至有人撒气地骂骂咧咧，说一些不负责任的怨言。实际上，这都是冲邢山岭来的。因为出发时大家都不知道路该怎么走，只有他当年曾多次从内地来过藏北。所以，他的意见便起了主导作用。

邢山岭当然也没有错。那些年他跟着别人来贩马时，确实就是走的这条路。但他却没想到，沙漠中的路是没办法固定的。一年四季呼啸的狂风，能把沙丘扫荡成大洼，也能在平地上堆砌起一座沙山。更不要说已经是这么多年了，大自然的沧海桑田谁能控制得了？

藏族兄弟大多性格直爽豪放，甚至可以说是口无遮拦，心里有话不说出来憋得难受。所以，还真有人当面质问邢山岭是不是带错路了，弄得他张口结舌不知该怎么解释。桑吉卓玛当时就发了脾气，呵斥那些人道：“你们说这些有用吗？已经走到这里了，就是座火山也得闯过去呀！发牢骚说怪话能解决什么问题？一个个真是吃饱了撑的！”

前面说过，卓玛在群众中的威信比儿子巴措这个公社主任都高。她一出面说话，那些人果然都把嘴闭上了。邢山岭没说什么，却从心里更加感激她。

马队又浩浩荡荡地出发了。茸贡梅朵悄悄对丈夫说："你看到没有？咱阿妈挺……偏向山岭大伯的。"

"说什么废话？"索朗巴措瞪她一眼说，"哪是偏向啊？咱阿妈是念直理，说实话！"

茸贡梅朵"哧哧"一笑，又说："这一路走来你没看到？他们俩在一块……话挺多的，说起来没完没了的。"

"那有什么呀？他们是同龄人，"巴措说，"共同语言当然就比别人多呗！"

茸贡梅朵掩住嘴"嘻嘻"笑，欲言又止地没再说什么……

韩湘楚把积攒了半年多的"精"和"力"全部发泄在媳妇身上，倒头便呼呼大睡起来。

杨雪月却好半天没睡着。她的思绪翩跹，想了好多好多……她十五岁上嫁给丈夫，已经过去二十年了。当时，她还是邯郸女子中学的一名学生，被人们称为"校花"呢！

那年，日本鬼子投降了。军民们共同庆祝，举行了盛大的晚会。当时，韩湘楚这个英雄团长带领他的部队正好在邯郸驻防。晚会上，自然少不了女子中学的师生们。杨雪月作为学校演出团的台柱子，又当主持又唱歌跳舞，当然是出尽了风头。也就在这场晚会上，已经喝多了的韩湘楚一眼便相中了她。但是，当他现场便提出来要娶杨雪月时，时任的邯郸市市长却显得有点儿为难。因为杨雪月家也不是一般的家庭，而是邯郸当时的首富。她爹是邯郸商会的会长，也在参加庆祝大会，就坐在市长的旁边呢。

韩湘楚也确实是喝多了，见市长腻腻歪歪，马上就把手枪掏了出来。他旁边的卫士长和几位护兵，见状也都拔出了各自的手枪。市长的护兵当然也不会示弱，“稀里哗啦”把子弹推上了膛……当时，整个晚会都停了下来，气氛十分紧张，大有一触即发之势。有些胆小者已经站起身，做好了随时往外逃的准备。杨雪月的父亲见状，忙起身挡在韩湘楚和市长中间，当场答应了这门亲事，庆祝晚会才得以继续进行。当时，杨雪月她们正准备演出另一个节目在后台候场，并不清楚台下发生的事。直到晚会结束回到家中，父亲才跟她讲明白了。

从心里说，杨雪月并不反对嫁给韩湘楚。因为她从小就崇拜岳飞、辛弃疾式的英雄，今晚这件事，正好圆了她的这个梦。一场隆重的婚礼过后，她便随着丈夫换防奔西藏……两个多月后，她便怀孕了。也许是一路的颠沛流离，也许是由于水土不服，孩子在一个多月上就小产了。而且，从那之后，她就再也没怀上过。哪个女人没有做母亲的欲望？所以，这就成了她的一块心病，多少年了仍然放不下。后来，她还曾经抱（实际是偷）过一个别人的孩子，但阴差阳错又失落了，这块心病便延续到了今天。当丈夫提出留下这个女人，然后夺走她的孩子时，杨雪月虽然没吭声，心里已经是默许了。

水是生命之源，没有水这个世界上就没有了生命，这是亘古不变的真理！

人说：七天不吃饭没事；要是七天不喝水，身体再强壮的汉子也会一命呜呼了！马队已经五六天没水喝，人和马都到了脱水的极限。最强壮的马也像骟了蛋的驴，走起路来低头耷拉脑，没有了半点儿精神。人有羞耻心，有的事做不出来。马却不管这些，有的开始喝前面的马尿，甚至为此发生了争斗，互相踢咬不停。队员们吆喝不顶事，打骂也没办法把它们分开。有一匹暴怒间竟然张着血盆大口，冲着人扑了过来……

就在这时，荒子冲桑吉卓玛狂吠了几声，突然离开马队，往斜刺里奔去。巴措吆喝了两声，它连理都没理。卓玛似乎明白了什么，忙说：“快走，跟着它去！”

一条河，一条清冽的小河豁然出现在了前方！只见，河水像是个羞涩的小姑娘，一声不吭地静静流淌。河两岸花红草绿，植被格外丰茂。蝴蝶和小蜜蜂在姹紫嫣红中翩翩飞舞。蝈蝈和蟋蟀在草丛里争相斗鸣……放眼望去，好一派绮丽风光！

这条小河是雅鲁藏布江千万条支流中的一条，当地人不知道名字，就叫它无名河。当马队赶到河岸边沙滩时，看到荒子已经跳入了水中，边打着滚清洗毛茸茸的身子边大口喝着水。瞬间，人和马都急了眼，不管不顾争先恐后地跳进了河中。也是，蝼蚁尚且惜生命。他（它）们不是在抢水，而是在争命啊！

这时要让别人看到，肯定认为整个马队都乱套了。实际上不是那么回事，乱是乱了点儿，但二百多匹马，一条也不会丢失。因为荒子洗净喝足，又开始履行职责，早已经围着马队跑了一圈又一圈。那些马儿看到它，没一匹敢跑远了。

啊！这是多么温馨的一幅图画呀！人洗净喝足，悠闲地躺在树荫下抽烟；马儿们信步漫游，啃吃着自己喜欢的青草。只有荒子歇不住，警惕地注视着那些马儿，并不时跑一圈。

邢山岭像是卸下了心里的重担，头枕着双手困倦地闭上眼睛，不知是睡着了还是在想什么。卓玛担心他受凉，随手把头巾解下来搭在了他的肚子上。梅朵看到这一幕，不由得意味深长地冲丈夫微微一笑。巴措却狠狠地瞪了她一眼。

小满儿这一夜睡得真香，连个梦都没做。当她被外面啁啾的鸟叫声吵醒时，仍不愿睁开眼睛。直到日光透进窗口投在脸上时，她才眯缝着双眼打了个深深的哈欠坐起身来。她茫然怔了片刻，打量着四周竟然一时想不起自己这是在哪儿。

这时，杨雪月边叫着小满儿的名字边敲门进来了。她的身后，跟着个端着脸盆的小姑娘。她笑盈盈地问："咋样？睡得好不好呀？"

"挺、挺好的。"小满儿边披上长衣裤边说，"出来这么多日子，昨晚睡得最好了！"

"那就好。"杨雪月说，"快起来洗把脸吃饭吧。"她说着，让小姑娘把脸盆放下出去端饭。小满儿忙说："姐，要让人家伺候了，我还是去饭堂里吃吧。"

"没事。"杨雪月说，"那儿人多，乱腾腾的。你还是在这儿吃吧。"她说完，和小姑娘一起出去了。小满儿心存感激，忙跳下床来洗脸漱口……少顷，小姑娘把饭菜送进来了。

"谢谢你！"小满儿忙说，"你叫什么名字啊？"

小姑娘没回答，微微一笑退了出去。小满儿觉得有点儿奇怪，也就没再问。她哪里知道，这是多年前开店时韩湘楚立下的规矩，就是店里的所有工作人员，都不准和客人说任何话。

小满儿坐下来，边吃饭边思索着一个问题……她原以为进入西藏就离山峰哥不远了，听说还有好几千里地，心里多少有点儿泄气。怎么办？再往前怎么走？还有那么远的路，可自己身上带的钱已经花光了，总不能空着手走那么远吧……她想来想去，自己身上就只有那只镯子值钱了，能不能找家当铺先把它当掉，等见到山峰哥，再想办法赎回来？

当杨雪月再进来时，小满儿说了自己的想法，并把镯子拿出来交给了她。杨雪月显得很惊讶，举着镯子在阳光下仔细察看着……趁此机会，小满儿对她讲述了这只镯子的来历。她更加吃惊，连连夸赞着说："多好的宝贝啊！可以说价值连城，当掉太可惜了！"

“那有什么办法呀？”小满儿说，“等回头再赎回来呗。”

“那样不、不好。万一有个闪失，后悔都来不及！”杨雪月回头看着她，用商量的口气说，“要不这样……我有事也要回家看看。咱俩一块走，路上的所有花费我都包了，你不用掏一分钱。你看怎么样？”

“那多不好啊。”小满儿忙说，“我怎么能用姐你的钱呀？不好……”

“没事啊。”杨雪月说，“花多少咱们记上账，等见到你山峰哥，让他再还给我不就沾了？”

小满儿思索着她的话，好一会儿没吭声。

九

高寒地带的天气像个被老天爷惯坏了的孩子，小脸儿说变就变，说翻就翻。

马队离开那条无名河以后，天上无风，地上无雨，不冷不热非常舒服地走了十多天，等翻越曲贡山时，却赶上了下雪。按照季节，当时已经是入夏来的第二个月了，要在内地，正是一年中最美好的时光。天气晴朗，风和日丽，阳光照在脸上，让人感到像被母亲抚摸般地温馨。而且到处是杨柳轻拂，鲜花烂漫，不管走到哪里，人们一个个浑身都洋溢着勃勃生机。喜欢赶时髦的姑娘们，有的已穿上了超短裙，光着两条亮晃晃的美腿走来走去，不管走到哪儿，都能吸引来小伙子们那狼一样贪婪的目光。她们一个个虽然面露讨厌的神色，心里却是美滋滋的。

马队的姑娘和小伙儿们却美不起来了。离开家时，有的老人一再嘱咐要多带些衣服，他们却不以为然，甚至嫌父母唠叨得烦人，说出来就没有好听话。现在可好，一个个被冻得浑身哆嗦，上下牙“嘚嘚”打架，只能把毡毯、被子什么的都披在身上。

邢山岭知道这里的天气没准头，从老家里出来时还尽量多带了几件衣服。可那也不行，因为他没想到这个季节还会下雪，带的都是单衣或夹衣，根本挡不住这刺骨的寒冷。好在卓玛多带了条毡毯，拿出来让他披上了。梅朵在旁边看着，心里多少有点儿不高兴。因为她是想把毡毯给丈夫披上的，可眼下也不好说什么，只是和巴措交流了一下不满的目光。巴措明白媳妇的意思，又是狠狠地瞪了她一眼。也是，他壮得像头牛，根本不在乎这点儿小小的冷。

天气冷还是小问题，关键是山路更难走了。雪下在地上化成了水，但很快就冻成了冰。原本就十分坎坷的小路变得光溜溜的，人脚和马蹄踩上去，简直是一走一滑，一走一滑。旁边又是万丈峡谷，黑乎乎的像巨兽张开的大嘴，让人看着就眼晕。万一要是掉下去，那是必死无疑，毫无生还的可能。所以，人和马都把心提到了嗓子眼儿上，小心翼翼、胆战心惊地一寸一寸往前挪。而且，有些路段又特别狭窄，要是两个人对面走来，必须侧着身子才能通过。那些马儿又驮着鼓囊囊的草料包袋，一匹匹只能紧贴着另一旁的绝壁，慢慢地往前走、往前走……马和人一样，有的胆大，有的胆小。胆大的不用催，有个沟沟坎坎一跃就能过去；胆小的却腿儿哆嗦着，你怎么吆喝它都不敢迈步。队员们再着急也不管用，还得一个人去前面拽、几个人在后面推，又抽鞭子又呵斥地折腾半天才能过去。如果此时有人从山脚下往上看，整个马队就像条被冻僵了的百足虫，正拼死往前挣扎。

百人百性百脾气。老天爷的脾气你永远也摸不透。它就像个性格怪异的老人，慈祥起来会给你阳光，给你温暖，给你和风细雨；不高兴了又非常冷酷，想让你死绝对不给生的机会！这不是，不管队员们怎么努力和小心翼翼，马队到底还是出事了。

那匹马驹就胆小，平时走路总是紧跟在妈妈身旁，现在却不行，因为母马就已经把路占满了。它上山来原本只能跟在妈妈身后，有一段见道路稍宽了点儿，就想挤到母马身边去。但是，它刚迈了两步，后蹄突然一滑，两条后腿紧捯腾间身子却往下出溜下去……说时迟，那时快，千钧一发之际，卓玛急忙往前冲了一步，双手紧紧攥住了马驹的耳朵。马驹虽小，体重也有百八十斤，她的身子怎么能拖住这么沉的东西？眼瞅着她和马驹一起往深渊滑下去……前头和后面的人见状，惊骇地愣片刻，齐声叫喊道："撒手！快撒手！"

桑吉卓玛却舍不得，仍紧抓住马驹不放。后面的邢山岭急坏了，边惊呼着边冲上去抱住了她的后腰……就这样，马驹踢腾着挣扎。卓玛紧攥住它的耳朵不松手。山岭又抱着她拼尽全力往后拖。双方僵持间，前后的队员们边惊呼着边急忙找绳子想把马驹套住……可是，一切都来不及了。卓玛的双手又酸又疼，已经没了半点儿力气。她眼里噙着泪花，终于无可奈何地让马驹松脱了下去。山岭冷不防，抱着她急速后退了两步，两人一块摔倒在石头上。他的后脑勺儿磕在石缝中一根突出的树桩子上，鲜血马上便流了出来。

此时，所有人的目光都在吃惊地注视着那匹小马驹，没人看到山岭在流血。小马驹显得那么轻巧，顺着雪壁下滑、下滑……它的身子越变越小、越变越小，最后竟然像只鸟儿，离开雪壁飞进莽莽深渊不见了。人们这才如释重负，一个个交流着目光无奈地长舒了一口气。

邢山岭开始并没觉得疼，只是感到有什么东西流进了脖领子里。他迟疑地抬手摸了一把，却看到了满手鲜血，不由得惊讶地愣住了。后面的梅朵看见，不由得惊叫了一声："大叔，你的脑袋流、流血了！”

邢山岭本来没感觉到怎么样，听她这么一喊，突然就支持不住了。卓玛惊讶地回头看时，他身子摇晃着又歪倒在石头上。她不由得叫了一声“大哥”，扑过去想把他扶起来……山岭看了她一眼，刚开口想说什么，忽然感到一阵眩晕，眼一闭昏了过去。卓玛愣片刻，边轻轻拍打着他的脸边连声呼唤：“大哥！大哥！你没、没事吧？”

邢山岭没回答。卓玛急了，忙命令梅朵：“快！给他包扎一下！”

茸贡梅朵答应着，手脚利索地打开随身带的布包，掏出纱布来给山岭包扎。这时，他却又睁开了眼睛，茫然怔片刻，咧嘴笑了笑，说：“没、没事，我没事。”

桑吉卓玛这才有点儿放心，和梅朵一起把山岭扶了起来，并不时观察着他的神色……公平地说，她的这些行为和举动都是下意识的，完全出于一颗善良的心。但在梅朵看来，里面却包含着某种感情意思。她心里想着什么，不由得冲丈夫笑了笑。巴措可没有那么多心眼子，莫名其妙地瞪她一眼，忙和卓玛扶山岭骑上了黄骠马。

天已经半前晌儿了，小满儿才跟着杨雪月登上了深入藏地的长途汽车。

杨雪月让司机把一个超大的帆布包捆在车顶上，上车坐好后便闭上了眼睛。也是，她昨晚和韩湘楚一夜风流，确实没睡多少觉。更主要的是她心里有事，想捋一捋自己的思绪。因为她并不完全相信丈夫这么远跑来只是由于想她了，这其中肯定有别的什么事。但她并不敢问，这也是他们夫妻间多年不成文的规矩。他想让她知道的，肯定会告诉她；他不想让她知道的，她连问也不敢问。因为她心里明白，就是问也白问。他不但不会告诉她，有时拉着长脸不吭声，有时还会训斥她几句。可不是，这么多年了，自己连个孩子也没给人家养活，心里愧疚就不敢多说什么了。

像通天河这样的小旅店，他们家解放后就开了两处。一处在这儿，另一处开在亚东县城里。也就是说，一处和内地相连，一处和国外相通。目的就是要搜集各方面的信息，能及时掌握各种情况，好决定自己的行动目标和时机。

杨雪月心里也明白，只要丈夫不想告诉她的，肯定是对共产党不利的事。因为韩湘楚也有情绪失控的时候，曾几次痛哭流涕，对她讲过自己家庭血腥的苦难史。

韩湘楚家当年曾是湖南湘潭县最大的地主老财。他家到底有多少土地，乡亲们谁都说不清楚。据说，有个祖辈受韩家剥削吃不上饭的佃农，实在饿极了去他家门口要饭。管家不给他，韩湘楚的爷爷出来说："给他吧。他吃了拉了，还是肥咱家的田。"

那个佃农气不过，饭也不要不吃了，从天明走到天黑，憋着不拉不尿。到月亮升到中天时，他实在忍不住想拉尿了，便问了问路边的人。人家回答说你脚下踩的还是韩家的地。这个佃农非常无奈和生气，从此就离开老家参加了工农红军还当上了大连长。几年后，他带领工农红军第二方面军打回来，发动佃农们斗争了韩家的土豪。

那年，韩湘楚刚满十三吃上十四岁的饭，眼看着爹爹被五马分尸，鲜血和肠子肚子流了满街筒子。爷爷头向下脚向上倒吊着，被人拉上两三丈高的竹竿。只听一声号令，爷爷被猛地放下来摔在石板路上，瞬间便把脑袋顶进了腔子里，连喊都来不及喊出口就断了气。奶奶和娘眼瞅着，当场便昏迷了过去。尽管家里人急忙上前抢救，奶奶还是没缓过气来。韩湘楚就在现场看着，真是眼里流泪，心在滴血，牙齿咬碎，拳头都攥出汗来了。就在当天晚上，他不吃不喝一口气跑到长沙参加了国民党军队。

沙漠中根本没有像样的道路。长途汽车颠颠簸簸，像老牛似的慢慢爬行。

杨雪月似睡非睡，闭着双眸边回忆着陈年往事边打盹儿。小满儿却精神得很，好奇的眼睛一直盯着车窗外面。也是，大漠中虽然看似荒凉，实际上却是充满着蓬勃生机。你看，成群的黄羊、蹦跳的沙鼠、玩耍的鼠兔……不时从车前车后掠过。小满儿的目光简直应接不暇，几次欲惊叫出来，看看旁边的人忙又捂住了嘴巴。她想和雪月说说话，侧脸见人家闭着眼睛只得作罢，稍显寞落地再次把目光转向窗外。

日上中天，火辣辣、金晃晃的光线炙烤着大地。汽车内像蒸笼一样，闷得人透不过气来。一位年轻人实在忍耐不住，“刺啦”一声拉开了车窗。随着一阵风吹进，烟尘成团地扑进来，瞬间便弥漫整个空间。杨雪月被呛着了，不由得闭着眼轻轻咳嗽了一声。一位老汉忙说：“快把窗户关上，看呛着杨老板了！”

那位青年好像不服气，一时没动手。顿时便有几个人同时说：“快关上！”“就是，你怎么这么不懂事啊？”“你不知道杨老板是谁呀？还不快关上！”

年轻人不敢惹众怒，只得不情愿地把窗户关上了。杨雪月这才微微睁开了眼睛，冲小满儿笑了笑说：“没、没事。”

老汉脸上却露出巴结的笑容，含笑说：“这孩子不懂事，您千万甭和他一般见识。”

杨雪月没说什么，矜持地笑了笑又闭上了眼睛。小满儿深感意外，心里就犯嘀咕：这个杨姐到底是个什么人呀？怎么这么多人都认识她？她尽管天生不是心思重的性格，但这样想着就觉得心里发虚，不由得便多了三分警惕。

实际上，杨雪月自从在通天镇开了家小旅店之后，多少年来经常在这条路上跑来跑去，认识她的人自然就挺多。她为人和气，脾气随和，八面玲珑又会说话，更何况出手也很大方，断不了救困帮贫或给别人点儿小恩小惠。所以，凡是在这条路上来来往往的商客，都夸她是观音托生，是救苦救难的活菩萨！

杨雪月当然不是个简单人物。前面说过，她是邯郸商会会长的女儿，也应该算是个大家闺秀吧。她嫁给韩湘楚的头些年，他家里人死的死，亡的亡，娘也嫁人走后已经没人了，所以她一直住娘家。在解放战争中，老会长因为暗中资助国民党军队，被地方政府察觉镇压并没收了全部财产。因此，她和丈夫一样，和共产党也有着不共戴天之仇。夫妻二人可以说是同病相怜，沆瀣一气。现在，虽说解放这么多年了，他们尽管知道已经没办法动摇共产党的天下，但也愿想方设法、瞅机会尽量给他们找点儿麻烦，添点儿乱子。所以，对丈夫提出的关于怎样处置小满儿的建议，她心里虽然有点儿犹豫，但最后还是同意了。

天近傍晚的时候，长途汽车停在了一家挂着“野店”牌子的大门口。

旅客们纷纷跳下车，一个个伸懒腰打哈欠，胡乱拍打着满身的仆仆风尘。小满儿刚睡了一觉，迷迷糊糊跟着下了车。他们要在这儿住一晚上，明天才能继续赶路。她当然不知道，是杨雪月帮她躲过了一场灾难。

这家野店也确实是实至名归，就那么十多间茅草房，大多已经历经风霜破旧不堪了。最显眼的是那高高的铁丝网“院墙”，也已锈迹斑斑了。当地人知道，这是专门用来防狼的。院子里有一座超大的灶台，几个伙计正忙活着拉风箱做饭。西“墙”根下，有几匹马正就着槽头吃草。因为来人较多，屋里院里都显得闹哄哄尘飞土扬。

小满儿跟在杨雪月身后，东瞅西看地往里走。一位肥头大耳，肚子上像扣着口锅似的，老板模样的家伙迎了出来，冲杨雪月“哈哈”笑着说：“杨老板，你可真稀罕，有多久没来我这儿了？我每天做梦都想你！哈哈……”

“是啊！曹老板。”杨雪月也笑着说，“我也想你呀，想得这鼻子眼儿都合不上了。”

曹老板说笑着，一双小眯眯眼不住往小满儿身上扫来扫去。杨雪月忙介绍道：“这是我的亲妹妹，刚从内地过来的。”

说笑间，曹老板让伙计帮她们拿着行李，让进了最里面的房间里。同时，一个小伙计端来盆水，巴结地笑着请她们洗脸。另一位伙计用大盘子端来了大锅菜和黑乎乎的白面卷子，而且，盘子和饭碗都糊着层油腻，让人看上去就不想吃了。也是饥了糠如蜜，饱了蜜不甜。小满儿饿了一整天，也就顾不了那么多，伸手把筷子拿了过来……可是，她看到那盆洗脸水，不由得又放下筷子，端起脸盆出门就要泼掉。一个小伙计忙说：“那水你可千万要泼了！”

小满儿不知何意，抬眼看着他。小伙计把盆接过去说：“在这儿水可是宝贝。这洗脸水沉一沉，还要用来饮马哩！”

“曹老板，你该给这个伙计发奖金了。”杨雪月说着拿起个卷子，边吃边跟着他出去了。

在曹老板的房间里，杨雪月和他正在谈着两笔生意，第一笔谈的就是关于小满儿。只听曹老板说：“你少蒙人吧。咱俩认识多少年了，我怎么从没听说过你有这么个亲妹子啊？”

“你没听说过的事多着哩。”杨雪月笑着说，“我妹妹是刚从老家来的……再说了，你是我什么人呀？我有必要告诉你吗？”

“行了。”曹老板说，“就算她是你妹子你也开个价，让她在我这儿留几天，你要多少钱？”

杨雪月喝了口茶水，笑而不答。曹老板又说：“给你五块大洋怎么样？”

“五块大洋？”杨雪月问道，“是现洋还是英洋？”

“当然是现洋。”曹老板瞪着绿豆眼说，“你还想要英洋啊？你知道英洋现在是什么价格吗？一块英洋顶五块‘袁大头’，你这是想劫道敲竹杠啊！”

“那就免谈吧。”杨雪月摇着头说，“我可不干这缺德带冒烟的事。”

曹老板还想说什么，杨雪月却站起身来要走……他忙上前抱住她，嬉皮笑脸地说：“要不，你今晚陪我一宿，我给你一块英洋。”

“快放开！”杨雪月挣扎着说，“你不想谈正经事了？”

“正经事明天再谈也不晚呀。”曹老板开始撕扯她的衣服，说，“好妹子，就陪我一宿行、行不？两、两块英洋也可以。”

“啪！”杨雪月狠狠打了他一巴掌，呵斥道：“姓曹的，你想让我告诉俺家湘楚哇？”

曹老板一听湘楚这个名字，立刻讪笑着把手松开了。因为这个名字对于他来说，不亚于大人对孩子说：“快睡觉，狼来了！”

曹老板原名叫曹德亮，是黑龙江齐齐哈尔拜泉县人。全国解放前夕，他因为感情原因杀了人从老家跑出来，是韩湘楚收留了他。新中国成立后，又是韩湘楚给他改名换姓安插在这里。他曾见韩湘楚用东洋刀连杀过几个人，那种恶魔般的狰狞，让他现在想起来心里还哆嗦。杨雪月见他老实了下来，忙从随身带的书包里取出一个纸包，说：“这可是我刚拿到的上等货，你尝尝咋样？”

曹老板把纸包打开，用指甲挑起点儿白色的粉末放在鼻子上闻了闻，连打了两个喷嚏说：“嗯！好货，真是好货！你有多少我要多少！”

“我可没敢多带。”杨雪月说，“你先收下这点儿，剩下的我回头派人给你送过来。”

“好！好！”曹老板连连点着头说。两人交接了货和款，杨雪月便打着哈欠回到了她们的房间里。小满儿许是太累了，已经躺在床上开始犯迷糊，听到杨雪月进屋又忙坐起身问道：“姐，你回、回来了？”

杨雪月答应了一声，说：“快睡吧。明天就没汽车坐，咱们只能骑马往前走了。”

“骑、骑马？”小满儿不无惊讶地说，“可俺不会骑呀！”

“没事。”杨雪月边脱外套边说，“好学。不是有姐姐我么？”

小满儿没再说什么，心里嘀咕着又睡着了。她可是不知道，就因为骑马，才使自己逃过了生死劫，见到了亲爱的山峰哥。

第二天一大早，杨雪月向曹老板租了两匹马，就和小满儿上路了。

也许是血统的原因吧，小满儿骑上马，竟然一点儿也不觉得陌生。那匹桃花小马也很配合，好像也很喜欢她。杨雪月骑在一匹赤兔马上哈哈笑着说：“看来，你们俩挺有缘分的！”

小满儿笑了笑，问道：“姐，人家曹老板真不赖，还借给咱们马呀？”

“什么借呀？”杨雪月说，“他就是干这个的，这马是咱们租的。这家伙早把租金收下了。”

少顷，她又说：“前面还有他开的旅店，咱们不骑了放在那儿就中。”

大漠的天气真是冷暖无常，阴晴不定。小满儿她们离开野店的时候，太阳才刚刚升起来，空气中还有点儿微风，凉飕飕的挺舒服。可她们走了没多会儿，太阳便开始发泄它的淫威，暴晒着大地。而且，那微风也不知跑哪儿去了，空气像凝住了般一动不动，让人连喘气都觉得费劲。

很快，马儿浑身变得湿漉漉，好像每个毛孔都在流汗。人脸上的汗水流干了，变得亮汪汪的像是在流油。杨雪月也许是习惯了，并没有显得怎么难受。小满儿却有点儿受不了，困难地喘着粗气说："姐，这是什么天气啊？我都快被憋死了！"

"没办法。"杨雪月说，"这里是青藏高原，空气本来就稀薄，太阳又这么毒辣，刚到这里的人是会感到不得劲儿的。但谁也没有别的办法，忍忍习惯后就好了。"

小满儿没再说什么，边喘息边默默走着……杨雪月看了她一眼，许是为了转移她的注意力，像是随便地问道："你是……怎么到的邢台呀？"

"我也说不忒清楚。"小满儿思索着说，"听大哥说，那年他跟马帮去西藏贩马，是从大相山上把我捡到的……我那时候还不到两岁，什么都记不起来了。"

"是吗？"杨雪月想了想，又问，"那是哪一年呀？"

"你算算吧。"小满儿说，"我今年十九了，去掉两年，就是十七年前呗。"

"噢……"杨雪月思索着什么，好一会儿没再吭声。突然，小满儿指着前方叫起来："姐，快看，前面像是有个村庄呢！"

杨雪月往前看了一眼，笑着说："那是……海市蜃楼，在这大漠中你会经常看到。"

"海市蜃楼？"小满儿眨动着美丽的大眼睛问，"什么叫……那玩意儿啊？"

“这我也说不清楚。”杨雪月说，“听人讲，是……由于光线的折射和空气的流通形成的。反正就是种假象，等你走近它就什么也没了。”

小满儿似懂非懂地思索着，好一会儿没吭声。她们往前走了一段，果然是什么都没有。而且，脚下的路像是越来越荒凉，走着走着连马蹄印都很少见了。小满儿不由得疑惑地问：“姐，咱们没走错路吧？怎么越走越荒凉了？”

“你就把心放肚里吧。”杨雪月说，“这条路我来来回回走多少趟了，闭着眼都走不错！”实际上，她说的不是实话，而是按照韩湘楚的指示，故意绕弯路拖延时间。但是，人算不如天算。她这样领着绕远却是歪打正着，竟然和同样走错路的马队遇上了。

那是天已过午的时候，小满儿她们来到一处风光旖旎的沙漠绿洲。

这里真是个奇迹！只见，绵绵沙丘紧紧包裹着一方凹地，看样子大小不过半平方公里。莫名其妙的是，凹地中央竟然有一个弯月状的小湖，而且水光滟潋，清澈见底，连里面的小鱼小虾游来游去都看得十分清楚。湖四周绿草茵茵，姹紫嫣红的各色娇艳花儿吸引来狂蜂粉蝶翩翩飞舞。湖边还有三棵树，一棵白杨，一棵弱柳，另一棵是大叶子的蒙古栎树。

再加上阳光烈烈，微风轻拂，湖面上水光粼粼，湖底的流沙也像是在流动……不管是谁，看着这一切肯定会非常惊讶，甚至浮想联翩。果然，小满儿开口问道：“姐，你说这水是从哪里来的？里面的小鱼小虾又是怎么来的呀？”

“水是从哪里来的谁都说不清楚，那应该是科学家的事。”杨雪月边从马背上卸下超大的帆布包裹边说，“至于小鱼小虾倒能说明白……千年的鱼子万年的草籽。甭管过多长时间，只要有了水，它们就会迅速苏醒成长起来。”

小满儿似懂非懂，只是轻轻地“哦”了一声。杨雪月像变戏法一样，从帆布包里掏出面包和用罐头瓶装的白开水，又说：“你刚来当然不知道……这茫茫大漠中有好多无法解释的现象，连在这里生活一辈子的人都说不明白。好了，快吃点儿东西吧。”

两人把马儿放开，让它们去湖边自由地吃草喝水。自己却坐在树荫下，边休息边就着白开水吃面包。更让小满儿感到惊讶的是，这里的鱼虾并不怕人，竟然成群打伙地游过来，争抢着她们掉落在水中的面包渣儿。杨雪月笑了笑说：“看我给你抓一条大鱼。”

小满儿瞪着大眼睛说：“姐，你还能抓住鱼？”

杨雪月笑而不答。只见，她掰下一块较大的面包，故意扔在自己唾手可得的水里……果然，小鱼们纷纷争抢，却一时半会儿没办法把面包吞下去。就见一条尺多长的大鱼闪电般从深水中冲出来，一下子就把面包咬住了。说时迟那时快，只见杨雪月迅速出手，猛地就把大鱼抓住了。小满儿见状，吃惊得一下子跳了起来，喊道：“姐，你可真有两下子！”

“小意思。”杨雪月笑着说，“快去捡些干树枝来，咱们吃烤鱼！”

“哎”，小满儿答应一声，快步跑开去……等她抱着一捆树枝回来时，却看到杨雪月仍在抓着那条摇头甩尾的鱼儿发怔，不由得问道：“姐，怎么了？”

“我找了半天……”杨雪月说，“忘带小刀了，没办法开膛破肚啊。”

“我包里有。”小满儿说着，忙放下树枝，从包里拿出自己差不多快忘记了的小刀。杨雪月笑了笑，手脚利索地把鱼儿开膛破肚，掏出里面的内脏又刮去鱼鳞……小满儿被她用目光指点着从她的口袋里取出一盒火柴，又随手抓了把晒干了的茅草，迅速引燃了满地凌乱的树枝……当两人高高兴兴地吃着烤鱼时，一个突如其来的宏大场面把她们惊呆了。

只见，沙尘腾空而起，眨眼间隐天蔽日，紧接着便扑头盖脸压了过来。在两眼什么也看不见的时候，杨雪月惊叫一声："不好！这是要起沙尘暴了！"

小满儿不知沙尘暴是什么玩意儿，忙问道："姐，你说嘛哩？"

杨雪月也顾不上给她解释，说道："快！把咱们的马牵过来拴在树上！咱们也要找地儿躲一躲！越、越快越好！"她说着，把所有的东西都装进帆布袋子里用一块大石头压住了。小满儿仍是一头蒙，着急忙慌地去牵马……就在这时，她们看到浩浩荡荡的马群组成各色纵队，正从沙尘天幕中奔腾了过来，不由得都松了一口气。她们的马儿看到同类，也高兴地嘶鸣起来。

马队当然也看到了她们，但谁都顾不上理睬。只见队员们乱纷纷跳下马，直扑到湖边俯下身，大口大口喝着水。那些马儿也互不相让，簇拥到湖边抢水喝……小满儿和杨雪月忙后退了一段距离，瞪眼瞅着这些饿狼扑食般渴急了的人和马。

队员们喝足了水，一个个又"噗噜噜"洗头洗脸。马儿们也喝够了，一匹匹散开了，抖抖身子低头啃吃着香喷喷的绿草，当然连再美的红花也不放过。直到这时候，邢山岭、卓玛和梅朵才姗姗赶来。他们看上去没有队员们那么急迫，慢慢跳下马也来到了湖边，找了个好位置喝水、洗脸忙碌着。

这时，杨雪月对小满儿说："他们应该是……放马的。咱们走吧。"

小满儿答应一声，忙登上马……就在她正要挥鞭时，邢山岭鬼使神差地站起身回过头来。她看了他一眼，稍迟疑又看了一眼，一下子惊呆了，手举着马鞭停在了空中。杨雪月已经上了马，回头看她一眼不无奇怪地问道："小满儿，怎么了？"

小满儿没吭声，只是泥塑木雕般狐疑地瞪大眼睛看着山岭。她一时间怀疑自己看花眼了，心里在嘀咕着：山岭哥怎么会出现在这儿啊？我莫非是想家里人想疯了？不可能，不可能……她不由得自嘲地笑了起来。杨雪月又催促道："小满儿，你怎么了？咱们快走吧！"

就在这时候，邢山岭也漫不经心地扫了她一眼，正想把目光移开时又迟疑地停住了。稍停，他再次认真地看了一眼，突然像是被吓着了，瞪圆了双眸死死瞅着她。杨雪月不知他们这是何意，满面疑惑地看看小满儿又看看山岭……就这样，此时整个世界好像都静止了！不知是过了一分钟还是一个世纪，只见小满儿急切地跳下马扔掉马鞭，惊叫了一声"大哥"便跑了过去……邢山岭惊诧间，也叫了声"小满儿"把她紧紧抱住了。一瞬间，在场的所有人，包括马儿们都被他们惊呆了！众目睽睽之下，小满儿的情绪彻底失控，连声叫着"大哥大哥"，号啕痛哭起来。山岭也叫着"满儿满儿"，泪水止不住地哗哗流淌……此情此景，让所有人都感到吃惊和疑惑。有心软者，像卓玛和梅朵，虽然不知道为什么也陪着掉下泪来。

过了一会儿，杨雪月上前去，边拍打着小满儿的后背边轻轻叫她的名字。小满儿根本顾不上理她，只是哭、哭……最后瘫坐在了草地上。终于，邢山岭止住了悲痛，红肿着双眸坐在她身边问道："满儿，你怎么在这儿啊？"

小满儿边擦抹着眼睛，边简单讲述了自己这两个来月的遭遇。邢山岭连连叹息着说："这闺女，你傻呀？怎么谁都不告诉一声就这么冒失啊？！"

小满儿没吭声，只是含笑擦着眼睛。旁边的卓玛和梅朵惊讶地看着她。邢山岭也告诉了她自己和马队在这儿的原因，最后问道：“那你现在怎么办？是跟我回去还是继续往前走？”

小满儿想了想，说：“大哥，俺身上还带着山峰哥的‘工作证’和‘持枪证’呢，想尽快交给他。”

“就是。”杨雪月当然不想让小满儿跑掉，忙说，“反正已经到这儿了，俺们还是往前走吧。”

邢山岭抬头看了她一眼，一时没说什么。小满儿忙介绍道：“大哥，这是我刚认识的……姐姐，叫杨……”

“我叫杨晓月，”杨雪月却打断她自我介绍道，“是在通天镇开旅店的……我家就在上坝村，正好能把她送到公社里去。”

“是、是啊！”邢山岭高兴地说，“那忒好了！你们接着往前走吧。”

就在大家说话时，荒子围着杨雪月和小满儿转了两圈，又在她们的脚下嗅来嗅去……这是狗见生人时的习惯动作，人们都没留意。当时可是谁都没想到，后来在小满儿生死攸关的千钧一发之际，竟然是荒子救了她的命！

当大家分手时，桑吉卓玛说：“山岭大哥，等前面路过县城，你可以先给邢山峰书记打个电话告诉他一声啊。”

邢山岭点了点头。杨雪月看了他一眼，心里在思索着什么和小满儿上马离去……两人边走，小满儿边频频回头，直到看不见马队的踪影，她才叹了口气定下心来。过了一会儿，她忽然想起地问道：“姐，你怎么说叫杨晓月呀？”

杨雪月迟疑一下，忙解释道：“平时大家就叫我晓、晓月，很少有人叫雪月。”稍停，她又补充一句：“那是……登记填表时写错了。”

小满儿心眼儿不多，并没在意，只是轻轻地“嗯”了一声。

要说，马队也真够倒霉，这一路的行程，把高原的坏天气该碰不该碰的都碰上了！

和小满儿她们分手的当天傍晚，老天爷许是为了再次考验马队的诚心和耐力，竟突然变脸下起雨来了。雨开始很小，大家都没当回事，觉得天气凉爽了正好赶路。没想到雨越下越大，还夹杂着黄豆大小的冰雹。别看雹子粒不大，砸在脑袋上不只生疼还会起疙瘩。马儿们当然也不好受，你挤它躲地乱了套。实在没办法继续往前走了，巴措急忙吩咐大家安营扎寨，就地休息过夜。

沙漠有沙漠的好处，雨再大一落地便会渗了下去，所以地面并没有积水。大家搭好了帐篷，忙活着吃饭喝茶。桑吉卓玛却说："这种天气……咱们不会碰上狼吧？"

"现在还有狼啊？"茸贡梅朵说，"已经多少年没看到过狼了。"

"没看到过不等于没有哇？万一呢？不怕一万就怕万一啊！"卓玛说，"还是小心点儿为好，多安排点儿人值班吧。"稍停，她又说："小心驶得万年船嘛。"

对她的话，队员们大多没太当回事，因为这些年他们确实很少看到狼了。桑吉卓玛和梅朵她们安置好睡下后，荒子很快就卧在了帐篷门里睡着了。狗和狼属于同宗，因为被人类长期驯化才变成目前这样的，这大家是知道的。但它们有个生活习惯，一般人却很少注意到。就是当它们睡觉时，总会把一只耳朵紧贴在地面上，这是有道理的。因为土地的分子结构比空气传递声音更快更远，它们为了生存，不得不时刻保持着高度警惕。这和人类打仗一样，关键时刻，一两分钟就可能决定胜败存亡！

高寒地区的天气真像闹鬼一样。白天能热得人喘不过气来，晚上尤其是凌晨，气温能降到零度以下。值班的队员被冻得浑身筛糠似的上下牙直打架，实在坚持不住都躲进帐篷里去取暖了。突然，睡梦中的荒子像是听到了什么动静，猛地睁开眼倾听片刻，

“汪”地狂吠一声便冲了出去。卓玛她们睡得正香，被惊醒后迷迷糊糊地愣住了……稍微过了一两分钟，就听到荒子暴怒的狂叫和马儿惊恐的嘶鸣声。桑吉卓玛知道情况不妙，慌忙把梅朵他们叫起来，披上长袍出去了……眼前的场景让她吃惊地怔住了！

只见，在微光朦胧之中，有四条狼正在围住一匹马儿，龇牙咧嘴地低声恐吓着欲把它从群里驱赶出来。所有的马匹都乱了套，惊恐地你挤我闪想找地儿躲起来。就在这时，荒子像一支利箭，冲过去一下子把领头的大狼撞得连翻了几个跟头。其余的三条狼个头较小，看样子还不到成年。它们害怕地愣了片刻，在重新爬起来的头狼带领下，低声嗥叫着把荒子团团围住了。荒子却毫无惧色，狂吠着和它们撕咬在了一起……那匹被分离出去的马儿，趁机又回到了大群中。

这时，索朗巴措和几个队员都拿着猎枪从帐篷里冲了出来，边喊叫着边想开枪。但他们看到荒子和狼们撕搅成一团，担心伤着它只能朝天上打了几梭子。那条母头狼许是觉得大势已去，冲着三条已经受伤的小狼长嗥了一声，只得落荒而逃……可是，它跑出去没多远，却回过头来冲荒子哀叫了两声。荒子好像迟疑了一下，回头冲卓玛叫了几声，竟然跟在母狼身后跑了起来。卓玛见状愣了片刻，忙冲它呼唤：“荒子！荒子！快回来！”

荒子似乎回头看了她一眼，却又转过头去，瞬间便和几条狼跑得踪影全无。而且，一直到天光大亮，它是肉包子打狗——一去就没回头。

桑吉卓玛和茸贡梅朵急得嗓子直冒烟，打马转悠着又叫又喊，折腾了半天仍没见它的踪影。看实在是没了希望，卓玛不由得泪眼婆娑。队员们也跟着她着急，但谁都帮不上忙。大家不由得聚在一起，议论猜测着荒子这是为什么，一个年岁较大的队员突然说：“大伙儿注意到没有？那条母狼是不是……正处在发情期？”

他这句话引起了大家的思索：要真是这么回事，发情期的雌性诱惑，对任何雄性都是致命的！也是，狗和狼交配生子，在他们的经历中也曾经听到甚至见到过。如果狗跟狼交配，生下的孩子叫“獒狼”；要是反过来，孩子就叫“狼獒”。所以，藏族百姓对狼是又恨又爱，太多了人畜受伤害；太少了，肯定也不是好事。

天道使然。造物主是公平的。世间的万事万物，都是相生相克又互相依赖生存的。就说狼吧，要是太多了会祸害牲畜甚至人类本身；要是太少了，黄羊、沙鼠和兔子等小动物就会大量繁殖，短时间内能把草原上的草吃光，甚至可以把草根都刨出来吃掉。要是那样，家养的牲畜吃什么？那可是藏民们赖以生存的命根子啊！

在这方面，国家的政策就曾出现过偏差。新中国成立后的那几年，国家号召“除四害”。在内地，“四害”是指苍蝇、蚊子、老鼠和麻雀；在藏区，却把麻雀改成了狼。因此，草原上的狼成百上千地被消灭，几年下来就基本绝迹了。各种小动物趁机繁衍生息，目光所及，比比皆是。很快，全国各地的游牧区都发生了草荒。那对当地百姓来说，可是一场大灾难啊！好在国家发现后及时进行了调整。但狼群的恢复不能一蹴而就，生子长大再生子再长大……也是需要时间的。所以，后来这些年人们就很少看到狼了。但是，正如桑吉卓玛所说，少并不等于没有，这个万一，今天就被马队碰上了。

日上中天，眼看就快上午了，荒子仍然毫无踪影。队员们看看巴措瞅瞅卓玛，都不知道该怎么办。邢山岭见卓玛泪眼婆娑的实在难受，便说：“要不咱们就地休息两天？等等看荒子能不能回来？”

桑吉卓玛擦了把泪水，摇摇头说：“不能等，咱们送牲口要紧。人和人是缘分，人和狗也讲缘分……荒子要想回来，再远也能追上咱们。要是一直不回来，就说明它和咱们的缘分到头了。

还是抓紧赶路吧。”

队员们见她态度坚决，也不好再说什么。于是，大家简单整理了一下，便飞身上马，挥动鞭子出发了……可是，整整一个上午，他们闷头赶路，谁都没心情说话。一个个边走着总觉得像是少了点儿什么，仔细想想，就是少了荒子那一团烈火般奔腾的身影，不由得摇着脑袋连声叹息起来。

十

几天后，邢山峰接到了山岭打来的电话，竟然高兴得一晚没睡着觉！

也是，估计换成谁都会这样。自己青梅竹马的玩伴儿，后来又是最最亲密的爱人，已经快俩月没任何消息了，而且生死不明，估计再豁达的人也会非常担心着急上火。更何况邢山峰又是那么重情重义，对媳妇爱得深沉。他白天忙工作，稍有闲暇便会想起小满儿那双美丽的大眼睛，多少个晚上，更是毫无来由地从睡梦中突然惊醒，一颗心便恐慌不已，“咚咚”地似乎要从嘴里跳出来！每当这时候，他就再也睡不着，坐在办公桌旁抽烟，一颗一颗又一颗，直到东方泛白，小鸡子此起彼伏叫成了一片。

今天晚上更是如此。邢山峰原本躺下了，却兴奋得怎么也睡不着。他反复想着哥哥的话：“估计小满儿十来天就能到你那儿。”十来天、十来天……他心里念叨着，干脆起身披了件大衣，出外屋来坐在办公桌旁打开了台灯。他随手在挂历的今天上打了个钩，不由得自嘲地笑了：可不是，自己的这种行为，简直像个小孩子。他拿起竹皮暖瓶冲了杯茶，正要点烟时又想起哥哥说：“她和一位叫杨晓月的在一起。”杨晓月？杨晓月是谁呀？他这样想着，心里突然多了几分警觉。他调来这个公社还不到半年，能认识的仅限于各大队的主要干部和自己身边的人，而且女同志更是寥寥无几。他实在急不可待，大半夜便敲开了小公务员李玉海的屋门。

李玉海是他从亚东县委带过来的，一个刚刚满十八岁的高中毕业生。这小家伙也是河北人，长得精俏伶俐，很会办事。他父亲是解放军的一位团长，几年前在西藏叛乱中牺牲在拉萨。他继承革命遗志，毕业后没考大学，经过多次申请才来到了这里。

邢山峰之所以找他，一是因为觉得自己作为公社书记，到处打问一位女同志影响不怎么好，更是认为他很机灵，办事能力较强。已经睡着了的李玉海忙从床上爬起来，披了件军大衣便拉开了屋门。他瞪着发红的眼睛看着山峰，不无意外地问道："书、书记，您……有事？"

邢山峰点了点头，说："快进来，当心着凉！"

"没、没事。"李玉海笑着说，"书记您有任务就吩咐吧。"

邢山峰便把"杨晓月"这个名字告诉他，并让他暗中打听打听，这一带有没有这么个女同志。李玉海思索片刻，痛快地答应了。山峰又说："要不你先问问咱们苗会计？她在这里工作好几年了，认识的人比较多。"

第二天早上，李玉海一上班便去了会计室。四十多岁的苗会计刚刚打开账本，摘下眼镜思索了好一会儿也想不起谁叫这个名字。就在李玉海失望地要走时，她突然提醒道："你去派出所查查户口，不就知道了？"

一句话提醒梦中人。李玉海当时就去了不远处的公社派出所。管户籍的也是个女同志。她认真地翻看着户口册子，半天才摇着头告诉他说："咱们这里没有叫杨晓月的，只有韩湘楚的老婆叫杨雪月。"

李玉海回去向邢山峰做了汇报。山峰思索片刻，抬头看着他询问地说："要不……咱们去韩湘楚家看看？"

韩湘楚家坐落在上坝大队的村头上，有一条小溪和那些人家隔开来一段距离。邢山峰和李玉海骑着马从村里出来，穿过一座小石桥敲开了他家的小梢门。

这是个典型的中国北方三合院，四间正房和两间厢房，连同猪圈都有点儿陈旧，看样子已经有年头了。这还是解放初期，韩湘楚一再要求来这里安家，政府为他两口子盖的。院子里到处收拾得干净整洁，马厩、羊栏、鸡窝等应有尽有，最显眼的是靠西墙有一垛柴草和干牛粪，已经堆得和房子一般高了。

韩湘楚开门看到他们，不由得手把着门扇愣住了。邢山峰微微一笑说："怎么？韩团长这是……不欢迎我们哪？哈哈……"

"哪里，哪里。"韩湘楚忙换上笑模样说，"哪、哪能呢？书记能来是给我脸呢，我还能一把把往下撕啊？快、快请进吧！呵呵……"

邢山峰和李玉海跟在他身后往里走，看到马厩里有两匹马正在吃草，一匹乌骓、一匹赤兔，打眼就知道都是上等好马。尤其是那匹黑马吃得滚瓜溜圆，浑身的鬃毛像缎子一样闪着乌光，四条小腿连同蹄子却像雪一般白。韩湘楚也是个喜欢马的人，见山峰看马，便指着那匹黑马说："这是当年政府奖给我的，名字叫'追风'，现在正是壮年，真是匹好马！"

"我看出来了，"邢山峰点着头说，"这绝对是匹好马！"

"追风"似乎听懂了他们的话，高兴地抬起有着巴掌大一块"白孝顶"的脑袋长啸了一声。正在这时，一个瘦高的中年汉子牵着马进门来。他见院子里有别人，习惯地叫了声"老团长"愣住了。韩湘楚也愣了一下，忙介绍道："这是我们公社的邢、邢书记。这是……”

、“嗷，有客人呀？”那家伙忙说，“要不你们先忙，我回头再来吧。”

“那……也行。”韩湘楚看着他回头往外走，随口问道，“你小子有事啊？”

“没事，没事。”那家伙说，“出诊路过，来看看老团长。”

韩湘楚对山峰介绍道：“他是我们当年部队的军医，现在在县医院工作……”

“你们忙，你们忙。”那家伙点头哈腰地说着退了出去。邢山峰忙礼貌地冲他点了点头。细心的读者应该能看得出来，这家伙在前边曾两次出现过，他长得尖嘴猴腮，脖子还有点儿歪。少顷，韩湘楚又笑着说：“这家伙叫孙长生，因为脖子有点儿歪，人们都叫他‘歪脖儿’，哈哈……除了我，没人叫他的大名。”

三人相跟着进屋，分宾主坐在桌旁。韩湘楚边忙着倒茶边说：“书记，这是我刚泡好的龙井，您尝尝正宗不正宗？”

“不用尝，韩团长的茶还能错得了？”邢山峰说罢又笑着问道，“您在这边生活多年，还是不喜欢喝酥油茶呀？”

“也能喝。”韩湘楚说，“但总觉着不如内地的茶好喝……也许是一种乡愁吧。哈哈。”

接下来，邢山峰询问了他的生活情况和有什么困难没有。韩湘楚却一口一个“好”字，并连连表示了感谢。最后，邢山峰像随意地打量着房间问道：“怎么，韩夫人不在家呀？”

韩湘楚似乎愣了一下，忙说：“她和我不一样，在家待不住，喜欢跑来跑去做个小买卖……这不，又出去好几个月了。”

邢山峰迟疑一下，又问：“夫人是哪里人？叫什么名字？”

“她老家是邯郸的，”韩湘楚说，“名字叫杨雪月……怎么？书记您有事啊？”

“没事，没事。”邢山峰忙说，“我老家是邢台，想认个老乡呗。哈哈……”

“那好。”韩湘楚说，“等她回来，我先带她去公社里认乡亲！呵呵。”

邢山峰他们告辞出去后，韩湘楚心里却犯了嘀咕：这家伙什么意思啊？莫非雪月她们出什么事了？看来，这件事还得重新斟酌斟酌……他这样想着，心里自然多了几分警觉。

邢山峰毕竟年轻，做事考虑欠周全。他这么做实际上起到了打草惊蛇的作用，促使韩湘楚狠下决心，对小满儿的命运更加不利。

此时的小满儿却什么也没多想，继续跟着杨雪月在大漠中转来转去。

杨雪月确实聪明能干，记忆力超强。而且，她对这一带太熟悉了，知道哪里有几户人家可以过夜，哪里能找到水源和让马儿吃草。她带的帆布包更像个百宝囊，里面是应有尽有，面包、压缩饼干、水果罐头……所以，小满儿并没感觉到受委屈，还经常被她逗得哈哈大笑。

实际上，杨雪月心里远没有表面那样轻松。她和丈夫一样，脑袋里一直在思索一件事，就是小满儿的大伯哥什么时候能和邢山峰通电话，电话中又会怎么介绍自己。如果那个山峰能猜到自己和小满儿在一块，那丈夫的想法肯定不行，如何对待这个女子，就只能另做打算了。

正赶上这几日天气很好，没风没雨，不冷不热。她们骑马走着，随时能看到可爱的小动物和大漠中各种奇怪的现象。小满儿被吸引着，大开眼界竟暂时放下了对山峰哥的思念，而且一次又一次被惊得瞠目结舌。

这天，她们行进在一片雅丹地貌中。只见一块块不知被风化了多少年的巨大的泥土，在沙漠中奇形怪状地高高耸立，有的像利剑，直挺挺刺向长天；有的像舞台，平平展展可以让人随意蹦蹦跳跳；有的却像危卵，细身子顶着个奇大无比的脑袋，似乎随时都有坍塌砸下来的可能……杨雪月见怪不怪，边走边说说笑笑，不时跟小满儿解释着这种现象形成的原因。小满儿可就不行了。她像进了迷宫，蒙头转向辨不清方位找不到出口，只能边听边躲躲闪闪，生怕那些大脑袋掉下来砸在自己身上。

天色近午，烈日如火。在杨雪月提议下，两人下马坐在大脑袋挡住阳光形成的阴凉中，打开帆布口袋吃饼干喝水……突然，一只鼠兔从不远处冲了出来。正在喝水的杨雪月手疾眼快地把罐头瓶投了出去，不偏不倚正好砸在兔子脑袋上。只见小家伙蹬了几下腿不动了。

小满儿被惊呆了，片刻，不由得脱口夸赞道："姐，你真是好身手！"

"小意思。"杨雪月站起身笑着说，"我在邯郸上学时，可是投掷冠军呢，还在全省运动会上拿过铅球第二名哩！"她说着，走过去把鼠兔捡了回来。

"姐，"小满儿奇怪地问道，"你捡那个干吗呀？"

"傻闺女，咱们不是有肉吃了？"杨雪月说着返回来，放下兔子，在帆布口袋里掏摸着……少顷，她失望地说，"坏事，忘了带小刀了。"

"小刀？我这儿有。"小满儿说着，从自己的包袱里拿出那把在集市上买的刀子递给她。只见，杨雪月的手脚格外利索，三下五除二便把野兔剥了个精光。小满儿意外而吃惊地瞅着她，不无害怕地把眼睛都瞪圆了。确实，她在家里时，是不敢看别人杀鸡宰鱼的。杨雪月看她一眼，说道："瞅嘛瞅？快去拾些干草过来！"

小满儿这才回过神来，由衷地说了句："姐，你真厉害！"便去雅丹群边沿处捡干草……等她抱着一捆草回来时，杨雪月已经将兔子肚子里的东西收拾干净，又把它大卸八块，点燃干草用刀子挑着烤了起来……没多会儿，兔子肉的香味便出来了。她把刀把交给小满儿接着烤，自己竟然又从帆布袋子里摸出包盐面，一点儿点儿撒在兔子肉表面上。这让小满儿不由得再次惊叹她的精明，佩服她对事情考虑得周全。杨雪月却说："在家千日好，出门日日难。大晴天带雨伞，闲时备下忙时用呗。"

马队又走了十多天，终于踏上了川藏公路，行程自然加快了好多。

公路上人来车往，看到这浩浩荡荡的马队，不由得都停了下来，好奇而惊讶地目送它们远去……这天傍晚，马队却碰上了一支同样浩浩荡荡的车队，带队的正是邢家庄公社书记张富堂。原来，邢山岭给弟弟打电话的同时，也和他通了个电话，汇报了马队的情况和一路的艰难。

张富堂当即做出决定，调集了全公社所有的马车来进行接应。你看，马车上装满着草料、面粉、蔬菜和肉类，来为人和马补充能量。两支队伍见面时，马队的所有队员都非常感动，没等山岭介绍完，大家便欢乐地拥抱在了一起！可好，马和车聚在一起，把公路都堵死了。那些行路的人和汽车，干着急却过不去。最后，连交警都赶来疏通道路了！

邢山岭看天色已不早，便和书记商量着就地休整一天，让人和马都缓缓精神和体力再继续赶路。张富堂同意后，便和当地政府进行了联系。当地的县委书记非常重视，亲自带人赶来接待了他们。他命令随行人员把马和车都集中到一个大广场上，还派专人值班负责看护和喂牲口，把两支队伍的所有人员都安排在县政府招待所里，并安排酒席亲自招待大家。

在吃喝叙谈当中，县委书记还提到了邢山峰，这让山岭大吃了一惊。原来，这位书记是山峰当兵时的团参谋长，转业后才来这里任职。他是邯郸人，当年去邢台征兵，一眼就看上了山峰。后来在部队上，山峰一直对他很尊敬并保持着联系。山峰受伤后，还是他亲自把他送到北京疗伤的。因此，这次为寻找小满儿，山峰还跟他打过电话，拜托人家留意查问呢。山岭听得非常感动，一次次端杯向他敬酒表示感激……他们没有喝多，马队的小伙子们却差不多全喝高了，甚至有人开始出洋相。

原来，这些队员在家时很少喝白酒，平时喝的青稞酒度数较低，都是用大碗喝。他们头一次喝白酒，觉得有劲又好喝，一个个不由得就多干了几杯。可好，没多大工夫，十个就有八个喝多了。连索朗巴措都喝得东倒西歪，像脚小似的走路得扶着墙根儿。这些家伙天生率真豪气，从不掩饰自己的尴尬。他们便干脆放浪形骸，又唱又跳直到深更半夜还没尽兴！

邢山岭躺下也睡不着，翻来覆去地想着小满儿的事。他觉得按天数计算，她应该已经和弟弟见面了，想打电话问问又觉得天忒晚了，只得等到天亮后再说。

第二天上午，邢山峰接到了哥哥的电话，不由得又着急起来。可不是，应该见面了却看不到她的人影，听不到任何消息，换成谁能不着急？他当然不知道，此时的小满儿已经到了亚东县城，离他还有一整天半的行程。

十一

杨雪月和小满儿进了曹老板开在亚东的旅店，把马儿交接清楚后便回到自家开的那店。

这个旅店也不大，就设在县郊的城乡接合处。而且，装修风格和通天镇那个一模一样，要不是服务员不一样，小满儿恍惚间还认为又回到了通天镇哩！

两人进屋梳洗打扮了一番，服务员就把饭菜送进来了。小满儿顾不上吃饭，一迭声地问："姐，这儿离坎坝公社还有多远？咱们什么时候才能到、到呀？"

这也正是杨雪月考虑的问题。要是能赶上末班车，她们当天晚上十点左右就能到坎坝。但是，遵照丈夫的安排，她不想让任何人看到小满儿。如果要坐公交车，这么个大活人谁能看不到哇？所以，她对小满儿提出的问题迟疑着没回答。小满儿却不依不饶，拿着筷子又问道："姐，你……怎么了？为嘛不说话呀？"

"我也正在想啊。"杨雪月说，"咱们要是吃过饭就走，到天黑也赶不到，而且前不着村后不着店的，连睡觉的地方都找不到……要不，咱们明天再走吧？"

"那……"小满儿迟疑了一下，说，"咱们就连夜走，嘛工夫赶到嘛工夫算呗！"

"看你这火烧屁股似的……"杨雪月调侃地笑着说，"快俩月都过来了，还差这么一天半天呀？咱们好好休息一下，明天一早再走呗。"

小满儿脸有点儿红，迟疑着没吭声。杨雪月用筷子轻轻打了她一下，说："快吃饭吧！吃了饭我带你去城里转转，买身像样的衣服……你看你这样，就像个叫花子，山峰哥还会让你上他的床啊？"

小满儿的脸更红了，也不好再说什么，忙低下头，思索着一点儿点儿慢慢吃着饭。

这个县城不大，但并不冷清。因为这里离中印边境不过数十公里，战略位置非常重要，国家自然非常重视。实际上，解放前这儿只是个不大的村镇，也就几十户人家，而且人员构成特别复杂，土著人很少，多是在原籍混不下去或者犯了事的人跑来躲灾避难的。西藏和平解放后，国家加大了投资力度，又动员了一部分复员军人来此安家落户，这里才改为县城并很快发展起来。人们所不知道的是，由于这些年中印关系一直比较紧张，国家在县城周边的深山部署了大批武装部队，这里就更加繁华了。

小满儿她们东走西看，转悠着进了几家商店。杨雪月主动掏钱给她买了两身衣服。小满儿自然很不好意思，一再推辞着。杨雪月还是那句话："等见了你山峰哥，让他连路费一块跟我算账不就行了？"

天色渐渐暗淡了下来。而且，大夏天里，这里的气温竟然降到接近零度。小满儿她俩衣服穿得少，瞬间便觉得浑身冷飕飕的，连忙回到了旅店里。她心里想："这是什么鬼地方呀？山峰哥要能早点儿调回老家该多好啊！"

当天晚上，小满儿躺在床上辗转反侧久久没睡着。她想了很多、很深，首先是自己的身份。她非常想弄明白自己的出生地是哪里，父母是谁，他们是不是还健在？为什么会狠心地把自己扔在了山谷里……当然，所有这些她想也白想。对她来说，这或许是个永远不解之谜。

小满儿想着想着，心头掠过一阵悲凉，不由得落了几滴眼泪。而后，她又庆幸自己被山岭大哥救了，成长当中并没有受苦受罪，还嫁给了贴心贴肺的、亲爱的山峰哥……想到这些，她心里又多了几分温暖，不由得偷偷笑了笑。紧接着，她又想到了大地震把家都毁了，自己奔波千里万里，受苦遭难不说，还有两次差点儿被人糟蹋了……想到此，她不由得又哭了起来。

最后，小满儿想到很快就能见到山峰哥，想到怎么才能劝他调回老家去，心里不由得对未来充满着希望和憧憬……直到天一扑明儿，她才迷迷糊糊睡着了。

小满儿睡不着，杨雪月同样没睡好。她在自己长期留下的房间里，就着微弱的台灯光踱来踱去，反复思考着几个问题，就是小满儿的大伯哥给弟弟打电话了没有？邢山峰会不会想到是自己和小满儿在一起？他要是知道了，如何处理这个女人就是个非常棘手的问题。要是像丈夫计划的那样做，后果将很难预料。不是吗？一个大活人被自己弄得踪影全无，换成谁能善罢甘休？她想啊想，最后决定劝说丈夫，还是老老实实把人交到山峰手中为上策。但是，她这样想着心里也不无遗憾，就是和那个翡翠镯子失之交臂实在太可惜了！她想到此，心里又有点儿犹豫，半夜时分从帆布包里取出台精致的电报机，给丈夫拍发了几个字：明天晚上到家。韩湘楚马上回电：按既定方针办。

第二天一大早，当鸟儿发出第一声啼鸣时，小满儿便从迷迷糊糊中清醒了过来。

杨雪月比她起得更早，已经让厨房把早饭准备好了。因为她有点儿做贼心虚，怕出发晚了小满儿多心，怀疑她故意拖延时间。作为一个女人，她理解小满儿此时急于见到丈夫的心情。当两人梳洗吃饭打马出发时，太阳才懒懒地从东山头爬了上来。她边走心里边计算着这一天的行程，如果按正常走，估计天刚黑她们就到家了……离开城市看到漫无边际的大草原，她们两人的心情豁然间开朗了起来。也是，一年当中，此时的草原应该是最美丽的季节！

你看，阳光明媚，微风和煦，瓦蓝瓦蓝的天空万里无云；茫茫的草原上鲜花盛开，碧绿的草叶儿和艳丽的花瓣上顶着晶莹的露珠，在轻风中慢慢摇曳，瞬间被日光幻化出一片迷离的色彩；粉蝶儿和小蜜蜂像是被搅乱了目光，在红花绿草间茫然地飞来飞去；稍远处，一条小河像根银色的彩练，蜿蜿蜒蜒地飘落在草原上。

人说，美丽的环境能陶冶人的情操，洗涤人的灵魂，这话也许是有道理的。杨雪月面对这大自然的旖旎风光，心情一下子发生了神奇的变化。走着走着，她心里突然不再纠结，而且终于暗暗拿定了主意：按正常道路走，回去尽量改变丈夫的想法！此时，她已经放弃了对孩子和翡翠手镯的觊觎，决定避开风险，凭着自己仅存的一点儿良心来做好这件事！

唉……人世间什么事都一样，说着容易做起来难。杨雪月不但没办法改变韩湘楚的主意，而且把小满儿一下子推入了命悬一线的境地！

道路通畅，马队和大车队日夜兼程，成为了路上的一道亮丽的风景线！

这支浩浩荡荡的队伍无论走到哪里，都会吸引来男男女女扶老携幼地观看。当地政府也非常重视，大多是书记县长亲自出面接待，安排吃住甚至设宴招待。邢山岭和桑吉卓玛，连队员们都连连感慨：真是社会主义大家庭，天下农民是一家啊！

让他们更高兴的是，到河北边界处，邢台地委和县委书记都来迎接了。邢山岭有点儿受宠若惊，感动得快说不出话来了。双方叙谈当中，所有人才更加震惊，知道这事情真是闹大了。原来，县委把这件事汇报到地委，地委汇报到了省委，省委又上报到了中央有关部门，连周总理都知道了！他老人家还专门为此事做出了重要指示，你说这事大不大？！

年轻的队员们一个个非常惊讶，非常感动。山岭和卓玛是过来人，所以更是热泪盈眶，感慨万千：要放在旧社会，这种事是根本不可能发生的！

在灿烂的阳光普照下，在一片温暖的感动之中，队伍的行进速度突飞猛进，离地震灾区越来越近了。路过下一座县城时，邢山岭找到邮电局，又和山峰通了个电话。当听弟弟说还没有见到小满儿时，他的一颗心便又提到了嗓子眼儿上。

有话则长，无话则短。当杨雪月和小满儿打马赶到上坝村里时，已是晚饭以后了。

那天晚上，天阴着，也没有月亮，整个村庄看上去黑黝黝的。只有从一两户人家窗口透出的微弱灯光，才让人感到几分温暖。当她们停在村头时，小满儿突然毫无来由地感到一阵心慌，忙收住了马缰绳。杨雪月看了她一眼，问道："满儿，怎么了？"

"没、没事。"小满儿忙问，"这是到……哪儿了？"

杨雪月笑了笑，说："这是我们村，上坝大队。我家就在村子的另一边。"

"哦……"小满儿停顿一下，说，"我还当到坎坝公社了呢。"

"看把你急的！"杨雪月说，"这儿离公社还有好几十里路呢！"

小满儿欲言又止，神色迟疑着没吭声。杨雪月又说："天已经晚了，马也累了……咱们还是在我家住一晚再走吧。"

小满儿心里并不愿意，但也没说什么。她是担心自己要坚持继续走，又要被她嘲笑了。两人沿着村外的小溪往前走，马蹄惊起的狗叫声不时传来。杨雪月此时却显得有点儿心神不宁。因为她担心自己的想法丈夫能不能接受，要是不能接受，她们最好别让人看见。好在狗的叫声并没引起人们的注意，她的一颗心才稍稍安定了下来。

但是，人算不如天算。当韩湘楚开门让她们进去时，还是让小溪对面的降央次仁看到了。他同样正干着件当时国家政策不允许的事，出门时也是不想让人看见的。原来，自从他们村的那匹小马驹失踪后，他一门心思认为是被狼叼走了，因此便和狼较上了劲，差不多每天晚上都出去找狼。要说也不只是现在，他对狼的仇恨应该说是由来已久的。

那年，降央次仁一岁多的女儿大白天突然失踪，他就认定是被狼叼走吃掉了。有半年多的时间，他骑马几乎跑遍了整个藏北大漠，却是活不见人，死不见尸，连衣服鞋袜都没找到。他媳妇原本身体就不怎么好，着急上火先是哭瞎了眼睛，不到一年就去世了。因此，他和这些家伙结下了不共戴天之仇，发誓要把它们消灭光！

那年，国家号召“除四害”，当地政府发动群众打狼。次仁就像疯了一样，没日没夜地在荒原上转悠。他胆子大，枪法又准，有时候一天就能打死十多条狼放在马上驮回来。几年的工夫，他总共消灭了三百多条，被当地政府命名为打狼英雄，除了大会表彰奖励外，还被县委书记亲自颁发了一把特制的狼刀。那把刀卓玛等上岁数的人都看到过，制作非常精良，天蓝色的刀把和刀鞘上分别雕刻着头和身子，合在一起就是一条仰天长啸的狼王。

这次小马驹失踪后，又丢了那么大的面子，再次激起他对狼的仇恨。但他知道政府三令五申不许打狼，所以白天不出去，该干吗干吗。他像是又疯了，晚上骑马出去在大漠中到处转悠着找狼……这不，他刚从家里出来，就看到有两个女人牵着马进了韩湘楚家。他看出来一个是老韩媳妇，另一个不认识。他当时并没当回事，骑上马便往荒原深处走去……

韩湘楚非常高兴，笑呵呵地把媳妇和小满儿迎进了家门。他像是有意无意地往外扫了一眼，并没有看到暗夜中有什么人，当然也没注意到小溪对面降央次仁的存在。但世界上的事情就是如此，往往是一些有意无意的细节，却决定着某件大事的走向，决定着一个人的命运，甚至决定着一场多少家破人亡、成千上万人头落地的战争！

杨雪月她们赶了一天的路，自然是又饥又渴。趁她们拍打着仆仆风尘的工夫，韩湘楚已经把马拴在槽头并喂上了草料，并客气地笑着伸手请二人进屋。小满儿浑身疲惫，心情又不怎么好，但也只能含笑应酬着。接下来，韩湘楚忙不迭地打水让她们洗把脸，又倒上两杯茶说："你们先喝茶。我这就做饭！"稍停，他又补充："你俩都是北方人，应该喜欢吃面食。我给你们做抻面行不？"

杨雪月看看小满儿，问道："满儿，中不中？"

"沾。"小满儿忙说，"吃嘛都、都沾。"

"那咱就抻面！"韩湘楚说罢，冲她笑笑退了出去。小满儿轻声说："姐，姐夫这人看上去挺……热情的，是吧？"

"他呀？"杨雪月耸了耸鼻子，说，"看心情，有时冷得像冻凌，有时又热得烫手。"

小满儿不由得被她说笑了。这时，韩湘楚又端了一盘饼干进来说："都饿坏了吧？你俩先垫补垫补！"

夜色已经不早了，但沉睡的村庄并不安静。狗吠、牛哞、孩子梦呓中的哭声……如果你仔细倾听，还隐隐约约能听到远处狼的嚎叫声。

当小满儿有点儿犯困的时候，韩湘楚端着两大碗打卤抻面进来了。他满含歉意地说："你看我笨手笨脚的……快吃吧！"

小满儿顾不上说什么，笑了笑便端起碗大口大口吃起来。杨雪月瞪了丈夫一眼，嗔道："可不是，你想把俺们饿死啊？"

等小满儿在厢房里睡下后，杨雪月两口进行了一场艰难的谈话：

“老韩啊，有件事我想和你商量一下。”杨雪月看着丈夫，平静地开了头。韩湘楚稍愣神，含笑说：“天这么晚了，有什么事不能等明天再说呀？”

“不能。”杨雪月肯定地说，“必须现在说，要不我睡不着。”

“赶了一天的路，你不累呀？”韩湘楚说，“还是明天再说吧。”

“不中！”杨雪月的口气丝毫没有商量的余地，“明天有小满儿在场，不方便说。“

“没事。”韩湘楚往外看了一眼，笑着说，“我估计，她至少会睡到明天中午。”

“怎么？”杨雪月意外地问道，“你在她的碗里放、放东西了？”

韩湘楚“嘿嘿”一笑，算是默认了。杨雪月迟疑地想说什么，话到嘴边又改了口：“那也不中，还是现在说吧。”

韩湘楚有点儿意外地看着她说：“那……到底是什么事啊？你说吧。”

“就是在通天镇时你出的主意……”杨雪月说，“咱们不能那么干。”

韩湘楚欲言又止，脸色阴沉了下来。少顷，他点上颗雪茄边抽边问：“为什么呀？”

“因为有人看到我和她在一起。”杨雪月说罢，将在路上碰到邢山岭的情况告诉了他。韩湘楚马上明白了过来，说道：“噢……怪不得邢山峰来咱家，专门问我认识不认识一个叫杨晓月的女人呢。”

“是。”杨雪月说，“我当时多了个心眼儿，报了个假名字。”

“这事是有点儿麻烦。”韩湘楚边抽着雪茄，边思索着，好一会儿没吭声。杨雪月趁机说：“我的意思……不如咱们做个顺水人情，把小满儿直接送到公社，交到那个山峰手中。”

“那也忒便宜他们了。”韩湘楚说，“机会难得，我心里不得劲。”

“我也是觉得机会难得。”杨雪月不由得又想到那只翡翠玉镯，心情又发生了变化，不由得叹息着说，“更何况，她身上还带着只价值连城的镯子呢！”

“镯子？”韩湘楚一听就来了精神，忙问道，“什么镯子那么珍贵呀？”

“一只翠绿色的翡翠玉镯。”杨雪月说，“据她说，山峰爷爷的爷爷是清朝皇宫里的御用兽医，因为治疗好了一匹汗血宝马，慈禧太后亲自赠给他的。”

“是吗？”韩湘楚马上来了精神，把快抽完的雪茄猛地扔在地上说，“那咱们就更不能放过这个女人了！”

“可是……”杨雪月迟疑地说，“那样做实在是太危险了。”

“没事。”韩湘楚说，“你还不相信我做事的手段？当年的假起义不是到现在也没人察觉？”

杨雪月沉默了。她当然知道，在解放战争后期，眼看着蒋家王朝大势已去，韩湘楚迫于形势，好汉不吃眼前亏，识时务者为俊杰。当他苦思冥想谋划起义时，却被他的团参谋长察觉了。这位参谋长是蒋介石安插的亲信，带领四五个铁杆弟兄冲进去，想绑架韩湘楚并先把他的腿打伤了。没想到他力大无穷，施展浑身功夫硬是把那几个人打得死的死、伤的伤，剩下两个逃跑了。韩湘楚起义成功，被誉为抗日英雄，受到国家的特殊优待，并按照他的要求，来这里安家落了户。当然，来这里他是有自己的考量的。他当时的想法是这里虽然生活条件艰苦点儿，但毕竟远离共产党的权力中心，自己可能活得更自如一些。但他并没想到，在共产党的统治下，九百六十万平方公里土地，哪里都是权力中心！

韩湘楚见她久久不语，便说：“听我的没错，明早趁她昏睡，先放进地窖里再说吧。”

杨雪月仍然没吭声。她拒绝了丈夫撕扯衣服求欢的动作，闷闷不乐地躺下去，却辗转反侧，久久没睡着。因为她心里翻江倒海，一直拿不准该不该听韩湘楚的。

锣鼓喧天，彩旗飘飘。邢家庄公社门前广场上好不热闹！

只见，临时搭起的舞台上坐了两排各级领导。最大的是河北省副省长高舜尧和邢台地委书记；再就是县委书记梁山根、县长吴孟海和公社书记张富堂。最小的官，当然就是邢山岭了。桑吉卓玛和索朗巴措作为最尊贵的客人，被安排坐在前排正中央。

再看舞台下，更是人头簇簇，万众欢腾！十一个生产大队的书记带领着各小队队长，队列整齐地席地而坐。更多的是从四面八方赶来看热闹的男女老少，闹哄哄把广场围了个水泄不通。那二百二十一匹马，在队员们的指挥下，按照不同色彩安静地成纵队站立。俗话说，百人百性百脾气。你看那马儿们也一样，有的垂首；有的昂头；也有的不老实地东瞅西看，似乎心神不定，随时准备逃跑……它们的脖子上都挂着块木牌，上面用红墨水写着不同的数字。

对于这些马该怎么分配，张富堂和各大队书记是动了一番脑筋的。要不怎么办？马儿有公有母，体质虽然都不错，但毕竟还是有区别的。各小队又不一样，有的喜欢母马，有的愿意要公马，要是分配不当，很容易把好事办成坏事。因此，他们商量决定，还是使用庄稼主子的通用办法——抓阄决定。

等人群好不容易静下来，副省长高舜尧站到了讲话桌旁。他习惯性地用手指弹了弹麦克风，开口讲道：“今天是个大喜的日子！藏族兄弟们为支援地震灾区，非常慷慨地捐献出了二百多匹马，又不远数千里亲自给我们送了过来……对他们这种义薄云天的壮举，我代表河北省政府和邢台人民表示衷心的感谢！”

“哗……”台下响起雷鸣般的掌声。高舜尧等掌声平息后接着说：“这件事本身，就足以证明了我们社会主义的优越性。全国一盘棋，一方有难，八方支援。天下农民是一家……”

他的讲话，多次被热烈的掌声打断。接下来，县委书记和公社书记都讲了话。最后，全场用热烈的掌声欢迎索朗巴措发言。他显得有点儿紧张，看了母亲一眼才往讲桌旁走去……卓玛忙低声说：“咱藏家讲实在……你怎么想就怎么说吧。”

索朗巴措走到讲桌旁，迟疑一下才说：“各位领导把俺们抬、抬得太高了。不是说天下农民是一家吗？一家人不说两家话，说多就不像一家人了。支援灾区嘛，俺们这么做也是应该的！”他说罢，向台下深鞠了一躬，扭头便往回走……台上台下包括那些围观的群众都愣了片刻，紧接着便响起雷鸣般的掌声，而且经久不息！

接下来就是分配马匹了。在公社书记张富堂指挥下，各大队书记带领自己村的所有生产队队长，鱼贯地走到主席台旁放的一个木头箱子边，伸手从箱盖上留的洞口掏出来一个纸球打开来，然后按照上面写的号码去认领相对应的马匹……等他们把马儿从队员的手中牵到后，这个生产队的社员们就会一拥而上，忙不迭地给马儿披红戴花，一路欢呼雀跃地往回走……

小满儿睡得好深沉，连个梦都没做。她就是做梦，也梦不到自己面临着一场怎样的灾难！

第二天凌晨，天气格外寒冷。下弦月弯弯地挂在树梢儿上，给大漠和村庄披上了一层霜雪般瘆人的惨白。韩湘楚起身出来，搬开了院子里那一大垛柴草和牛粪，露出来下面压着的一块磨盘那么大的石头，再下边有着一个黑森森的洞口。杨雪月披着件军大衣站在旁边，不知是因为寒冷还是紧张，浑身哆嗦着上下牙打得“嘚嘚”响。韩湘楚看了她一眼，不高兴地说：“你愣着干吗？还不把梯子放进去！”

杨雪月仍然没说什么，忙把靠在房檐上的竹梯子搬过来放进了地窖中。韩湘楚进了厢房，毫不吃力地把小满儿抱了出来。当他顺着梯子往下走时，杨雪月却说：“等等！”她说罢忙回屋去，抱了条被子反身出来，沿梯子下去铺在了地窖底上。

“你真是……”韩湘楚轻轻埋怨了一句，抱着小满儿下去放在被子上。他出来后，抽出梯子靠回原处。接着，他把石头盖好，把柴草和牛粪恢复了原样。杨雪月还像开始那样，袖着手站在一旁看着他，心里却是七上八下，五味杂陈。韩湘楚忙活完了，拥着她往屋里走……此时，杨雪月明显感觉到丈夫的冲动，也碰到他两腿间那根硬邦邦的东西，就知道自己是在劫难逃，回屋去主动脱光了衣服……在一场男女间的原始搏击中，她一直显得很被动。韩湘楚却和她恰恰相反，由于兴奋而“呼呼”喘息着、冲撞着……杨雪月觉得自己身上的津液快被他耗尽了，里面干得像沙滩，也疼得难受。她没等丈夫习惯地“哼”一声瘫在自己身上，便一下子把他推了下来。

小满儿终于醒了过来。她睡眼惺忪，看看周围一片黢黑，以为天还没亮，便伸懒腰打了个大大的哈欠，准备再睡一会儿。在恍恍惚惚间，她忽然想起每晚都枕在头下的小包袱，不由得下意识地摸了一把却没摸到。她被惊得一下子就精神了起来，忙坐起身四下摸索、寻找着……当她终于失望地停住手时，被吓得浑身的汗都出来了。老天爷，那可是自己的全部家当，更何况还有老邢家的传家宝呢！

四周是那么黑，黑得伸手不见五指。小满儿从慌乱中稍稍冷静下来后，开始思索睡前发生的一切。昨晚，吃过饭后，自己就被雪月姐送进厢房睡觉，枕着枕头和小包袱很快就睡着了，而且睡得那么香甜……可是，怎么没枕头啊？小包袱怎么也不见了？想到此，她不由得大声喊道：“姐！雪月姐！”

寂静，死一般寂静，当然也没人回答。小满儿更急了，再次大声喊叫了好半天，终于放声大哭了起来。这时，她的眼睛渐渐适应了周围的光线，能模模糊糊分辨出身边的一切。她忙擦干泪水，努力瞪大双眸探视着……终于，她分辨出自己是在一个下大上小的什么坑洞里，就好像老家的菜窖一样。她一时想不明白，自己不是还在做梦吧？怎么睡到这里头来了？小包袱又在哪儿啊？她不由得强迫自己从通天镇开始思前想后，等想明白终于恍然大悟时，再次被惊出浑身冷汗：老天爷，自己这不会是碰到坏人，上当受骗了吧？！

十二

二百多匹马顺利地分配了下去，邢山岭的一颗心才算落了地。当天晚上，他和弟弟通了个电话，详细地介绍了相关情况和各级领导的重视，尤其是提到周总理也为这件事做出了指示。当他听说小满儿还没到时，急得差点儿惊叫起来，一颗心不由得再次提到了嗓子眼儿上！

邢山峰开始很高兴，当说到小满儿时，心上的那块大石头马上变得更加沉甸甸的。他又是一夜睡不着，辗转反侧思忖着她现在到底在哪儿，这事到底应该怎么办。他百思不得其解，不由得又想到了那个“杨晓月”，思索着怎么才能再去韩湘楚家看一看又不惊动他。

也算是吉人自有天相吧。第二天，县民政局局长带人下乡来检查工作。邢山峰和他是战友，关系相当不错，便在闲谈时讲出了自己的困惑。局长非常意外，也很同情，思索片刻说道："要不，咱们再去他家看看？"

邢山峰神色迟疑地说："没有个正当理由……那么做好、好吗？"

"要什么理由啊？"局长说，"韩湘楚是优抚对象，我什么时候去慰问他都名正言顺。"

邢山峰同意后，便让李玉海去供销社买了些水果点心什么的。当他们三人骑马赶到上坝大队时，天已经晌午了。降央次仁圪蹴在家门口，端着一大海碗拉条子吃得正香。他看到公社书记，忙站起身，隔着小溪和他们打招呼。邢山峰心里有事，和他简单寒暄了两句，便转身边敲韩湘楚家的大门边喊道："韩团长在家吗？"

民政局局长也跟着喊："老韩，开门！韩湘楚，把门打开呀！"

可是，里面好一会儿没反应。三人面面相觑时，次仁说："他老婆回来了。他们在家呢……还有一位客人哩！"

终于，韩湘楚把门打开了。他看到三人时，不由得愣了一下，忙赔着笑说："哟嗬，三位领导来了？对、对不起！俺们老两口正在屋里吃饭哩，没、没听见。快请进吧！"

"没事。"邢山峰忙说，"我们只是路、路过，顺便来看看你。"他指着民政局局长问道："这位你应该认识吧？"

"大局长都来了？"韩湘楚哈哈大笑着说，"我当然认识了！他每年都照顾我，还断不了来家里看看。太、太感谢了！"

邢山峰他们把马儿拴好进门时，杨雪月也迎了出来。她认识民政局局长和李玉海，并没见过邢山峰。韩湘楚忙介绍道："这是咱们公社邢书记，刚调来没多久。"

杨雪月似乎愣了片刻，心里“咯噔”一下，表情不无慌乱地笑了笑。她想伸手又缩了回去，只是点点头问了声：“书记您、您好！”

大家在韩湘楚热情寒暄下鱼贯往里走……杨雪月好像也冷静了下来，问道：“书记，你们还没吃饭吧？我这就做。”而后，她又问李玉海：“小李子，你们想吃点儿什么？”

“谢谢！我们在前村吃过了。”邢山峰忙说着，边走边留意周围有什么变化。院子里和他上次来时一样，到处干净整洁，只有牲口棚中多了两匹马。韩湘楚见他往马棚里看，忙说：“这是雪月昨天骑回来的……两匹好马是不是？”

“就、就是。”杨雪月接过话头，说，“我表妹被她丈夫接走了，把马留在这儿了。”稍停，她忙又编着瞎话补充道：“我们从……日土县回来，走了好几天哩！”

邢山峰听夫妻俩忙着解释，总觉得他们是做贼心虚，但又不好说什么。大家继续往里走，李玉海机灵地用目光扫视着每一个房间，看到里面都没有人。民政局局长故意提高声音问道：“韩团长，近来可好啊？听说嫂子好长时间不在家，你一个人生活有没有什么困难呀？”

“没有，没有。”韩湘楚忙说，“我俩这么多年就是如此……她喜欢动，我喜欢静，早就习惯了。”他停顿片刻，又说：“谢谢两位领导的关心！”

大家进屋落座后，杨雪月忙不迭地泡茶敬烟，并说：“我们老韩只抽雪茄，说抽着过瘾……不知两位领导抽不抽？”

“谢谢！我也尝尝。”邢山峰接雪茄的工夫，明显发现她的手在微微发抖。帮他用火柴点烟时，连划了好几根才点着。韩湘楚忙解释道：“我家雪月没见过大官。今天一下子来了两位，别说是她，我心里都紧张。哈哈……”

大家抽烟喝茶闲聊了一会儿，民政局局长便带头告辞出来了。邢山峰虽然心有不甘，也不好再说什么，只得神色沮丧地跟在最后。

所有的马匹交割清楚后，桑吉卓玛和儿子商量着早点儿往回返。

高舜尧却急匆匆来到他们住的宾馆，高兴地说："刚才省委办公厅打来电话，说周总理明确指示，一定要把大家招待好，还说让省里派人，带你们去北京走走看看呢！"

年轻的小伙子们一听就炸窝了。可不是，去北京，看看天安门，看看升旗仪式，再去登登八达岭长城，那可是他们做梦都不敢想的好事！桑吉卓玛也很感动，双手合十念叨着："佛祖保佑！佛祖保佑……周总理就是最大的活佛！"

邢山岭是跟着高舜尧一块来的，当然也很高兴。几个月前他虽说送小满儿去过北京，但根本没时间到处走走看看，因为当时正是农忙季节，村里一大摊子事等他回去处理呢。这次他跟着去，便有了名正言顺的理由。大家商量好了行程，决定第二天一早就出发。山岭说道："今天晚上我请客，大家都去我家吃顿饭！"

"就是，必须的！"高舜尧笑着说，"大家都是为支援你们灾区来的，你是应该尽尽地主之谊！哈哈……"稍停，他又说："你的手艺行不行啊？我还是把省政府招待所的大师傅请来吧！"

当天下午，省政府招待所的两名厨师带来了一车东西，无非是鸡鸭鱼肉什么的。他们直接去了山岭家里，手脚不停地开始忙活。邢山岭去宾馆接来了送马队的所有队员，却没想到给弟弟"露了馅儿"。桑吉卓玛一进屋，就看到了墙上悬挂的山峰刚穿上军装以及和小满儿的结婚照。她的目光一下子就发直了……少顷，她故意问山岭："大哥，这是谁呀？"

邢山岭没想到这点儿事，张着嘴一时不知该怎么回答。卓玛又说："这不就是俺们公社的邢书记吗？"少顷，她命令巴措："去，把宾馆里的那张画像拿来！"

索朗巴措答应着，起身要往外走……邢山岭忙拦住他说："没、没错。这就是我弟弟……他说让大家知道了对工作不、不利，所以我一直没敢承认。对、对不起了！嘿嘿……"

桑吉卓玛心里并无埋怨他的意思，但也没再说什么。她双手合十对山峰的照片深深鞠躬下拜……索朗巴措见状，和队员们也忙跟在她身后鞠躬。邢山岭不知该说什么，只是喃喃地念叨："你看这事。你看这事弄得……"

茸贡梅朵向来口无遮拦，这时说了一句："大叔，我们还当你是个老实人哩！嘿嘿……"

邢山岭一听，一张国字脸一下子红到了耳朵根子上。卓玛瞪了她一眼，呵斥道："会说话不？不会说话就把嘴巴给我闭上！"

这一回，轮到梅朵粉脸通红了。邢山岭忙解嘲地说："这事怪我，都怪我。嘿嘿……"

天到什么时候了？小满儿不知道。她只觉得肚子里"咕咕"叫，真是饿得头晕眼花了！让她感到更加难受的就是，总觉得下腹部像有个什么东西，在一下下蹬动着小脚踹她。她这时才真正意识到，自己也许真是怀上了。但她并不敢肯定，因为心里老想着那位老中医的话，而且自己从没有那么强烈的妊娠反应。这时，她又记起杨雪月说的话：女人在这方面的个体差异确实很大，有的一个多月就开始闹口，要是"下怀"，四五个月上小肚子就凸出来了；有的反应却没那么强烈，如果是"上怀"，甚至快生了肚子还不怎么明显。

小满儿浑身难受，思绪翻江倒海。可她并没有再喊叫，因为自从猜到自己是上当受骗后，就知道喊什么也没用。她只是觉得这个孩子来得不是时候，自己生死不明，孩子能不能活下来就更难说了。她想到此，止不住又“嘤嘤”地哭了起来。这时，突然有一束光线从头顶上方投了进来。她稍愣了一下，含泪问道：“雪月姐，是你吗？”

上面没人回答，只见有根绳子系着个竹篮落下来。小满儿急忙喊道：“放我出去！快放我出去……”

上面的人仍没吭声，紧接着那束光线也消失了。小满儿张着嘴停住了喊叫，狠狠擦了一把那不争气的泪水。她低头看了看，篮子里有碗筷和一只盛着面条的瓦罐。她顾不上多想，用筷子挑起面条放进碗里，又端起瓦罐倒上点儿汤，便狼吞虎咽地吃了起来。她当然不知道，这顿饭还是杨雪月为她争取来的。

自从邢山峰他们告辞出去后，韩湘楚两口子关门上栓，又进行了一场低声的争论。杨雪月惊慌失措地说：“老韩，你说他们是不是已经怀疑咱们了？”

“也许吧。”韩湘楚说，“可他们怀疑有什么用？只要找不到人，谁拿咱们也没办法。”

杨雪月思索片刻，迟疑地说：“要不，咱们还是把人放、放出来吧？”

“放出来？”韩湘楚瞪着眼说，“正月十五贴门神——晚半月了。她要是把实际情况都告诉邢山峰，咱们能有好果子吃？”

“那……”杨雪月说，“事到如今，咱们应该拿她怎么办呀？”

“怎么办？看情况再说。”韩湘楚思索片刻，说，“顶多是她肚子里的孩子咱不要了，带上财产和那只镯子走人！”

杨雪月听此言，惊得瞪大双眸张开了嘴巴。韩湘楚训斥道：“看什么看？这个国家，我早就待够了。大不了咱们去找达赖活佛！”

“你说的那是以后的事……”杨雪月说道，“我是说现在。咱们总得给她点儿饭吃吧？”

“不给！”韩湘楚说，“就让她在地窖里自生自灭吧。”

杨雪月一听就急了，大声说：“她人挺好的，咱不能那么做……那可是两条人命啊！”

“两条三条，生下来都是共产党的人。”韩湘楚恶狠狠地说，“无毒不丈夫。他们多死一个，咱们就少个敌人！”

“不、不中！我看不下去！”杨雪月不再和他争辩，径自去厨房生火做饭了。韩湘楚看着她的背影叹息道：“你呀，就是心肠太软，这样到关键时刻会坏事的。”

敬爱的周总理下了指示，河北省委对这件事自然非常重视。第二天一大早，一辆崭新的大轿子车便停在了邢台地区招待所门前。车厢里面还装了好多面包、火腿、煮熟了的鸡蛋和凉白开什么的，意思是一路不停，直奔北京。

副省长高舜尧亲自带队，还带了一位藏语翻译，主要是担心送马队的同志们参观紫禁城时听不懂讲解员的普通话。邢山岭对藏语一知半解，担当不了翻译这一重任。

这两天，年轻的队员们一直处于亢奋状态。昨天晚上，他们在山岭家都喝了不少“丛台”酒，一个个放浪形骸又唱又跳，引来了全村老少看热闹，直到半夜时分才回招待所休息。这不，天还没亮他们就又起来了，收拾好自己的东西便上了大轿子车。

这几天，老天爷也很关照，天气一直非常好。当轿子车驶上北行的公路时，只见东方天际云蒸霞蔚，硕大的、红彤彤的太阳正冉冉升起。小鸟们早已跳上枝头，欢快地唱着迎晨曲。

也许是受鸟儿的感染，队员们又兴奋了起来，笑闹着让索朗巴措和茸贡梅朵唱支歌。他们两口子也是情不自禁，稍忸怩便唱起来当时最流行的《北京的金山上》：

北京的金山上光芒照四方，
毛主席就是那金色的太阳。
多么温暖多么慈祥，
把翻身农奴的心照亮。
……

实际上，这些年轻人哪里是想听歌呀？他们是想宣泄心中的兴奋。你看，巴措夫妻刚开了个头，一个个便情不自禁、摇头晃脑地随着唱了起来。就连邢山岭和桑吉卓玛也在低声哼哼……可好，这一车的热闹，引得那些荷锄扛锨、牵牛拉马下地干活的社员不由得都停住了脚步含笑观看，甚至有人也跟着唱了起来。这原野上的和谐和欢乐，正是当时社会环境的真实写照，也是那时候人民精神面貌最好的展现！

小满儿百思不得其解：那个和蔼可亲、一路热心关照自己的雪月姐，怎么会突然变脸，一下子这么冷酷无情啊？！

周围依然是那么黑，那么静得瘆人。小满儿已经忘了害怕，冷静地瓷着双眸想啊想……直到想起那只玉镯，她心里才似乎明白了过来：老天爷！莫非这是……图财害命啊？！她虽然是这样想，但心里到底拿捏不准，便琢磨着再争取一次。于是，她放开嗓子，边哭边大声喊道："雪月姐，你们放我出去，我要……上茅房！雪月姐……"

可是，不管她怎么喊叫哭泣，外面一直是毫无动静。终于，她彻底死心了，绝望了。但正是因为这种绝望心理，却激起来那种世界上所有生灵共同的求生本能。她狠狠地擦干了泪水，张目四望开始琢磨自救的办法……只见，她思索片刻，用手试着挖了一把地窖壁的泥土，还好，这里的土地含沙成分很高，挖起来并不费劲。她的心头掠过一阵欣喜，便开始不顾一切地用双手挖了起来……

小满儿当然不知道，一个意外的突发状况，却让整个事件的走向陡然间发生了不可逆转的变化，也彻底改变了她和杨雪月夫妻还有几个人的命运！

当天晚上，沙尘暴铺天盖地、肆虐着整个大漠，直刮得天昏地暗、树倒河断，一座座山似的沙丘，瞬间便被夷为平地。在这种情况下，人们只能窝在家里，还要担心自家的房屋会不会被吹倒。要是哪个二百五敢出门，肯定会被刮得晕头转向，完全身不由己地不知道最后能落到哪里去！

杨雪月夫妻吃过晚饭，又在为如何处理小满儿发生着争执。韩湘楚态度很坚决，仍然坚持着自己的意见。杨雪月被气哭了，也改变不了他的固执。也是，他们夫妻二人这么多年就是这样过来的。甭管大事小事，韩湘楚是出口成钉，她休想改变分毫。

正在这时，外面突然传来敲门和喊叫声。韩湘楚倾听片刻，嘟囔道："这小子怎么这工夫来了？"

杨雪月心里一惊，忙问道："谁、谁呀？"

韩湘楚没回答，出去打开了大门。只见，歪脖儿像个土人，浑身哆嗦着紧紧依靠着一匹青鬃马站在门外。他不由得严厉地低声问道："你小子二百五啊？怎么这时候来了？"

"团、团长……"歪脖儿神色慌乱，上下牙打架口齿不清地说，"不、不好了！那、那个笨蛋醒、醒过来了！"

韩湘楚一听，顿时惊骇地愣住了。他张着大嘴，竟然半天没说出一句话来！这事确实有点儿……复杂，咱们还得从头说起。

两个月前，送马队在小土山上被土匪袭击，就是韩湘楚一手安排的。他当时也是头脑一热，命令三个手下“给共产党找点儿麻烦”。意思是让他们流动作案，抽冷子开枪打死一两匹马就全身而退。因为他们心里都明白，想撼动共产党的江山那是连门儿都没有，但要是有机会能给对方添点儿乱，心里会痛快好一阵子。韩湘楚去通天镇找媳妇，也是为了避嫌。

但是，让他没想到的是歪脖儿竟然自作主张，安排了一场“坐地”袭击。结果被乌骓马和荒子连踢带咬死了一个。那个“笨蛋”也受了重伤。他被森林公安抓住后，一直在医院里昏迷不醒。这个歪脖儿确实不是个简单人物。他原来是韩湘楚他们团里的军医，现在就在医院外科室工作。这家伙非常老到机灵，真是眼观六路耳听八方，竟然两次在枪口下顺利逃脱。韩湘楚曾多次指示他想办法，一定抽机会把那个“笨蛋”害死。但因为有公安一直在病房里看守着，他这个外科医生根本没办法接近。这次，他也是从搞卫生的工作人员谈话中听说的，就急忙紧靠着马儿跑来了。

这消息，不啻于晴天霹雳，一下子把韩湘楚夫妇震蒙了。三人经过紧急磋商，决定“三十六计，走为上计”。这时候，杨雪月哪里还顾得上小满儿？她惊惶万状，手忙脚乱地收拾着家中的细软，当然不会忘记那只翡翠玉镯。

虽说滴水能穿石，但路远没轻担。小满儿在黑暗中拼尽了全力，用双手挖啊挖，没多大工夫便气喘吁吁，浑身汗水直流了。更要命的是，她的双手已经被沙石摩擦得鲜血直流，疼得钻心了。她的头发散乱，身子酥软，不由得停住手，“呼呼”喘息着打量自己的成绩——不过刚挖成了一个能勉强让自己容身的土坑。她一下子就泄了气：可不是，照这种挖法，只怕把自己累死了也出不去！

怎么办？莫非自己就死在这儿了？小满儿想啊想，突然看到那只盛面条的瓦罐，心里一下子便有了主意：要是能把瓦罐砸成两半，不就能当工具用了？可是，自己怎么才能把它砸开呀？她这样想着，便瞪大了双眸四处搜索……窖地角落里，一个白乎乎的东西吸引了她的目光。她忙爬了过去，拿起那件东西却又被吓得急忙扔在了地上。她定睛看了看，原来那是一张马皮，而且从大小上能看出来，是一张带毛的马驹外皮，四只蹄子还在上面。

小满儿稳了稳神儿，心里便有了主意。她硬撑着胆子拿起两只马蹄，一次次敲击着瓦罐，最后终于裂成了两半。她很高兴，急忙伸出双手抓起其中的一半，像用刨子一样全力刨了起来……果然，这样不但省劲儿，而且进度也快多了。

邢山峰在睡梦中被剧烈的敲门和喊叫声惊醒，愣怔片刻忙起身披了件大衣打开了屋门。

“邢书记，周队长他们来、来了。”李玉海的神色不无慌张，边说着边进门来。他身后跟着两位森林公安，其中的周队长山峰认识。他惊讶地问：“周队长……你们怎么这时候来了？”

“邢书记，是出、出了点儿事。”周队长忙说，“袭击马队的案件基本弄清楚了……那几个土匪是韩湘楚组织的。被我们逮住的那个家伙终于醒过来了，今天下午刚交代清楚。”

“韩湘楚？！”邢山峰吃惊地问，“情况属实吗？”

“应该不会错。”周队长说，“据他交代，当时带头的是县医院的外科医生歪脖儿。这家伙也失踪了。我们正组织人手到处找他呢！”

“歪脖儿？”邢山峰也认识这个人，问道，“就是当年韩湘楚他们团的军医？”

“没错！就是那家伙。”周队长说，“我们人力不够，请书记派人支持一下。”

“没问题！咱们这就去公社派出所！”邢山峰说着，边穿衣服边问，“这么大的风，你们是怎么来的呀？”

“没事！我们有吉普车。”周队长说着，和自己的那位队员先出去了。

沙尘暴继续肆虐着这个世界，势头不但没减，而且越来越猛烈了！

两辆吉普车开足了马力，轰鸣着行驶在茫茫沙尘中。因为风太大，不但速度受影响，就是开亮的远光灯，照出去的光束也不过十来米远。邢山峰坐在头辆车上，目光炯炯地注视着前方。吉普车艰难地爬行着，等赶到上坝村头时，正是黎明前的黑暗时刻。

邢山峰担心车声会惊动敌人，在离韩湘楚家数十米处便停了车。十来名全副武装的警察跳下车，手拉着手往前走……实际上，他们根本不用迈步，因为是顺风，你想停都停不下来。大家拉着手挤在一起，是担心谁被风吹跑了。

等到了韩湘楚家大门外，邢山峰命令大家依靠着墙壁迅速散开来，把他家团团围住了。那些警察尽管都是年轻人，但一个个训练有素，在路上就已经把枪里压上了子弹。这时候，他们把枪平端在手中，紧靠墙壁用警惕的目光注视着周围的一切。

周队长在山峰示意下，和自己的手下上前去想把大门踹开，但脚刚挨到门扇便洞开了。他稍愣神，说了声“坏事”，便打开强光手电筒冲了进去……但是，好像一切都晚了。只见，这个家里的所有屋门都敞开着，院子和屋里到处是一片凌乱，却静悄悄不见人影。

邢山峰也带人冲了进来。大家看到这一切，不由得面面相觑地愣住了。片刻，他命令所有人把每个房间都分头搜查了一遍，结果自然是一无所获。他和周队长急忙磋商着办法，不知道这茫茫大漠该朝哪个方向去追赶……

谁都不会预料到，就在这时刻，就在房屋后面靠近墙根儿处，小满儿终于挖通了地道。她头脸污脏、浑身泥土地拱开了地面上的草皮。她紧张地试探着东张西望……黑暗中的四周什么也看不清楚，只有风声呼啸着淹没了一切声音。她没多想，一下子便跳起身来！可是……还没等她站稳，双脚便被大风吹得离了地面。急切间，她双手挥舞着想抓住什么，但一切都是徒劳。她身不由己、连滚带爬地不知被吹落去了哪里！

韩湘楚夫妇和歪脖儿从家里出来，仓皇间并没想明白应该逃往哪里。但有一点他们心里都很明确，那就是只能去国外存身。杨雪月没什么主意，只能是夫唱妇随。歪脖儿却说："去印度呗，找达赖活佛。不就这么几十公里，很快就能过去。"

"你真是拿屁股当脑袋用，现在印度能去吗？"韩湘楚说，"现在，中印边界形势紧张，双方陈兵百万，剑拔弩张，你能过去吗？"

"那怎么办呀？"杨雪月着急地说，"眼下，肯定有人在追赶咱们，总不能束手就擒吧？"

"当然不能。"韩湘楚说，"这件事，我心里早就想过……咱们只能去云南边境一带，才有可能安全脱身去国外。"

歪脖儿不理解，问道："去那里怎么就能安全出去了？"

"这几年，我曾经多次去过那里。"韩湘楚说，"尤其云南德宏州的瑞丽一带，东西南三面和缅甸相邻。有的村庄一分两半，一半属于中国，另一半却属于缅甸……"

"是、是吗？"歪脖儿惊讶地问，"还有这种地方呀？"

"可不是。"杨雪月也说，"两年前，我和老韩去那里游玩过。

那一带挺漂亮的。”

“你当我真是去旅游啊？”韩湘楚“嘿嘿”冷笑着说，“我那是去侦察，为咱们的退路早做准备。”稍停，他又说：“人无远虑，必有近忧。不瞒你们说，我把这一路的介绍信都开好了！”

“你把介绍信都开好了？”歪脖儿吃惊地问，“那……村、公社和县里能给你盖章啊？”

“盖章？”韩湘楚笑着说，“一个大萝卜便能解决问题。”

“你……”歪脖儿更加吃惊，“私刻公章啊？”

韩湘楚“嘿嘿”笑着没回答。杨雪月也吃惊地看着丈夫，为他的深不可测感到脊梁骨发凉。因为他所做的这一切，她半点儿都不知道。这时，韩湘楚从口袋里掏出一个夜光指南针，仔细辨别着方向……歪脖儿再次惊讶地说：“老团长，你连这个都想到了？真让我佩服得五体投地啊！”

韩湘楚没吭声，只是高高举起了马鞭。三人打马一路狂奔而去……

邢山峰和周队长兵分两路，各带着一辆吉普车从不同方向在大漠中搜索了一圈，结果是一无所获。当天色破晓时，他们才回到了公社里。他在电话中向县公安局做了汇报；县公安局又汇报到自治区公安厅；公安厅上传到了国家公安部……一张大网在全国迅速拉开。他估计着，韩湘楚三人应该是插翅难逃了！

周队长帮他把这一切处理完毕，便告辞而去。邢山峰浑身疲惫，打着哈欠躺在床上时，小满儿那窈窕的身影和美丽的大眼睛又浮现在他的脑海里……他不由得深深地叹了口气，立刻睡意全无。他坐起身来点上颗烟，边抽边痛苦地思索着她现在到底在哪里。

小满儿在哪里，连她自己都不知道了。她被狂风撕掳着，一会儿飘飘落落，一会儿奔奔跌跌，时而头脑清醒，时而处于半昏迷状态……直到狂风越来越弱，沙尘逐渐消散时，她的身体才终于落在了草地上。

这时，天色刚刚破晓。被风扫净了的天空湛蓝湛蓝，放眼望去万里无云。在东方天际，一抹鱼肚白正在慢慢扩散开来。荒野上静悄悄，连喜欢唱晨曲的鸟儿们也不知躲到哪里去了。

小满儿躺在地上，迷迷糊糊喘息了好一会儿，才睁开了被沙尘眯得红肿发疼的眼睛。她挣扎着坐起身，看到眼前的一切不由得吃惊地愣住了—— 一湾月牙形的湖水，三棵叫不上名字的树木，茵茵的草地，绵绵的沙丘……老天爷！这不是她和雪月姐吃饭喝水的地方吗？就是在这里，自己还巧遇了山岭大哥他们！想到了山岭大哥，她自然又想到了亲亲的山峰哥，一颗心不由得“嘣嘣”跳着阵阵发紧。当她挣扎着想站起身时，肚子里突然一阵剧烈的绞痛袭上来。她再次跌落在地上，抱着肚子翻滚片刻，下意识地用力、用力……便失去了知觉。紧接着，一个小小的生命，在最不该来的时候早产了！

世间的所有生灵，有时候很脆弱，有时候又特坚强。比如蚂蚁，即便是后面的肚子被什么动物咬掉了，前面的身子仍然能够挣扎着往前爬。这个生命也是如此，尽管他好小好小，又瘦又弱，但却紧闭双眸，不甘心地脚蹬手挠努力蠕动着……

人们常说“无巧不成书”。世界上的事情有时却是巧中有巧，巧得让人咋舌，让人惊奇，别说是听说，即便亲自看到了都不敢相信自己的眼睛！就在这个小小的生命挣扎得快没力气，只剩下“嘤嘤”啼哭时，降央次仁赶来了。他这些日子一直在夜间出来到处找狼，今晚一条也没发现。他刚要往回走时感到口渴得厉害，便想来小湖边喝口水再回去。离开老远，他就隐隐看到像是有个人躺在草地上。他好奇地打马赶过来，就看到已经处于“假死”状态的小满儿，看到了在她裸露的两腿间挣扎的小东西。他吃惊地愣了片刻，跳下马听到了微弱的哭声。他忙弯下腰，想把孩子捡起来……但是，他发现脐带还和大人连在一起，忙从腰间拔下一把漂亮的、尺来长的藏刀，弯腰把脐带割断了。当时天色还没亮，他没注意把刀鞘掉在了地上。他把孩子塞进藏袍中，又伸手试了试小满儿的鼻息，感觉她已经没气了，才飞快地上马离去。他当时可万万没想到，这对母子和他有着怎样千丝万缕的联系！

送马队的北京之行很顺利。但因为当时路况不怎么好，大轿车在路上整整走了两天。

由于有周总理的关照，他们路过的各地政府都非常重视，不管到哪儿都是把队员们当亲人款待。北京市委和市政府更是这样，市长让接待处把他们安排在北京饭店吃住，还设宴亲自招待他们。年轻人们只顾高兴地吃喝说笑，桑吉卓玛却觉得心里过意不去，一次次说着感谢的话。等吃饱喝足回到各自的房间里，这些家伙却出尽了洋相。

索朗巴措和茸贡梅朵进了房间，看着沙发不知道是什么玩意儿。他一屁股坐上去，又马上跳了起来，惊慌地说：“坏、坏事，我把这个给人家坐坏了！”

梅朵仔细看了看，说：“应该没事，你看它不是又起来了么？”

巴措松了口气，才重新坐了下去。梅朵也是一样，刚躺在床上就又蹦了起来说：“天啊！这床是怎、怎么了？！”

巴措也仔细瞅了瞅，说：“没事，和我坐的那玩意儿不是一样吗？”

“这一躺一个坑，怎么睡呀？”梅朵说着思索片刻，干脆把被子拉下来铺在地上。两口子这才踏实地躺了下去。他们夫妻刚想脱衣服亲热会儿，便被一阵吵闹声惊得跳起身来！

原来，是隔壁房间里的两名队员闯下了大祸。这两个家伙和巴措夫妇一样，也是把被子拉到地上才躺下去。他们边抽烟边神侃瞎聊，服务员推门进来嘱咐道："在屋里不能抽烟！"她说着指了指屋顶的报警器说："要不，那里会有水流下来！"

这俩二百五却不相信，认为服务员是欺骗他们。其中一个说："别听她胡说八道，那上面怎么会有水呀？"

"就是。"另一个说，"她准是嫌咱们抽烟，吓唬人呗！"

他们二人越说越不相信。一个说："来，咱们试试。"

另一个表示同意，便登上床头，把手中的烟抽了两口，举起烟头在灭火器下晃动……片刻，随着强烈的报警声，流水"哗哗"地倾泻下来……两个二百五被淋成了落汤鸡，傻傻地呆立着不知该怎么办。瞬间，服务员、保安队等好多人慌乱地冲了进来……可好，折腾得整个饭店的所有客人半宿都没睡成觉！

十三

人很皮实，有口气就能活。小满儿从昏迷中彻底醒过来，已经是清晨时分了。

微曦的光亮普照着大漠。月牙湖微波不兴，像一面镜子般清澈透亮。不知从哪里飞来了几只鸟儿，在树枝头蹦蹦跳跳唱着欢乐的报晨曲。

小满儿睁开惺忪的双眸，左右看了看，一时竟然不知道自己在哪里。她揉了揉眼睛，慢慢坐起身来，当看到月牙湖和三棵树时，终于明白了自己的处境，也一下子想起来所经历的一切。她慌乱地想站起身，却发现自己的裤子不知什么时候已褪到脚脖子处，竟然是赤裸着下身躺在沙地上。恍惚间，她猛然忆起生孩子的情节，不由得惊慌地举目四下找寻……当然是一无所获。一时间，她怀疑自己的记忆发生了错误，可看到那一摊几近干涸的鲜血，才知道这一切确实是曾真实发生过。她惊叫着："孩子！我的孩子……"忙起身把裤子提上来。就在此时，她看到了那只沾着血的刀鞘，不由得一下子愣住了。

这时候，太阳已经从东方天际露出头来。云蒸霞蔚间，酥红的日光像是给大漠铺上了一层血色，让人看上去有点儿隐隐的不安和惶恐。

小满儿抓起刀鞘仔细打量着……刀鞘确实很精致，只见天蓝色的底色上雕刻着一条狼的身子，脑袋却不知在哪里。她明白这东西和自己的孩子肯定有关系，便急忙揣进了怀中。就在她抬眼想再次找寻的当口，一大一小两条狼却突然从沙丘后面冲出，直接奔她而来……愣怔间，她一下子被吓蒙了，想逃跑却怎么也迈不开脚步，浑身酥软地只剩下了打哆嗦的本事。那条个头较大的狼张开血盆大口，猛地把她扑倒在地上！说时迟，那时快。就在这千钧一发之际，一只火红而壮硕的藏獒也从沙丘后面冲出来，猛一下子把大狼撞出去了丈八远！大狼稍愣神，不服气地冲它龇牙咧嘴低声吼叫着。藏獒同样愤怒，边低吼着边用身子紧紧护住了小满儿。它们之间的交流咱们不懂，但肯定是发生了争执。大狼生气地吼叫了一会儿，带着小狼扭头跑进了漫漫沙丘之中。藏獒迟疑了片刻，还是留在了小满儿身边。

接下来的两天，送马队的年轻人们玩得很开心、很尽兴，但也闹出来好多笑话。

他们先是登上了天安门，游览了故宫，被这座建筑物宏大而庄严的气势所震撼，尤其是那些琳琅满目的国宝，或精致，或古朴，或辉煌……更让人大开眼界。其中好多东西他们看不懂也听不明白，只站在那些和藏族有关的宝贝面前流连忘返，议论着它是哪个朝代的东西，猜测着它的价值是多少。在他们的心目中，其实一直拿故宫和布达拉宫相比较，觉得这两座建筑物都是那么神圣不可侵犯，那么让人敬仰。

在这方面，他们都表现得十分虔诚，一个个静默地双手合十，连连鞠躬顶礼膜拜。但只要稍稍离开一点儿，他们便恢复了自然率真的本性，不管不顾地大呼小叫起来，引得旁边的游客频频投过来嫌弃的白眼或是不满的窃窃私语。每当这个时候，邢山岭和桑吉卓玛就很尴尬，不得不一次次小声提醒着。但这些家伙根本不当回事，过不了多会儿就忘了，仍然我行我素地喊叫着。也是，他们生活在莽莽大漠之中，从小就没养成低声说话的习惯。而且，那种环境一年四季风声不断，夫妻俩在自家屋子里说小话都怕对方听不清，不由得就把声音提高了八度。也就是说，藏族兄弟们之间没秘密，一个个心胸坦荡，想说什么就说什么，从不顾虑环境和旁人的白眼。

在登八达岭长城时，那种浑然开阔和登高望远更让他们兴奋不已。甭管山岭和卓玛怎样一次次提醒，那些家伙憋不了多大工夫，便又情不自禁地大呼小叫起来。卓玛毕竟在自治区工作过，知道什么叫“不好意思”，因此对他们的行为感到很丢人。所以，她在长城上走了没多会儿，便在一个垛口叫住山岭找地儿坐下来休息。

阳光灿烂，微风轻拂。山岭和卓玛坐着却一时相对无言。两个来月的交往中，他们总觉得有说不完的话，此刻单独相处，心里都有话却反倒说不出来了。良久，卓玛捋了捋被风吹乱了的长发，看着他说：“你这个人……心思还挺重的。”

“我有什么心思啊？”山岭笑着说，“又没什么文化，庄稼汉一个呗！”

“可不是那么回事。”卓玛说，“你弟弟的事……埋藏得多深呀！”

“不、不是。”山岭脸有点儿发红地说，“山峰专门嘱咐过，说是让大家知道了对工作没什么好处。我认为他说得有道理，就……”

接下来，两人终于找到了共同的话题。山岭对她讲起了弟弟小时候的故事，也说到了小满儿的身世……卓玛觉得很吃惊，也非常感慨，但并没和自己身边的人联系起来。

小满儿不怕狗，因为她家里也养着一只，个头和眼前的藏獒差不多，名字叫大黄。她当然不知道，大黄在地震中已被院墙砸死了。她抚摸着藏獒的大脑袋说：“谢谢你！你叫什么名字啊？”稍停，她又自嘲地笑着说：“要不，我就叫你大黄吧。”

藏獒像是听懂了，竟然冲她摇着尾巴叫了两声。实际上这只藏獒就是荒子。一个多月前它离开送马的队伍，就是因为受到那条母狼的诱惑。队员们猜得没错，当时的母狼正处在发情期。它身上散发出来的气味那么强烈，是任何一只雄性的狼或狗都无法抗拒的。这次也算是小满儿命大，荒子老远就嗅到了她身上的气味，知道这是个熟人，所以在紧急关头才把那条母狼撞开了。

小满儿整理了一下自己的衣服，把那只刀鞘揣进怀中。她洗了把脸，又一次次撩起湖水冲洗着沾满沙尘的长发……等她好不容易转回身来，却发现荒子不见了。她有点儿惶恐和失落，边张目四望边喊道：“大黄！大黄！”

过了一会儿，荒子从沙丘后面跑了出来。只见它嘴里叼着只鼠兔，样子很是兴奋。它把鼠兔放在小满儿脚前，表功似的冲她叫了两声。小满儿明白了它的意思，但又觉得很为难。因为在家里时别人杀鸡她都不敢看，更甭说自己动手杀兔子了。更何况，这鼠兔比老家那边的兔子个头大多了，她看着都害怕，怎么敢动手呢！

荒子看着她，嘴里“呜呜哝哝”叫个不停。实际上鼠兔已被它咬死了，它抬头看着小满儿，是想让她帮着把皮剥下来。小满儿犹豫了半天，肚子里确实饿得“咕咕”直叫。她想了想，真记不起来自己是哪天在地窖里曾吃过一碗面条，好像是很久很久以前的事，仿佛已经过去一个世纪了！她的神智好像有点儿混乱，迷迷糊糊越这么想，肚子叫得越厉害，甚至眼睛都有点儿发花了。猛然间，她忆起杨雪月剥兔子的情景，是用刀子先把它的头部剥下来，然后把它的皮用力往下褪，中间把四条腿割下来，最后才把整张皮卷成一个筒子……她当时因为好奇和害怕，所以看得十分认真。

荒子见她迟迟不动手，着急地撕咬着鼠兔，眼瞅着都快把它咬烂了。小满儿忙制止了它。正如人们经常说的那样：人这辈子，只有享不了的福，没有受不了的罪。小满儿终于横下一条心来，想像杨雪月一样把兔子剥开！可她两手空空也没刀子啊？想起刀子，她就想起来自己的小包袱，想起来那只翡翠玉镯，心里不由得又掠过一阵悲凉……后来，她找了块带尖的石头，费了半天劲，才一点儿点儿把鼠兔的皮褪了下来。荒子在一旁看着，高兴得连蹦带跳摇头摆尾。

鼠兔是剥好了。小满儿又仗着胆子把它开膛破肚，把里面的东西全部掏出来，用水冲洗干净后扔给了荒子。它把心肝肺吃了个干净，对肠子肚子却一点儿也没动。小满儿想了想，知道它是嫌不干净，忙用石头把那些东西割开，把里面的脏东西冲洗干净再扔给它。果然，荒子又高兴地大吃大嚼了起来。

可是……小满儿看着血红的、赤条条的鼠兔身子却遭了难，自己怎么办？总不能生着吃吧？她又想起来和杨雪月烤兔子肉吃的情境，就琢磨着怎样才能用火烤。这里不缺干柴，关键是没有火柴，没办法生火。人到难时想亲朋。她忽然想起山岭大哥用火石火镰打火抽烟的动作，便找来两块石头和一些易燃的茅草，敲打了好一会儿，还真的把火点着了。她高兴地边往上面添干树枝边用石头把鼠兔肉一条条割下来……没多大工夫，肉香味便弥漫了开来！

送马队要回去了，大家却都感觉有点儿恋恋不舍。

他们是从北京坐飞机回拉萨，再从拉萨坐汽车回日喀则和亚东县城，然后骑马回坎坝。这一路的花费，邢台县政府和邢台专署都争着要出。副省长高舜尧却大手一挥，说道："算了吧。都是咱们的贵客，这笔钱让省政府招待处全部报销！"

在机场候机室里，小伙子们东瞅西看，好像对什么都感兴趣。也是，生活在莽莽大漠中的弟兄们，有多少人从生到死一辈子都没来过北京？有谁能登上天安门、逛逛故宫？又有谁上过八达岭长城并在上面留下了永久的纪念？……实际上，他们还不知道，有一位《河北日报》的摄影记者一直跟着队伍，在天安门和故宫为这支队伍拍了不少照片。只是高副省长告诉她先不要声张，等把照片冲洗好了后再给他们寄过去。给大家一个惊喜，让他们把这美好的记忆和友谊永远留驻在心里；也作为一段佳话，永远留驻在两个民族之间。

在这些年轻人兴奋地高谈阔论时，相对沉默寡言的是邢山岭和桑吉卓玛。在别人眼里，他们是因为上了岁数，话自然就少了。茸贡梅朵却不那么看。这一路走来，她一直关注着阿妈和这位大叔，总觉得他们两人之间好像有点儿什么事，也曾对丈夫说过一嘴两嘴，但都被他怼了回去。实际上，这姑娘猜得没错。山岭懂点儿藏语，又和卓玛年龄相当，开始他们交谈得是比较多。在整个行程中间，卓玛完全出于好心，对他照顾得很周到。山岭从心里感激她，在小马驹掉崖的紧急关头，才奋不顾身地冲了上去……卓玛看到他为自己被碰得头破血流，还昏迷了过去，心里的感激之情油然而生。

也算是日久生情吧。邢山岭和桑吉卓玛之间确实产生了一种美好或是说有点儿暧昧的情愫。这算什么呢？卓玛似乎没多想，山岭却想了很多很多……但他又在暗暗地嘲笑自己：真是胡想八想，怎么会有这种可能呢？二人相距十万八千里，又是两个不同的民族，根本不可能走到一起！当然，后面出人意料的情况变化他却没想到。

因为有这种说不清道不明的情愫弥漫在两人之间，所以在要分手的时刻，就剩下相对无言和恋恋之情了。直到大家要登飞机那一刻，他们才握着手一次再一次地道了珍重。

小满儿和荒子吃饱喝足了。她拍了拍它的大脑袋，说："咱们去哪里呀？反正我也不知道这路该怎么走，要不先去你家吧？等见到人问清楚了再说。"

荒子不知道听懂没听懂，"汪"地叫了一声，便带着她开始翻越一个紧接一个的沙丘。有它在身旁，小满儿心里反倒踏实了。她边走边开始考虑一个非常重要的问题，就是孩子的事要不要告诉山峰哥。按照以往的生活习惯，他们夫妻俩之间是透亮、坦诚和无话不谈的。但是，今天这事非同一般，要告诉山峰哥他会怎么想呢？

也是，他们邢家原本就人丁不兴旺，甭管是山峰哥还是山岭大哥，都盼望着她早点儿为这个家庭添丁进口。这两年，弟兄俩为了给她治病，去省市甚至北京的大医院寻医问药，费尽了心机。

可自己把孩子生下来了，却又不知去了哪里，而且是生死不明，怎么能跟他们解释清楚呢？就是自个儿把事情说明白了，他们能够相信吗？现在，唯一的希望就是那把精致的刀鞘，可去哪里找它的主人呢？

就这样，小满儿心里纠纠结结地走着，最后决定孩子的事先谁都不告诉。自己暗中寻访刀鞘的主人，等有了结果再说。而且，她还决定，这次来就不走了，要留在丈夫身边陪他几年！其实，小满儿的这个想法也太单纯了。凭她一个人的力量，怎么能够暗中找到那个捡孩子的人呢？没办法，她天生就是这样的性格，话少主意正，自己想好了的事情，会一条道走到黑，就是碰到南墙，撞个窟窿也要闯过去！

不过，也许是好人好命吧，老天爷总有睁眼的时候。等她找到孩子那一天，已经是十多年之后了！

就这样，一人一狗在大漠上翻丘过沟，一直走到了太阳快落山了。荒子跑在前面，不时回过头来看小满儿并叫上几声。它从小在荒野上长大，对这里的沟沟坎坎、一草一木都非常熟悉，更知道哪里有水喝，哪里能过夜。当夜色渐渐来临，气温急剧下降，小满儿汗湿的衣服变得冰凉时，荒子带她停在了个像脸盆那么大的一汪清水旁。

小满儿又饿又渴，看到水当然是惊喜过望。当她急不可待地蹲下身边喝边洗忙活时，荒子转眼间不见了。她站起身来，不无惊讶地用目光扫寻着，心里突然掠过一阵惶恐……她刚想开口呼唤，就看到它又叼着只还在挣扎的鼠兔，颠颠地从沙丘后面跑了出来。她忙上前去，高兴地、像失而复得般拍了拍它的大脑袋。趁它低头喝水的工夫，她才抬眼打量着周围的一切——这里又是一方美丽的小天地！只见，那汪水里像是有个细细的泉眼，正在汩汩地往外冒水。因为水量太小，冒出的水大多又渗回了沙土里，只在周围形成了一个小小的湖泊。但毕竟是因为有水，便滋润出来一方绿洲，野草、红花、荆丛、小树……植被一片葱茏！

一时间，小满儿倒开始有点儿喜欢这个小小的避风港了。她已经有了经验，手脚相对利索地剥好了鼠兔，又生着了一团火……当夜幕悄悄降临时，肉的香味便弥漫了开来。

一路上风餐露宿，有一顿没一顿的，到坎坝公社时半个多月又过去了。

送马队胜利归来，瞬间轰动了整个坎坝公社，也惊动了县里的领导！

赵胜利带领着四大班子的一把手，从县里赶来为他们表示祝贺。在桑吉卓玛一再要求下，庆祝活动就安排在了他们家。麦其泽登等十多位大队支书都来了。只有降央次仁说家里有点儿事，让泽登帮他请了假。坎坝村里的乡亲们也来了不少。他们带着礼物和哈达为心目中的英雄表示祝贺。也有人却完全为了来看热闹，甚至蹭饭吃。

只见，十多桌酒席从院子里摆到大街上，气氛红火热烈，也显得有点儿混乱。邢山峰作为主持人，环顾四周站起身说："大家静一静。欢迎赵书记讲话！"

一阵掌声过后，赵胜利大声说："送马队的同志们辛苦了！你们按照毛主席的教导，发扬'一不怕苦，二不怕死'的革命精神，顶风冒雪，翻山越岭，不辞辛苦地行走数千公里，把我们藏族兄弟的情谊送去地震灾区。我代表县委县政府，对你们表示感谢！"

"哗……"院里院外响起热烈的掌声。索朗巴措忙说："书记您太客气了。这是我们应该也必须做的！"

"没错。是我们应该做的。"赵胜利接着说，"但我还是要表扬你们，表扬坎坝公社的父老乡亲们。这不光是二百多匹马的事，而是崇高的革命友谊！你们送去了我们数百万藏族兄弟的一颗心，送去了汉藏大团结的社会主义优越性！”他停顿一下，接着说：“我们敬爱的周总理，对此事给予了高度评价，还专门指示河北省委和中央有关部门，一定要把送马队接到北京，好好看看祖国的大好河山。”

“没错。”索朗巴措情不自禁地大声说，“我们登上了天安门城楼，还参观了故宫……”

“就是，那故宫比咱们的布达拉宫还大！”“里面的宝贝看得人眼花缭乱，数不清有多少件！”“还有那八达岭长城，都是建在了山头上！”……队员们也高兴地议论纷纷。

正在这时，浑身污渍的荒子冲进院来。在大家惊讶地发愣间，它冲着卓玛叫了两声，又返回头朝外看了看。众人不知何意，都顺着它的目光望去——小满儿同样浑身污脏，头发凌乱，像个叫花子般出现在门口。大家更是吃惊，你看我我看你，互相询问着，却不知道来者是谁。只见，小满儿呆痴的目光扫视全场，最后定格在了山峰身上。她张了张嘴却没有出声，紧接着便瘫倒在门口外。此时此刻，邢山峰傻愣着，更像是头脑中断片了，一时间竟然没认出自己最亲爱的女人。

桑吉卓玛和茸贡梅朵她们忙上前去，七手八脚地把小满儿抬了起来。直到这时候，山峰才大叫一声“满、满儿”，脚步踉跄地扑了过来……也就在这时候，荒子又冲卓玛叫了几声，反身奔出了大门。卓玛正在忙乱着，看了它一眼想喊叫却没出声。

降央次仁可不是“有点儿”事。他是碰上大事了，关系到一个人的生命！

常言说：七成八不成。这话确实有道理。那天黎明，次仁把那个小小的人儿塞进藏袍中，便打马一口气跑回了家里。好巧不巧，也许是那个小人儿命大，正赶上他家的一头山羊生了小羊羔刚刚下奶。他放下孩子，把那只母羊的四条腿捆住摁在炕上，又把正像个小猫儿“嘤嘤”啼哭的小人儿抱到羊肚子下……只见，小人儿合着眼，张着花生豆般大小的嘴儿，边蠕动边急切地寻找着。次仁忙把母羊那沉甸甸的大奶抬起来，把红红的奶头送进他的嘴里。小人儿“哼”了一声，便用力吮吸起来。

降央次仁笑了笑，忙跳下炕来，翻箱倒柜找女儿小时候穿的衣服。突然，羊的奶头不知怎的从小人儿的嘴里脱了出来，雪白的奶水像喷泉一样，滋了他满头满脸。小家伙咧着嘴，边咳嗽边又“嘤嘤”地啼哭了起来。他忙上前去，先为孩子擦了把脸，重新把奶头塞进他的嘴里。眼瞅着小人儿又高兴地吃起来，他才又去翻箱倒柜……当他终于找到小衣服时，回头看到小家伙已经睡着了。他拿着那几件花花绿绿的小衣服，不由得久久地发起呆来了。

他的女儿叫松赞西原，失踪的时候差一个月到两岁，刚刚学会走路，连“阿爸阿妈”都叫不清楚。那是一天的傍晚，他带领社员们出去放牧正往回走。他媳妇在家里收拾着洗了一院子已经晒干了的衣服。她说刚刚把衣服送进屋里，没注意孩子跑出去，转眼间就不见了踪影。她吓得腿都软了，跌跌撞撞地满世界又喊又叫，却怎么也没找到。

降央次仁回家后，也着急忙慌地找了半天，仍然是一无所获。他以为孩子是被狼叼走了，冲媳妇吼叫了几声，急忙骑上马冲了出去。他像疯了一样在大漠上到处寻找，直到天黑了仍然没找到。他掰着手指算了算，女儿要是活着，现在应该是二十虚岁了……他想到这里，不由得深深地叹了一口气，忙把衣服给那个小人儿穿上了。他跳下炕，看着媳妇的相片喃喃地说：“老婆，佛祖有眼啊。你看，女儿没了，上天又给咱送来了个儿子！”

等小满儿再次睁开眼，已经是第二天的黎明了。她躺在公社卫生院的病床上，沉睡了整整大半天再加上一夜晚！

邢山峰坐在微弱的台灯光下，瞪着发红的双眸，不错眼珠地瞅着她。他的手上拿着那两份证件和那只刀鞘，心里有一百个问题想问她。昨天，小满儿一声“山峰哥”没叫出来便昏迷了过去，被大家七手八脚送到了这里。卫生院所有的医生、护士，连同院长都来了。对她进行了全面检查，没发现身上有伤口，除了心跳较慢外，别的体征都正常。几位医生商量了一下，都认为她是因为过度疲劳和焦躁造成的昏迷。他们征得山峰同意后，给她注射了一支西地兰，输了一瓶葡萄糖和一瓶生理盐水。

小满儿的心跳正常后，一直在呼呼大睡。两名好心的护士见她身上的衣服特脏，又有几处不知让什么东西挂开了大口子。她们同样征得山峰同意后，把小满儿的衣服脱下来……这中间，才发现了她藏在内衣口袋里的证件和腰间的那只刀鞘。她们给她换上了病号服，拿着衣服去洗了。

“工作证”和“持枪证”山峰能够理解，知道她是为自己送来的。可那只漂亮的刀鞘，他无论如何也想不明白是从哪里来的。还有，那个杨晓月是谁？她去了哪里？小满儿为什么被一只藏獒带回来了？还有，她为什么独自一个人敢跑了这么远？这一路的风雪雨霜和高山巨河她是怎么艰难地过来的？总之，这所有的一切他都想问个明白。

第二天黎明，当外面的鸡叫一递一声不绝于耳地传来时，小满儿终于睁开了惺忪的双眸。她茫然地想转头观察四周，却被山峰一下子抱住了。他眼含热泪，声音颤抖着边叫边说：“满儿！小满儿……你快把我急死了！”

小满儿似乎愣怔了片刻，也连连叫着“山峰哥山峰哥”放声恸哭了起来。山峰忙用手堵住她的嘴，低声说：“不哭，咱不哭。

别让别人听见。”

小满儿这才把声音低下来，但却哭得声嘶气噎，浑身止不住瑟瑟颤抖。山峰边用手给她擦泪边小声劝慰，好不容易她才稍稍平静了下来。山峰拿着刀鞘刚想问什么……一位护士端着碗热气腾腾的抻面进来了。小满儿确实饿极了，顾不上道谢也没擦干泪水便接过来大口大口吃上了。山峰刚想表示感谢，又一位护士也端着碗抻面进来了。他忙道了谢，像小满儿一样，大嘴马牙地吃起来……两位护士看着他俩的吃相，相视一笑退了出去。

小两口像秋风扫落叶，转眼间一大碗抻面便下了肚。他们也像两位护士似的相视一笑，顾不上擦干净，不约而同地往门口看了一眼，瞬间两张嘴便粘在了一起……等听到外面的脚步声，两人才急忙分开了。实际上，他们已经冲动了起来，血脉偾张浑身燥热，该硬该软的地方都有了强烈的反应。而且，两张脸儿已通红，只是灯光昏暗看不出来罢了。

等护士们把饭碗收走了，夫妻俩才平静了下来。山峰从床头拿起那只刀鞘问道：“满儿，这东西是从哪里来的？”

“这、这个……”小满儿一时把那东西忘记了，听他问突然有点儿发蒙。她迟疑片刻才说：“那、那是我在路上捡、捡的，看着挺漂亮，拿、拿着玩儿呗。”她这样说着，一颗心却“咚咚”直跳。她佯装抓痒痒，扭脸避开了他的目光。

邢山峰倒没怎么当回事，说：“是挺漂亮的……这可不是一般的刀鞘。”少顷，他又问道：“听大哥说，你和一个叫杨晓月的女的在一起？她人呢？去了哪里？”

小满儿听他这么问，心里的怨恨和愤怒一下子发泄了出来。她眼中涌出泪水，大声说：“什么杨晓月啊？她叫杨雪月，是个骗子、大骗子！”

邢山峰看着她，意外而惊讶地问：“是，是吗？”

“就是，她是个坏女人！”小满儿说罢喘了口气，把认识杨雪月以来发生的事情像竹筒倒豆子般叙述了一遍。邢山峰看着她，吃惊得大气都不敢喘。最后，小满儿泪流满面，气喘吁吁地说：“她、她和那个男人骗走了咱家的镯子，还把我扔在了地窖里……他们、他们就没安着好心，想把我害、害死啊！”

“是、是吗？”邢山峰更加吃惊地说，“那个男的叫韩湘楚，是她的丈夫。我曾去他家里问过，他说不认识杨晓月。”

“他们都不是好人。”小满儿泪水不断，又说，“别的倒没、没事。主要是他们把咱家的那个翡翠玉镯骗走了。那可是咱家的传家宝啊！”

“什么宝不宝的？人活着比嘛都好！”邢山峰说，“那你是怎样从地窖中逃出来的呀？”

小满儿想了想，止住哭声说：“我挖洞逃、逃出来的呗。”

“是、是吗？”邢山峰忙说，“我媳妇就是了不起……那是哪天晚上？”

小满儿眨巴着大眼睛想了想，说：“哪天晚上我记不起来了。反正是正刮着大黄风，我从底下一钻出来，就被刮得迷迷糊糊，连滚带爬不知道飘了多远！”

“是吗？！”邢山峰再次迟疑地瞪大了眼睛，说，“就是那天晚上，我们去抓他们两口子，结果还被他们逃、逃走了。”

“他们逃、逃走了？”小满儿愣怔片刻，又说，“我觉得主要是那个男的坏。实际上，杨雪月一路上对我挺好的，所有的花费都是她出的，没让我掏一分钱。”

“你分析得有道理。”邢山峰说，“那个男的就是个反革命，做的坏事忒多了。不过，他跑不了。国家公安部已经发出了通缉令，他就是逃到天涯海角也会被逮回来！”

十四

降央次仁忙啊，忙得团团转，真是手脚不沾地儿，连家门都出不去!

那个小人儿吃了睡，睡醒了拉，拉完了又吃，周而复始，没完没了。次仁捆羊腿、喂奶、洗屎尿布，有时连给自己做口饭都顾不上！更要命的是，小家伙晚上不睡老哭，弄得他成宿成宿地睡不了觉，眼睛都熬得通红。他不由得感慨万千，伺候个孩子真不容易啊！当年，女儿落地时有媳妇在，这些事是不用他管的。现在可好，就是拴住了他一个人。真是，不养活孩子不知道父母恩啊!

这天傍晚，小家伙好不容易睡着了。次仁蹲在旁边，边抽烟边思索着一个问题：老这么藏着掖着也不是个办法啊？自己已经好几天没出去管村里的事了，工作上出了差错怎么办呀？再说了，小人儿总有一天会长大，等他能跑了，总不能老拴在家里吧？自己该怎么对乡亲们说呀？说是捡来的，人们肯定会风言风语，胡乱猜疑……要不，说是亲戚给的？行，就说亲戚家孩子多养不起，前几天给送来的。还有，给这个小人儿起个什么名字啊？自家的女儿叫松赞西原，自个儿捡他的地方不是有三棵树吗？要不就叫松赞三树吧，也算是有个纪念。

降央次仁拿定了主意，便用一条布带拴住孩子的小腿，捆在一个枕头上。他出门去了大队长家，按自己想的告诉了对方，并嘱咐他这些日子把村里的工作抓起来。大队长也替他高兴，因正是吃饭的工夫，还留他喝了几口马奶子酒。他往回走时，突然想起村民们议论纷纷说公安抓韩湘楚两口子没抓住之事。出于好奇，他便拐了个弯，绕到韩湘楚家屋后想去他家看看。他正悄悄走着，没想到一只脚突然踩空，那条腿陷进了个大窟窿里。

实际上，那天晚上抓捕韩湘楚他们，邢山峰曾派人去通知过次仁，可他又跑出去打狼了没在家。现在，次仁被吓了一大跳。他愣怔片刻，开始想把腿拔出来，迟疑间突然又多了个心眼儿，干脆把另一条腿也伸了进去，缩着身子往下钻……地窖中黑洞洞，什么也看不见。他划了根火柴，举在手中四下打量，一下子就看到了那张花马驹的毛皮。他惊愣片刻，又划了根火柴仔细看了看，才确定就是自己丢失的那匹小马驹。他又吃惊又愤怒，提着马皮钻出来，决定等明天去公社向邢书记报告此事。

小满儿在卫生院住了一天。桑吉卓玛和梅朵她们好多人，一拨接一拨地带着鲜花和礼品来看她了。她很感动，又觉得给大家添麻烦，因此，当天傍晚便闹着回到了山峰的住处。

外面夜色朦胧，室内灯光幽幽。小两口便急不可待地彻底放开了！他们不顾初夜的寒冷，互相撕扯着把衣服全部脱光了，赤条条搂抱在一起……不管你上来我下去，也不管前头后头，两人“呼呼”喘息着一次又一次……反正就是两口子要死要活、销魂荡魄那点儿好事，咱就不详细描述了。

差不多有两个钟头后，两口子才终于忙活完了。小满儿像猫一样卧在山峰怀里，轻声细语地说：“哥，我想……和你商量件事。”

邢山峰拍拍她那光溜溜的屁股问道：“什么事啊？你说吧。”

“俺想……”小满儿抬眼看着他说，“俺想这回来就、就不走了。沾、沾不？”

“不走了？”山峰意外地问，“你……什么意思？”

小满儿心里没底，更加轻声地说：“就是不回老家了，留在你身边呗。”

邢山峰思索片刻，说：“可以呀。你在这儿住一段时间再回去呗。”

“我不是那个意思，”小满儿又说，“是想永远留在这里陪、陪着你。”少顷，她忙解释道：“反正在那儿也是俺一个人……听大哥说，咱那大黄也被砸死了。除了你，俺没任何挂牵。”

“噢。我明白你的意思了。”山峰说，“不过这事我不能马上答应你，必须向县委写申请同意了才行。”

“沾。”小满儿说，“那你就写呗，俺等、等着。”

第二天一大早，天还没亮降央次仁就起来了。

那个小人儿“呼呼”睡得正香，小嘴儿还断不了“吧嗒”几下。次仁点上颗烟，边抽边瞅着他，真是越瞅越喜欢，越瞅越爱。他想去公社里报告马驹的事，又担心小家伙醒来会哭闹。毕竟，上坝村离坎坝还有三四十公里，等自己回来估计要到晌午了。他思索了好一会儿，想让他吃饱了再说。他先把母羊捆好了，才狠着心把孩子弄醒过来。小家伙没睡够，闭着眼撇着嘴想哭……次仁忙把奶头塞进了他的嘴里。小人儿果然就不哭了，虽然仍没睁眼，却大口大口地吃起来。

降央次仁采取老办法，把孩子的腿拴在枕头上，关好屋门并上了锁，才放心地打马上路了。他赶到公社里时，看到所有干部都在食堂里吃早饭，就是没有邢书记。他拿着那张马驹皮，当然不好意思进餐厅，便把小李子叫了出来。李玉海听他说要找邢书记，笑了笑说道：“你还是先吃饭等等吧。”

降央次仁不知他是什么意思，也不好多问，便把马皮扔在地上，跟他进了餐厅。这里的干群关系很融洽，互相之间从不客气。李玉海给次仁打了一份饭，他坐下便狼吞虎咽地吃起来。果然，过了没多会儿，邢山峰便红着双眸进来了。他和大家打招呼时看到次仁，忙意外地问：“你怎么……一大早就来了？”

降央次仁忙放下饭碗，向他报告了小马驹之事。山峰并没感到意外，阴沉着脸说：“韩湘楚这是有意破坏群众关系……没、没事，他们干的坏事多多了，现在正在通缉他们。”

邢山峰说罢打了两份饭，端着碗就出去了。李玉海这才小声对次仁说：“咱们书记的媳妇来了，两口子正甜蜜哩！”

降央次仁这才恍然大悟，笑了笑没吭声。他放下饭碗，骑上马就往家里奔……等打开屋门，却被眼前的情景吓了一大跳。只见，小家伙不知怎的把捆他腿的布带挣开了，裤子也掉了下来。他趴在一片屎尿中，把玩着已经干瘪的羊奶正在笑呢！

小满儿脸皮儿薄，刚开始不好意思去餐厅里吃饭。山峰没办法，只好把饭打回来。

两人边吃饭边笑着商量小满儿留下来的事。山峰是个中规中矩的性格，一般情况下不愿意给领导找麻烦。按照当时的有关政策规定，援藏干部是不允许带家属的。所以，小满儿要住一段时间没问题，要想长期留下来，确实让他感到有点儿为难。但看着她那期待的眼神，又实在不忍心拒绝。他犹豫再三，当天晚上趁她睡着了，还是写了一份《申请书》。

第三天，正好县里要召开常委扩大会，把各公社的书记都请去了。散会后山峰没有马上走，而是有点儿不好意思地把《申请书》拿出来交给了赵胜利。没想到他还挺痛快，没看完就高兴地说：“这是好事啊，我同意！”

邢山峰有点儿出乎意料，一时竟愣住了。赵胜利接着说：“你媳妇千里寻夫，感动了多少人？你现在又是个大名人，这点儿事应该是没问题。”

邢山峰被他说得一头雾水，迟疑片刻才说：“书记，你开什么玩笑呀？我算什么名人啊？”

“你当然算是大名人了。”赵胜利笑着说，“要不是你的一个想法，哪儿会有千里送马？这是多大动静啊？别说是咱们自治区党委和河北省委，连中央都惊动了！周总理都为此事专门做了指示，你说动静大不大？”

邢山峰“嘿嘿”笑着说：“书记，我当时可没想那么多，就是看到解放军官兵们帮着拉车拉耙搞春耕心里不是个滋味，才想到买马……谁知道藏族兄弟们那么豪爽，竟然连钱都不要。真是，到现在想起来都觉得不怎么合适。”

“这倒没什么。”赵胜利说，“咱们社会主义国家，不就是一方有难，八方支援吗？说不定哪天，咱还能把这份人情还回去呢！”他就是这么随口一说，谁能想到三十年以后，还就真有了这样的机会。当然，那就是后话了。

小满儿被批准留下来，甭提心里有多高兴了！她抱住丈夫的脑袋，摁着腮帮子亲了又亲！

这么多年来，邢山峰很少见她这么冲动，忙伸手摸着她的额头问：“你……没发烧吧？”

小满儿“嘿嘿”笑着推开他的手说：“你才发烧哩！我是高、高兴！哈哈……”

小夫妻二人笑闹时，山峰突然想到个问题，忙说：“你要是长期留下来，老在机关里吃住也不是那么回事……我看，咱们还是出去租两间房子吧？”

“沾、沾啊。”小满儿说，“我也正这么想呢。老在机关里住着，咱们觉着别扭，大家也都不方便。”

邢山峰点点头，又说：“这件事就交给巴措和他媳妇吧。他们就是坎坝村的，情况比较熟悉。我告诉他们，找房子尽量离公社近点儿，来往方便，刮风下雪都不怕。”

茸贡梅朵原本就是个热心肠，听说小满儿要住下来，也很高兴。通过这几天的相处，她觉得和小满儿挺投缘的。两人已经成了无话不谈的好姐妹。她很快就找了两间房子，而且就在他们家隔壁。这家的主人去拉萨做生意了，两间房子也是刚闲下来不久。

接下来的两天，梅朵和小满儿可就忙活开了。她们把屋子和小院落打扫得干干净净，又用白灰把所有的墙壁都粉刷了一遍，里里外外亮亮堂堂，看上去和新房子差不多。她们两人却弄得灰头土脸，龇着白牙“哈哈”笑个不停。屋里的家具和生活用品都是原主人留下来的，只要洗刷干净就可以接着使用。所以，不到两天的时间，邢山峰就可以拎包回家了。

这中间，小满儿当然没忘记心中大事。她趁旁边没人时，拿出那只刀鞘悄悄问梅朵：“姐，你看看，这件东西你认识不？”

茸贡梅朵接过刀鞘，打量片刻惊讶地说：“这不是刀鞘吗？可是真漂亮！哪儿来的呀？”

“是……我在路上捡、捡的。”小满儿的粉脸儿不由得有点儿发红，又忙问道，“我是说……你认识这是谁、谁的不？”

茸贡梅朵又仔细看了看，摇着头说：“不、不认识。这么漂亮的刀鞘，我还是头一回看到。”稍停，她又补充道：“要不，我去问问阿妈，看她认识不？”

“那就算、算了吧。”小满儿忙说，“不是什么要紧的事……我只是觉得好、好玩儿。嘿嘿……”她说的当然不是心里话，无非是担心知道的人多了，传扬出去被丈夫听到，问起来就不好说清楚了。其实，她这样想是完全错误的，这刀鞘的来历，只有桑吉卓玛他们老一代人能说清楚。这是建国初期的老物件，梅朵他们当时才十来岁，当然不认识了。

降央次仁要了个孩子，而且是个男孩儿！这消息像长了翅膀，很快传遍了上坝村！

乡亲们除了为他高兴，并没有人多想什么。也是，自从他的女儿失踪后，他媳妇也很快去世了。人们常说过日子、过日子，过日子不就是过人吗？没人这日子过着多没劲啊！他一个人过了这么多年，孤苦伶仃有什么意思啊？现在，亲戚送给了个孩子，真是雪中送炭的好事！尤其是那些上了岁数的好心眼儿的妇女，拿着孩子吃和玩的东西，络绎不绝地赶来看望并表示祝福。降央次仁很感动，十分热情地接待她们。一时间，他家冷落多年的门口倒有了门庭若市的样子。

常言说：不见孩子长，只见衣服爽。松赞三树这个小人儿，真是见风就长啊！他姐留下的衣服穿在他身上，眼瞅着就短了。次仁再着急，却不会做衣服。好在有乡亲们的关照，这个送来条自家孩子穿剩下的裤子，那个送来件小藏袍……所以，三树从小就是吃百家饭、穿百家衣长大的。次仁成天价手脚不沾地儿地忙活，还“哈哈”笑着挺高兴。

孩子越来越大，也就越来越淘气。松赞三树再也不像小时候那么老实，吃饱了被拴上条腿就睡。现在他吃饱了也不睡，看着大人嘴里“咿咿呀呀”好像要说话似的。次仁更不放心了，只要不出远门，就把他用布带绑在身后，走到哪儿带到哪儿。这天，他去邻居家借东西出去了一会儿，却被赶来的小满儿闯进了家门。

自从把家安置好以后，小满儿除了一天三顿饭伺候丈夫吃好喝好，剩下的时间却觉得没事可干了。这两天，突然有个奇怪的念头折磨着她，就是执拗地想去杨雪月家看看。一大早，等山峰上班去后，她跟梅朵借了匹马，便一路加鞭赶来雪月家中。

这里已经面貌全非了！只见大门敞开着，院子里一片凌乱；

儿间屋门也开着，里面更脏更乱，好像是遭到抢劫般惨不忍睹！小满儿真是感慨万千，里里外外转了一圈，还忍不住掉了几滴眼泪。她从大门出来后，却听到不知什么地方传来了孩子的哭声。她不由得循着声音举目搜寻……才听见是从小溪对面的一个大门里传来的。她忍不住好奇心，便跨过小石桥，迟疑地进了那家的大门。孩子的哭声是从屋里传出来的，当她推开屋门时，哭声却猛地停止了。只见一个胖嘟嘟肉墩墩的孩子趴在炕沿上，正用泪光闪闪、黑白格外分明的大眼睛看着她。

一瞬间，小满儿却觉得这双眼睛是那么熟悉，好像自己早就认识一样。她不由得愣了片刻，正想上前去把孩子抱起来时，却听到身后传来一个威严的声音："你……干什么？！"

小满儿急忙回头，就看到了次仁那愤怒的眼神。她忙退后半步，嗫嚅地说："孩、孩子哭、哭呢。"

"哭不哭关你什么事？"次仁仍是一脸严肃地说，"快走吧！"

小满儿没敢再坚持，边看着他边小心翼翼地退出了大门……她骑着马往回走时，孩子那双含泪的大眼睛却老在她的脑海里萦绕闪烁，总也挥之不去。她想啊想，一个念头突然涌上心头却把她自己吓了一大跳：那不就是山峰哥的眼睛吗？！

当然，这只是一瞬间的事。她马上又否定了自己的想法，一个劲儿自嘲地暗暗发笑：真是，自个儿这是想孩子想疯了吧？那双大眼睛怎么可能和山峰哥一样呢？！

几天后，两名边防战士风尘仆仆远途而来，声明要找坎坝公社书记。

李玉海带他们进了邢山峰的办公室。其中一位年岁稍长的战士忙掏出《介绍信》说："我们是从云南边防过来的，专门调查韩湘楚、杨雪月和歪脖儿的有关情况。"

邢山峰稍愣神，忙接过《介绍信》，边看边热情地指示李玉海为他们倒水沏茶。他看过《介绍信》，抬头问那位战士说："您是……郑班长？"

"对！我姓郑。"那位战士答应后又介绍道，"他们三人想偷越边防线，被我们发现后制止不听……我们请示上级后开了枪。"

"是、是吗？"邢山峰放下《介绍信》，惊讶地问道，"后来呢？"

"那两个男的被打死了。"郑班长说，"那个女的也受了伤，现正在医院里进行抢救。"

"是、是吗？"邢山峰更加吃惊地问道，"她的伤情怎么样啊？"

"她只是轻伤，应该问题不大。"郑班长说，"她的态度还比较端正，交代了不少问题，还主动带领我们找到了他们藏匿的赃物。"稍停，他又说："据她交代，这三个人的主要罪行是走私黄金和毒品，还有贩卖人口、扰乱社会治安等犯罪行为。"

"是吗？"邢山峰说，"关于他们的情况，我们掌握得不多。但我们当地的公安部门在他们逃走后已经介入了调查。要不把他们叫来，咱们一块问问情况？"

"好哇。"郑班长说，"人多力量大。咱们尽量多了解些情况，对那个女的量刑有帮助。"

邢山峰点了点头，迟疑地思索着什么……此刻，他也说不清是怎么想的，也许是因和小满儿有过交往，而且她老说杨雪月的好处，所以，他对这个女人格外关注。少顷，他抬头问郑班长道："您估计……那个女的会不会被判刑？"

"判刑是肯定的。"郑班长说，"调查清楚后我们会交给地方法院，至于判多少年，我们说话就不算数了。"

邢山峰没再说什么。他让李玉海去给两位战士安排了住处，又打电话叫来了坎坝派出所以及森林公安的有关人员……大家忙忙碌碌地干了几天，总算把问题基本搞清楚了。

小满儿的到来，同志们发现山峰最大的变化是他的头发。他本来也是个爱好的人，每天不把自己收拾利索不出门。但是，他的头发总是前面梳得整整齐齐，后面却乱七八糟像个老鸹窝。他自己当然看不到，大家却都能看得到，但顾忌他是公社书记，并没人告诉他。小满儿来了之后，他的头发前后就都变得顺顺溜溜。用李玉海他们背后的话说，那真是苍蝇落上去也得劈了叉。

这天，等邢山峰没精打采浑身疲惫地回到家中，已经快半夜了。小满儿还没睡，正坐在炕沿儿上，边就着暗淡的台灯纳鞋底边等他。她见丈夫进了屋，忙跳下炕问道："怎么这么晚才回来呀？"

"有、有事呗。"山峰坐在炕沿儿上说，"忙了一整天，可是真累。"

"吃饭了没有？"小满又说，"晚饭在后锅里温着，还热乎哩。"她说着，就要拿碗盛饭……山峰忙说："我在单位里吃过了。你别忙活……坐下，听我说件事。"

小满儿没坐。她从大锅里舀了瓢水倒进脸盆里，用手试了试温度，然后又加了点儿凉水端到山峰面前说："忙一天了，快烫烫脚吧！"

这是每天睡觉前的必然程序，山峰已经习惯了。他拿了条马扎坐下来，刚想动手脱鞋袜挽裤腿，却被小满儿代劳了。她边忙活边抬头问："嘛事啊？你说吧。"

"就是……"山峰迟疑一下，说，"今天来了两位云南边防战士，专门来调查韩湘楚他们两口子和另一个匪徒的事。"

"调查雪月姐他们的事？"小满儿停住正帮他洗脚的手，吃惊地问，"他们怎、怎么了？"

“他们想从云南出境……”山峰说，“因劝阻不听被边防战士开枪打死了。”

“啊？！”小满儿一听，吓得眼睛都瞪圆了。她迟疑片刻，又吃惊地问：“被打死了？！”

“那两个男的被打死了。”山峰忙说，“那女的没死，只是受了点儿伤。”

“雪月姐受伤了？”小满儿仍瞪着双眸问，“她人在哪儿？伤得重不重？”

“说是她受了点儿轻伤，”山峰说，“现在正在医院里治疗呢。”

“是、是吗？”小满儿好像松了口气，边动手给他洗脚边问道，“他们干什么了？为什么要出境逃跑哇？”

“他们干的坏事可多了……”山峰把韩湘楚他们的罪行简单介绍了一遍。小满儿却说：“这些事肯定不是雪月姐干、干的。她这个人真的不错……我这一路的花费还没还给人家呢。”

“据来人介绍，她确实表现很好，”山峰说，“主动交代了好多问题，也算是有立功的表现。”

“那……”小满儿关切地问，“她最后会被怎么处理呀？”

“判刑是肯定的。”山峰说，“至于判多少年，就看当地法院怎么量刑了。”

“啊？！”小满儿再次露出惊讶的表情说，“还要判、判徒刑啊？”

“应该是吧。”山峰说，“韩湘楚他们的活动，她毕竟也有过参与。”

“是、是吗？”小满儿边帮他擦脚边说，“我还想哪天见了她，把俺这一路的花费还给人家哩……咱可不想欠任何人的人情。”

“好哇。”山峰边脱衣服准备休息边说，“等以后有机会再说吧。”

小满儿忙把灯关了，摸着黑脱衣服，突然想起什么似的问：“嗨，你没问问他们，咱家镯子的事啊？是不是被他们带走了？”

“咱家镯子的事？”山峰打了个长长的哈欠，问道，“咱家的镯子怎、怎么了？”

“你忘了？”小满儿忙说，“咱家的翡翠玉镯不是被他们骗走了么？”

“你可真是……”山峰又打了个哈欠，说，“人命关天，哪儿还顾得上问咱家的镯子啊？”

小满儿“嘿嘿”一笑，光溜溜地钻进了他的被窝里……

十五

过了一个多月，公社里要成立供销社。小满儿极力争取，当上了一名售货员。可是，她没干多久，就又不能干了。

要说这闺女真是傻，自己怀孕了都不知道。她干工作也是个“拼命三娘”，甭看人不大，却有把子力气，专门拣最苦最累的活抢着干。茸贡梅朵和她一块上的班，眼看着她神色越来越憔悴，腰杆发硬，小肚子也凸了出来。一天刚卸完货，小满儿累得“呼呼”喘息，还干咳着吐了两口。梅朵便问她说：“满儿，你是不是怀上了？”

小满儿怔怔地看着她说：“怀上了？我怀上什么了？”

“这傻闺女。”梅朵说，“怀上孩子了呗。”

小满儿愣了一下，笑着说：“姐，不、不可能，我怎么没感觉呀？”

“要不说你傻呀？”梅朵也笑着说，“我看你……有点儿不对头，还是去卫生院查查吧。”

“不用。”小满说，“人家别人要是怀上了，谁不是又吐又哕连饭都不能吃？我怎么一点儿也不闹口啊？”

茸贡梅朵想了想，觉得也是这么回事，就没再说什么。实际上，小满儿并不是没一点儿感觉。她明显觉得干活容易疲惫，稍一累便感到浑身无力，却一直硬撑着。直到有一天，她的下边有点儿出血才害怕了，掰着手指算了算身上的日子又不对，这才有点儿害怕了。在梅朵的坚持和陪伴下，她去公社卫生院做了个检查，医生才告诉她确实是怀孕了。

邢山峰听到这消息，马上赶了过来。他又惊又喜，忙把小满儿带回家，并强命她不能再去上班，在家里好好养着。也是，过日子就是过人嘛，没人的日子过着有什么劲？老邢家人丁不旺，能生个后代那可是天大的事。他又高兴又激动，当晚就把这消息打电话告诉了哥哥。山岭知道后也非常高兴，答应尽快过来看看。

也就在这时候，邢山峰接到县委组织部的通知，说他的工作有变动，让他尽快赶到亚东县委。他忙放下手头的工作，骑马去了亚东。赵胜利和组织部部长接待了他，说是经过日喀则地委研究并报自治区党委通过，决定调他到亚东县任副县长，而且时间紧张，只给了他三天时间把工作交代给索朗巴措。

邢山峰双喜临门，自然是很高兴。他从县委出来，直接去邮电局给哥哥打了个电话。邢山岭也很高兴，没几天便赶了过来。他现在已经不当邢家庄的支部书记了。邢台地委研究决定要筹建座小型拖拉机厂，抽调了几位老村支书负责这事。邢山岭尽管是主要领导，但毕竟是筹建阶段，工作不怎么忙。他请了半个月的假，便急忙赶了过来。

降央次仁把村支书也辞了，因为那个小家伙松赞三树一岁多了，已经开始蹒跚学步，一时半刻也离不开人。

甭管胖不胖，全凭火力壮。三树这个多灾多难的孩子，命却特别硬。次仁一个大男人，哪儿会带孩子啊？可这一年多，三树就靠喝羊奶吃糍粑，竟然连孩子们经常患的感冒咳嗽都没得过。当然，这也多亏了街坊邻居那些妇女的帮忙。穿百家衣吃百家饭嘛，三树冻不着也饿不着。

降央次仁也是个懂得感恩的实在人。他发挥自己的长处，断不了背着孩子骑马出去打猎，什么鼠兔黄羊甚至连野牦牛都打到过。他把这些猎物剥好洗净，分成小块送给乡亲们……这种和谐，竟比他当支书时更得人心了。松赞三树在这种环境中长大，耳濡目染，后来也成了个很有人缘的好孩子。

邢山峰虽然当上了副县长，可日子也并不怎么好过。

那时候不比现在，县里根本没有什么周转房。就是县委书记赵胜利，因上级不允许带家属，也是一直住单身宿舍。哪天媳妇来看他，只能找家旅馆住几天。旅馆邢山峰可住不起。就他那点儿工资，哥哥也要来，还要租两间房，连十天都不够用。再说了，住旅馆多不方便啊？小满儿要养身体保胎，吃饭什么的要加强营养，在旅馆不可能让生火做饭。

好在邢山峰在县委工作时交了几个好朋友。人熟是一宝，遇事办法多。在他们的帮助下，很快就找了两间民房安置了下来。可这房好多年没住人了，到处破破烂烂，家具也缺三少四，连凑合着都没法住。这时候邢山岭却发挥了作用。他打扫收拾，到处找旧家具弄回来……忙活了好几天，总算有个家样了。小满儿几次想插手，都被他赶到旁边去休息，弄得她倒有点儿不好意思了。山峰忙着上班没时间，照顾小满儿的重担就全落在山岭身上了。他买菜买粮，生火做饭，像个老保姆一样成天忙个不停。小满儿的身子越来越沉，也就越来越懒了。有些事她想帮忙也是有心无力了。

直到有一天，桑吉卓玛和茸贡梅朵带着孩子来看小满儿，事情才算有了解决的办法。

这是送马分手后卓玛和山岭头一次见面。两个人不由得都想起来那日夜相处的一个多月，愣怔间，多少温馨的画面涌上了心头。他们都情不自禁地感动了，握着手久久不愿松开，表情也显得有点儿……暧昧。梅朵在旁边看着，不由得意味深长地冲小满儿微微一笑。小满儿当然不知道卓玛和山岭之间的过去，傻乎乎地也跟着笑了。山岭和卓玛这才急忙把手松开。两人的脸都有点儿红了。山岭为了掩饰尴尬，忙抱起那个一岁多的小孩儿问长问短……孩子是索朗巴措和梅朵的，名字叫麦其旺堆，就因为卓玛和梅朵要去送马，近年来一直寄住在外婆家里。大家交谈时，小满儿才知道梅朵也怀上了，而且计算日子，竟然和她差不多。这一来，大家更高兴了。

那天中午，邢山峰在酒店里摆了一桌，请大家好好吃喝了一顿。在酒席间，他们终于探讨出来个解决的办法。就是山岭假期满了就回去，卓玛和梅朵留下来照顾小满儿。邢山峰开始并不同意，总觉得太给她们添麻烦了。最后卓玛都急了，问道："当年你舍生忘死救俺们，想到过麻烦不？！"

她把话说到这份儿上，山峰也不好再推辞，只得点头答应了。吃饭中间，梅朵把小满儿叫上去了趟厕所。她趁机把山岭和卓玛在送马时发生的一些事简单介绍了一下，并撺掇小满儿想办法成全此事。小满儿觉得很意外，惊讶地问道："他们……还、还有这、这事？"

"真的。"梅朵说，"我一直和他们在一起……骗你干吗？"

小满儿迟疑片刻，答应先和山峰哥商量商量再说。

吃饱喝足后，卓玛又想到了件事。就是在送马的过程中，她无意间听山岭说自己有老寒腿的毛病，一到冬天疼起来走路都费劲。她便提议让梅朵留下来和小满儿互相照顾几天，她带着孩子和山岭回坎坝，一是把家里收拾好了再回来，更重要的是帮他去山上采摘些雪莲花，用来泡水治疗老寒腿。山岭当时还不同意，当然也是怕过分给卓玛添麻烦。最后，在她的一再坚持下，事情就这么定了。

当天晚上睡觉前，小满儿和丈夫说了此事。邢山峰也觉得很意外，不怎么相信地说："你们这些傻娘儿们吃饱了撑的，净瞎琢磨，怎么会有这、这种事啊？"

小满儿一着急，干脆把梅朵叫了过来。梅朵又把送马路上发生的事详细地叙述了一遍，尤其是山岭为救卓玛，自己还受了重伤。她说："我当时就在旁边……阿妈为救小马驹，差点儿摔到悬崖下面去。山岭大哥为拉住她，被摔得都昏了过去……阿妈扑在他身上，边叫边心疼得'哇哇'大哭呢！"稍停，她接着说："从那以后，山岭大哥的饮食起居都是由阿妈照顾着。他们两个人的亲密样子，送马队的所有人都看出来了。"

邢山峰和小满儿这才有点儿相信了。梅朵又说："现在，就差一层窗户纸，需要有人帮他们从中捅开了。"

"他们俩要能走到一块，那真是太好了！"小满儿说，"可是，两人民族不一样，有这种可能吗？"

"怎么就不可能？"梅朵说，"听山岭大哥讲，你不也是藏人吗？"

小满儿愣片刻，才说："我们是特、特殊情况嘛。"

邢山峰毕竟当了多年国家干部，对这事看得开。他说："现在，国家号召民族大团结、大融合……再说了，历史上汉藏结亲的现象就不少啊！文成公主进藏，不就是被传为佳话吗？"

小满儿这才不吭声了。山峰又说："这事，回头我和哥哥商量商量再说吧。”

实际上，没等山峰和山岭商量，这件事就已经水到渠成了。

邢山岭跟着卓玛骑马回坎坝，一路上两人有说不完的话。但他们说的都是闲话，虽然眉目在传情，可谁也没勇气捅开那层窗户纸。等他们回到坎坝，天已经是傍晚时分了。

索朗巴措很高兴，热情地帮山岭安排了吃住。在吃饭中间，卓玛说了去山上采摘雪莲花的事。巴措很积极，当时便通知了几个年轻人准备登山的用具什么的。

当天晚上，邢山岭辗转反侧，怎么也睡不着。他仔细回忆了和卓玛交往的前前后后，确定她对自己还是有意的。但他自己却有几道过不去的坎，一是这么大岁数了，再谈这种事是不是有点儿“老不正经”？二是民族不同，生活习惯各异，要在一块过日子会和谐吗？三是要是自己先提出来，万一卓玛也有顾虑不同意可就不好下台了……他思思索索，犹犹豫豫，久久毫无睡意。

第二天一大早，索朗巴措带领着十多位小伙子就出发了。桑吉卓玛和邢山岭坚持要一块去，他虽然不怎么同意，见他们已经骑马赶来了，也不好说什么。

青藏高原的早晨是那么清亮透明！晨曦中，清亮的空气让人吸一口就像把五脏六腑冲洗了一遍，立刻感到浑身轻松，像是一下子年轻了好多岁。透明得像是走进了童话的世界，纯净、简单，一切都是那么美好，简直能把人给融化了！没办法，这就是高原的天气，好起来能好到极端，坏起来能坏到恐怖！

小伙子们也像是不愿打破这温馨和宁静，一个个信马由缰，毫无声息地走着、走着……到了山脚下，巴措提议让卓玛和山岭在山下等着，由他们年轻人上山去寻找采摘。卓玛不同意，坚持要上山去。山岭也觉得大家都是为了自己，也不愿意在山下看热闹。巴措也没坚持，把小伙子们分成两人一组，便分头往山上爬去……山岭和卓玛自然就成了一组。

因为低处没雪，大家走得都很顺利，不多会儿就都隐没在了层林和沟壑之中。卓玛年轻时为了卖钱经常干这种事，也算是有经验了。她知道雪莲花生性孤僻，只生长在高山峻岭的奇寒之处，便另辟蹊径，和山岭转向后山，沿着一条似有似无的小路往上登攀……此时的山林也很美丽。只见，第一缕日光照耀着被露水洗过的阔叶林，一片碧绿间，那么多不知名的小鸟儿登上枝头，蹦跳着叽叽喳喳叫个不停。它们这是例行的清晨聚会，等阳光更温暖些，便分头出去找食吃了。直到傍晚时分，它们会飞回来，在家门口继续这种聚会，再次叽叽喳喳，像是和大家分享着这一天的收获。

桑吉卓玛和邢山岭往山顶攀爬，穿过阔叶林便累得“呼呼”喘息了。他们毕竟已四十多岁，精力体力不能和年轻时相比。尤其是山岭，这些年很少登山，就是登也是家乡那些小土山，没办法和这里的高山峻岭相比。所以，在多数情况下，都是卓玛或推或拉或搀扶着他往上走。两人这种下意识的肉体接触和磕碰，无形中使他们的感情急剧升温，眉目间的传情已经流露得如水似浪了。但是，因为中间那层窗户纸还没捅透，他们脸红心跳，却极力互相躲闪着目光碰撞的火花。

他们进入针叶林，脚下的路就更难走了。因为地上开始有冻成冰的雪，一走一滑一出溜，稍不注意便会摔个大跟头。他们互相提醒着，有的路段手脚并用才能爬过去。这时候，卓玛心里已经有点儿后悔了，觉得真不该拉着山岭冒这份危险。就这么瞬间的走神，她脚下一滑便出事了……她原本走在山岭前头，有时还回头等他一会儿或拽他一把。眼下她的脚下一滑，却突然往旁边的深渊跌了下去……就在她惊叫的千钧一发之际，山岭一个箭步冲过去紧紧抱住了她。两人撕搂着往深渊跌落、跌落……但每次石头碰撞或树枝剐蹭时，山岭总会伸出一条胳膊阻挡一下，把自己的身子垫在她的下面。直到落在一方平台上，她仍是重重地砸坐在了他的身上。而且，好巧不巧，随他们掉落下来的一块大石头，正好砸在了山岭的脑袋上。他哼都没哼一声，便头一歪昏迷了过去。

桑吉卓玛惊叫一声“大哥”，急忙翻身起来抱住了他。她愣怔片刻，边叫边摇动着山岭的身体。他却没回答，身子软绵绵地靠在崖壁上，而且呼吸也显得有点儿微弱。她急忙检查了一遍，见他身上除了一些剐蹭的皮外伤，并没有大的、流血的伤口。但是，任凭她怎么呼唤，他却一直没回答。终于，卓玛急得边叫边“哇哇”大哭了起来。

索朗巴措他们几个人听到了哭叫声，连忙从不同方向赶了过来……大家愣片刻，站在悬崖边沿上系下来两条大绳。卓玛抓过绳头，分别捆在了自己和山岭身上。在她的看护下，巴措他们一起努力，终于把二人拉了上来。他们用绳子做了个简易担架，把山岭抬下了山。

邢山峰接到巴措的电话，骑马赶到公社卫生院时，两名医生正为山岭做检查。他仍然是那副模样，紧闭双眼，呼吸微弱，任凭大家怎么呼唤也没反应。

医生仔细检查了一遍，他除了皮外伤和后脑上有个大包外，并没发现致命之处。两位医生大眼瞪小眼，不知道应该怎么抢救了。卓玛的泪水一直没干，急切间提出把山岭送县医院。大家拿不准，就都把目光投向了山峰。他思索片刻，说：“送县医院好几十公里，怕来不及……咱们能不能想想别的办法？”

大家你看我，我看你，一时谁也没吭声。片刻，卓玛却突然想起什么似的大声说："去找降央次仁吧，他兴许有办法。"

就在大家犹豫间，巴措却说："阿妈，找他干什么？他又不是医生。"

桑吉卓玛边为山岭收拾凌乱的衣服边说："你们年轻，不知道次仁的过去……他家是祖传的藏医。次仁解放前就为人看病。解放后他也看了几年，后来不知怎么治死了个人。家属告到了法院……他因为没有医生证，被判了两年刑，出来后就再也不敢行医了。"

大家仍在犹豫间，山峰却说："反正已经是这样了，要不去试试吧。"

可是，当大家把山岭抬到次仁家时，他却连连摇头，说什么也不给看。卓玛含泪央求道："次仁，我知道你是怎么想的……可情况紧急，你就下、下手吧。"

降央次仁仍然摇着头说："政府早就不允许我给人看病了，你又不是不知道。"

"这不是情况特殊吗？"卓玛着急地说，"你就给看看呗。"

降央次仁仍在摇头。山峰也急了，干脆说："我就是政府，也是家属……你给看看，人死活都不让你负责任！"

降央次仁看了看他，一声没吭就进里屋去了……这期间，那个小家伙松赞三树一直趴在炕上，瞪着大眼看看这个，又看看那个。片刻，次仁拿着个皮夹子出来了。他边打开皮夹子边说："他这是后心处淤堵，必须放血才有可能缓过来。"

"那你就下手吧。"山峰说，"不管是好是坏，都不让你负责任。"

降央次仁没吭声，从皮夹子里取出一根闪亮的、粗粗的银针，一下子扎进了山岭的后心处。片刻，山岭把嘴一张，"哇哇"连吐了几口暗黑色的鲜血，便慢慢睁开了双眼。大家脸上都露出了惊讶的笑容。山峰忙俯下身，轻轻叫了一声“大哥”。

邢山岭好像还没完全清醒过来，怔怔地看着他没回答。卓玛喜极而泣，连忙呼唤着：“大哥大哥……”山岭看了看她，脸上这才露出微微笑容。大家互相观望着，不由得都深深地松了一口气。次仁却边把银针收起来边说：“他啊，这还不算全好，而且随时都会复发，今后生活中怕是再也不能离开人了。”

邢山峰意外地张了张嘴，想说什么也没说出来。卓玛却像有心理准备，忙点着头说：“谢谢……这你就放心吧。”

她的这句话，在场者谁都不明白是什么意思。只有山峰心里动了一下，脸上露出会意的笑容。

当天晚上，卓玛和巴措请大家都去家里吃饭。连次仁也推辞不过，带着孩子参加了。

丰盛的饭菜端上了桌，年轻人下手要吃喝的时候，卓玛却摆了摆手，说道：“请大家等一等，我有句话要说。”

众人不解何意，一个个端杯瞪眼地看着她。卓玛似乎迟疑了一下，说：“从今往后，山岭大哥的饮食起居和所有的一切……就都交给我了。”

大家好像没听明白她这句话的意思，你看我，我看你，一时都没吭声。邢山峰心里明白，不由得说道：“卓玛大姐，这事你是不是再考虑考虑？”

桑吉卓玛摇了摇头，说：“没什么再考虑的，就这么定了吧。”

索朗巴措是一头雾水，忙问道：“阿、阿妈，你说什么呀？”

“你听不明白吗？”卓玛说，“就是你山岭大、大叔往后的生活由我来照顾。”

“你照顾？”巴措又问，“你怎、怎么照顾啊？”

“怎么照顾……”卓玛毫不犹豫地说，“就是日夜守在他身边，伺候着他呗。”

索朗巴措仍是不明白，又问道：“你、你怎么能日夜守在他身边呀？”

“我嫁、嫁给他……”卓玛终于说，“不、不行啊？”她的这句话像是一块大石头投入水中，“嗵”的一声巨响把大家都震住了。你看，那几个年轻人差点把酒杯掉在了地上，一个个傻乎乎地看着她。卓玛又问了一句道：“怎么了？看你们一个个像见了鬼一样！”

众目睽睽之下，山岭像是刚回过神来。他又摇头又摆手，说道：“这、这事可不、不行。”

“怎么就不行？”卓玛目光炯炯地看着他问道，“莫非你看不上我？”

“不、不是，哪儿能呢？”山岭的脸都红了，磕磕巴巴地说，“我都成这样了，怎么能给你添麻烦呀！”

“你说的都是废话。”卓玛有点儿着急地说，“当年山峰救我们，你又几次救过我的命……这是谁给谁找麻烦呀？！”

山岭张着嘴不知该说什么。山峰却把酒杯举起来大声说：“我同意。我支持……来，大家端杯，咱们庆祝一下！”

索朗巴措想说什么，却被卓玛用目光制止住了。年轻人们见状，忙把酒杯中倒满青稞酒，一起欢笑着举过了头顶……

几天后，邢山峰带领着哥哥和卓玛，先去县民政局办理了结婚手续，又为他们举办了一场隆重的婚礼。最高兴的就数茸贡梅朵和小满儿了。尤其是梅朵，一口一个“阿爸”，叫得山岭脸红脖子粗，支支吾吾不敢直接答应。

还有一个小人儿的到来，为婚礼增添不少欢乐，那就是次仁带来的松赞三树。小家伙步履蹒跚，嘴里“咿咿呀呀”谁都听不懂他在说什么。而且，他尤其愿意赖在小满儿身上，就连次仁都接不过去。小满儿也特别喜欢这孩子，在他胖嘟嘟的小脸上“叭叭”亲啊亲，却怎么也亲不够。梅朵提出来让孩子认小满儿当“干阿妈”，次仁不知出于什么考虑，摇着脑袋就是不同意。一直到走的时候，三树仍赖在小满儿的怀里。次仁最后强行接了过去，小家伙却还是落了个撒着泼“哇哇”大哭。

只有索朗巴措，在整个酒宴上都比较沉默，而且还闷头喝了不少。他就是觉得卓玛嫁给山岭这事太突然，心里一时不好接受，接下来的几天都闷闷不乐。就在邢山岭假期已满，准备回邢台的那天晚上，这娘儿俩进行了一次长谈。卓玛当年毕竟在省里工作过，眼界开阔，知道的事情也多。她将今比古，讲到了文成公主进藏，说到了西藏解放及叛乱时解放军所做的贡献和牺牲。当然，她更是坦白地说到了对山岭的感情和几次舍命救她。巴措低头抽着烟，皱着眉头一直没吭声。

邢山岭带回来个西藏媳妇，一下子惊动了整个邢家庄公社！

乡亲们络绎不绝地拿着礼品赶来了，说是来看望老书记，实际上都把目光落在了卓玛身上。一个个在山岭简单的翻译下，好奇地问长问短。卓玛却显得落落大方，谁来都是热情地笑脸相迎笑脸相送，一切都做得十分得体。就连公社书记张富堂和县委书记梁山根都一块来了。他们都认识卓玛，也关心山岭的身体，一番寒暄之后便谈到了他的工作。

邢山岭一辈子都是个工作狂，现在虽然身体不怎么好但精神不错。这当然是因为卓玛在身旁伺候着，他的心情比老伴地震去世后什么时候都振奋。所以，他不顾卓玛用目光制止当时就答应了，第二天一早便去了拖拉机一建筑工地。接下来的一段日子，卓玛忙里忙外，全心全意地照顾着他。她首先学会了做汉族的饭菜，又根据次仁的提议，带回来了不少藏药和补品，每天都为他调理着身体。同时，在县委书记梁山根亲自带领下，还和山岭去拜访了一位当地著名的老中医……所以，山岭的身体是一天一个样，眼看着就长肉了，而且精神也越来越好。有那么一天晚上，山岭还不顾卓玛的阻拦，两口子还真尝试着行了夫妻之事，双方都感觉很好。这样一来，山岭更显得精神振奋，对未来充满了信心！

拖拉机厂的土木建筑已经完成。宽阔的厂房和超大的院落，在当时是绝无仅有的，和周围那灰蒙蒙的农舍相比，真有点儿鹤立鸡群的感觉，引来许多男男女女的好奇，从四面八方赶来围观。

邢山岭作为厂长，每天指挥着进设备、买机器，陪着请来的技术人员一块工作和吃饭，忙忙碌碌有时候竟连回家都顾不上。这时候，卓玛便会把熬好了的藏药或是中药送来，看着他喝下去。她尽管四十多了，但手脚都很灵活，没来多久已经学会骑自行车了。当然，她是从小骑马长大的，学骑车还真下了一番功夫。半年之后，她除了服饰略有不同，言行吃喝已经完全变成一个地道的内地妇女了。

也就在半年之后的一天，他们两口子同时收到好消息。山峰和巴措打来电话，告诉他们小满儿和梅朵都生了个女孩儿。两人那个高兴啊，简直有点儿得意忘形，当天吃晚饭时竟然口对口喝下去一瓶“丛台”！

没孩子想孩子，孩子生下来，一大堆麻烦事也就跟着来了。

小满儿和梅朵，是在山峰坚持下在县医院生的。开始的几天，因为有护士照顾着，山峰和巴措还不觉得怎么样。但他们总得考虑，等她们出了院怎么办？请保姆？一是不容易找到；二是把孩子交到外人手里也不放心啊。再说了，他们一个是副县长，一个是公社书记，哪儿有那么多时间伺候月子啊？两人商量了几次，才决定让卓玛回来。只要有她在，那是一个顶仨，同时照顾两个人坐月子不成问题。山峰犹豫两天才给哥哥打了个电话。他刚开始还不好意思直说，拐弯抹角问了问山岭的身体情况，才把真实想法说了出来。

邢山岭当然不是个自私的人，迟疑片刻就答应让卓玛回去。但是，卓玛却有点儿为难，犹豫了好几天。她觉得自己是应该回去，可又担心丈夫的身体一时难下决心。直到山岭答应等她走后去厂里吃住，她又把厂办公室主任请到家里来，当面交代了山岭吃药和有关注意事项，才让买了第二天去北京的火车票。

等把大人和孩子接回来，邢山峰家里一下子就乱了套。

索朗巴措是赶来了。可他一个大男人，哪儿干过这种活啊？真是帮忙帮忙，越帮越忙。只要他一插手，一切变得更乱。炒菜菜煳了，做饭饭不熟，收拾屋子弄得狼烟地动，呛得大人孩子一个劲儿咳嗽，根本没法在屋里待。

也正在这时候，赵胜利援藏结束调回了内地。原来的县长接任县委书记。邢山峰被任命为县长。这原本是好事，可赶在这个节骨眼儿上，他在外忙工作交接，在家里忙伺候月子，弄得一天到晚手忙脚乱，狼狈不堪。直到卓玛风尘仆仆地赶了回来，一切才步入了正轨。巴措忙回坎坝主持工作。山峰忙得几天不回家也没事。好在小满儿和梅朵都不娇气，两天后便都能下地干活了。

生俩孩子又升官，一下子三喜临门！等大家缓过一口气来，才想到这一层，当然都十分高兴。山峰请来了县委食堂的大师傅，专门做了一桌子饭菜表示庆贺。吃饭中间，大家议论着给两个女孩儿起名字。小满儿却想都没想，开口便说：“俺这个就叫西缘吧。”

邢山峰有点儿意外，问道：“西缘？邢西缘？你怎么想到这个名字啊？”

小满儿迟疑片刻才说：“就是……和西藏有缘分呗。”

“和西藏有缘分？”卓玛说，“这名字挺好的呀，好听又有意义。”

邢山峰也觉得挺好，邢西缘这个名字便定了下来。实际上，在小满儿的潜意识当中，西原这两个字是印在脑海中的。她原本叫松赞西原，被人偷走时是有印象的。这么多年，西原这两个字一直在她的脑海中盘旋不去。当然，她小时候并不知道“原”还是“缘”，现在认字了，随口便说出来个“西缘”。

索朗巴措家女孩儿的名字大家商量了半天。小满儿在这件事上是插不上嘴的，因为她确实不知道西藏的女孩儿该叫什么名字。卓玛和梅朵每人说了好几个，最后在山峰提议下，这个女孩儿的名字才算定了下来——格桑拉则。意思是像格桑花和仙女一样美丽。

当天晚上，小满儿坐在炕沿上正给孩子喂奶。邢山峰回家来，把一个布包往她身边一扔，说：“这是你的宝贝回来了。”

“什么宝贝呀？”小满儿用一只手抓过来问道，“这是什么呀？”

邢山峰疲惫地打着哈欠说：“你打开看看不就知道了。”

小满儿把孩子放在腿上，打开布包看了看，稍愣神惊喜地说：“老天爷，这不是咱们家的传家宝么？！”

“什么传家宝？”邢山峰歪在炕上说，“差点害死你，我看它是件不祥之物。”

“不对吧？”小满儿眨巴着大眼睛说，“人们说它是价值连城哩！”

“什么价值连城？”邢山峰说，“慈禧那个老太太就不是个东西，硬生生把个大清朝给搅黄了。她用过的东西，还不是沾满了晦气？”

小满儿从不和丈夫抬杠，忙说：“那我把它收起来吧。”

“你不许戴。”邢山峰说，“更不许给孩子戴。记住了没有？”

“记住了。”小满儿点点头，又说，“也是。看见它就想起那几天惊恐万分、受苦受罪的日子。还不是都因为它引起的？”

“就是。”邢山峰说，“我虽然出来这么多年了，自认为骨子里还是个农民。什么金子银子、宝石翡翠，在我眼里一分不值。它们不能吃不能喝，又创造不了社会价值，真是百无一用！”

“就是。”小满儿也说，“那土地、空气、清水什么的，人们一天也离不了，但却一分钱也不值。你跟谁说理去？”

说到此，夫妻俩都哈哈大笑了起来。小西缘被惊醒，瞪着小眼睛看看她又看看他。这小妮子也怪，生下来就不好哭，要是不高兴，顶多也就是撇撇小嘴，眼圈一红完事。

十六

两个月后，邢台拖拉机厂正式投入了批量生产，一台台红彤彤的小拖拉机排满了院落。而且是恰逢其时，销售情况也非常好。买家从四面八方赶来，争抢着有多少买多少！因为供需矛盾突出，邢台地委不得不做了个决定，先满足本乡本土，外来的买家排队等待。一时间，来排队的外地客户已经超过了上百家。这事，当时在河北省引起了很大轰动。省里的好多干部，有的亲自带人找上门来，有的甚至拿着书记省长批的条子等待。不给谁谁不高兴，弄得地委书记和行署专员都很为难。

邢山岭这个厂长总算松了口气。可等卓玛回来到厂里看到他，却心疼得差点儿掉下眼泪来。也是，身边的人每天在一起，并看不出他身上有多大变化。办公室主任尽管精心照顾着他，可一个大男人，再精心也差远了。更何况，工厂食堂里的饭菜，再好也赶不上在家里吃。所以，山岭在卓玛眼里像是瘦了一圈，而且脸色也是又黑又黄，虽然看上去精神还不错，但却是硬撑着哩。她虽然心里难受，但当着那么多人的面也不好表现出来和说什么。

当天晚上回到家里，卓玛实在忍不住，抱着丈夫像个小女孩儿一样号啕大哭了一场，并连连发誓，说从今往后再也不离开他了。山岭心里也不是个滋味，忙岔开话题问起了两个孩子的情况。卓玛这才转悲为喜，详细介绍了邢西缘和格桑拉则的所有生活细节。

接下来，卓玛可就忙活开了。她把山岭存下来的衣服洗了个遍，又烧了锅热水，两人互相洗身子和搓背。也是一时兴致所至，他们这对老夫老妻，没等洗完竟然你上我下、你前我后地干起了年轻人所干的那种好事。人们常说小别胜新婚，大概就是这种情况吧。

往后的几年，桑吉卓玛精心照顾着山岭，很少回西藏。一年秋天偶然回去了一趟，还让她心里难受了好长时间。

那时候，邢山峰已经是亚东县的县委书记了。索朗巴措也已调上来，当上了民政局的局长。卓玛回来可是件大事，又正好赶上了国庆节。山峰和巴措带领着全家人，都回了坎坝卓玛的老家。你看院子里那热闹啊，把乡亲们都惊动了。可不是，三个孩子都是四五岁，正是疯跑瞎闹的年龄。麦其旺堆在前边跑，邢西缘和格桑拉则在后面追，一会儿藏语，一会儿汉话，谁都听不清他们在说什么。

中午吃饭的时候，藏獒荒子突然进了家门。它的变化很大，可以说是瘦骨嶙峋，当年全身火红的绒毛，已像毡片一样紧贴在了身上。而且，它的行动也显得迟缓，腿脚都没了当年的灵活。在场的人们好多都没认出它来，一个个惊讶地停住了吃喝。卓玛却一眼便认了出来。她往前走了一步，急切地问道："荒、荒子！你这是去哪儿了？还知道回家呀？"

荒子沙哑地叫了一声，一下子扑进了她的怀中。卓玛也把它抱住了，连声呼唤着："荒子！荒子……"

片刻，荒子又挣脱了她的怀抱，扭回头冲大门外叫了一声。少顷，一只同样瘦骨嶙峋的大狼带领着两只小狼进门来。在大家更加惊异间，有位年长者站起身脱口而出道："獒、獒狼！"

这一来，有胆小的人害怕地站起身，样子是想躲藏……众目睽睽之下，荒子却把獒狼带到卓玛面前，又冲她低吼了两声，便和那只大母狼冲出门去……卓玛忙追到门外，连声呼唤着："荒子！荒子……"

荒子回头看了看她，和那只母狼冲出村头，瞬间消失在了茫茫大漠之中。卓玛腿一软，跌坐在门槛上。那位年长者走过来，感慨地说："真是条好狗！"

桑吉卓玛没吭声，慢慢站起身往回走……她心里明白，荒子这是把两只小獒狼交给自己，它和那只母狼找地儿躲起来等死了。藏族兄弟们都知道这个，反正是好狗，知道自己不久于世间，担心主人看到难受，便会躲到人迹罕至的地方自消自灭了。她感叹良久，便把那两只獒狼像当年对待荒子一样好好地养了起来。她把一只留在家里，又费尽周折把另一只带回了邢家庄。因为狗不能上飞机，他们只能骑马或是坐火车汽车，路上就走了好几天才到家。山岭按照卓玛的意思，给它起名叫小荒，并把它养在拖拉机厂里。没想到它长大后却为厂里立下了汗马功劳。因为那时候人们生活困难，小偷小摸短不了找机会去厂里下手。自从有了小荒，他们就没人再敢去了。当然，这是后话。

松赞三树还不到六岁，便成了人见人夸的好骑手。

因为降央次仁明白一个道理，就是“棒打出孝子，娇生不义郎”。所以，他尽管非常爱这个孩子，生活中惯他吃惯他喝却从不娇惯他任性。当三树刚刚会走路的时候，他为了将来培养出一个顶天立地的钢铁汉，便把他放在了光溜溜的马背上。

人们常说从小看大，三岁看老。三树确实是个十分懂事的好孩子。他没多大便成了村里的孩子王，不管比他大还是比他小，所有的孩子都愿意和他一块玩。因为他从不欺负弱小，又仗义大方，而且不惹事也不怕事。谁要是敢欺负弱小或是女孩儿，哪怕人家比他大几岁，他也敢和对方死磕。先是讲理，讲不过就动手，就是被人家打趴下了，他也会追到那家伙家里去，当着大人的面辩个是非曲直。他平时话不多，像个没嘴的葫芦，属于人们常说的那种蔫淘。但在关键时刻，他却能头头是道，说得对方口服心服，直到认错为止。那年秋天做的一件事，使他在上下坝出了大名，也证明了群众的眼睛是雪亮的。

那是个晴朗的下午，降央次仁出去放牧了。他上午带回来的一只鼠兔，随便扔在屋檐下的树荫里。松赞三树和一个小伙伴玩了一会儿，不知怎么肚子饿了想起来煮兔肉吃。藏族的孩子们从小耳濡目染，杀羊剥兔子那是张飞吃豆芽——小菜一碟。二人没多大工夫就把鼠兔剥得光溜溜，又在门口的小溪中洗干净了。但他们不敢用做饭的大锅，怕大人回来发现了挨揍。三树从储藏间里提出来一口破锅，就在牛粪垛旁支架起来了。那个小伙伴把鼠兔切成小块，在锅里添上水又放了把盐。三树便点着了火……就在这时，街上突然传来两只狗咬架和孩子们的吵闹声。三树和伙伴禁不住诱惑，一块跑出去看热闹……没多会儿，锅下的火引着了牛粪垛，瞬间熊熊大火便燃烧了起来。等人们发现，乱纷纷赶来救火时，牛粪垛已经烧光，还把旁边屋子的门窗烧坏了。次仁闻讯回来后，拿着根棍子追得三树满街筒子逃窜。从那往后，他这蔫淘的名声便远播了开来。

无论在什么战争中立下功劳的勇士，国家是从不会忘记他们的。

邢山峰三十四岁时，已经在西藏战斗工作了十二年。他脱下军装，从县委办公室的一般干部，当到公社书记、副县长、县长，后来又当了三年县委书记。组织上考虑他的实际情况，那年把他调回老家，担任了邢台地区行署的副专员。当然，这其中邢台地委书记赵胜利功不可没。山峰回来，小满儿和六岁的邢西缘自然也就跟着回来了。

邢家原来在当地影响就很大，这次阖家大团圆，乡亲们都赶来祝贺凑热闹。很快，妇女们发现一个现象，都忍不住笑了起来。就是，卓玛除了服饰外，变得细皮嫩肉，尤其是脸上没了那块高原红；小满儿却恰恰相反，服饰当然是老样子，只是皮肤变粗糙了，脸上的两块高原红也特别明显。大家直言不讳地说着，嘻嘻哈哈笑闹个不停。直到县委和地委的领导们到了后，十多桌庆祝的筵席才正式开始。

在吃饭中间，地委书记赵胜利说了件事，引起来山峰久久的思索。他说："昨天，我刚收到一份红头文件，是国家教育部下达、省教育厅行文转发的。"

邢山峰忙问："什么文件呀？"

"你看看呗。"赵胜利说着，从公文包中取出来一份文件交给了他。山峰看了看，文件的大体意思是，为了迅速提高少数民族群体的文化素质，国家号召把他们的孩子动员到内地来上学接受教育。他边看着，马上想到了麦其旺堆和格桑拉则，便说："这是件好事啊，国家想得可真周到！”

“那是。”赵胜利说，“据说还是周总理提出来的呢。”稍停，他又说：“事是好事，但执行起来还是有一定难度的。咱们这边好说，无非是扩大小学容量，多盖些校舍和招聘老师。但是，咱俩在西藏工作了多年，对那边的情况比较了解……因为传统观念，把孩子送这么远来读书，并不是那边的每个人都能接受。”

邢山峰想了想，说：“也是。但咱们可以做工作呀。别的地方咱管不了，起码日喀则地区还是可以做工作的。”

赵胜利笑了笑，刚想说什么……正好有人过来向他敬酒便没说出来。

当天晚上，邢山岭一家人对这件事进行了反复讨论。大家都觉得这是件大好事。尤其是卓玛，高兴地直拍巴掌。山峰还提到了前些年藏族兄弟们捐马送马的义举，认为这正是个回报他们的好机会，决定抽时间回去一趟，尽量多动员些孩子过来上学。小满儿却说：“大哥你们都有工作，哪儿有时间回去啊？”

“没事。我早想好了。”山峰说，“再过一个月，不就是春节了嘛。”

此时的卓玛已经冷静了下来。她思索着迟疑地说：“事是好事，可那边的人不比这边，一个个都是死脑筋。让他们千里万里把孩子送过来，不一定都能想得开。”

“没事。”山峰笑着说，“只要下决心，天下无难事。办法总比困难多嘛。”

那年春节放假前，邢山峰和山岭都请了几天假。他们全家齐动员，回了坎坝一趟。

索朗巴措现在已经是亚东县主管教育的副县长了。他看过有关文件，知道这件事，也正琢磨着春节过后召集相关人员进行动员。山峰他们这一回来，正好是雪中送炭。他当即决定，在坎坝公社搞个试点先行一步。

实际上，根本用不着谁下通知，山峰和卓玛这一回来，在坎坝公社便引起了轰动。因为他们在当地都是赫赫有名的人物。各村的支书主任和一些头头脑脑，不约而同地都带着礼品赶来看望他们。巴措见状干脆摆了三大桌酒席，让大家边吃喝边商量此事。有酒喝有肉吃，谁能不高兴啊。人们说说笑笑，好不热闹。在山峰的授意下，公社书记李玉海把降央次仁也请来了。因为他当过多年的村支书，又是当年的打狼英雄，在干部中有一定影响。

酒过三巡，菜过五味，巴措先把各级的相关文件念了一遍。山峰又逐条逐段进行了解释。那些人听罢都停住了吃喝，一个个大眼瞪小眼，一时都没吭声。这时候，最闹腾的就数三个孩子了。邢西缘和格桑拉则是同年同月生。在一起的时候，两人就像亲姐妹，成天价胳膊不离腿，就连睡觉也钻一个被窝。分开了这么久，她们一点儿都不陌生，见面便搂在一块不愿分开半步。麦其旺堆却偏偏跟她们捣乱，硬是要拉着西缘出去玩。结果弄得两个女孩子“呜哇”乱叫。卓玛嫌她们添乱，连同旺堆一块赶到了街上去。而后，她看看仍在沉默的干部们，说：“怎么一个个都哑巴了？是好是坏，都说说自己的看法呀！”

那些干部互相观望着，一时没人开口。山峰干脆笑着点将道：“次仁同志，你是多年的老干部，最明白事理，也了解我们党这些年的政策都是为了民族发展……请说说你对这件事的看法呗。”

降央次仁迟疑了一下，说：“这事确实是好事。但这千里万里的，把孩子送过去，能让人放心吗？”

“有什么不放心的啊？”卓玛说，“我不是在那边吗？把所有的孩子都交给我，保证亏待不了他们！”稍停，她又说：“你在哪儿都是一个人，干脆跟着孩子一块过去不就行了？”

“你说得倒轻巧。”次仁“嘿嘿”笑着说，“大人孩子都过去，吃哪儿住哪儿啊？”

“这些不用你考虑。”山峰说，“按照国家政策，这些那边的政府会统一安排。”

“统一安排当然好了。”次仁又说，“那我现在这个家怎么办？”

“你这个家值多少钱呀？”有人说，“处理了不就得了。”

“瞧你说的，破家值万贯。”次仁不高兴地说，“再说了，咱总不能连根拔过去吧？”

“根不根倒不要紧。”一个村支书说，“咱国家就是个大家庭，走到哪儿哪儿好。关键是花费……不要说大人跟着去，就是一个孩子，过去吃住不说，就是学杂费和来回的路费得用多少钱呀？！”

“对！”“这话说到点子上了。”“这么多钱，谁家能拿得起啊？”……人们现在发言热烈了，七嘴八舌纷纷议论起来。山峰见状，忙说：“国家有政策，孩子们在那边的吃住和学费杂费，都由我们当地政府解决，不用你们掏钱。”

大家再次陷入了沉默，一个个似乎心里有所松动。片刻，又有人说：“不算大人跟着过去，就说孩子们一年放两次假，来回坐火车汽车的，那也花不少钱哩。”

“你们真是……铁公鸡一毛不拔呀？”卓玛有点儿生气地说，“国家把孩子培养好，回来建设咱的家乡，这是多么好的事啊？花点儿钱不值呀？！”

见人们一时不吭声，山峰灵机一动，低声问山岭说：“哥，那年准备买马的钱……现在在哪儿？”

邢山岭迟疑了一下，说：“那是集体的钱，还在公社信用社存着哩。”

“这就好办了。”山峰回头对大家说，“孩子们放假的来往路费，咱们用那年准备买马的钱实报实销！”接着，他对大家讲了讲这笔钱的来历，以及灾区人民的心意。干部们愣片刻，都高兴地“哗哗”鼓起掌来。他摆了摆手，又说：“既然大家都同意了，回去开村民大会发动一下，孩子们报名的越多越好。”

“好！”“回去马上开会。”“就是。好事一定办好！”……干部们高兴地纷纷响应。山峰端起酒杯说：“来，大家举杯，预祝孩子们顺利过去上学，健康成长！”

大家一片叫好声，纷纷把酒杯端了起来……卓玛趁机说：“大家放心吧。过去的孩子都交给我了。我就是他们的阿奶。等他们学成回来，更好地建设咱的家乡！”

这次活动，坎坝公社在全县带了个好头。公社书记李玉海也受到了上级的表彰，很快被任命为亚东县分管教育的副县长。几个月后，这个县共有一百六十多个孩子报了名。

但是，说着容易做着难，什么事也有个过程。邢台县为此也做了好多工作，以分管教育的副县长为首组建了领导小组，投入了人力物力。为了保证安全和孩子们的学习，他们把准备来的学生都分配在了县城里……直到当年九月开学的时候，李玉海才带领着这支队伍辗转数千里，一路风尘赶了过来。

那年，松赞三树和麦其旺堆十岁了。邢西缘和格桑拉则还不满八岁。他们的吃住自然就安排在了山岭和山峰家里。三树和旺堆住山岭家的东屋。西缘和拉则住山峰家的西房。大家在一块吃饭。买菜买粮和做饭主要由小满儿负责。梅朵则负责为孩子们洗洗涮涮和打扫两个家的卫生。卓玛作为当家人一把全拿，所有家里的大事小情都是她说了算。山岭和山峰全身心地投入了工作。山岭每到星期天才回家看看；山峰却经常个把月二十天不见人影。这个在别人眼里热热闹闹、和和美美的大家庭，实际上也有着大大小小的摩擦和别扭。

西缘和拉则没事，见面便像亲姐妹一样搂在了一起。摩擦和别扭主要发生在三树和旺堆之间。怎么说呢？也许是物以类聚，人以群分吧。他们俩一见面就互相觉得不对眼，连打招呼都是在卓玛催促下三树主动的。也是。三树原本应该和别的孩子吃住在一起，可卓玛向次仁做了保证，所以才把他留在了身边。这样一来，三树便有了种寄人篱下的感觉。当然，这只是他刚开始时的小心眼儿。没过几天，觉得大家对待他像亲人一样，心里也就释然了。

主要是麦其旺堆这孩子。怎么说呢？他和三树的性格决然相反，好说好笑好热闹，在家时有人就叫他话痨。他一睁眼能从早说到晚，什么时候没动静了，那就是睡着了。多数情况下，他说的大多是废话，有时候着南不着北的，让人摸不着头脑。而且，阿爸当了公社主任后来又成了书记，他在当地也算是高干子弟，因此身上多少带点儿纨绔的意思。他的人缘不怎么好，但也有一帮子狐朋狗友。因为他很仗义，为帮人打架敢不要命，脑瓜皮就曾被人打掉过一块，至今还留着个大疤瘌。

松赞三树和他吃住上学都在一起，想躲远点儿都不可能，刚开始心里确实感到很别扭。但他也明白这是人家的家，自己只能处处小心，能忍则忍，在学校努力学习，回家来多干活少说话，尽量不招惹旺堆，有时甚至曲意迎合他。因此，在别人眼里他们俩也是好朋友、好兄弟，连卓玛都没看出来二人之间有什么矛盾或摩擦。

孩子走了一个多月，把降央次仁快想疯了，连晚上做梦都能被惊醒。

也是，他们父儿俩从没分开过，三树可以说是在他的背上长大的。这突然一分开，让谁也会想得够呛。有那么几天，他都准备东西要上路了。但是，公社书记李玉海带领着全体干部找上门来，意思是让他继续接任村里的支部书记。因为现在的支书太年轻，能力较差，根本压不住阵脚，上坝村的各项工作落在了全县倒数第二，严重拉了全公社的后腿。事出意外，开始次仁脑袋摇得像拨浪鼓，死活不肯接。架不住李玉海连说带劝，十多位干部鸡一嘴鸭一嘴，又给他戴高帽又连讽带刺地说个没完。次仁实在抹不开面子下不了台，只得答应下来，还请大家吃了顿饭。

尽管有几年不当干部了，可次仁对村里的情况了如指掌。他平时也没少给小书记出主意，可那家伙还挺主观，很少听他的。而且，小书记身上毛病不少，还爱占小便宜，所以在村民当中威信很低。后来，他干脆睁只眼闭只眼，除了有几次向李玉海反映情况，再也没管过村里的事。这次接任书记后，他当然知道村里混乱落后的原因，便下大力气，首先整顿村风村纪，打击小偷小摸，又深入到那些打架生气的家庭，没日没夜地做工作……嘿嘿，这一忙起来，倒把他想儿子的心思冲淡了。

孩子们也和大人一样，喜不喜欢谁心里有数，但不一定说出来。

邢西缘和格桑拉则都喜欢和三树哥一块玩儿，因为他像个小大人，知道处处让着、护着她们。麦其旺堆就不行了，成天价咋咋呼呼没个正形，也从不知道“要是好，大让小”的道理，所以，没谁愿意和他一块玩儿。他心里多少有点儿失落，就暗暗把账记在了三树头上。但是，人家有人家的乐趣。他为人豪放，出手大方，在村子里也交了几个好朋友。你看，他每天带领着一群孩子，“呼呼哈哈”在村街上跑来跑去。刚开始，卓玛担心他跟别的孩子学坏了，也曾阻止几次，可根本就不起作用。也是，农村孩子都比较单纯，能坏到哪里去？每到这时候，小满儿就会劝说：“嫂子，你就放心吧。树大自然直。孩子们都有自己的个性，长大就好了。”

实际上，小满儿同样更喜欢三树。自己也说不清为什么，她从心里总对这个孩子有种亲切感，许是觉得他没守着爹又没有娘，一个人过来有点儿可怜吧。所以，在日常生活中就对他格外关照。卓玛也看出来了，有一天当着全家人面半开玩笑地说：“满儿，你看这孩子从小就没了阿妈，让他认你做干阿妈吧。”

“好啊。”小满儿高兴地笑着说，“那敢情好，我一下子多了个大儿子！哈哈……”

松赞三树稍愣神，马上便反应了过来。他毫不犹豫地叫了声“干阿妈”，跪下就磕头。邢西缘从旁拍着手说：“干阿妈叫着多别扭，干脆叫妈妈呗！”

松赞三树迟疑一下，立刻改口叫道：“妈妈，妈妈。”

大家都笑着拍起巴掌来。西缘又说：“那……从今往后，我就不叫三树哥，改叫哥哥了。”

“好啊。”卓玛说，“那样显得更亲了。”

就在全家人拍着手笑时，旺堆的脸上却露出不屑的神色。他鼻子里“哼”了一声，站起身甩手出去了。

九月一号是个好日子。秋高气爽，日丽风柔。满眼的秋庄稼，好像把空气染成一片金黄！

在农村，正是庄稼主子刹大秋的季节。你看，男男女女饱含着收获的喜悦心情，每天出来进去像旋风，忙得手脚不沾地儿。他们一边收割秋庄稼，一边忙着播种明年的小麦。一马平川的土地上，到处活动着人和牲口忙乱的身影，时时洋溢着欢乐的笑声。偶尔，也有一两台小拖拉机“轰隆隆”急驶在乡间土路上。

要是放在过去这时候，小满儿也是每天跟着社员们下地干活。现在不同了。自从邢山峰当上行署专员后，她和西缘都转成了商品粮，再也不用下地了。

吃过早饭，四个孩子穿戴得整整齐齐，背着书包去上学了。邢山峰上班正好顺路，和小满儿亲自去送他们。这段路有一里多地，忙着下地干活的乡亲们不时热情地和他们打着招呼。

学校门口聚集着全体教职员工，列队欢迎新生入学。校长张政站在最前面，看到山峰忙迎上去说："邢专员，您还亲自来了？"

"张校长好！"山峰忙说，"我上班正好顺路，过来看看。"

小满儿目送着孩子们的背影，久久不愿离开。就在这时候，在职员队伍的最后，有个女人看了她一眼，迟疑一下又看了一眼，稍愣神后便像逃跑一样，急急忙忙地躲进不远处的厕所里去了。聪明的读者马上就能猜到，这个女人不是别人，就是那个当年的"万人迷"杨雪月！不过，她已经完全没有了当年的高傲气质和飘逸神采，变得又黑又瘦，头发花白，就连那双水汪汪的大眼睛，也像蒙上了层云翳，一点儿也看不到过去的那种灵秀之气。她已变成"人人嫌"的另一个人，而且，现在也不再叫杨雪月，而是改名叫杨改新了。就是改掉过去，重新做人的意思。接下来，咱们就把她这十来年的经历详细叙述一遍。

那年，杨雪月跟着丈夫他们潜逃到云南瑞丽地区，在边境线上被人发现。解放军战士呵阻不听，韩湘楚和歪脖儿甚至还开枪回击，结果是被当场击毙了。她也身受重伤被俘，经过医生救治总算活了过来。她开始也没想活，不吃不喝绝食了好几天，经过医生和护士耐心开导，才终于明白了过来。她主动交代了自己的问题，还揭发了韩湘楚他们好多罪行，最后被瑞丽法院判处了十年徒刑。

咱们前面说过，杨雪月实际上是个挺能干的女人。在监狱开办的缝纫厂里，她心无旁骛，埋头苦干，每天都能超额完成任务。一段时间后，她被狱警指定为“犯人头”，边干活边负责管理着十多个女犯。她更加努力工作，带领全班人加班加点，每个月都排在成绩表的头一名。而且，在节假日监狱组织文艺活动，她也是个积极分子，不光自编节目，演出时也是又唱又跳，出尽了风头。由于有悔改和立功表现，两年后，她获减刑一年半。出狱时，在她的强烈要求下，才改成了现在的名字——杨改新。

流年似水，岁月沧桑。女人容颜的变化有时让所有人都大跌眼镜。现在的杨改新，估计韩湘楚就是活着也认不出来了！杨雪月改了名字也换了容颜，但出狱后该去哪里也成了个大问题。回西藏不可能，再说她也不想回去。回老家……老家的人死的死，被镇压的镇压，也有的跟着国民党去了台湾，现在已经没人了。她思索良久，才想到邯郸那边还有个老舅舅，万般无奈之下，只得回去暂栖身吧。

十七

老舅舅名叫张中昌，比杨改新的母亲小十六岁，是兄弟姐妹中的小尾巴。他只比改新大四岁，也可以说他们是从小玩大的，孩童时是她的保护神。

杨改新回到邯郸，买了不少糕点礼品，还特意给舅妈买了身衣服，给舅舅买了瓶“丛台”酒。这些年，邯郸变化很大，街道房舍都已经焕然一新。她找了半天，又打问了几个人，傍晚时分才来到一个破败的大门口。她站了好一会儿，怎么也不相信这就是舅舅家。在她的记忆中，舅舅家是青楼瓦舍，大大的院落三出三进，又是假山流水，又是花草树木的，非常漂亮。可眼下这个家，院子特小不说，几间土坯房也是泥皮脱落，坦椽露檩，非常破旧。而且，院子一劈两半，中间还用树枝扎了道篱笆墙，一看就知道住了两家人。也是，她哪里知道，张中昌家当年是大地主，土改当中被斗争没收了全部财产，和另外一家地主被安排到了这里。她又问了两个过路人确认后，才迈进了小梢门。

昏黄的灯光下，张中昌和老伴正在吃饭，看到一个人进来了，竟然木讷地一时没开口。杨改新也愣住了，因为她当年嫁给韩湘楚，跟他离开邯郸的时候，舅舅还是个不到二十岁的大学生，那么潇洒，那么帅气，是多少女孩子心目中追求的对象。现在……现在已经是个头发花白，满脸皱纹，瘦骨嶙峋的干巴老头了。片刻，她声泪俱下地叫了声“舅舅”，便浑身瘫软地跪在了地上。张中昌仍没认出她来，边慢慢站起身边颤声问：“你……你是哪、哪个？”

“舅舅啊……”杨改新涕泪长流地说，“我是杨雪月，你的外甥女啊！”

“雪月？”张中昌吃惊地反复问，“你是杨雪月？是我大姐家女儿？”

“是，我是杨雪月啊！”杨改新抬起如雨的泪脸，大声说，“我就是你的外甥女杨雪月！”

“雪、雪月——”张中昌顿时老泪纵横，一下子把她搂进了怀中恸哭了起来。少顷，旁边那个虚胖的老太太往外看了一眼，忙说：“轻点儿。你们轻点儿，别被人听见了。”

两人这才把声音压抑到最低，但泪水却仍像成串的珍珠般滚落下来。杨雪月离家的时候，张中昌还没结婚，她当然不认识这位老太太。等舅舅介绍后，她才擦干眼泪，轻轻叫了声“舅妈”。

老太太答应着，忙着拿碗给她盛饭……当天晚上，三人一夜无眠。他们把灯关了，摸黑说啊说，直到小鸡子叫。

世界上真是没有不透风的墙。有些消息连老天爷都说不清是怎么流传开来的。

杨改新在张中昌家住了两天，关于她的各种流言蜚语便像波涛般汹涌着淹没了这个小院。有好事的老太太，干脆在他家门口探头探脑，指指点点。舅舅亲舅妈不亲呀。她也就是看在那身衣服上，隐忍着没说什么。等到了第三天，她趁改新上街的工夫，对丈夫说："你这个外甥女……什么时候走啊？"

张中昌一听她口气不对，马上说："我的外甥女，不是你的呀？"

老太太迟疑一下，不无尴尬地说："是我的，当然是我的。可是……这两天人们说三道四的，你听不到啊？"

"你管那些干吗？"中昌说，"各过各的日子，自扫门前雪。背后还有骂朝廷的呢！嘴长在人家脸上，爱说嘛说嘛呗。"

"你充什么大肚汉呀？"老太太沉着脸说，"你这个大学教授，现在不就是个看大门的？一个月挣那么仨瓜俩枣的，多一张嘴你喂得起呀？"

听老婆这么说，老头不吭声了。当天晚上，等老太太睡下后，他在外屋问雪月："雪月呀，你也快五十的人了……往后的日子，你打算怎么过啊？"

杨改新多聪明，当然知道他问这个是什么意思，便说："舅舅，我无处可去，无家可归，就想找份工作……怎么着也得顾住自己的嘴呀。你说是不？"

张中昌迟疑一下说："那你想找份什么工作呀？"

杨改新愣片刻，说道："我现在这样人不人鬼不鬼的，能找什么好工作呀？哪怕是扫马路看大门，能挣口饭吃就中啊。”

张中昌摇了摇头，说：“你在咱邯郸名声太大。现在这种社会情况，你在这儿找工作怕是不好说。”他沉吟片刻，又说：“这两天我也琢磨过……你上小学时有位叫任国强的老师，你还记得不？”

“任老师啊？记得呀。”改新说，“他教国语，还会英语，是我们的班主任。”

“没错。就是他。”中昌说，“他是我的初中同学，我们俩一直关系不错。”

“任老师人挺好的。”改新说，“他当时挺欣赏我的作文，好多次在年级统考后当范文朗读，有两份还推荐到《邯郸日报》上呢。”

“就是他。”中昌说，“他现在在邢台一中附小当校长。我想把你推荐给他，看有没有合适的工作给你做。”

就这样，杨改新拿着舅舅的信来到了邢台一中附小。

任国强一时也没认出她来，等看了信才惊讶地说：“你是杨雪月？怎么变化这么大呀？我真没认、认出来！”

杨改新苦笑着说：“任老师，你就不说多少年了？我老了呗。”

“那倒也是。”任国强感慨地说，“岁月不饶人，咱们都老了！唉——”少顷，他抬头看着她说：“关于你以前的事，我也听说过一些……你想找份什么工作呀？”

“什么工作也行啊。”改新说，“我现在这样，哪有资格挑挑拣拣呀？不管干吗，能挣口饭吃就中呗。”

“你在初中时是高材生。”任国强思索着说，“按你的水平，当小学的语文老师没问题。可是……我手中没这权力，当老师必须要报市教育局批准才行。你现在这身份……”

“不，任老师。”改新忙说，“你可千万别为难，看大门搞卫生都可以呀。”

就这样，杨改新当上了学校的临时工，专门负责打扫院落，清理厕所什么的。这个可怜的人儿总算有了栖身之地，也能挣口饭吃，心里多少有了点儿欣慰。在开学的前几天，她没日没夜地打扫院落和教室，一次次清理教职员工和学生厕所，累得浑身酸痛，连觉都睡不安稳。谁知道，她在这开学第一天就碰上小满儿了，惊慌失措中逃进了厕所里。

小满儿只顾孩子们了，根本就没看见她。实际上，她就是看见了，也肯定认不出来。可杨改新心虚呀，哪敢和她碰面。她躲在厕所里，急切地思索着该怎么办。公平地说，当年那样对待小满儿，她并不完全同意，只是贪恋那只玉镯，才由着丈夫那么做的。话又说回来，她就是不同意，也拧不过一辈子强势的韩湘楚啊！可这些事怎么能说清楚呢？又不知那只玉镯是不是有人还给了小满儿，现在她能去问谁呀？还有一件最要命的事，这个小满儿到底是不是自己当年抱走的那个女孩，她一直拿不准，在监狱里有时睡不着时，曾多少次反复思考过这个问题，但总也想不明白。在大漠中的一路上，从小满儿的言谈话语间，她一会儿觉得像，一会儿又否定。自己劝自己说：怎么可能呢？世界上哪儿有这么巧的事啊？而后又想到，那万一要是呢，自己的罪孽不是更深重吗？所以，这件事她从没跟任何人说过，心里却一直苦恼纠结着。今天她看到小满儿，心里的恐惧陡然上升，要是万一有人知道了这件事，自己还不得重新回到监狱里去？

这一整天下来，杨改新心里一直在掂量这事，干什么也丢三落四，魂不守舍。当天晚上，听着同屋的人或粗或细的呼吸、或重或轻的鼾声，她辗转反侧怎么也没法入睡。直到黎明时分，她终于决定“三十六计走为上”，重回西藏去！她一来当然是为了逃避；二来是因为野店曹老板还欠她一笔货款，她必须要讨回来。现在的杨改新可不比当年的杨雪月，过去的一块钱在她眼里像针尖儿，现在的一分钱却变成了碾盘！想到这里，她蹑手蹑脚穿上衣服，收拾好自己的东西出门来，又就着路灯光给任校长写了一封道歉信，便踏上了前途未卜的路程。她自己可能没想到，此去却是一脚迈进了阎罗店，九死一生差点儿把小命儿搭进去！

有人经常打趣说，等孙子盼孙子，真有了孙子便知道谁是孙子了。

桑吉卓玛这个人对外脾气特别好，街坊邻居、同事朋友甚至见到要饭的都是和蔼可亲，那真是不笑不说话，一笑俩酒窝，对身边的家里人却不是那样。她年轻时脾气急，对孩子们管理得很严厉，尤其是对儿子索朗巴措，一不高兴开口便骂，动手便打。所以，巴措从小到大看见阿妈像老鼠见猫一样，就是现在当官了，瞅见她也是心里发怵，尽量躲得越远越好。他七八岁上说的一句话，到现在人们还断不了拿出来当笑话讲：我阿妈成天价气势汹汹，一天不说人她心里就难受。但是，现在卓玛碰上旺堆却没了脾气，从小惯着宠着，那真是含在嘴里怕化了，顶在脑袋上怕摔了。也是，她家数代单传，如今就这么个孙子，可不就成了宝贝疙瘩银子扣。乡亲们取笑她，说现在孙子变成猫了，她自己却成了老鼠。索朗巴措有时嫌儿子淘气大声说几句，卓玛知道了还不高兴，几次找他谈话甚至训斥。所以，麦其旺堆从小就任性不怎么听话，和她的宠惯有很大关系。

这不，开学没过多久，麦其旺堆便惹了场祸，惊动了学校和文教局领导。当然，发生这场祸不完全是他的原因，而是由邢西缘引起的。

邢西缘和格桑拉则都很漂亮，同学都很喜欢她俩。尤其是三四年级的男生，有事没事都愿意来找她们玩儿。要说他们是别有用心那可真冤枉，毕竟都还没到情窦初开的年岁，只是喜欢来和她们玩而已。拉则无所谓，谁找她玩都高兴。西缘可就不同了，她很少和男生说话。偏偏有个臭小子，多次来想找她玩都被她赶走了。那家伙觉得挺没面子，便找机会报复她。

一次做早操跑步的时候，那家伙故意踩住了西缘的鞋后跟，结果让她跌了个大马趴。许是摔疼了，西缘眼里噙着泪花和他吵架。那小子还不承认，只说不是故意的。拉则也过来帮忙，他仍是嬉皮笑脸不认账。麦其旺堆哪能吃他这一套，冲过来一拳把那家伙打出了鼻血。那个臭小子也不示弱，和他对打了起来。松赞三树忙从中劝解，也挨了几巴掌。那家伙的几个狐朋狗友也过来了帮着对付旺堆。三树见状，把劝解也变成了帮忙，和旺堆一块和他们对打起来。这一来可好，西藏所有的学生都跑了过来，和当地学生们开了武行。学校的老师和领导都过来解决问题，县教育局的领导也闻讯赶来了……最后的结果是，把那个臭小子开除了校籍才算完事。但此事也给各级领导敲了个警钟，为融合西藏学生和当地学生的关系，采取了相应改进的措施。邢山峰在西藏工作多年，有这方面的经验，从中也提供了许多好主意。

数天后的一个傍晚，杨改新浑身疲惫，风尘仆仆地来到了野店。

她是先到的通天镇，看了看自家当年的小旅店。旅店依旧是顾客盈门，可惜出事后已被收归国有了。连服务员也不知换了几茬，她当然一个也不认识，但还是住了一晚上。第二天起来，她便乘上长途汽车，颠颠簸簸地往大漠深处行进……这么多年过去了，漠上风尘依旧，还是那么荒凉清凄。满车的乘客，她连连扫视了好几遍也没看到一个熟悉的面孔。哪像当年，只要她一上车，在座的所有人都会起身热情地和自己打招呼。她感慨万千，心冷意凉地低下头，闭上眼睛装作打瞌睡，心里却是思绪蹁跹，翻江倒海，情不自禁地回忆起这些年的遭际，不由得落下来几滴冷冷的清泪。

傍晚时分，杨改新站在了野店门口，久久地打量着这里的一切。野店的面貌没什么改变，只是房子更破旧，各种设备更糟烂，只有西墙下的槽头上拴的马匹，依旧是满满当当争草吃。过了一会儿，曹老板出来看到她，愣怔着一时竟没认出来。她微微一笑，问道："怎么着？曹老板发财发福，不认识你老娘了？"

曹老板听声音才知道是她，忙笑着说："×！原来是杨老板呀！怎、怎么？当年的小白菜变成娘的白菜帮子了？"

杨改新心里不高兴，但仍笑着说："老了呗。看看你自己，不也变成糟老头子了？"稍停，她又补充一句说："要不是老娘保护，你他奶奶也早进去了。"

"那是，那是。"曹老板说，"岁月不饶人，咱们都他娘的老了。唉——"他说罢，忙招呼伙计们上饭摆酒席。咱们前面说过，这个姓曹的不是什么好东西。他对当年的杨雪月垂涎已久，只是害怕韩湘楚的威名不敢轻易下手。现在，虽然她已是半老徐娘，容颜已衰，但是风韵犹存。他心里仍想完成自己当年的心愿。更何况，在这兔子不拉屎的荒漠之处，几个月都看不到女人，人们经常取笑说就是见头母猪都觉得是美女。所以，他现在是有点儿蠢蠢欲动了。后来，杨改新说的一番话，更让他下定了决心。她说："曹老板，我现在的处境你大概也知道，真是人不人鬼不鬼的，手头也很……拮据。你小子虽说不怎么样，但江湖义气还是有的。你欠我的那笔货款是不是该还了？"

曹老板愣了一下，忙说："当然，当然。我早就想还，不是见不到你的人么？"少顷，他又说："今天忒晚了，等明天我一定还给你。”

杨改新听这话有点儿放心，便笑着说：“我就知道你小子是个痛快人。快上饭吧，我早饿得前心贴后心了！”

“我马上去看看饭做好了没有。”曹老板说罢，起身出去了。他心怀鬼胎，暗暗得意，便在酒中做了手脚。杨改新虽说八面玲珑，实际上却是个实在人，没那么多心眼子。作为女人，平时喝个斤儿八两不成问题，一般的男人都喝不过她。今天她又累又乏，酒又不干净，所以没喝多少便沉沉睡了过去。曹老板狞笑着把她抱上床，三下五除二便剥光了她的衣服，赤条条摊在了褥子上。

有的人年轻时形成的积习，一辈子都改不了。

降央次仁又恢复了凌晨起来打狼的习惯。大家都知道他是个能干的人，在村子里威望很高，因此几个月过去后，一切工作便理顺了。他年轻时响应政府号召，每天是强迫自己凌晨起来打狼，多年来已经形成了习惯，现在上了岁数本来觉就少，所以，每天后半夜两三点钟不用强迫也肯定会醒来，而且还特别精神。你说这个点起来能干吗？他连抽上三锅子烟，拿上猎枪骑上那匹乌骓马便出去了。

那晚天气还格外晴朗。西斜的下弦月像镰刀般悬挂在西天际，把冷冷的清辉泼洒在茫茫大漠上。那些平时压在人头顶上的、密密麻麻的星星不知道躲哪儿去了，只留下了明亮的启明星，在和月亮相互呼应着。等月亮落下去后，它便成了领导众星星的头目。

降央次仁打马飞奔，也不知跑出去了多远，却一根狼毛都没看见。他有点儿失望，便来到月亮湖边，自己抽颗烟，也让马儿歇歇脚，随意吃点儿青草。过了一会儿，他突然隐隐听到远处传来马的嘶鸣和人嘈杂的喊叫声。他一愣神，心里感到特别奇怪：这个时候，怎么会有这种声音啊？莫非是有土匪打劫？也不会呀，要是发生在旧社会倒不稀罕，现在是太平世界，朗朗乾坤，怎么可能有土匪呢？他决定去看个究竟，便飞身上马，朝着声音传来的方向奔腾而去……这时候，已经是微曦初显，天光也亮了些许。

原来，远处那马嘶及人的嘈杂声，是杨改新和野店的几个伙计发出来的。

前半夜，疯狂的曹老板对昏睡的杨改新进行了强奸，一次一次又一次，把他积攒已久的精和力全部发泄了出来。那些污脏的体液和着汗水，把褥子都洇湿了半截。直到他累得像摊泥，“呼呼”大喘着倒在床上，没多会儿便像猪八戒一样鼾声如雷了。

午夜过后，杨改新终于醒了过来。她睁开惺忪的双眸，愣怔着一时竟然忘了自己在哪里。少顷，她借着窗口透进的月光慢慢打量着周围的一切：凌乱的被褥、满地的烂纸、桌上的杯盏狼藉、赤条条的自己和浑身汗水……她又愣了片刻，马上意识到自己是在哪儿。身体某个部位的疼痛，更让她心里明白发生了什么，不由得惊骇地睁大眼睛，突地坐起身来。曹老板毫无觉察，仍是鼾声如雷。

杨改新张了张嘴，差点儿喊出声来，随即又急忙把嘴闭上了。她思索片刻，摸索着找到自己那被揉作一团的衣服，轻轻穿在身上下了床。她瞅着那家伙丑陋的睡相义愤填膺，第一个念头是杀了他，便用目光四下搜索……终于在桌子上发现了一把水果刀。她抓在手上，就在刺向他脖子的一瞬间，突然灵机一动又打消了此念头。因为她不想为了这么个混蛋再次进监狱，觉得不值。她迟疑地放下刀子，轻轻喊道：“曹老板，曹老板……”

曹老板毕竟已经五十多岁，前半夜累过头了。只见他的嘴吧嗒了两下，翻了个身用鼾声回答了她。她又喊了几声，对方仍无反应，心里就明白自己该怎么干了。她蹑手蹑脚地打开柜子、箱子甚至抽屉，搜索着贵重的东西和细软，然后用床单包了起来。就在她开门打算往外走时，总觉得心有不甘，便又返了回来。她迟疑片刻，再次拿起了水果刀，一连几次扎在那家伙的屁股和腰部。只见鲜血喷涌而出，曹老板疼得“哇哇”大叫着坐起身来……

杨改新趁机拿着包袱冲出去，并反手锁上了屋门。她跑到西墙下，从槽头解下一匹马飞身骑上去，连连挥鞭眨眼间便冲出虚掩着的栅栏门，消失在了黎明前的黑暗大漠之中。

曹老板想起来却动不了身，急得连连大声喊：“来人！快来人……”

屋门和窗户都关着，声音本来就传不出去，再加上这个时间段，店里的伙计们都在“呼呼”大睡，谁能听得见呀。直到姓曹的抬起上半身，挣扎着打开窗户，又像狼嚎般大喊了半天，才有人衣服不整地跑过来问情况。曹老板气急败坏，流着眼泪拼尽全力大喊道：“快去！追那个女、女的……快去啊！”

降央次仁打马向前，听着声音越来越近，便收住马缰绳静静地等待着。

这时候，天光又亮了许多，已经能看到草丛间的鼠兔钻出洞口，直立起身子用前爪洗脸了。声音越来越近，次仁才看清楚是几个男人在追一个女人，而且眼看就要追上了。他扔掉烟头，摘下身后的猎枪，好像是瞄也没瞄便扣动了扳机。只听“啪啪”两声，后面的追赶者有两人的帽子便飞了起来。那几个家伙遭此突袭，一下子都傻眼了。他们纷纷勒住马缰绳，不知所以地大眼瞪小眼愣住了。次仁又冲天上打了两枪。那几个家伙情知不妙，一个个嘟囔几句什么，兜转马头往回跑去……此时，那个女人已经打马冲至他面前，轻轻说了一句：“大哥，救、救我。”便从马上摔了下来。

降央次仁愣了片刻，忙从马上跳了下来。他俯下身，轻声问道："大妹子，怎、怎么回事？他们为什么追你？"

"大哥救救我……"杨改新又重复了一句，便昏迷了过去。次仁见状，忙又大声问："你怎么了？快说话呀！"

杨改新瘫在地上没吭声。次仁这才看清楚，她的长发散乱遮住了面孔，身上的衣服也不整齐，身后还背着个鼓鼓囊囊的大包袱。他又问道："你这是怎、怎么了？"

杨改新仍然没回答。次仁稍愣神，忙伸手试了试她的鼻息，感觉到还有气，就知道对方是昏迷了过去。他有点儿为难了，一时不知该怎么办。这时候，她骑的那匹桃花马凑至近前，用鼻子拱了拱她。杨改新仍然没反应。次仁又愣了一会儿，本想一走了之，但觉得见死不救也不对，迟疑片刻便把她抱起来放在自己的马背上，然后打马往回走去……那匹桃花马喷着鼻子跟在了乌骓身后。

常言说：天作孽，犹可违；自作孽，不可活。曹老板是活到头了。

前面说过，这家伙原名叫曹德亮，老家是黑龙江齐齐哈尔。他从小缺爹管娘教，跟着爷爷奶奶长大。真是应了那句话：棒打出孝子，娇生不义郎。他十多岁上就爬瓜溜枣，偷鸡摸狗，是出了名的小混混，长到十六七，便学会跟在女人屁股后头偷偷摸摸耍流氓。就因为他名声不好，二十多岁了也没媒人登他家的门边子。二十五岁那年，他和一个富家子弟争同一个女人，被对方的家丁打了一顿。他实在咽不下这口气，深更半夜放了把火。趁着那家人救火的忙乱，他杀死了那个富家子弟，并抢到手不少大洋和几根金条便远逃他乡。

曹德亮改名曹志忠，在社会上流浪了三四年，才来到这荒无人烟的大漠上。他先是投奔了韩湘楚。解放后，又根据他的意思和提供的资金建成了这座野店。按照韩湘楚的意思，是想把这儿当作一个情报收集站，因为南来北往的人多，各种信息肯定比较集中。姓曹的当上了老板，后来还做上了倒卖毒品和黄金的生意……人在干，天在看。这小子作恶多端，这次终于遭到了天谴。他被杨改新无意间刺断了中枢神经，从腰以下再也不能动了，所以整天只能卧在床上。短时间内有伙计们伺候着，他倒也没事。但百日头上无孝子，更何况这些没任何血缘关系的伙计们？大家私下一嘀咕，就让他眼睁睁地看着，便分光了店里的所有财产。一个个连锅碗瓢盆和门窗都没给他剩下，然后便风流云散各自去谋出路了。

曹志忠叫天天不应，叫地地不灵，一个人别说吃饭，连水都喝不到嘴里。也许是老天爷还有一份怜悯之心，不愿意看到他再受更多的罪吧。一天晚上，几只狼闯进来，把他啃得只剩下骨头架子了。后来在暴风雪中房倒屋塌，也算是把他埋住了。多少年之后，修路工人从废墟中挖出来一堆森森白骨……当然，这些都是后话了。

十八

降央次仁把杨改新带回家放到炕上时，天已经过午了。

杨改新依旧在沉睡。她被长时间地蹂躏和惊吓，整个人已疲惫不堪，浑身像散了架子一样。次仁摸了摸她的脉搏还算平稳，就没惊动她，去厨房做饭了。又过了一会儿，杨改新终于醒了过来。她迷糊片刻，慢慢睁开充满血丝的眼睛，歪头看看周围的一切，一时竟然不知道自己这是在哪里。直到次仁端着饭进屋，她才连忙坐起身来。他笑了笑，说：“你……醒了？快吃饭吧。”

杨改新这才想起自己所经历的一切，忙下炕来连连表示着感谢。次仁总算看清了她的模样，但觉得并不认识。也是，早年间杨雪月在家待得不多，虽然是门对门住着，他们俩从没碰面打过招呼。更何况，杨改新这些年发生了很大变化，她要不开口说话，估计连最熟悉的人恐怕也认不出来了。次仁把饭放在桌上，又说道：“快趁热吃吧。”

“谢谢大哥！”杨改新忙说，“你也一块吃吧。”

降央次仁刚想说什么，外面有人喊道：“支书，公社李书记的电话。”

他答应了一声，又嘱咐她先吃，便出去了。杨改新迟疑片刻，端起碗来慢慢吃着……习惯性地打量着屋里的情景：油渍麻花的被褥、一堆穿过没洗的衣物、到处散扔的家三伙四和酒瓶子……凌乱的一切显示着一个光棍汉的窘迫和无奈。她把饭吃完了，想洗把脸整理一下自己，便拿起碗筷走出屋去。

午后时分，四周静悄悄。灿烂的阳光铺满了院落，慷慨地照耀着绿树红花；照耀着这美好的人世间。几只麻雀蹦蹦跳跳，边瞪着圆溜溜的小眼睛警惕地注意着周围边找食吃，看到她出来，“哄”一声飞去了树尖子上。靠西墙的草棚子里，两匹马正在吃草，其中那匹桃花，就是自己骑的那匹。

杨改新感慨地叹息了一声，把碗筷送进厨房洗干净，拿盆舀水洗了把脸，又用双手简单梳理了一下头发，便信步走过去打开了虚掩着的大门……突然，她像被吓着了般惊恐地瞪圆双眸——小溪、石桥、草地、对面的三合院……老天爷，自己这不是又回来了吗？！她真的不敢相信自己的眼睛了，用力擦了擦再看……一切依旧是那么真实地摆在她的面前。过了好一会儿，她四顾无人，便跨过小桥，慢慢走了过去。大门上着铁锁，她只能从门缝往里窥视：院子里长满了没膝的杂草，因年久失修，房屋泥皮脱落，坦椽露檩，已经破败得不像样子了。她心潮起伏，感慨万千，泪水在眼里打转转。她用力擦了一把，正想再仔细看时，身后传来次仁的问话："大妹子，你在看什么呀？"

杨改新像是受到惊吓般身子不由得激灵一下，好似被人看破了心思，多少有点儿惶恐地擦了擦眼睛才转过脸来说："没、没事，我随便走走。"

降央次仁没再说什么，回头往家里走……此时的杨改新已经确定，当年自己偷走的女孩就是他家的。她心里发虚，身子发软，不敢看对方的眼睛，像是自语般地说："多、多好的院落和房子啊，怎么都荒废了？"

"那家人都犯了法，"次仁说，"被抓走了。"

杨改新"哦"了一声，没再说什么。次仁停在大门口，等她走近才说："我要去县城开几天会……你怎么办？"稍停又问："你家在哪儿？要不要我送你回去？"

杨改新迟疑了一下，说："我没有家，也没地儿可去。"

"是、是吗？"次仁不无意外地看着她问，"那……你是怎么回事啊？"

"我是从内地逃、逃出来的。"改新随口编着瞎话说，"那边正在搞运动，叫什么'清理阶级队伍'……我家庭成分不好，当教员好训斥学生，因此多次被揪斗，实在忍受不、不了……"

"噢。我明白了。"次仁说，"这几年从内地跑过来的人不少。"少顷，他又问："那么……那些人为什么要追你呀？"

"那家的老板不是东西。"改新说，"他非要强迫我给他当、当老婆，把我锁在屋里。我挺讨厌他，就逃了出来。"

"原来是这么回事啊！"次仁说罢又问道，"要不，你先在这儿住两天，等我回来再说？”

“那就谢谢大哥了！”改新说着，随他进了院子。次仁带她去了厨房，指点着告诉他油盐酱醋和青稞粉奶油什么的都在哪儿，便牵上他的乌骓马出去了。

杨改新这才长长地松了口气。她坐在门槛上，思索良久终于拿定了个主意，就是想办法让他见见小满儿，确认一下是不是他的女儿。要不是也没什么关系；万一要是，自己也算做了弥补，心里的罪孽感会减轻一些。可是，要怎样才能让他见到小满儿呢？她一时想不好，只能等以后有机会再说。她想好了，浑身也轻松了许多，便像个家庭主妇一样，开始动手拆洗被褥衣物，清理屋子、院子，一直忙到了日落天黑。她简单做了口饭，吃了两嘴又接着干，收拾、清理，脑袋里什么也不想，只是挥汗如雨地忙碌个不停，好像只有这样心里才踏实。

小满儿现在照顾和管理着四个孩子，一天天忙得手脚不沾地儿，真是又累又烦。

因为拖拉机厂生产任务重，邢山岭很少有时间回来。桑吉卓玛不放心他的身体，也跟着去了工厂里。邢山峰更不用说，自从当上专员后，个把月二十天回不来是常事。茸贡梅朵有时候也过来，但待个三天两后晌就得回去。因为索朗巴措当上亚东县的县长了，也是忙得四蹄流汗，她当然是要先顾丈夫。所以，这四个孩子就只能靠给小满儿关照了。

小满儿别看个子不高，却是个很能干的女人。她每天为孩子们洗衣服、买菜买粮做饭、收拾两个院子的卫生，再忙再累都不成问题。头疼的是对几个孩子的管理，她实在是觉得有点儿力不从心了。

可不是，孩子们已经到了“十来岁讨人嫌，狗都不喜欢”的年龄段，也就是人们常说的叛逆时期。他们一个个人不大心不小，生活中各有各的想法，稍有不高兴便会闹别扭，还很难做工作。小满儿文化不高，又是个软性子好脾气，孩子们根本就不听她的。她连自己的闺女都管不住，更甭说别人了。

在学习方面，谁都不用管。松赞三树是个高材生，每次统考都是全年级的前三名。他完全可以帮助任何人。邢西缘和格桑拉则不用他帮助，因为这两个女孩儿学习也不错，成绩排在全年级的中上游。让小满儿头疼的是麦其旺堆，每天回到家都不做作业，把书包一扔便跑出去找人玩了。因此，他每次考试都坐在全年级最后三把交椅上。三树做完作业想找他，人早已不见影了。就是在他也会说："本少爷天生就不是读书的材料，不用你管！"

而且，孩子们谁不是每天香三臭四的？今天高兴跟你玩不和她玩，明天不高兴跟他玩不和你玩。但松赞三树是个例外，不管在家还是在学校，大家都想和他玩。两个女孩儿就更不用说了，每天都想腻在他身边。只有旺堆不买他的账，看见他爱搭不理，鼻子不是鼻子脸不是脸，"哼"一声扭头就走。他不服三树的气，是觉得不是"同类"，还多少有点儿妒忌心理。

从心里说，松赞三树最愿意和西缘一块玩。因为他俩一见面，不知怎的就有一种亲切感，好像以前在哪里见过似的。邢西缘和他一样，见面就熟悉。他们还不能表现出来，因为拉则也喜欢三树，怕她吃醋甩脸子。当然，他们的这种表现和早恋无关，只能说是天生的缘分吧。西缘开始也不喜欢旺堆，但她是个有良心的女孩儿，自从人家为她打架轰动了全校，她便不那么讨厌他了，每看到他一口一个"哥哥"亲热地叫个不停。可人家旺堆一点儿都不寂寞。他是个非常讲江湖义气、敢为朋友两肋插刀的主儿，所以在校里校外有的是朋友，还多是富家子弟。一帮人每天骑着自行车或是摩托，"轰隆隆"从大街上驶过，也算这座小城里一道亮丽的风景线。

唉——孩子们这种小心眼儿，有时让人觉得很好玩儿，有时又很可笑，大人们从旁瞅着却很难猜得透。如果仔细想想，谁不是从那个年龄段走过来的？只是随着岁月流逝，年龄增大，儿时的记忆越来越淡漠而已。

人多眼杂，就是有只蜜蜂飞过也会有人看见，更别说杨改新这么大个人了！

那天晚上，杨改新一直忙活到半夜，第二天一大早起来，吃了点儿饭又继续清理着院子的各个角落和马厩。大门口，不时有孩子扒着门框往里窥视。杨改新心情很好，不时冲他们笑一笑，一个个便慌忙溜走了。也有路过的男人女人，都会看她一眼，稍愣神，心里思索着什么走过去。杨改新心里明白，如果没正当理由，自己是不可能在这儿长待下去的。想到这里，她的心情马上变得沉甸甸的。如果不能在这儿长待，自己又去哪里呢？好歹还能活个十年八年吧，自己应该在哪儿度过呢？想到此她心里又烦又乱，便走过去想把大门关上……就在这时，一个慈眉善目的老太太进来了。她稍愣神，忙问道：“大、大娘，你这是……”

“没事。”老太太呵呵笑着说，“听人们说次仁家来了个女的，我过来看看。”

“是、是啊？”杨改新随口问着，忙搬来个木头墩让她坐。老太太摆了摆手，说：“你忙你的，我没事。”紧接着，她又问：“你是次仁的好朋友啊？”

“不、不是。”杨改新忙解释道，“我们根本就不认识……我是从内地过来的，谁知道碰上了土匪打劫。是他救了我。”

“哦，原来是这么回事啊！”老太太说，“这也是缘分呀！次仁可是个好人，大好人！”

“你说得对。”杨改新忙说，“大哥真是个好人，是个活菩萨！”

“好人是好人，可好人没好命啊。”老太太叹息着说，“他是俺们村头一个好人，当过多年的支部书记，这会儿不是又当上了？”她缓了口气，接着说：“俺们西藏头解放那会儿，他家一个不到两岁的小闺女突然就没了。全村人帮他找了好几天，就是活不见人死不见尸，不知是被狼叼走了还是被人贩子偷走了。”

“是、是吗？”杨改新佯装吃惊地说，“还有这种事呀？”

“可不是。”老太太说，“挺好的一个小闺女全村人都觉得可惜了的。”她停顿一下，又说：“还有哩……他老婆想闺女，哭瞎了眼睛。她的身子骨原本就弱弱巴巴，不到一年就走了。”

杨改新没听明白，问道：“走了？他老婆走哪儿去了？”

“就是死了呗，”老太太说，“上天找佛祖去了。”

“是、是吗？！”杨改新这次是真的吃惊了。她马上想到自己当年干的那件事，心里的罪孽感更加深重了，一时不知该说什么。老太太长叹了口气，又说：“你看看，是不是好人没好命？好在佛祖看不过，十多年前亲戚又送给他个好儿子。”

“是吗？他还有个儿子？”杨改新意外地问道，“他儿子去哪儿了？我怎么没看到啊？”

“他儿子去内地上学了，”老太太说，“走好几年了。”

“是吗？”杨改新边问，心里边在思索着什么……片刻，她又问道：“他儿子去哪儿上学了？”

“这我可说不清楚。”老太太说，“听说是去河北省了，具体是哪儿我真不知道。”

杨改新一时没吭声。老太太又说：“哪个女人嫁给次仁都不会受委屈。他人好，心眼儿好，会心疼人。”

“那是，那是。”杨改新随口说着，突然冒出来个念头让她一阵心跳……这时，老太太站起身来说："你忙吧！我该回去给孙子做饭了。"

杨改新送她出门，心里的那个念头逐渐清晰了起来：嫁给他，算是报救命之恩，而且，自己也有了着落，不就可以带他去河北找小满儿了？！

几天后，县里的三干会结束了。降央次仁和到公社下乡的李玉海副县长骑着马往回走，一路上弄得他脸红脖子粗，好不尴尬。因为李玉海说："老书记，有点儿事……我要问问你。"

降央次仁看看他，不无意外地说："有嘛事你就说呗。还客气什么呀！"

"我不是客气，因为这只是……传闻，真假不知道。"李玉海说，"听说你家里来了个女人，是不是真的？"

次仁愣了一下，不无惊讶地问道："谁的嘴这么长、长啊？县长你都知道了？"

"别管谁说的。"李玉海看着他问，"你就说是不是真的吧？"

"是、是真的。"次仁的脸马上红了，回避着他的目光说，"确实有这么回事。可是……"

"你先不用解释，"李玉海打断他说，"就说是怎么回事吧？你是老干部，觉悟应该高。可人多嘴杂，说什么的都有……有的说是你抢来的；也有的说是那个女的找上门来的。到底是怎么回事啊？"

降央次仁被气得连耳朵根子都红了，大声说："都是胡说八道！人是我从几个小混混手里救回来的。"稍停，他解释道："那是前几天晚上，我出去找狼，碰上几个家伙正在追一个妇女……我看不过，冲天上打了几枪才把他们吓跑了。那个女的当场便昏了过去……我总不能见死不救吧？就把她带回家了。怎么就成我抢回来的呀？”

“那个女的是干什么的？”李玉海问道，“那些人为什么要追她呀？”

“她说是从内地逃出来的，”次仁说，“没想到碰上了坏人……”

“你救人是办好事，”李玉海说，“那为什么不让人家走，却留在你家里？”

“不是我不让她走。”次仁说，“她说没有家，也没地儿可去。我就暂时把她留下了。”

“那不就对了。”李玉海说，“人们说三道四，也不是捕风捉影啊？她叫什么名字，是哪里人？多大岁数了？”

“这些我都没来得及问，这不就来开会了？”次仁说，“再说了，我问人家那么清楚干、干吗？她只是说因为受迫害从内地逃出来的……岁数吗？也就四十多岁吧。”

“好。咱不说这些了。”李玉海摆了摆手，说，“说说你到底是怎么想的吧。是想让她走还是想把她留下来？要不人们胡乱猜疑，有些话好说不好听呢。”

降央次仁迟疑了一下，说：“我当然想让她走，可她说没地儿可去……”

“你的意思，就是想把人家留下来呗？”李玉海笑着说，“干吗还这么躲躲闪闪的？”

降央次仁的脸又红了，忙说：“书记，我可不是这意思……”

“你是这意思也没什么呀。”李玉海说，“只要她没家没丈夫，我看你留住也没什么不可以。”

降央次仁不知道他说的是真话还是在开玩笑，疑惑地看着他没吭声。李玉海笑了笑，说：“真的，让她走还是留你早做决断，一碰两开，省得人们胡说八道。”

“县长你真会开玩笑。”次仁也笑着说，“我想留就能留啊？”

“那就看你的本事了。”李玉海说，“那女的要是同意，你们就尽快去公社办理手续。有什么问题你找我。”

降央次仁神色迟疑，一路上再没吭声。

天近傍晚，次仁推开了自家的大门，却被眼前的景象惊呆了。

干干净净的院落，整整齐齐的家三伙四，袅袅的炊烟……次仁一时怀疑自己走错了门，扭头看了看也没错。他有点儿纳闷：怎么回事？在记忆中，好像他家从没这么干净过，就是老婆在时也没有过。他原来的媳妇不讲究，自己穿衣服都是邋邋遢遢的，更别说屋里院里了。他正迟疑间，杨改新挽袖子撸胳膊从厨房里出来了，看到他笑了笑问道：“大哥，你回来了？”

“回、回来了。”次仁指着院子里的一切磕巴地说，“你这是……”

“我闲着没事，把家里收拾了一下。”改新说，“饭做好了，大哥你洗把脸快吃吧。”她说着，把乌骓马接过去。次仁有点儿犯傻地跟着慢慢往里走……杨改新把马儿拴在槽头，又添上了草料。她回头见次仁仍在发呆，便笑了笑又给他打来一盆水说：“大哥，快洗手吃饭吧。”

“真、真是……”次仁边蹲下洗手脸边说，“辛苦你了。”

“瞧大哥说的……”杨改新忙着收拾饭菜说，“辛苦什么呀？从小干惯了，闲着倒浑身难受。”

等次仁洗完时，杨改新已经把饭菜摆上了桌。他坐下身来，连忙说：“谢谢！谢谢！”

“大哥你真客气。”杨改新说着，也坐在了他的对面。他已经多年没经历过这样温馨的场面了，不知怎的倒觉得别扭，又想到李玉海的话，就好像心虚一样更不敢和她的目光交接了。杨改新心里已拿定了主意，反倒显得轻松许多，边吃边含笑看着他。次仁闷头吃了一会儿，终于说：“你、你看，我急着去县里开会，还不知道你的名字呢。嘿嘿……”

“我叫杨改新。”她说，“杨家将的杨，改正的改，新旧的新。大哥你是叫什么次仁吧？”

“降、降央次仁。”他说罢又奇怪地问道，“可是……你怎么知道啊？”

“你走后，有个大娘来串门。是她告诉我的。”改新说，“我还知道你有个儿子，现在河北那边上学哩。是不？”

“是，是。”次仁说，“在河北邢台一中上学，走两年多了。”

“是吗？”改新说，“我老家是邯郸，离邢台也就几十公里。”稍停，她又问：“孩子在那边，你没过去看过他？”

“他们每年放假都回来。”次仁说，“我当着村里的支部书记，也没那么多时间呀。”

“那倒是。”杨改新说着，又给他盛上了碗饭。次仁连忙表示着感谢。她微微一笑说：“大哥，你干吗这么客气呀？我的命都是你救的，我该怎么感谢你呀？”

“那还不是赶巧了？”次仁说，“换成谁，也不可能见死不救呀。你说是不？”

“哼哼。这年头，那可不一定。”改新看着他说，“大哥你是人好心也好。像你这样的好人，现在已经不多了。真是……”

两人闷头吃着，好像一时都找不到合适的话题了。良久，杨改新才说：“听来串门的大娘说，你媳妇年轻轻就……走了？”

“可不是。”次仁说，“她就是着急着的，先是哭瞎了眼睛，没多久就死了。”

对这个话题，杨改新心里发虚，有点儿后悔自己不该问这事，就没吭声。次仁偏说：“我原来有个女儿，两岁上不知道怎么就找不见了。我老婆着急上火……”

杨改新为打断这个话题，忙说：“可是……这么多年，大哥你没再张、张罗一个？”

“哪儿那么容易呀？”次仁说，“倒也有人介绍过。可有的我不喜欢，有的人家看不上我。嘿嘿……就这么拖下来了。”

杨改新张了张嘴，却没说什么。她原本想说：“你看我合适不合适啊？”又觉得这样问太直白，忙婉转地说：“大哥，像你这样的好人，打着灯笼都难找呢。”

降央次仁愣了一下，笑着说：“瞧你，把我夸成一朵花了！呵呵……”

杨改新迟疑一下，抬头看着他的眼睛问道：“大哥，我这条命是你给的……我愿意洗衣做饭伺候你。不知你看上看不上俺？”

降央次仁惊讶地愣怔片刻，而后把饭碗在桌上一蹾，哈哈大笑了起来……

第二天，降央次仁带着杨改新去公社办手续，却被秘书挡住了。他说：“办结婚手续必须有单位的介绍信。女的没有，这事不能办。”

李玉海当时正好还在坎坝公社下乡，闻讯忙过来说：“先给他们办了吧。有什么事冲我说。”

秘书不高兴也没再说什么，很是不情愿地给他们办了结婚证。次仁和杨改新连连表示着感谢。出门来李玉海又说：“你们看好哪天办喜事早点儿通知，我去给你们主持婚礼。”

降央次仁意外而高兴，连忙答应着。他和杨改新走出公社大门，飞身上马，一路欢笑着回到上坝村。他刚推开家门，那个串门的老太太就过来问东问西。次仁也没隐瞒，一五一十地告诉她。老太太张开没牙的嘴，“嘿嘿”笑着出门去。她也不嫌累，挨家挨户通知了个遍。乡亲们也替他高兴，一个个都说：“真是好事。咱们老书记，多少年没这样开心过了！”

当天晚上，两个人便搬到一个屋里睡了。老旷男和怨女，炕上那点儿事咱就不说了吧？反正过来人都知道。要不你去问问乌骓和桃花两匹马，它们都听得清清楚楚，从天黑到天明，屋里那种哼哼唧唧、暧昧的动静就没消停过！

乌骓或是受了刺激，喷着鼻子几次尝试着想给桃花爬胯，却被它一次次踢了下来。这就是造物主对人类和动物的不公平了。人类只要躲过女的每个月不方便的那几天，什么时候都可以干那种好事。动物却不行，母的不发情，公的再怎么努力讨好也白搭。如果它霸王硬上弓，不被踢下来也会被咬几口。

几天后，李玉海就来了，还带着十多位各村的书记。乡亲们闻讯，男男女女拿着礼品也赶来了……那是一场隆重的婚礼，大家吃啊喝呀，唱唱跳跳一直乐到傍晚。

杨改新满面春风，大大方方招待着大家。可她的心里却一直嘀嘀咕咕，因为她听到几个妇女在小声议论：“大家看，这个新媳妇长得多漂亮！打扮打扮有点儿像当年韩团长太太呢！”“就是，你看她那眉眼，多么像啊！”“真是一模一样！”……确实，她休息十多天，身心已恢复到最佳状态，作为新娘子，今天又刻意打扮了打扮，就多少显示出些许当年的风采。妇女们是有口没心地随便闲议论，她却是有心地听见了，不免就开始心虚地犯嘀咕：老天爷！可千万别让人认出来，要不往后的日子可就没法过了，自己还得想办法逃出去！

好在是虚惊一场。那些老娘儿们也就是随便说说，说过去自己都忘了，谁家有谁家的日子，根本没人真当回事。

接下来的一段日子，杨改新一直在琢磨办法，想催丈夫去河北见小满儿。当然，最好的理由便是他们一块去看儿子。可次仁却说工作忙，走不开，又说：“再过俩月就该放寒假了，到时候儿子肯定会回来的。”

深秋时节，大草原呈现出一派衰败的干黄，全没了夏天那种朝气勃勃的景象。没膝的荒草中，鼠兔、汗獭等小动物，开始忙碌地准备过冬的粮食。牧民们和它们一样，主要工作就是打草，为牲口以及羊群准备过冬的食物。每天一扑明儿，男男女女便出发了。他们走出去大老远打草，然后车拉马驮人背回来，把干草堆成山那么高，一直到傍晚都忙个不停。干这种活挺枯燥，但也断不了出现些欢乐刺激的小插曲，让大家欢笑一阵子。

深草丛中当然有狼。可这些家伙很诡，它们听到动静，会从和声音相反的方向悄悄溜走。那些傻乎乎的鼠兔和汗獭，一个个懵懵懂懂，被吓得惊慌失措地一头冲出来。人们稍愣神，便会乱纷纷地举着大镰刀追赶……在一片惊讶和欢笑声中，他们围追堵截，大呼小叫。跟来的狗儿们也兴奋异常，狂吠着争先恐后跟着追赶。在这强大的围攻下，任何小动物都逃不掉，只能让人们带回去打打牙祭。

在杨改新的强烈要求下，次仁没办法，才同意她也参加了浩浩荡荡的打草大军。但是，她可以说从小是锦衣玉食，除了在监狱的八九年，从没干过苦活累活。所以，她拿起那大镰刀都觉得吃力，还没干到晌午，双手便被磨出来几个血泡。在身旁几个妇女的关照下，组长才夺下她手中的镰刀，让她去负责把大家打下的草收集到一块，再装到“拉拉车”上。就这活计，干一天也把她累得腰疼腿酸，晚上回家上炕都困难。次仁心疼啊，多次劝阻她都不听。第二天黎明，她不吭声便又跟着大部队出发了。实际上，她也是心里憋着口气，想证明自己和被人们认可，能更好更快地融入这个群体。果然，一个多月过去后，当她被晒掉了一层皮时，乡亲们都伸出了大拇指。

第一场小雪像萤火虫一样闪着光轻轻飘落时，松赞三树果然回来了。次仁当然非常激动，他先是把儿子紧紧搂在怀里，而后又退后两步，上上下下仔细打量着说："长大了！长高了！你看，嘴角上都有毛茸茸的小胡子了！"

也是，十六七岁，正是"不见个头长，只见衣服爽"的年龄。几年岁月流逝，三树看上去确实是个大小伙子了！正如卓玛夸赞的：浓眉大眼，细皮嫩肉，一挺杠直，四面见锯，真是人见人爱的好小伙儿啊！

老人们常说：一岁看小，三岁看老。生成的骨头长就的肉，一个人脾气秉性都是天生的。三树还是那样，什么事心里都有数，就是一天说不了几句话。你看他"嘿嘿"笑着，从书包里拿出成绩单和"三好学生"奖状递给了阿爸。次仁扫了两眼，再次把他搂进了怀中。

此时的杨改新也很高兴，一直在忙着拿盆倒水，准备让孩子洗手洗脸。次仁这家伙和儿子亲热够了，才想起指着她介绍道："儿子，这是我给你找的……阿妈。"

松赞三树稍愣神，规规矩矩地向杨改新敬了个礼，轻声说："阿妈好！"

"好！好！"杨改新说着，也把他紧紧搂进了怀中。说心里话，她一见就喜欢这个孩子，愿意和他亲热。但是，她也隐隐有点儿担心，那天小满儿送几个孩子上学，他现在不会认出自己来吧？想到此，她不敢多说什么，转身忙着去做饭了。怪不得人们常说，做贼心虚。可真是，当时那么多人，她又站在欢迎人群的最后，三树怎么可能认出她来啊？

麦其旺堆、格桑拉则和松赞三树是一块回来的。兄妹俩一进门，茸贡梅朵便放下手中的活计，高兴地把他们搂进怀中问东问西。正在家休星期天的索朗巴措却不同。他阴沉着脸扔掉手中的烟蒂，开口便询问他们的学习情况，并伸出手讨要成绩单。

就在拉则笑嘻嘻拿出成绩单时，旺堆却一声不吭便冲出了家门。他招呼了几个童年的伙伴，骑上马在大草原上奔腾撒欢儿，享受着那种久违了的刺激和痛快！也是，在学校那种环境里，他时时都感到压抑和憋屈。要不是怕回来没办法向阿爸交代，他一天都不愿意在那儿待。实际上，他现在回来仍是没办法交代，因为成绩单上有两门功课不及格，实在拿不出手，所以才趁机逃了出来。这孩子也真是，你逃了初一能躲过十五？你迟早总得进家面对父母吧？

麦其旺堆心里当然也明白，只能是躲了一会儿算一会儿，能晚回去就晚回去，能不回去就不回去。阿妈梅朵最懂得儿子心里想什么。她幽幽地叹了口气，对丈夫说："孩子大了，你说他训他都可以，千万不能再动手打他了。"

索朗巴措鼻子里"哼"了一声，又点上了颗烟没说什么。他年轻时脾气暴躁，可没少揍儿子，有时嫌他不听话，竟然吊起来用马鞭抽。梅朵还不敢劝，只能在一旁掉眼泪。卓玛生气着急，边用巴掌打他边替孙子求饶……但是，打疲了骂烦了，儿子的顽劣秉性一点儿没见改。梅朵无奈地叹息了一声，又说："儿子天生不是读书的材料。他不是早就闹着想去当兵吗？我看等初中毕业，就让他去当兵吧。"

索朗巴措没说什么，只是闷头抽着烟。他心里明白，自己再怎么努力，也没本事调理好这个儿子，唯一的办法就是把他送到部队里去，在那革命的大熔炉里摔打摔打。他这样想着，打了个哈欠便脱衣睡下了。第二天回到县城，他就去了武装部和有关单位，开始暗中给儿子做参军的工作。当然，这是后话。

麦其旺堆一直和伙伴们玩到了深夜，估计巴措已经睡下了才蹑手蹑脚地回家来。还在边做针线活边等他的梅朵关切地问道：“你去哪儿疯了？吃饭了没有？”

“当然吃了。”旺堆不无自豪地说，“我那一帮子哥们儿，争着抢着非要给我接风洗尘……吃的烤全羊，还喝了酒呢！”

十九

过了两天，格桑拉则便打扮得花枝招展，骑马背着书包来找三树，说是一块写作业。

松赞三树心里并不怎么高兴，但还是热情地接待了她。他们都处在青春萌动期，要说拉则心里没点儿什么想法那是骗人。三树却是心如止水，对她半点儿想法都没有。他更喜欢的是西缘。但因为这小子心思缜密，隐藏得比较深，谁都没看出来。拉则的性格却是大大咧咧，心里有什么就说什么，从不隐瞒自己的喜好。当然，这或许是和不同民族的文化底蕴有关系。藏族男女大多性格豪爽，心思不怎么复杂，比较好打交道和交朋友。

松赞三树态度不冷不热地和拉则一块写着作业。她却显得有点儿心不在焉，时不时会调皮地笑着，拿自己会做的题目故意问他。三树倒也实在，只要她问，便认认真真地给她解释。她却趁机靠近三树，甚至和他的胳膊或腿挨在了一起。三树老实但并不傻，当然明白她的心思。每当这时，他会显得有点儿慌乱地向后退，尽量和她保持着距离。

杨改新这些日子心情很好，觉得现在是自己这辈子的黄金岁月。前面说过，她出身不凡，从小娇生惯养、锦衣玉食，嫁给韩湘楚后，也是穿绫罗绸缎，吃山珍海味，生活上确实没受过委屈。但是，从精神方面来讲，她却觉得一直活在山一般的阴影之中。

因为韩湘楚生性刚愎自用，对她和对自己的下属一样，管理特别严格，稍有不高兴便会大发脾气。再加上她给人家只生过一个孩子又没长大成人，心里本来就有愧，所以在他面前就有点儿抬不起头来。解放后他们在这里定居，她跑出去做生意，也是想尽量离他远点儿。开始韩湘楚并不同意，她便迎合着他的心意，说去通天镇是为了好收集内地方面的情报。他这才点了头，并给了她开旅店的本钱。

自从嫁给降央次仁后，杨改新才觉得自己扬眉吐气了。次仁拿她当宝贝，真是含在嘴里怕化了，顶在头上怕摔了。在生活和精神各个方面，他对她更是百依百顺，就像对待皇后一样照顾着她。唯一让她心里犯嘀咕的，就是当年不管自己愿意不愿意所做的那些亏心事，可千万要让人知道了！她一直努力自我安慰地调整着心态，可有时晚上做噩梦经常被惊醒过来，一颗心便会“咚咚”地跳着似乎要从嘴里蹦出来。

格桑拉则到来，杨改新看了一眼就从心里喜欢她。这女孩长得乖巧漂亮，而且好说好笑好热闹，和自己小时候有点儿相似。她乐颠颠地为拉则和三树泡上酥油茶，又忙忙碌碌地为他们准备午饭……次仁因上级来人检查工作没在家。在吃饭中间，拉则高兴地说：“谢谢阿姨！”

杨改新知道这肯定是她刚学的，因为藏民没这个称呼，便趁机问道：“你们在那边怎么吃和住啊？是不是都在学校里？”

“我们刚去的时候，是吃住在一位阿姨家里。”拉则说，“上了初中，吃住就在学校里了。不过，每到星期天，还是回那个阿姨家。”

“是、是吗？”杨改新又问，“那个阿姨真好！她叫什么名字啊？”

“她叫小满儿，”三树接过话头，说，“对我们可好了！洗衣、做饭，我们的衣服连鞋袜都是她亲手做的！”

“是吗？”改新说，“那可够她一个人忙活的。”

“那是。”拉则说，“后来我们就改口，直接叫她阿妈了。当然，有时候我阿奶也帮她。”她停顿了一下，又说：“她有个女儿叫邢西缘，也是我们的同学。”

“是、是吗？”杨改新意外地说，“她有个女儿？多大了？”

“和我同岁，”拉则说，“六七年生的，属羊，今年十五岁了。”而后，她又说：“我们明年就该考高中了。”

“是吗？”改新惊讶地说，“这么快呀？你们转眼就成大姑娘了！”

“阿妈。”三树突然问道，“你认识这位阿姨呀？”

杨改新一下子被他问愣了，迟疑片刻才说：“这孩子，这千里万里的，我怎么能认、认识人家呀？”稍停，她忙又补充道：“我是想，她对你们这么好，有机会我和你阿爸应该去当面谢谢人家。”

“那好哇。”拉则高兴地说，“等开学的时候，你跟三树阿爸和我们一块过去呗！”

“一块过去？”刚进家的次仁接过了话头，问道，“去哪儿啊？”

杨改新稍愣神，忙说：“俺们说是去邢、邢台，一块去谢谢照顾三树他们的那位阿姨。”她说着，忙不迭地为他拿小凳、盛饭……次仁坐在桌旁，说：“可以考虑，到时候看情况呗。”

杨改新又打来盆水让他洗手，说：“那边有位阿姨，对他们可好了。咱们确实应该过去好好谢谢人家！”

“阿爸，实际上你们去不去都没事。”三树又说，“我们在学校里可好了，每天快快乐乐，很开心呢！”

“那就先吃饭。”次仁说，“去不去到时候看情况再说。”

当天晚上，杨改新在被窝里把孩子们说的话添油加醋地重复了一遍，并一再怂恿丈夫去邢台看看。次仁拍打着她光溜溜的后背，“哈哈”笑着说：“行、行啊。刚过了春节不会太忙，我可以跟你们过去一趟。”稍停，他一个鹞子翻身爬到她身上说：“我老婆的话就是圣旨，谁敢不听推出午门开刀问斩！哈哈……”

松赞三树说得没错，四个孩子甭管学习怎么样，确实生活得都很开心。

他们都是学校宣传队的成员。三树还当着队长哩。旺堆和拉则不光是舞蹈队的主力，而且还都是独唱歌手。这应当是和藏族的文化底蕴有关系。这个民族，无论男女都会唱会跳，兴致所至，只要一高兴，便会忘乎所以地放开歌喉又唱又跳，尽情挥洒。

旺堆别看学习不怎么样，却天生有个好嗓子。他参加过省里举办的歌手比赛，还曾拿过头等奖呢。他最喜欢唱的就是《赞歌》，只要是一开口，肯定就是满堂彩。那响遏行云、绕梁三日的拖腔，不细听还以为是胡松华老师唱的呢。而且，他还是学校篮球队的队长，高高的个子在球场上闪电般蹦跳腾挪，很是吸引全学校女生的眼球，也可以说是不少女孩子心仪的对象。他跳起舞来更是惊人，个子高却十分灵活，踢腿弯腰、甩袖下叉似风像电，让人看得眼花缭乱，不由得赞口不绝。

那年，宣传队配合国际形势，排练了一出独幕话剧《时刻准备着》。内容是一对新婚夫妇，因为男方是军人，接到命令急于归队而引起的矛盾。三树扮演那位军人丈夫。西缘和拉则分为女角 A 和 B，扮演那位新娘子。大家都知道，这两个女孩心里都喜欢着三树，为此还闹了点儿小别扭。说心里话，三树更喜欢西缘。因为他们二人一见面，就像贾宝玉和林黛玉，觉得特别亲切，好像在哪里见过似的。哪个少女不怀春？哪个少年不多情？这次又扮演新婚夫妇，使三树和西缘的感情在无形中又进了一步。这也为后来各种关系的突变埋下了祸根。

那年，春节过后和孩子们一块过去的，还有索朗巴措和茸贡梅朵。

索朗巴措跟着过去，目的是找邢山峰。他一直在活动儿子当兵的事，但就自己的身份地位和影响力，在当地似乎不怎么好解决。他心里着急，过来是计划让地委专员邢山峰出面帮着想想办法。毕竟他是当过兵的人，门路比自己宽多了。

一行人坐汽车倒火车，再坐汽车再倒火车……祖国美丽的山河可真大啊！他们辗转了五六天，才风尘仆仆、浑身疲惫地到了邢台。

邢山峰亲自带着辆地委招待处的中巴，早已在出站口等他们了。老同事见面格外亲切，山峰和巴措哈哈大笑着搂抱在一起。他们的寒暄话没说完，次仁和杨改新也带着孩子们出来了。山峰忙松开巴措，又把次仁搂住了。三个孩子和梅朵、杨改新从旁看着他们，都懂事地向山峰问好。旁边路过的行人不由得都驻足看着他们，其中不乏认识邢专员的，纷纷和他打招呼。

次仁忙把杨改新拉过来，向山峰做了介绍。山峰很高兴，说："真是有福之人不用忙啊。你半路得了个儿子，现在又有了老婆，后半辈子不用愁了！哈哈……"

"全托专员您的福呗。"次仁也高兴地说，"在坎坝的时候，您还经常关心我哩！"

大家互相谦让着上了中巴，一个个感叹着岁月不饶人，转眼间已经都显老了。坎坝毕竟是山峰走上政界起步的地方，对他来说，确实有着格外的情感。所以，他不厌其烦地询问着那里这些年的发展情况，询问着百姓的生活水平。巴措和次仁忙一一做了详细介绍。

哈哈，瞧这一大家子，把全村的父老乡亲都吸引过来了！

邢台县的书记和县长、邢家庄公社的书记和主任也闻讯赶了过来。他们是听说当年送马队的队长来了，都带着礼物来表示感谢。这场面，倒让山峰感到有点儿为难了。来的都是客，皆因情谊长。他们都是好心好意地带着礼品，总不能让人家放下东西就走吧？

本来，小满儿和卓玛已经准备下了一桌子饭菜，一下子来这么多人，怎么能够吃啊？正在拉风箱烧火的山岭忙说："干脆，去饭店吧。"

"算了吧。"卓玛说，"刚过完年，肉呀菜的家里什么都现成，还是再做一桌吧。"

这时的小满儿和邢西缘，正忙着给大家沏茶倒水，又拿出瓜子花生和糖果什么的让大家随便坐。西缘走到三树面前，不由得有点儿心跳脸发红，轻声问道："你……回来了？"

松赞三树点点头，"嘿嘿"一笑算是做了回答。旁边的拉则却故意笑着说："你只问他，怎么不问我呀？哈哈……"

邢西缘的脸更红了，忙一把搂住了她。旺堆也走了过来，把她们连同三树一块搂住了。卓玛在一旁笑着说："这几个孩子，成天价胳膊不离腿的。你看他们多亲热啊！"

这时候，次仁带着杨改新过来给小满儿和卓玛做了介绍。杨改新没说什么，只是冲小满儿意味深长地微微一笑。小满儿稍愣神，心里思索着什么忙回报了一笑。她真的是没把杨改新认出来，就忙进厨房忙活去了。杨改新见状，也忙跟了进去。她说："需要我做什么你就说话。"

小满儿听到她的声音，不由得又愣了一下，忙说："没、没事。你去歇着吧。"

"我也没事。"杨改新说，"闲着倒难受，我还是帮你干点儿什么吧。”

小满儿终于明白了什么，忙迟疑地问道：“您是……”

“我是……次仁媳妇啊，刚才不是介绍过了？”杨改新本想把自己的真实身份告诉她，又觉得现在人多，有些话不好说清楚，便说，“一家人不客气。你就告诉我能干什么吧。”

两人没再说什么，切菜、剁肉、和面……闷声忙活个不停。

格桑拉则本来就是个人来疯，越人多越活跃，在什么场合也没发过怵。她见人们的话也说得差不多了，便站起身来说：“山峰叔叔，干坐着也没意思，我给大家唱支歌吧？”

“好哇。”山峰说，“早听说你唱歌唱得好，那就来一首呗。大家欢迎欢迎！”

人们一听都来了精神，一个个忙叫着好，“哗啦啦”鼓起掌来。拉则干脆跳到了椅子上，声情并茂地唱起当时非常流行的歌《看见你们格外亲》：

小河的水清悠悠，
庄稼盖满了沟。
解放军进山来，
帮助咱们闹秋收。
拉起了家常话，
多少往事涌上心头。
……

人逢喜事精神爽，一个个吃啊喝呀，欢笑谈论着一直到天近傍晚。

邢山峰有事回单位了。降央次仁喝高了，没等天黑就高一声低一声地打起鼾来。桑吉卓玛陪山岭去了拖拉机制造厂。索朗巴措和茸贡梅朵被山峰带走，安排在地委招待处休息。孩子们累了一整天，也各自回屋去睡下了。杨改新帮着小满儿刷锅洗碗、归置桌椅板凳、打扫院落清理卫生，一直忙到了月上中天。

终于，杨改新和小满儿洗手洗脸，便跟着她进了堂屋里。当两人坐到炕沿上时，她含笑地轻声问："满、满儿，你真的……不认识我了？"

小满儿迟疑片刻，说："我只是觉得面熟，一直想不起在哪儿见、见过。"

杨改新幽幽地叹息了一声，说："看来，我真是老得没法看了！"

"其实，我这一整天心里都在犯嘀咕，"小满儿试探地说，"可又拿不准，怕说错了闹笑话，你是……雪月姐吧？"

杨改新冲动地一把抓住她的手，浑身打战，垂泪欲滴地说："没、没错，我就是当年的杨雪月！就是害你的那个女人！"

小满儿稍愣神，一下子抱住她大声说："雪月姐！还真是你呀？"

"是我，就是我。"杨改新也抱住她，连声说，"就是那个想害死你的坏女人！"

两人撕搂着泪流满面，互相拍打着对方有点儿泣不成声了。少顷，小满儿才说："姐，我一直想找你……那一路上的花费，我还没还给你哩。"

"傻妹子。"杨改新说，"你这是在寒碜姐呀？是我差点儿害死你，你还提那点儿花费干、干吗？真叫我无地自容啊！"

"不是，姐，"小满儿放开她说，"一码说一码。我不相信是你害我，肯定是……那个姐夫的主意。但我一直想不明白，他为什么要这么做？"

"说这个话就长了。"杨改新说，"因为他骨子里就是个坏、坏蛋。"片刻，她又问："那副手镯……有人还给你们没有？"

“还了，还了。”小满儿忙说，“是云南那边的公安专门派人送过来的。”

“是、是吗？”杨改新长出了一口气，说，“那我就放心了。”

直到此时，她们脸上才有了笑模样。小满儿拧了块湿毛巾，递给杨改新擦了把脸，接过来自己边擦边问道：“可是……姐，你怎么又嫁给那个什么次仁了？”

“唉——”杨改新长叹了一口气，说，“这事……说起来话就长了。”她停顿一下，接着说：“实际上，我是看到你害怕，才从学校里逃、逃走的……”

小满儿忙给她倒了杯水，惊讶地问道：“你看到过我？那是什么时候？”

接下来，杨改新把跟随丈夫出逃，被抓判刑；出狱后找工作；在学校看到小满儿逃走；以及在西藏所经历的一切从头到尾讲述了一遍。小满儿听得目光都发直了，最后感慨地说：“姐，你真不容易，真是九死一生啊！”

杨改新终于长吐了一口气，说：“咱姐儿俩命都大，这不是都活过来了？”

“也是。”小满儿感叹地说，“好人有好报。往后，咱们肯定会一生平安的。”

这时，夜已经很深了。月亮也已挂在西天际。鸡不叫狗不咬的寂静中，从家旁边的牲口圈里，老牛的倒嚼不时传来，“咯噔咯噔”格外响亮。

小满儿打了个长长的哈欠，说：“姐，累了一天，咱们睡、睡吧，有什么事，改日再说。”

“也行。”杨改新也打了个哈欠，说，“那就睡吧。”其实，她心里还想把自己此行的目的说出来，见小满儿已经没有精神，只能等以后再说了。

索朗巴措万万没想到，儿子旺堆入伍的事，竟然办得如此顺利。

实际上，他在此次出发前十多天，就在电话中和山峰说过自己的想法。山峰一点儿也没犹豫，当时就满口答应了。也是，因为他心里有底，说话气粗，办得也就利索。他当年在部队时的老班长，现在就是河北省军区的参谋长，而且就在邯郸驻防。他一个电话打过去，对方也和他一样，毫不犹豫地答应了。

两天后，邢山峰派了辆吉普车，送巴措父子俩去了邯郸。当然，他是先把油钱交给了后勤处。那位参谋长热情地接待了巴措父子，并提议让旺堆当场献艺。因为山峰在电话中详细介绍过旺堆的情况，特别强调他歌唱得好，曾获得过全省比赛一等奖。

在这方面，麦其旺堆是见过大世面的，所以在任何场合都不会打怵。只见他把藏袍一脱，声情并茂地开口唱道：

从草原来到天安门广场，
高举金杯把赞歌唱。
感谢伟大的共产党，
庆祝我们翻身解放。
……

好家伙，他这一嗓子不要紧，竟然把整座办公楼的所有工作人员都惊动了！他们一个个挤到门口和窗口，伸头探脑往里观看。参谋长被惊呆了，一直瞪着眼睛倾听。直到旺堆把《赞歌》唱完，他把桌子“啪”地一拍，说：“就这么定了，特殊人才特招！你们回去准备准备，十天后直接去军区文工团报到！”

麦其旺堆一听就意外地愣住了，他没想到事情会这么顺利。

巴措却哈哈大笑，把嘴角都裂到了耳朵根子上。他连连表示着感谢，忙拉住儿子退了出去。

好家伙！麦其旺堆被特招，要去当文艺兵了！

这消息像长了翅膀，一传十，十传百，没多大工夫便传遍了整个邢台一中。家里人都非常高兴就不用说了。山峰特意在邢台市最好的饭店订了两桌丰盛的酒席，把亲朋好友都请了去，高高兴兴进行庆祝。在这种场合，格桑拉则是最活跃了。她没等酒宴开席，就自告奋勇连唱了好几首歌。什么《唱支山歌给党听》《雪山升起红太阳》……直到过足了瘾才罢休。

在大家的鼓励下，邢西缘和三树也合唱了支《十送红军》，虽然没旺堆和拉则唱得那么好，但也是声情并茂，眼里含着泪花才唱完，博得了大家热烈的掌声。

酒席进行中间，听到消息的邢台县委书记和县长也赶来庆贺。后面跟着的司机和秘书，还搬着两箱子“丛台”酒，一箱子烧鸡。他们说是为捐马队长的儿子送行，明白人都理解其中不乏巴结邢专员的成分。甭管怎么说吧，人家也是好意，当然应该热情招待了。

热得烫手的是旺堆那帮子狐朋狗友，一个个像自己被特招入伍似的，今天他请客，明天我做东，而且还都是大馆子。吃饱喝足后，他们骑着大摩托，簇拥着旺堆“轰隆隆”满世界招摇炫耀。那阵势，好像是大将军带兵出征打了胜仗，威赫赫班师回朝一样。也是，好朋友出人头地，他们的脸也大，说不定将来还能跟着他沾点儿光呢！

对儿子的这种扬风奓毛，巴措实在是看不下去，几次都想教训他一顿，可逮不住人也没办法。他一天到晚脸阴沉得厉害，看样子稍一用力，就能拧出水了。卓玛已经看出他整天拉着脸不高兴，也猜到了他的心思。她疼孙子啊，便说："你别整天阴沉着个脸，干吗？想下雨呀？这是多好的事啊？咱家祖祖辈辈谁见过？孩子们高兴，不就疯这么几天吗？你给我少管他的事，听见了没有？"

索朗巴措是个大孝子，从小到大不敢违背阿妈的话。他只得点了点头，心里却另有主意。有一天早起，卓玛跟着山岭去拖拉机厂。梅朵和杨改新去东院帮着小满儿做饭。他终于把还在睡懒觉的儿子堵在了屋里，揪着头发便把他拽下炕来。旺堆睡得迷迷瞪瞪，睁着发红的眼睛问道："阿、阿爸，怎、怎么了？"

索朗巴措也不说话，"噔噔"两脚便把他踹得跪在了地上。旺堆发蒙地愣了片刻，也不高兴地瞪着眼睛问："你、你干吗呀？我怎么了？！"

索朗巴措又"啪啪"地给了他两巴掌，怒吼道："你还知道我是你阿爸呀？你还是咱藏族的汉子吗？一天天扬风奓毛的，轻飘飘想上天呀？"

旺堆干瞪眼不知该怎么回答。巴措又说："今天老老实实在家给我待着，哪儿也不许去！"他说罢便甩手出去了，反手锁上屋门，并且把钥匙装在了自己口袋里。旺堆冲到门口，边用力拉门边喊道："你干、干什么呀？我怎么了？快把门打开……"

这时，梅朵端着饭菜进了大门。巴措挡住她说："不准他吃饭，饿他两天看他还嘚瑟不！"

梅朵刚想问什么，丈夫已经扬长而去。她愣了一会儿，忙从门缝里问儿子说："你阿爸这是怎么了？"

"不知道。"旺堆委屈地说，"他准是疯了，清早一起把我拽起来揍了一顿。"

茸贡梅朵想开门却找不到钥匙，只得把三个大馒头从窗口塞了进去。旺堆被气得"呼呼"喘粗气，边擦眼泪边狼吞虎咽地吃馒头。过了一会儿，梅朵又给他送进去了一缸子米粥和一块萝卜咸菜。

当天吃过早午饭后，杨改新见家里没人了，便把次仁叫到了小满儿屋里。

降央次仁和小满儿不知道她想干什么，都用询问的目光注视着她。杨改新迟疑片刻才说："我想……证实件大、大事。你们可要挺住了。"

小满儿和次仁交流了一下目光，都用疑惑的眼神看着她。杨改新又说："我只是这么想，能不能证实……在两可之间。"稍停，她又补充道："证实成了真的，大家都高兴，不是真的，哈哈一笑完事，甭管结果怎么样，反正我是好意。"

"姐。"小满儿笑着说，"嘛事啊？你还这么神神秘秘的。"

"就是，"次仁也说，"把人弄得心里七上八下的。什么大事啊？"

杨改新微微一笑，对小满儿说："你不是跟我讲过，说是从小被人从家里偷、偷出来的？"

"是、是啊。"小满儿发怔地说，"我是说过，那又怎么了？"

"真是，你说这干吗呀？"次仁不高兴地说，"多少年都过去了，你就别提这伤心事了。"

"你别打岔，听我从头说。"杨改新轻轻拍了他一巴掌，冲小满儿问道："小时候的事……你还能记住多少？"

"记住多少……"小满儿思索着说，"反正我家门口有条小溪，一年四季流水不断。"

降央次仁一听这话，精神马上集中了起来。小满儿接着说："小溪旁边是一片大草地，一到春天，开满了各种鲜花，姹紫嫣红的真好看。吸引来那么多的蝴蝶和蜜蜂，乱纷纷飞来飞去。那天，我正在捉蝴蝶，过来个女的就把我抱走了。”

“就是。”次仁说，“我那天没在家，回来见她阿妈疯了似的到、到处找呢。后来，全村的乡亲们都赶来了。大家分头出去，把整个大草甸子都翻了个底儿掉，也是活不见人，死不见尸。我一直怀疑是被草原狼叼走了。”

“是这么回事。”杨改新说，“你是被韩湘楚花钱雇的女人抱走的。然后，他带着马弁把你送到了通天河交给了我。”

听她这么说，小满儿和次仁都吃惊地瞪圆了眼睛。少顷，她不由得叫了一声：“姐……”

杨改新忙攥住她的手，说：“没错。他们是交给了我，意思是让我把你送回老家，当自己的女儿养大成人。”

降央次仁着急地问：“后来……后来怎么样了？”

“你听我说呀。”杨改新说，“当时，我确实也想有个孩子。他便让两个马弁骑马送我往河北走。没想到，在大相山碰上了几个土匪。”

听到此，小满儿和次仁紧张地屏住呼吸，连大气都不敢出。杨改新看着他们，继续说：“他们人多，马弁打不过他们，在仓皇逃跑中把你丢在了山沟里。”她长吐了一口气，又说：“咱俩在路上的时候，我就想告诉你。可那时候韩湘楚还在，我哪敢说呀！”片刻，她补充道：“后来，你应该是被山峰他哥捡走了。”

说到这里，三个人都沉默了。次仁点上颗烟，用力吸了几口才问：“那……你说这些是什么意思啊？”

“我的意思……”杨改新迟疑一下，说，“就是想证实小满儿是不是咱的女儿。”

听她这么说，小满儿和次仁不由得疑惑地交流着目光发愣。而后，次仁苦笑着说：“瞧你说的……世界上的事哪儿能这么巧啊？”

“巧不巧的，咱们不是想证实吗？”杨改新说罢，回头问道，“满儿，你当年穿的那件小藏袍和绣花鞋还有吗？”

“绣花鞋和藏袍……”小满儿思索着说，“应该是有。当时我太小，或者是山峰他嫂子收起来了。”

“山峰他嫂子？”杨改新问道，“她现在去哪儿了？”

“听山峰说，”小满儿说，“他嫂子在地震中被砸死了。”她停顿一下，又说：“要是有，应该是山岭大哥收着呢。”

“山岭大哥？”次仁说，“要不，咱们现在去厂里问问他？”

“不用去了。”小满儿说，“今儿是周六，他和卓玛嫂子应该会回家来。”

二十

当天傍晚，邢山岭果然用刚买的摩托车驮着卓玛回家来了。

桑吉卓玛一见孙子被锁在屋里，马上便急眼了！她发疯般地满世界找巴措，但他和梅朵都不知道去哪儿了。邢山岭忙说：“没事，我手里还有把钥匙。”他说着，去上房里取出钥匙把厢房门打开了。卓玛叫着“旺堆、旺堆”，急不可待地进屋去。

麦其旺堆昏睡了一天，爬起来叫着“阿奶”，一溜烟似的跑出了家门。卓玛刚想追出去，却和进门的小满儿撞了个满怀。两人摸着被撞疼的脑袋，相视着苦笑。原来，小满儿和杨改新正在做晚饭，听到这边院子里有动静，便急忙跑了过来。少顷，她冲山岭问道：“大哥，当年你把我带回家时，我穿的衣服和绣花鞋还有不？”

邢山岭迟疑一下，忙说：“有、有哇。你嫂子被砸死时，怀里紧抱着个包袱，里面就有你穿的东西。”他说罢急忙进屋去，片刻便拿着件漂亮的小藏袍和一双绣花鞋返回来问道："就是这个，可你怎么现在想找这些了？"

"这个……我有点儿用。"小满儿说罢，便急忙出去了。邢山岭和卓玛相互交流着目光，不知所以地发愣。小满儿拿着藏袍和鞋子，急颠颠回到东院，说："我那时候穿的就是这个。"

降央次仁看着那些东西，眼神都直了。少顷，他一把抓了过去，大手哆嗦着翻看了片刻，激动地说："没、没错。这就是我女儿当年穿的衣服和鞋子！"

杨改新看了看小满儿，忙提醒道："那几年，这种小藏袍很流行，好多女孩儿都穿……你再仔细看看，千万别弄错了。"

降央次仁没吭声。他把藏袍的领子处翻过来，仔细察看片刻，大声说："没、没错。你们看……"他把衣服递到她们面前，说："当时那会儿，我老婆怕和别人弄混了，专门用红丝线在领子里面绣了朵格桑花。你们看，这不是？"

小满儿和杨改新看了看，一时都满面狐疑地愣住了。次仁激动得浑身发抖，语无伦次地说："没、没错，真的没错……你们看啊！"

杨改新这才问道："这么说……小满儿真是你、你女儿？"

降央次仁反问道："你、你说呢？"

杨改新拉了一把仍在发愣的小满儿，轻声叫道："满、满儿……"

只见，正在发怔的小满儿迟疑一下"咚"一声跪在地上，同时声泪俱下地长号般叫了一声："爸——阿爸呀！"

"我那好女儿！"次仁也流泪了。他把小满儿拉起来，猛地搂进怀中说："我那受苦受难的女儿啊！你让阿爸找得好苦哇！"

杨改新也掉泪了。她扑过去，把父女二人都抱住了……瞬间，三人惊天地、泣鬼神地哭成了一团。正在这时，三个孩子背着沉甸甸的书包进门来，看到这种情况，不由得都愣在了大门口。三个大人见状，忙都止住哭声，一个个擦抹着眼睛，尽量回避着他们的目光。杨改新自嘲地笑着说：“真是，这是好事啊，咱们哭什么呀？”

小满儿和次仁也都笑了。小满儿说：“就是，怎么咱们都成孩子了？哈哈……”

三个孩子被弄蒙了，你看我我看你，一时都没吭声。杨改新忙说：“没、没事，你们先回屋学习去吧。等饭做好了叫你们。”

三个孩子满面狐疑地往厢房里走……快到门口时邢西缘却回头问道：“妈，你们这是怎么了？一个个看上去那么别扭。”

“是这么回事……”小满儿刚想解释，却被杨改新暗中拉了一把，忙打住了话头。次仁边点烟边说：“没事，你们眼看就要高考了，快抓紧学习去吧。”

松赞三树他们进了屋，却嘀嘀咕咕，一时谁都没心思学习。外面，三个大人也在发愣。片刻，杨改新低声说：“这事太大，咱们得商量好了怎么跟他们说。”

“有什么好商量的？”小满儿说，“对他们实话实说呗。”

降央次仁摇了摇头，说：“那样……不怎么好吧？”

这时，邢西缘出来了，一脸不高兴地问道：“妈，你们这么神神叨叨的，俺们怎么能学得下去呀？”

随后，三树和拉则也出来站在了门口。杨改新和次仁迟疑间，小满儿干脆竹筒倒豆子，把事情从头到尾说了一遍。最后，她指了指次仁和三树，说：“这是你姥爷，这是你舅舅。往后，不能再乱叫了。”

邢西缘像是听到了一声霹雳，瞬间被惊得张口结舌。少顷，她面目有点儿扭曲地问道：“妈，你糊涂了？你说什么？你再说一遍。”

“我一点儿都没糊涂。”小满儿对女儿说，“再说一遍，这也是你姥爷，三树是你舅舅。”

邢西缘稍愣，突然爆发般地大叫道：“我不信，这不是真、真的！”

杨改新忙过去拉住她的手，说：“好孩子，你妈说的是真的，都是真的。”

“我不信！”邢西缘甩开她的手，脸色苍白地指着三树说，“他是我舅舅？！我不信。打死我也不信！”她说罢，“哇哇”大哭，一头冲出大门跑去……小满儿叫了她一声，抬腿想追出去。杨改新忙拉住她说：“这事太突然，让她哭一哭也好。”

“就是。”次仁也说，“哭一哭就没事了。你们快做饭吧。”

这时，三树和拉则交流了一下目光，不约而同地往大门口跑去……小满儿忙大声问道：“你们……去干吗？”

杨改新忙说：“让他们去吧。三个孩子在一起，不会出什么事。”

这时候，天已经快黑了，而且乌云密布，烟雾腾腾的，能见度非常低。

邢西缘从家里冲出来，边哭边沿着村街奔跑……她心里更是翻江倒海，一个念头痛苦地折磨着自己。前面说过，她和三树一见面就感到亲切、顺眼，冥冥中像是早就在哪里见过，通过这几年的接触，更觉得他就像个大哥哥，虽然沉默寡言，但性格稳健，头脑聪明，思维缜密，心里对什么都清楚。她不喜欢那种成天呱啦呱啦像话篓子般的男孩，觉得他们肤浅，不成熟。她喜欢三树，而且，小心眼儿里早就有了打算，计划着等他们都考上大学，主动提出来和他发展关系。现在可好，哥哥突然间变成了舅舅，以后的打算全部落空，她怎么能够接受？可这些心里话能对谁说？

又怎么能说得出口？她一时不知道自己该干什么，也不知道要去哪里，只是擦抹着眼睛飞奔、飞奔……

突然，一台小拖拉机迎面而来，驾驶员是一个十多岁的小孩。他是趁着大人没在家，偷着开出来过瘾的。这小子当然没受过训练，根本就不会驾驶，只是他爹开时多少次坐在旁边看到过，照猫画虎地连车灯都没打开。邢西缘只顾捂着眼睛奔跑，根本就没注意到拖拉机。

小家伙见对面有人，手忙脚乱间想踩刹车却错踩成了油门。只见，拖拉机轰鸣着，像愤怒的雄狮般向西缘直冲而来……说时迟那时快，千钧一发之际，旺堆驾驶着摩托车横在了他们中间。在刺眼的摩托车灯光中，可见他一只手猛地把西缘推到路旁跌坐在地上。小拖拉机撞在他的大腿和摩托上，从斜刺里继续往前冲去……

麦其旺堆顾不上疼痛，扔下摩托车一步跨到邢西缘跟前，蹲下身急切地问道："怎、怎么样？摔着哪儿了没有？"

邢西缘摇了摇头，懵懵懂懂地擦抹着眼睛在他帮助下站起身来。旺堆趁机把她搂入怀里，更加亲切地问道："你说话呀？到底摔疼了没有？"

邢西缘稍愣神，急忙想从他的怀抱中挣出来，却看到小拖拉机在不远处撞到一棵树上，仍在轰鸣着停住了。那个小驾驶员被摔出去丈八远，掉在地上不动了。她急忙指了指，说："你快去看看，那孩子摔坏了没有？！"

麦其旺堆愣了一下，朝那个孩子走去……他这时才感到大腿疼痛，一瘸一拐地走到小孩跟前。没想到小家伙根本没事，跳起来嬉皮笑脸地冲他咧了咧嘴。旺堆用大拳头在他眼前晃了晃，又一瘸一拐地走回来。邢西缘这才问道："你怎么样？被撞破了没有？"

麦其旺堆也像小孩一样冲她咧了咧嘴，说道："没、没事。"实际上，因为是冬天穿得厚，要是在夏天，他的大腿肯定会被撞得秃噜一层皮。他边拽起仍在轰隆着的摩托车，边四下看了看没人，便对她说："我再有几天就走了，有句话必须说出来……"

邢西缘看着他，疑惑着一时没吭声。旺堆迟疑一下，又往左右看了看，终于说道："你记住了……我这辈子，除了你邢西缘不娶！"

邢西缘像是被他吓着了，又像是没听明白他说什么，张着嘴愣了一会儿才跺着脚说："你……胡说什么呀？"

"真的，除了你我绝对不娶！"旺堆加重语气，发誓般举起右手说罢，看见三树和拉则正叫着"西缘"走过来，便推着摩托车迅速离去……邢西缘像是还没回过神来，目光有点儿茫然地看着三树和拉则没吭声。等他们走到跟前，忙掩饰地说："咱们快去看看那个孩子吧，不知道他摔着了没有。"

三人正往那边走，就看到一个三十多岁的汉子急匆匆赶了过来。小家伙弯腰低头，正在鼓捣他的拖拉机。汉子一脚把他踹倒在地上，呵斥道："小兔崽子，你他娘怎么这么淘气呀？看我不把你的皮撕下来！"

那孩子真皮实，不哭不闹地爬起来冲他龇着白牙笑。汉子更生气，抡起巴掌就要继续揍他……三树忙拦住他说："这位大哥，干吗打孩子呀？"

"兄弟你甭管。"汉子说，"我和他娘出去串了个门，不到抽袋烟的工夫，他就把拖拉机开出来了。"稍停，他又补充道："拖拉机是我刚买回来的，才用了不到一个月……"

"淘气的孩子长大了有出息。"拉则指着三树说，"我哥哥不到十岁就剥兔子，现在人们还叫他卖兔肉的掌柜哩！哈哈……"

她这一句话倒把大家都说笑了。只有西缘没笑，因为她心里五味杂陈，脑袋里还在翻腾着旺堆举手发誓的神情和他说的那句话。

邢西缘心里不平静。有个人和她一样，此时的心里已经纠结成了一团乱麻。

松赞三树从哥哥一下子长辈儿变成了舅舅，他接受不了，也不想接受。他虽然平时表面上把两个姑娘同样对待，心里却更喜欢西缘，只是担心惹拉则不高兴，没表现出来罢了。他和西缘一样，暗中对将来也有过某种设计，现在咔嚓一下子被切断了，心里不纠结才怪呢！

唉——人的心思真是太复杂、太微妙了！四个孩子在一起生活学习了这么多年，他们心里和感情上的纠葛，那么多大人眼巴巴瞅着竟然谁都没看出来。不过，也不是谁都没想法。

桑吉卓玛心里早就琢磨过，希望拉则和三树将来能走到一起。她私下里也和梅朵念叨过这件事。巴措说她们是怀里揣笊篱——捞不着的心。也是，现在又不是旧社会，孩子们的婚姻大事全凭自己做主，家长说了不合他们的心意也是白磨嘴皮子。

眼下，心里多少有点儿幸灾乐祸、偷着笑的就是拉则了。她觉得自己少了个竞争对手，小心眼儿里已经认为自己胜利在望了！当然，她这也是一厢情愿，因为在学校里心仪三树的女生谁都说不清有多少个呢！她虽然占据地理优势，但这并不是唯一的决胜条件。再说了，三树心里是怎么想的，她也不是十分清楚。不过，这个女孩子天生有股子拧劲，大有不追到手不罢休的劲头。当然，这都是后话。

但有一点大家都看出来了，就是从那天后好多年，邢西缘再也没叫过三树哥哥，也没叫过他舅舅。她很少和他说话，有时候逼不得已，也只是冲他“哎”一声而已。等她流着热泪，抱住他发自肺腑地叫“哥哥”，已经是几年以后的事情了。

元宵节那天，这一大家子人聚在一起，又吃又喝、又唱又跳地热闹了一整天！

全村的父老乡亲都被惊动了。大家也替他们高兴，带着礼品赶来表示祝贺的人不少。也是，降央次仁和小满儿父女相认；麦其旺堆也该去部队报到了，这是多大事、多大的好事啊，确实值得大张旗鼓地庆祝庆祝！

满院子是人，满院子欢笑，是酒席也是庆祝仪式。这种场合，最活跃的当然是拉则和旺堆了。大家的欢笑声不断，他们的歌声就不断，唱了一曲又一曲，没完没了。真不知道他们的肚子里装着多少首歌。所有在场的汉族男女，都被他们惊得一愣一愣的，一个个羡慕地感慨道：“都是个人，怎么咱就不会唱啊？真是人比人该死，货比货该扔！”

没办法，一方水土养一方人。高山雪域，万里草原的文化底蕴，养育出来的儿女都是歌唱家！这就像我国黑龙江一带，移民文化和“混血”养育出来较多的演艺明星一样。说到“混血”，咱有必要解释几句。俄国“十月革命”那年，从莫斯科逃出来上百万当地的男女富豪，就散落在了哈尔滨一带，并在那里生活了上百年。这些人和当地人一块生活久了，通婚是自然而然的事。第一代不知道生出来多少“二毛子”。“二毛子”们再和当地人结婚，又生出来“三毛子”……就这样一代代传下去，至今繁衍出有多少男女具备俄罗斯血统，咱就说不清了。别的地方的兄弟姐妹，谁有这种先天条件？一个个被气得干鼓肚子憋气也没办法，羡慕嫉妒恨啊，后悔自己落草时就错了地方。

欢乐嫌日短，寂寞恨夜长。大家高高兴兴，吃喝说笑了一整天，到傍晚时分却发生了一段小插曲，让人们感到有点儿扫兴。

事情是由邢西缘引起来的。

其实，细心的小满儿和杨改新都看出来了，邢西缘一整天都不高兴。别人又说又笑，她却一直闷头不语，吃菜不多，却偶尔端起杯“丛台”酒，仰脖干了下去。坐在旁边的旺堆和三树，不时关切地提醒她句什么。小满儿和杨改新忙着上菜撤盘，也看出来了。但她知道西缘有酒量，喝个三四两没事，就没往心里去。杨改新几次低声对西缘说：“这闺女，你吃菜呀，少喝点儿酒。”

邢西缘只是不吭声，几杯酒下肚，已经是满面酥红，粉脸含春了。旺堆一直关注着她，实在忍不住就夺下她的酒杯，说：“没见你喝过这么多酒呀？少喝点儿吧。”

邢西缘不吭声也不看他，该喝还是喝。直到通讯员骑着摩托车来找邢专员，说是上级来人了。他起身向大家告别一声，走到大门口时却被女儿拦住了。只见，邢西缘说：“爸，我也要去当、当兵。”

邢山峰稍愣神儿，问道：“你当兵去干什么？”

“不、不干什么。”邢西缘阴沉着脸说，“反正我也要去当兵！”

邢山峰平时是很喜欢这个女儿的，便笑着说：“当兵现在也不是时候啊，每年都是秋天征兵，这会儿年还没过完呢。”

“我不管，”邢西缘固执地说，“反正你去想办法。”

“我想什么办法？”邢山峰说，“旺堆能当兵，因为他是特招。你学习是不错，但有什么特长啊？”稍停，他又补充道：“当兵可不是谁想去就去，什么时候想去就能去。”

满院子人瞅着这父女俩，场面有点儿尴尬。小满儿沉不住气了，忙过来说：“西缘，你捣什么乱呀？你爸还急着有事哩！”

邢山峰冲妻子摆了摆手，继续耐心地说：“好闺女，你学习不错，还是等着考大学吧。女孩子当兵没什么出路，不是话务员就是服务员，退役后工作都不好找。”

邢西缘或是因为喝了酒，父亲的话根本听不进去，仍闹着坚持要去当兵。小满儿实在忍不住，边拉着她往回走边说：“不让你喝非喝，看怎么样？行了，别在这儿胡搅蛮缠了！”

邢西缘愣怔了一下，突然“哇哇”大哭着一头冲进屋里去了。客人们见状，一个个忙识相地起身告辞走了。第一个想起身去屋里劝说的是旺堆，但却被妹妹拉则拽住说：“你去干吗？吃饱了撑的呀？”

小满儿和杨改新忙进屋去，苦口婆心地对西缘进行了开导和劝说。但她根本听不进去，哭声是止住了，却一声不吭。从此，这个平时好说好笑的姑娘变成了个没嘴的葫芦，也和三树一样，一天说不了两句话，只是把精力全部投入到备战高考的学习中。

当天晚上，桑吉卓玛主持召开了一场家庭会议，对旺堆进行入伍前的教育。

邢山岭也参加了，但并没说几句话，只是圪蹴在墙根下闷头抽烟。开场自然是卓玛先说。她从当年被邢山峰他们部队救命开始，历数了共产党和解放军对西藏所做出的贡献，最后说：“旺堆啊，阿奶知道你是个懂事的好孩子，到部队可不能和在家一样，处处要管理好自己……就像小马驹儿一样，从今往后算扎上了笼头，不能随意乱蹦乱跳尥蹶子。”

麦其旺堆忙说：“阿奶，我当然知道，你就别唠叨了。”

“我不唠叨你行吗？”卓玛不高兴地说，“你不就是会吼两嗓子？怎么学习就不行？年年都排在小尾巴上？”稍停，她缓和了一下口气说：“到部队要听首长的话，要和同志们搞好关系，工作上一定要争第一……”

要放在平时，旺堆可没耐心听她唠叨，早就尥蹶子跑得没影了。眼下他却很能沉住气，边点头边冲着卓玛“嘻嘻”笑。巴措看他那样，心里的气就不打一处来，训斥道："笑什么笑？嬉皮笑脸的，像什么样子？！"

"咋的？"卓玛又开始训他，"不让笑你想让他哭哇？你这个阿爸就不会当，和孩子说话什么时候也是像他欠你多少钱一样……"

茸贡梅朵不吭声，在暗影里偷着笑。巴措瞪了她一眼，又话外有音地呵斥道："笑什么笑？孩子不懂事，都是你从小惯的！"

"谁说俺旺堆不懂事？"卓玛又接上了话头，说，"不懂事部队还能要他呀？就是你这个当阿爸的，从来就不会教育孩子！"

"行了。"邢山岭忍不住打着哈欠说，"树大自然直……明儿一大早还要赶路呢，快让孩子睡觉吧！"

第二天早晨，天气格外晴朗。蔚蓝色的万里长空，竟然找不到一丝丝马尾云。只是干冷干冷，冷得人都不想把手伸出来，真是三九四九不出手啊！在平时，这工夫鸟儿们肯定已经在枝头上蹦蹦跳跳，啁啾地唱起催人起床的晨曲，今天却一只也看不见。或许它们也怕冷，还成双成对地窝着脖子睡大觉哩。

麦其旺堆兴奋得一夜没睡，早已把部队发的、没领章帽徽的新军装穿在身上，对着镜子左扭右摆地自我欣赏呢。卓玛端着一盘子他最爱吃的西藏炸食进来说："好孩子，快，吃饱喝足早上路。"这是她凌晨起来做的，就是把面粉捏成猫、狗、兔子等小动物的耳朵形状，再用油炸得金黄透亮，看着就馋人。

麦其旺堆边吃边高兴地说："阿奶，你多久没做过炸食了？真好吃！"

"没办法。"卓玛说，"他们这儿的棉籽油不好，烧热了咕嘟咕嘟冒黄烟，可是不如咱们那儿的酥油好。"

没等旺堆吃饱，外面就传来一阵汽车和摩托的轰鸣声。卓玛愣了一下，说：“怎么这么大动静呀？”她忙开门出去一看，一辆吉普和四五辆摩托同时停了下来。吉普车是山峰派来送旺堆和巴措两口子去邯郸的。扎红挂彩的摩托是旺堆那帮子狐朋狗友，都赶来为他送行。

这时候，东院西院的亲人们也都起来了。大家纷纷说着嘱咐话吉庆话，热闹地送巴措两口和旺堆上车。旺堆却面露迟疑，不住用目光在人群中扫视着……巴措没好气地呵斥道：“看什么看？快上车吧！”

少顷，旺堆的脸色阴沉了下来。他失望了，因为在人群中没看到最想看到的那个人。

紧接着，这个车队就出发了。好家伙，那阵势就像大首长下来进行视察……三辆摩托前头开路，中间是吉普车，接着又是两辆摩托殿后。只见，摩托车上悬挂的彩绸彩带飞舞起来，像天女散花般在晨曦中飘飘拂拂，格外耀人眼目。惊得道路两旁那些荷锄扛锨、牵牛拉马的社员，无不停下来瞪着眼驻足观看。

二十一

学校开学那天发生了件大事，让杨改新走完了她刚满五十岁的人生之路。她这一生活得并不怎么光彩，但最后却为自己画上了个还算圆满的句号。

邢台一中是一所完中，从小学到高中都有。三树他们上学的时候还不足一千人，因为这些年发展得很快，现在连教职员工已经有三千多人了。学校为了出入方便，从原来的大门口旁边又开辟一个小门，专供小学的孩子们上下学进出。

年后开学那天早上，这里的人特别多。又是学生又是前来送孩子们的家长，乌泱泱连这条街上的交通都快堵塞了。邢西缘、松赞三树和格桑拉则他们仨，拎箱提袋背书包带了好多东西。小满儿在家忙着刷锅洗碗做家务，杨改新便帮着来送他们。

那是个阴天，光线原本就很暗淡，而且还有大雾弥漫，五步外就看不清人模样了。校长带领着全体教职员工，集中在大门里欢迎着学生们。当家长嘱咐着自己的孩子分手时，这里乱哄哄人挨人都挤成了疙瘩。突然，一辆两匹马拉着的铁轱辘大车不知道为什么惊车了，拐过街口便直接朝孩子们冲了过来……赶车的是位老汉，提着鞭子被甩出去老远。他边脚步踉跄地追赶，边大声吆喝，却根本不起作用。

小学生们见状都惊呆吓傻了，一个个瞪着眼睛观看，却忘了躲避。如果车和马冲过去碾轧在他们之中，不知道会有多少人非死即伤呢。紧急关头，只见松赞三树稍愣了一下便毫不犹豫地冲了上去……他“吁吁”地吆喝着抓住头马的笼头，却因为没站稳踉跄了几步被它撞倒在地上。但他并没松手，被头马拖拉着继续朝孩子们冲过去……千钧一发之际，杨改新大喝一声“三树快闪开”，便猛扑上去抱住了头马的脑袋。头马一惊，不由得就偏离了方向，带着辕马和大车往斜刺里冲去……孩子们惊魂未定，大声喊叫着四散开来躲过了一劫。头马更疯狂，喷着鼻子、尥着蹶子把杨改新狠狠甩倒在地上。紧接着，辕马在她的胸部和肚子上各踩了一脚，车的铁轱辘又从她的裆部到脑袋直接碾轧了过去……就因为她和三树的阻挡，马车终于放慢了速度。赶车的老汉追上来，气喘吁吁地把马车拉住了。

再看杨改新，嘴和鼻子里的鲜血像泉水般喷涌了出来。她打了两个滚儿，十分痛苦地闭上了双眼。再看那鲜血，瞬间便流成了一片，在晨曦的映照下显得格外惨烈！现场的所有人都吓呆了，一个个像受惊的大鹅，伸长脖子往这边观望……被甩倒在地的三树离她最近，见状大喊一声“阿妈”，便爬过去把她抱了起来。被惊呆的邢西缘和拉则稍稍回过神来，也惊叫着扑了过来抱住了他们。杨改新口鼻里的血还在流，人已经失去了知觉。三个孩子眼瞅着却堵没法堵，挡没法挡，急得手足无措“哇哇”大哭了起来。

“快！送医院！”校长大声喊叫着，带领几位老师和员工跑过来……人们七手八脚地把杨改新抬上吉普车，一个个也被弄得浑身是血。

当小满儿、梅朵和次仁他们闻讯赶到医院急救室时，杨改新已处于弥留状态。

三个孩子浑身是血地靠墙根儿站着，都已经哭成了泪人。医生和护士回天无力，正在叹息着摘下医用手套……小满儿冲进来扑到床前，声泪俱下地急声叫“姐！姐！”，杨改新却没有了任何反应。

“内伤太严重了。”医生说，“你们抬回去准备后事吧。”

“就是。”护士也叹息着说，“断了两根肋条，把肺和肝都穿透了。”

降央次仁听着看着，身子一软佝偻着腰蹲在了地上。三树见状，忙过去叫道：“阿爸！阿爸你怎么了？”

降央次仁低着头冲他摆了摆手，眼里的大泪珠子“啪嗒啪嗒”砸落下来。他干脆坐在地上，嘴里喃喃道：“改、改新啊，你让我可怎么活呀？！”

此时，杨改新却奇迹般慢慢地睁开了眼睛。小满儿和梅朵满含热泪惊喜地叫道：“姐！姐……”

降央次仁稍愣了一下，扑上前也惊呼道：“改新！改新……”

已经走到门口的医生见怪不怪，知道她这是“回光返照”，也没说什么。只见，杨改新口齿清晰地对次仁说：“亲、亲爱的，对、对不起你了。”

“你说什么呀？”次仁抓住她的手说，“你不要讲傻话了。”

杨改新轻摇着头微微一笑，转脸对小满儿说：“好、好妹子，姐这辈子最对不住的就是你……当、当年，就是我把你抱走的。现在，你们父女俩终于相认。我也算问、问心无愧了……”

“姐。”小满儿忙说，“咱什么都不说了，一切都过去了……就是我还欠你花的路费呢。”

杨改新摇了摇头，微笑着永远闭上了虽然疲惫却仍不失美丽的双眼。次仁边惊叫着她的名字，边“哇哇”地放声大哭……这老小子从此一蹶不振，身子骨也迅速衰败了下去。

也是，次仁这辈子，真的没得过什么好。他和卓玛一样，也出生在奴隶之家，一落地就是个小奴隶。童年的记忆模糊了，他长到七八岁便被驱赶着给奴隶主家放羊，挨打挨揍不说，像狗一样天天累得臭死，摸黑回来不叫吃饭，还得让主家的儿子当马骑。西藏解放前夕，他和卓玛他们便秘密加入了共产党。后来虽说是和平解放，局部也发生过小规模的战争。卓玛他们义不容辞，支前抢救伤员，也曾在枪林弹雨中出生入死。西藏全部解放后，次仁十八岁便当上了上坝村的支部书记，为工作操心劳力，日夜不得安生。后来又娶了个病秧子媳妇，一年到头抱着个药罐子，黑汤白水地喝个没完没了。那几年，媳妇不但没给次仁帮什么忙，反而添了不少乱。也幸亏次仁懂医药知识，要换成别人，这媳妇能不能活下去都难说。再后来，好不容易生了个女儿，次仁就更忙活了。他白天工作，夜晚回到家里，先伺候媳妇吃饭睡觉，再洗尿布，照顾孩子收拾家务，一直忙到深更半夜不得闲。

女儿失踪后，媳妇先是哭瞎了眼睛，不久便去世了。次仁倒是松了口气，但一个人的孤单也不好过。他白天忙工作，晚上回到家里，看到空落落的屋子和院落，自己的心也就空了。他心情不好，有时候连晚饭都不想吃，躺在被窝里，更是伸伸腿冒凉风，蜷蜷腿半截空。他唉声叹气，趴在被窝头上抽烟，一锅一锅又一锅，直到小鸡子叫。

再后来，老天爷开眼给他送来了个儿子。他又当爹又当娘，更是一天天团团转，忙得脚手不沾地儿。所以，那几年他把工作都辞了，没再当书记……杨改新的突然到来，是他一生中最快乐的黄金时光。他们两人是那么和谐，那么般配，心有灵犀一点通，好像你中有我我中有你，方方面面都是浑然一体。现在，杨改新"咔嚓"一下子说没就没了，你说让他怎么活？

杨改新到底应该葬在哪里？这一大家子产生了分歧。次仁的意思是想带回去，小满儿坚决不同意，说道："你怎么带回去？背着个死人，谁让你上火车汽车呀？"

降央次仁愣住了，片刻又说："我可以把人烧了，带骨灰盒回去呀。"

那时候，这一带刚推行火葬，但上级并不强调，大多数人家还是土葬。卓玛想了想，说："我看还是土葬好，有那么个坟头，也算有个念想。什么时候想起来，去烧张纸哭上一鼻子，心里不就轻松了？"

"就是。"邢山岭说，"你们那边是天葬，人连骨头带肉都被老鹰叼走了，想哭都找不到地方。"他停顿一下，又说："再说了，你的闺女和儿子都在这边，你迟早也得过来呀！"

"这事……我倒没想过。"次仁说着点上颗烟，就没再吭声。卓玛说："那就这么定了吧，还是把人埋在这边吧。"

这时候，校长带领着几位干部和老师进来了。等大家客气着坐下后，他说："我们来看看葬礼是怎么安排的，杨改新这是见义勇为，咱们不能太草率了。”

“我们不是正在商量嘛！”邢山岭说，“你们有什么想法啊？”

“我们觉得应该多放几天，”校长说，“经济上，学校可以负担一大部分。”

说话间，三个孩子放学回来了。他们看到校长和几位干部，忙尊敬地一个个打招呼。而后，三树说：“我们学生会讨论过了……大家一致认为阿妈很勇敢，应该追认为烈士。”他已经当了好几年学生会主席，说的话还是有一定分量的。大家想不好，一时都没吭声。

少顷，校长说：“据说追认烈士可不容易，要逐级上报，国家民政部才有权批准呢。”

当天晚上，小满儿对丈夫说了此事。邢山峰略思索，说：“她是什么身份，怎么能追认成烈士啊？”

小满儿想说什么，又迟疑地停住了。邢山峰当时可万万没想到，就为了这件事，整个邢台市还闹了一大场风波哩。

第二天，松赞三树带领着一班子同学，把杨改新从医院停尸房里拉了回来。

邢山岭和乡亲们，忙着在院里搭灵棚，又请来村里的纸扎匠，用秫秸和各色纸张扎纸人纸马、金童玉女、招魂幡和丧棒什么的。小满儿和梅朵买来了白布，准备了十多套孝衣。满院子人整整忙了一天，到傍晚才算差不多了。

按照当地的风俗，死了人一般都是根据自家的生活条件、死者的岁数以及生前的威望，停放三天、五天，最长也就是七天。大家参照学校方的意见，决定停放七天，还请来了个唱河南坠子的草台班子，在离家最近的三岔口用碌碡和大门扇支架起个临时舞台，敲锣打鼓唱起了连本戏《李天保吊孝》。

哈哈，你看吧，一到天头黑，这里就比农村大集还热闹！要说是本村，就连方圆十里八里的男女老少，一个个连晚饭都顾不上吃，便提凳扛椅、携儿带崽地赶来占地儿。就为先来后到，孩子们打上一架也不稀罕。等锣鼓一响，晚来的大人只能站在人后或是不远处的土堆上，伸长了脖子观看。孩子们便爬到树上去，一个挨一个地抱住树杈，像猴子般串成串，张嘴瞪着小眼睛等角儿出场。可没等唱多会儿，有的就犯困睡着了，掉下来砸在下面的大人身上。被砸的人也不会生气，顶多骂一句“× 你娘”，便会抱着孩子继续看戏。等散了戏，孩子也醒了，大人会问明情况，把他送回家里去。

这种场合，自然少不了小商小贩。他们在人后点起煤油灯，卖牛肉包子、瓜子花生、香蕉橘子薄荷糖……真是应有尽有。好多青年男女，在这种场合擦出火花，后来终成眷属的也不在少数。当然，也有的生古小子，在女孩子群里故意挤来挤去，偷着抱这个一下，摸那个一下。惊得她们唧哇乱叫，四处躲闪，甚至把全场都搅乱了。更有个别流氓成性的家伙，偷偷掏出自己的家伙式儿，趁女孩儿集中精力看戏，在人家的屁股上蹭来蹭去，而后把生命的种子播撒在人家的衣服上。散了戏女孩儿回家发现了，肯定会姥姥妗子地骂个没完。

第二天，学校方按照一贯程序，把“追认杨改新为烈士”的请示报告交到市教育局。教育局审查后又报到了市政府。市长拿不准，便去找市委书记。书记早已经知道了这件事，但总觉得心里不踏实，就打电话把邢山峰叫来了。

邢山峰认真看了看报告，便把杨改新当年的所有经历讲了一遍。市委书记不由得倒抽了一口气说：“这个女人的背景这么复杂啊？这事咱可一定要慎重。”

当时，虽然已经不讲“阶级斗争”了，但其影响仍然在人们的心目中占有一席之地。市委书记和山峰不再犹豫，直接就把报告原封退了回去。校长拿着一个字也没批的报告，摇头叹息着心里也就泄了气。

但是，学校连着千家万户，孩子们早已经把杨改新舍己救人的事迹传扬开了，比新闻媒体的宣传还快了一天。整个邢台市的百姓们茶余饭后议论纷纷，都在赞扬着这个女人。

松赞三树和学生会的弟兄们，听说学校打的报告被退了回来，一个个愤愤不平。怎么办？在三树的主导下，他们决定去市政府静坐示威。学生们知道后也不上课了，呼啦啦跟上了一大群。市民们见状，也有许多人自动参加了进来。这在邢台市可是开天辟地第一回，从没出现过这种情况，各级领导都慌了神，一时不知该怎么办。市委书记和市长忙把地委书记和行署专员邢山峰请了过来，一起探论解决办法……最后决定让学生们派三个代表进来谈判。

松赞三树当仁不让，自然是学生代表的头目。邢山峰也是一时气愤，当着那么多人，把三树狠狠批评了一顿。三树什么也没说，带着兄弟们扭头便走了。事情得不到解决，学生们干脆把红纸黄字的横幅高高举了起来，上写“强烈要求追认杨改新为烈士”！而且，随着时间的推移，来参加静坐的学生和市民越来越多，把整条街的交通都堵塞了。

就这样，示威的人们不吵不嚷、不吃也不喝，整整坚持到了傍晚。家长心疼孩子啊，不少人做好了饭菜，提罐携篮地趁热送到市委门前。小满儿和梅朵也把饭菜送来了，但甭管她们怎么劝，三树和西缘不哼不哈就是一口也不吃。急得她们的泪水在眼里打转转。

一直到天擦黑，市委书记和市长出来接见了大家。他们当面承诺同意大家的请求，逐级上报争取追认杨改新为烈士的要求，并让大家耐心等待。

为这件事，小满儿他们这个大家庭也发生了分歧，当晚吵得有点儿乱套。次仁批评三树不该瞎胡闹；邢山峰也责怪女儿不应该瞎掺和；巴措瞪着眼睛，差点动手打拉则。三树、西缘和拉则把手中的筷子一扔据理力争，还站起身赌气要立马回学校。小满儿和梅朵劝这个不听，说那个不顶事，急得眼泪都出来了。最后，卓玛也生气了，站起身大声说："你们一个个吵吵什么呀？人家市委书记都说去争取，咱就等等看呗！"

这件事的最后结果，是通过市委的逐级争取，杨改新被国家有关部门授予"见义勇为模范"的称号。邢台市的这场风波才算平息了下去。

这样来来去去，又耽误了几天时间。幸亏是初春天气，寒风料峭，气温很低，要是放在夏天，死人停尸这么久，早应该发胀发臭了。

经过学校方和家属的反复商讨，又找来个阴阳明眼看了看，杨改新的墓地选择在邢家庄以西的山脚下。这里绿树环绕，草木葳蕤，有山有水，应该是一块风水宝地。

邢山岭找来当地有名的石匠，为杨改新刻了块墓碑。墓碑前面刻着"见义勇为模范杨改新之墓"，后面写着她的身份简历和拦惊车救人的事迹。

停尸这么多天，最苦最累的就数小满儿、梅朵和卓玛她们了。因为不管来多少亲朋好友和本族当家，再加上剧团的几十号人，中午这顿饭是要吃的。按照当地的风俗习惯，一般都是做大锅菜和白面卷子。大锅菜里面有白菜、粉条、豆腐、蘑菇和肉片子，熬得烂烂糊糊吃起来特别香，可做起来就费劲了！因为人多，小满儿她们得做多少啊？院子角落里垒起了长灶，架起了大锅，但锅再大一锅也不够吃啊！所以，她们一大早便开始忙活，先做好两锅掏进半人多高的大瓮里，再接着做第三锅……人多，吃饭的工夫甭说坐了，连站的地方都不够用。好多人只能端碗拿上两三个大卷子，或圪蹴或站到街上去吃。

也是由于人多，互相之间又不一定认识，所以也有本村和外村赶来蹭饭的，没皮没脸地吃个肚儿圆拍屁股走人。即便是有人认出来了，哈哈一笑也不伤大雅。

席子扎起的灵棚里还比较暖和，因为地上铺了厚厚一层花秸，守灵人或蹲或坐都可以。但这里黑价白日都不能断人，因为供桌上除了供品和“打狗棒”（一种用面粉烧成的像冰棍般的棒棒），还有长明灯和一支香，都是不能熄灭的。这件事降央次仁全包了。按说，守灵应该是晚辈的事，他和杨改新是平辈，不应该守灵。但他的态度很坚决，人们又劝又拉他就是不离开，日夜唉声叹气流着眼泪守在灵床旁边。可好，由于伤心过度再加上劳累，等到了出殡那天，他终于爬不起来了。

这期间，麦其旺堆也带文工团的男女战友们回来了两天。这小子就是这个特点，甭管走到哪里，很快就能结交一伙子好朋友，有的还好得恨不能穿一条裤子钻一个被窝，关系杠杠的没缝儿。他们趁剧团休息的空当，登上舞台就唱起了流行歌曲，跳起来迪斯科。那可是上世纪八十年代后期，这些新鲜玩意儿在大城市里刚刚流行，农村人根本就没看到过。小青年们看得兴奋异常，那么多人“轰隆隆”挤上前，又喊又叫又拍巴掌，恨不能也跳上台和他们一块疯。老人们可是看不上，一个个鼻子不是鼻子脸不是脸，恨不能上台去把他们踹下来。

一个说：“扭屁股甩大腿像什么样子？丑死了！”

另一个说：“就是！一群流氓，还不把村里的风气带沟里去？”

也有的找到邢山岭，气哼哼地说：“老书记，你也不管管你孙子他们，不怕乡亲们笑话？”

邢山岭无奈地笑着说：“我这个爷爷是干的，说也是瞎子点灯——白费蜡。咱们都老了，思想跟不上趟……想看你就看，不想看扭头就走呗。”

“也是。”有人说，“咱们这岁数，说了干不了，人家给几句还受不了，干脆，闲事少管，回家养眼，能吃能喝就算享福了。”

老家伙们万般无奈，一个个摇头叹气，倒背着手回家去了。

出殡那天有点儿乱套。因为一下子来了好多学生，口口声声要为杨阿姨送行，一个个还争着要穿孝衣、戴孝帽。小满儿就准备了自己、三树和西缘的几套，哪儿够那么多人穿啊？没办法，只得临时又派人买回来几丈白布，撕成条粘上三个棉花瓣，让孩子们绑在脑袋上。

入殓是整个葬礼的一个高潮，场面可以说是惊天地、泣鬼神，让人不忍卒睹。主丧的是本族一个老大长，无权却威重。他指示小满儿为杨改新蘸了蘸脸，又把男的轰出去，让女的给她换上了赶做的装裹衣服。他先在棺材底上铺了层穰子，撒上五谷杂粮和十几个钢镚——为什么这么做他自己也弄不明白，只是说老辈子就是这么做过来的。接下来，他命令几位小伙子，连同褥子把人抬进棺材里……这真是最后一面啊，次仁和小满儿“哇哇”地连哭带呼唤、紧扒着棺材沿不让钉棺盖！次仁的痛苦是可以理解的。他和杨改新结婚以来，还一直处在蜜月期。现在，她“咔嚓”一下子说走就走了，又剩下他一个孤老头子，他心里的苦真是说不完吐不出来。小满儿就不同了。她和杨改新名义上的母女关系不过十多天，要换成别人，干号两嗓子支应支应算完事了。可她这个人就是这样，心肠又好又软，对谁都是念人家的善不想人家的恶。尤其是对杨改新，她心里还惦记着还人家花费的路费呢。因此，她的恸哭也是发自内心的。至于三树和西缘，不过是受大人的感染流泪罢了。旁边观望的人们也是一样，女的陪着掉泪水，男的鼻子发酸眼发红，嗓子里好像有什么东西想吐出来。主丧的老人也不是铁石心肠，可他没忘记自己的职责，冲人们大声疾呼道：“你们都是死人呀？快把他们拽一边去！”

人们这才上前去，扯胳膊抱腰把次仁他们拉到人后。紧接着，两个壮汉挥着斧子，用迅雷不及掩耳之势，“哐哐”地用七寸长钉把棺材钉了个严丝合缝。这整个过程中，有高个子把白布花包高高地举过头顶遮住了日光。因为这里面有讲究，死人是不得见太阳的。这是为什么，同样没人能说得清楚。

小唢呐吹起来，金锣鼓敲起来。二踢脚“噔嘎噔嘎”直冲云天。人们七手八脚把棺材架到灵轿上，八个壮小伙喊着号子抬起来，慢慢往外走……过大门的时候，主丧的还得用铁锨支住上门框，并喊叫着：“过门了，过门了。”他的这个动作又有什么意义，人们照样都说不明白。

出大门后第一个场景就是摔瓦。只见，早有人把一块瓦口放在了砖头上。大孝子三树把瓦口举过头顶，在人们“使劲使劲”的喊声中重重地摔在砖头上。为什么这么做没人知道，反正据说是把瓦口摔得越碎越好……葬礼当中这么说道，也许阴阳先生和相关专家能说明白。老百姓嘛也不懂，谁家都是蒙喳喳照葫芦画瓢跟着学罢了。

那天，大出殡的队伍浩浩荡荡，雄壮的气势让村里的老人们念叨了好多好多年。

“看那个阵势……好家伙！”这个说，“像解放那年，部队开进咱邢台一样！”

“就是。”那个说，“我活了七十多岁，头一回见这么热闹的葬礼！”

“你呀，活着吧。”另一个说，“你再活七十年，也不可能再看到这种风光了！”

也是，那天，学校的校长带领着全体教职员工和高年级的学生来了。队伍走在路上，又有许多学生家长和乡亲们加入了进来。领头的吹打班快走到西山了，队尾的人们还没出村。

只见，吹打班前头还有辆小拖拉机，车斗里装满了二踢脚，这都是来吊孝的亲朋好友送的，家里没花一分钱。三四个小伙子边小跑着边向前边放炮仗，“噔嘎噔嘎”的声响惊天动地。炮仗在天空中炸开的片片烟花，被风吹得弥漫开来，像满天云彩似的遮住了阳光。

吹打班后面就是灵轿，十六七个年轻人分成两拨，不时替换着互相提醒：“注意，脚下滑。”“这儿有个大坑。”“该拐弯了。”……再后面就是孝子队伍了。三树被两个人搀扶着，打着人头幡哭个不停。那些学生们举着丧棒，一个个沉痛地低头走着。紧跟着是两辆马车，小满儿和西缘等女眷们坐在车上，用手绢挡住脸恸哭。最后面就是赶来送行的学校人员和乡亲们了。主丧的老人胳膊上扤着只木斗，把里面装的买路纸钱一把把抛向空中。

纸幡飘拂，丧棒摇曳。买路钱飘飘洒洒……整支队伍被一片白色巨流簇拥着滚滚向前、向前……有知情者不由得暗暗赞叹：杨改新这女人一辈子活得不怎么样，死后能这么风风光光也算值了！

西山脚下，绿树葱茏的荆棘丛中已经提前挖好了坟坑，墓碑也已竖了起来。

在主丧老人的指挥下，棺材入葬的过程有条不紊地进行着。首先是棺材入坑，这一步多少有点儿危险。因为扛大头的两名壮汉必须机灵，稍有迟缓便有可能被挤在棺材和坑壁之间。后面，人们用大绳兜住棺材底部，慢慢地系进去。在一片吆喝声中，棺材稳稳当当放好了，有人便把带来的棺帐扣在上面，紧接着便是填土。这填土可是有讲究的，必须是孝子们先填三铁锨，别人才可以接过铁锨乱纷纷往里填。这时候，孝子们就会围着坟坑正转三圈倒转三圈。来送葬的人们只能站在一旁，立正了低头默哀。

当场，攒忙者不用把坟头垫起来多高，只要略高出地面就可。等第二天一大早，孝子们再来垫土把坟堆起来。为什么这样做说不清，反正当地的风俗就是这样。接下来就是“一七”“三七”“五七”烧纸了，孝子亲人们都得到场。等过了“五七”，亲人们就可以出门该干吗干吗了。烧过“一百天”的纸，剩下来就是一年当中的几个节日，春节、清明、阴历的七月十五和十月一，在家的亲人要上坟烧纸填坟。七月十五是鬼节，阴历十月一天开始变凉了，需要给死人送寒衣。

实际上，清明和十月一这两个节日不用家里人惦记，学校每年入学的新生，会被老师带到墓地，向他们讲述杨改新舍己救人的事迹。再后来，县里干脆把这里命名为红色教育基地，每到清明节，本地和外地的学生们都会来这里为杨改新扫墓，听老师讲述那过去的事情。松赞三树和西缘，更是不管走多远也要赶回来，这是小满儿给他们立下的规矩。当然，这是后话。

二十二

父母的家永远是儿女的家，儿女的家却永远成不了父母的家。

杨改新的后事一落停，降央次仁就闹着要和巴措他们一块回去。当时，他的精神几近崩溃，身体也垮得很厉害。大家都劝他先别回去，养一段时间再说。他却把脑袋摇得像拨浪鼓，执意要走。卓玛说："你也是，急着回去干吗呀？在这儿守着闺女和儿子，有什么不好啊？"

"阿姐，你不能这么说。"次仁说，"穷家难舍，热土难离。这儿千好万好，也不是我的家呀！"

"你这人就是个受苦的命。"巴措笑着说，"回去孤苦伶仃就你一个人，连个做饭暖被窝的都没有，有什么意思啊？"

"那我也得回去。"次仁苦笑着说，"家里还有一大摊子事呢……再怎么说，也不能把村里的工作扔下不管啊。"

"可不是。"卓玛说，"我还忘了，你现在又当上村里的书记了，那是该回去。"

"可是……"小满儿说，"阿爸，你的身体不怎么好，在这儿养一段时间再回去不行啊？"

降央次仁迟疑着，一时没吭声。巴措又说："要不我回去给李玉海说一声？让他安排别人把村支书接过去？"

"那样不、不好吧？"次仁说，"还是我先回去，看情况再说吧。"

第二天一大早，邢山峰派了辆吉普车，把巴措两口子和次仁送到了火车站。三人和来时一样，火车倒汽车，汽车倒火车，火车再倒汽车……最后骑马才到了家。

天近傍晚人思亲。降央次仁推开大门，看着空落落的院子、空荡荡的屋子，尤其到处是杨改新留下的痕迹，不由得身子一软跌坐在地上……片刻，他像个孩子似的，"哇哇"大哭了个昏天黑地，直到把泪水哭干了，心里才觉得好受了点儿。

许是这些天来过沙尘暴，屋里院里到处都蒙了一层尘土。次仁懒得收拾，也懒得做饭，钻进被窝里脑海中又浮现出杨改新的笑脸，不由得又哭着哭着睡着了。第二天，他便去了公社，想找李玉海说辞职的意思，可没料到公社书记换人了。刚上任的书记很不高兴，阴沉着脸说：“怎么着？我刚来你就辞职？跟谁弄难看呀？”

次仁尴尬地笑着没敢说什么，只得回村去把工作抓了起来。

那年的高考，松赞三树和邢西缘都考了六百多分，格桑拉则考了五百多分。但是，他们的志愿都是填写的河北农业大学畜牧系。因为高考前邢山峰专门抽时间和他们谈了一次话，意思是让他们都学畜牧，毕业后回他曾经战斗生活过的西藏日喀则地区，为那里的农牧民服务谋福祉。他们也都表了态，立下了军令状。

等高考分数一下来，三树却有点儿犹豫，想报北京的中国农业大学。可他不敢对姐夫说，私下里跟小满儿念叨过。星期天山峰回来后，小满儿向他转达了三树的意思。邢山峰阴沉片刻，说：“我是考虑他们仨是一块长大的，在一起互相有个关照。”

小满儿思索着点了点头，说：“那倒是，这样大家都放心。他们学习上也能互相帮助。”

“这是其一。”邢山峰说着往外看了一眼，又放低声音说，“你没看出来？拉则对三树很有点儿……意思呢！”

小满儿稍愣神，想了想才说：“好像是那么回事……她平时有事没事老喜欢往三树跟前凑。”

邢山峰点了点头，说：“我想成全他们。因为我和巴措不是一般的同事，而是生死战友，铁杆兄弟！再说了，我确实希望他们能一块回日喀则，一是为当地的百姓服务；二是想让他们为民族大团结贡献自己的力量。”

第二天，邢山峰上班把三树带上了，当面和次仁通了个电话。次仁让三树把电话接过去，不容置疑地大声说：“这事你不用考虑，一切听你姐夫的！”

秋高气爽，阳光灿烂。丰收的千里平原像是铺上了层金子，明晃晃刺得人都睁不开眼。

到处是歌声，遍地是欢笑，在大地上没日没夜地回荡。看着满眼的丰收果实，合不上嘴的庄稼主子们高兴地战“三秋”，抢“三种”，那个忙啊，忙得成天价手脚不沾地儿，连出气都不匀实！

也就在这时候，全国的大学都开学了。当时，河北农业大学校址在保定，小满儿的意思是想让丈夫派车送三个孩子过去。邢山峰却不同意，说：“咱可不能把他们惯坏了……”

小满儿没再说什么，只是低头为孩子们收拾着东西。邢山峰怕她不高兴，便解释道：“年轻人，吃点儿苦不算什么……他们不能和巴措次仁他们相比，人家是咱最尊贵的客人。”

其实，三个孩子根本不需要人送，二十岁左右的青年人，浑身充满着青春活力，那是划根火柴就能上天的年纪！他们一个个扛着行李，背着书包，手上还拎着装满脸盆、水杯、牙膏、牙刷等杂七杂八东西的网兜，叮当乱响着要出门时，麦其旺堆和两位战友骑着大摩托赶来了。

松赞三树稍愣神，忙问道：“你们怎么来了？”

“送你们去上学呀。”旺堆笑着说，“今儿正好是星期天，我们没事，送你们去火车站呗。”

“真是……”三树说，“这大老远的，还麻烦你和战友跑一趟。”

“没事。邢台到邯郸不就几十公里？”旺堆说，“一踩油门就到了。”他边说边不容推辞地抢过邢西缘身上的东西放在了自己的车上。西缘好像也有点儿心理准备，迟疑一下坐在他的身后。三树和拉则上了后面两辆车。

在全家人的目送下，三辆摩托“轰隆隆”地巨响着冲了出去……正是早起上工的时候，满街筒子都是扛镐拿镰、赶牛拉马的社员。他们见状不由得都闪到路旁，男男女女瞪眼瞅着这三辆发疯般的摩托……直到旺堆他们踅出了村口，一个个才撇嘴弯眼地窃窃低语个没完没了。

摩托车冲上了公路，旺堆低声命令西缘道："要提速了，抱住我的腰！"

邢西缘似乎迟疑了一下，还是伸胳膊搂住了他。可是，等三辆车行驶在公路上，旺堆他们不知怎么就落在了后面。邢西缘不由得催促道："你倒是快、快点儿啊！"

"没事。耽误不了火车。"旺堆说罢沉默了片刻，问道，"现在是大学生了……你不会眼睛朝上看、看吧？"

邢西缘迟疑着没吭声。旺堆又问道："我当兵走前说的那句话……你不会忘记了吧？"

"忘了。"西缘干脆地说，"你一天到晚呱啦个不停，谁知道是哪句话呀？"

"你真、真忘了？那我再说一……"旺堆说着却被她堵住了嘴，娇嗔地命令道："快开你的车吧，没人把你当哑巴卖了！"

麦其旺堆"嘿嘿"一笑，开足马力往前追去……邢西缘此时的心态让人很难捉摸，谁要想刨根问底，只怕连她自己都说不清楚。要说她已经接过了旺堆抛来的那根红线头，似乎也不是那么回事；要说她一点儿也没动心，好像也不对。唉——姑娘们的心思细得头发丝儿劈八瓣，咱们就别瞎猜乎了，吃着西瓜静观其变吧。

要说这几天最开心的，当数格桑拉则了。你看她，走路带小跑儿，说话带铃儿声，哪怕在睡梦中也能笑醒过来。因为她多年来梦寐以求的愿望终于实现了，那就是能和三树哥上同一所大学，将来在一块工作，争取永远在一起！

大学的生活紧张而有节奏，枯燥而不乏浪漫的五光十色。

有经验的老人们，经常说人分五种：一种是光说不干；一种是先说后干；一种是边说边干；一种是干完了再说；一种是干完了也不说。最后一种心里有数，肚里有牙，最厉害了！

松赞三树就属于第五种，一天说不了几句话，心里却明镜似的，对身边的任何事都清清楚楚。他一进学校，就被任命为学生会副主席、班长、校篮球队的队长。这一道道光环，自然引起了好多女孩子的关注。她们一个个甭管有事没事，总喜欢往他身边凑，没话找话浪三句。可他总喜欢板着一副淡然的面孔，可真要笑起来，却是那么光辉灿烂！

天下的万事万物，当数女孩子们的心最敏感。格桑拉则何等聪明？当然把这一切看得明明白白，可她稳坐钓鱼台，没半点儿危机感。因为她自认为是三树肚里的蛔虫，对他心态的丝毫变化，随时都能感觉到。当年和邢西缘在一起时，她倒有过危机感。可自从他们改变了关系，她觉得是佛祖特意给了自己机会，抿嘴偷笑着彻底把心放肚里了。

实话实说，那时候松赞三树更喜欢西缘，对拉则当然也不讨厌。但是，要说和她永远生活在一起，他好像不怎么心甘情愿。因为他总觉得拉则话多，有时候说得着南不着北的，有点儿扯拉。但是，后来发生的一件事，让他彻底改变了看法和想法。

那是一年的秋天，河北省举行了一次大学生篮球联赛。松赞三树带领着农业大学的球队，一路过关斩将，已经杀到了最后一场冠军赛。对方是河北师范大学的球队，同样是一支实力雄厚的劲旅。双方争夺得非常激烈，你追我赶毫不相让，比分几乎平行着攀升。因为主场就在农业大学的操场上，这里的学生们自然来了好多。格桑拉则作为啦啦队队长，大呼小叫拍巴掌，简直用尽了全身的力气。

眼看赛事快到终场了，双方的比分仍没拉开距离。年轻人哪个不争强好胜？队员们都急眼了，脚下便有些混乱。松赞三树抢到篮球，跨步上篮时，脚下被对方的队员不知是故意还是失误绊了一下。他原本脚下就不稳，这一来冲出去重重撞在了球篮的柱子上。也是好巧不巧，柱子上有一根不知什么时候钉上的大钉子，正好扎进了他的肩胛处。许是把他的一根血管刺断了，鲜血像泉水般喷涌而出。

瞬间，全场都乱了套。格桑拉则第一个冲过去，惊叫着把三树抱了起来。此时的三树还清醒，挣扎着想推开她，却浑身没有了力气，只好任由她抱着。等几个男同学跑过来，才搀扶着他去了学校卫生室。可不知道医生有什么事出去了，卫生室的门上着锁呢。眼看着三树身上的血越流越多，人已经有点儿迷糊了。他的伤口并不大，只是很深，而且那个位置也特殊，是在胳膊窝稍上一点儿的地方，确实不好包扎。拉则不知该怎么办，扯下自己的衣襟想为他包扎却无从下手。她也被染得浑身是血，比三树身上都多，不知道的还以为是她受伤了呢。那鲜血稀稀拉拉流了一路，让人看上去真有点儿触目惊心！

同学们都急眼了，实在没办法，只得连背带扛地把他送去了最近的医院。这时候，三树已经完全昏迷了过去。医生边急忙为他包扎抢救边说："这小伙子失血过多，必须先输血，要不他会有生命危险！"

"好的。"旁边的女护士说，"我马上去血库取！"

"不用了。"拉则忙说，"我是O型血，我给他输吧！"

"那当然最好了。"医生说罢，把他俩安置在两张床上，为拉则血检后开始给三树输血。

邢西缘没看篮球赛，而是去图书馆看书了。她听到消息赶到医院时，拉则正在为三树输血。她叫了两声“舅舅”，三树昏迷着没回答。拉则却差点儿笑出声来，因为在她的印象中，西缘这是头一回叫三树“舅舅”。

这时候，拉则已经为三树输了好几百毫升的鲜血。医生看看邢西缘，说道：“这位同学已经输得太多了，再输她自己也有可能虚脱……”

“我来，我来。”西缘边挽袖子边说，“我接着给他输。”

“你是什么血型？”医生问，“化验过没有？”

“我是 AB 型血，”西缘回答道，“入学的时候化验过。”

“那正好。”医生边让护士给她扎针边奇怪地问道，“你们俩是……兄妹吗？”

“不、不是啊。”西缘说，“怎么了？”

“你们俩都是 AB 型血。”医生说，“这种血型比较少，我行医多年，还是头一次碰到。”

“他们俩是……外甥女和舅舅，”拉则说，“当然算有血缘关系。”

“这种关系血型不一定相同，”医生说，“许是赶巧了。”

说话间，三树已经醒了过来。他茫然愣片刻，刚想挣扎着坐起身来……校长带领着校医和三树他们的班主任进来了。他们关切地问了问情况，才说起来那颗钉子的来历。原来，不知多少年前，女生们为了方便晒衣服，在球篮桩子上钉了个钉子拴铁丝用的。后来，学校管理部门制止了她们的做法，但并没人把那颗钉子拔下来，才造成了今天的事故。最后，校长高兴地告诉三树说：“你最后投的那个球进篮了。咱们比对方高出来一分，赢得了此届全省大学生篮球赛的冠军！”

松赞三树一听，兴奋得一下子从床上跳下地来。医生和护士想拦没拦住，输血的针头脱落出来，鲜血喷溅了他们一身。三树仍然头晕站立不稳，摇摇欲倒间被惊叫着的拉则抱住了。医生和护士忙把他放回床上，重新输上了血。

班主任拍打着三树的脑袋说："你平时挺稳重的，今天怎么这么兴奋呀？"

"为咱们学校争得了荣誉，"校长笑着说，"你不兴奋呀？"他和班主任当场决定，让三树回家休息一段时间，等把伤养好了再回来。

校长他们往外走时，他又命令身边的司机说："你先把我们送回学校，再回来把三树同学送回家去。"少顷，他又对校医说："你也跟着送他回去吧，万一路上有什么情况，也好及时处理。"

校医答应着送他们出门去了。趁此机会，医生和护士详细讲述了三树刚送来时拉则争着为他输血和交费的情况。三树很是感动，不由得动情地抓住拉则的手说："谢谢！谢谢！这辈子……就是你了！"

医生和护士不明就里，在旁边疑惑地眨巴着眼睛。西缘心里当然明白，她冲拉则努了努嘴，偷偷地笑了起来。拉则却好像被惊着了，她怔了片刻，才粉脸通红地轻倚在三树身旁。紧接着，她眼里的泪水像断了线的珍珠，一颗又一颗晶莹闪亮地滚落下来。三树知道，拉则的泪水是从心里流出来的，不由得更紧地攥住了她的小手。

此时，医生和护士才明白了过来，不由得笑着为他们鼓掌庆贺。生性豪爽的格桑拉则也有不好意思的时候。只见她用双手捂住泪眼，"哇哇"地放声哭着往外跑……没想到正好和进门的校医撞了个满怀，在场的所有人都不由得笑了起来。

老祖宗们说"男女授受不亲"，这话是有道理的。尤其是热血沸腾的青年男女，躯体的接触会使他们的关系急转直上。至于在结合后的漫长岁月中能不能够幸福，直至白头到老，就看双方如何经营他们的婚姻了。

在送三树回家的路上，校医坐在司机旁的副驾驶座位上，拉则和三树坐在后排。那时候的公路可不比现在，大坑小洼坎坷不平。司机驾车往前走，却控制不住剧烈的颠簸。拉则担心三树被颠得难受，就一直把他搂在怀中。此时的三树仍然有点儿犯迷糊，尽管不好意思也只能由她去了。实话说，两人并没有进一步的亲昵动作，但却都能感觉到他们的关系发生了质的变化，那就是不再像同学而更像亲人了。

路况差车速慢，到家时已经是第二天早晨了。等吉普停在大门口，拉则和三树从半睡半醒的状态中下车时，都觉得像做了场大梦般不真实。正在清理院落的小满儿见状稍愣了一下，随后便扔下扫帚边往外走边吃惊地问："老天爷，这是怎、怎么了？！"

"没事。"拉则边扶着三树往里走边说，"三树哥受了点儿伤，不要紧的。"

也是，三树上半身横七竖八缠满了绷带，谁看到也会吓一下子。小满儿帮拉则搀着三树边往里走边问道："这是怎么弄的呀？伤得重不重？"

"没事，姐。"三树咧嘴笑了笑说，"打球不小心碰、碰了一下。"

"没事，大姐。"校医也帮着说，"伤得不重，都处理好了，你放心吧。"然后，他上车去告诉司机往回返。小满儿忙拦住说："看让你们开了一宿的车……吃口饭再走吧？"

"没事，没事。我们到前边找家饭店吃口就行了。"校医说着，吉普车已经冲了出去……小满儿站在原地目送着，仍在喃喃地说："你看看这……让人家大老远的送回来，连口水都没喝，多不好意思啊！"

“没事，阿姨，真的没事。”拉则说，“那是学校的车，校长让送回来的。”稍停，她又说：“咱们还是先给三树哥做点儿吃的吧。”

他们往回走时，三树调皮地笑着低声说：“怎么？还叫阿姨呀？”

格桑拉则愣了一下，也低声说：“还是……到时候再改吧。你说呢？”

三树笑着没回答。拉则把他送进屋里，又返出来帮着小满儿做饭……烙饼炒鸡蛋，清水煮挂面，甩上葱花滴上香油很快就做好了。三树也确实饿了，狼吞虎咽连吃了五角烙饼，喝了两碗挂面汤。小满儿眼瞅着他吃了这么多，才放心地笑了。

松赞三树受伤的消息传出去，惊动了全家人。地市合并后已当上邢台市委书记的邢山峰专门抽时间回来了一趟。邢山岭也带着卓玛从拖拉机厂回来了。大家见三树欢蹦乱跳的，一个个问明了情况，才算放心了。小满儿和大家商量，要不要通知阿爸回来一趟。

邢山峰思索片刻，说：“可以让他回来，但先不要告诉他三树受伤的事。”稍停，他又说：“我昨天和巴措通了个电话，听他说父亲这阵子身体不怎么好。”

“他那个脾气……干工作就是个‘拼命三郎’，一辈子争强好胜的。”卓玛说，“现在岁数大了，估计也改不了。”

“就是。”邢山岭说，“干脆，这次要能来就别让他走了。”

邢山峰笑了笑，说：“估计够呛……我和他认识这么多年，再苦再累也没见他放弃过工作，而且总是冲在最前面。”

“这人啊……”卓玛说，“生成的骨头长就的肉，要改也难。”

“要不……我回去一趟吧？”小满儿说，“看看他，也做做工作劝他回来就别走了。”

“算了吧。”邢山峰说，“这么远，折腾一趟不容易。我还是给巴措打个电话，让他帮忙做做工作吧。”

索朗巴措接到山峰的电话，专门抽时间回去了一趟，结果却是无功而返。

降央次仁一听，把脑袋摇得像拨浪鼓说：“我还不到六十岁，就去那里吃闲饭？干脆，你把我的脑袋割下来吧！”

索朗巴措苦笑着，在电话中把这情况告诉了山峰。两个人哈哈笑了半天，只得作罢。

实际上，这些年次仁的身体可以说是每况愈下。他抽烟喝酒，干工作又是没时没晌的只是一方面，更主要的是对杨改新的思念，时时刻刻在折磨着他。尤其是每天一擦黑儿，鸟钻窝牛入圈的工夫，那种锥心刺骨的思念让他几乎丧失了活下去的念头。所以说，人生在世太重感情也不怎么好，老两口往往是一个下去了，另一个也活不了多久。

杨改新牺牲后他曾万念俱灰，也主动要求辞去工作。但因为刚来的公社书记不同意，他只能继续干。后来，他又觉得自己还这么年轻就加入“等死队”的行列太可惜了，倒不如干着工作兴许还能多活几年，也就放弃了辞职的念头。他曾想忙起来就把什么都忘了，实际上根本不是那么回事。他什么都可以忘，但对杨改新的思念却任何时候都忘不了。也是，一个孤老头子活在世界上，如果没点儿精神寄托，不过是行尸走肉。就这样，他在外忙忙碌碌一整天，回到家里少心无绪弄口饭吃，就边想着杨改新睡下了，连坚持多年夜间打狼的习惯都忘了。

真是树活一层皮，人活一口气。这口气就是精神头，要是没了这精神头，人活着也就没劲了。还有一层是穷家难舍、热土难离。次仁在这个家里度过了哭哭笑笑的童年、打打闹闹的少年、蹦蹦跳跳的青年、兢兢业业的壮年，现在已经接近了沉沉稳稳的老年。他曾经眼瞅着父母的双双离去、孩子的降生和丢失、媳妇的死亡和杨改新的到来……你说，在这方热土上，寄托着他多少的思念和不舍？又有过多少次的激情澎湃和落寞失意？经历过多少的风风雨雨和坎坎坷坷？历尽了多少的喜怒哀乐和悲欢离合？换成谁能忍心一走了之？这也许就是“热土难离”四个字的内涵吧！

二十三

有话则长，无话则短。转眼已到了松赞三树他们毕业的前夕。

一个星期天，麦其旺堆穿着一身没有了领章帽徽的军装，骑着辆大摩托来到了学校里。他把邢西缘他们三个人请到一个大馆子里，好好招待了一顿。这小子在部队上混得不错，入了党也提拔成了营职干部，现在已经转业被分配到西藏自治区文工团，当上了副团长兼第一演出队的队长。他喜气洋洋，一副志得意满、踌躇满志的样子。他是从家里出来的，专门来和大家告别后就赴藏上任去了。

此时此刻，面对着英俊潇洒的旺堆，大家都改变了过去对他没正形的看法，而且多了几分眼热和羡慕。尤其是邢西缘，竟然有了种恍如隔世、心猿意马的感觉。

待大家坐定等上菜时，旺堆边打开自己带来的“丛台”酒，边问：“听说邢书记给你们下了指示，毕业后都去西藏参加工作是真是假？”

“当然是真的。”三树说，“你前脚走，我们后脚就赶到了。”

“那当然好！”旺堆哈哈笑着说，“咱们从小胳膊不离腿，以后就可以随时见面了！”

“这就叫不离不弃，”拉则说，“生生死死在一起！”她说罢，有意无意地看了西缘一眼。邢西缘也瞪了她一眼，说：“你说就说呗，看我干吗？”

“我长着眼睛，愿看谁看谁。”拉则笑着说，“你要是心里没鬼，急什么呀？”

大家心照不宣，都哈哈大笑了起来。这时候，服务员已经把菜摆上了桌。三树有意为西缘解围，忙说：“来，喝酒吧！”

大家这才端起杯来……拉则又说：“真奇怪，有的人没喝酒脸就红了。”

“你……”西缘又想怼她。三树忙瞪了拉则一眼，说：“快喝酒吧。你怎么那么多废话呀？”

“喝酒喝酒……”旺堆说着，拿杯和大家都碰了一下，然后仰脖喝了下去。三树和拉则也干了杯。西缘象征性的抿了一小口，便把杯放下了。拉则又想说什么……旺堆忙用目光制止了她，说道：“回家听阿奶说……你们俩就这么定、定了？”

“是啊，定了。”拉则说，“怎么，你有意见呀？”

“我高兴还来不及呢，”旺堆说，“能有什么意见呀？”稍停，他又补充道：“往后，我这个大舅哥算是坐实了！哈哈……”

接下来，大家就是随便聊天。说是聊天，实际上就听旺堆一个人瞎白话。这小子天生就是当演员的材料，说起来滔滔不绝声情并茂，还跟着指手画脚，不时把大家逗得哈哈大笑。实际上，这也正是让西缘讨厌之处。

酒足饭饱之后，大家往外走时，旺堆终于暴露了他此行的目的。他趁三树和拉则在前面走，低声问西缘道：“我当兵走前说的那句话……你还记得不？”

“不记得。”西缘板着脸说，“你就是个‘话篓子’，成天价呱啦个没完没了，谁知道你说的是哪一句，是真还是假呀？”

旺堆愣怔了一下，着急地问：“怎、怎么，你真没当回事啊？那我就再说一遍……”

“我不听，也不想听。”西缘说着，尽顾往前走去……旺堆真是急眼了，仗着酒劲竟然大声喊道：“邢西缘，你听清楚了！我爱你！这辈子，我旺堆除你不娶！”

他这一嗓子，把旁边路过的男女都吓着了，一个个瞪眼瞅着，还以为他喝多了撒酒疯哩。三树和拉则见状，忙又返了回来……他让拉则陪着眼泪汪汪的旺堆，自己追上西缘低声说：“你是怎么了？全家人都看出来了，我姐姐和姐夫也都同意……你真的不喜欢他？”

邢西缘迟疑一下，才说：“等到了西藏再说吧。”她说罢，扭头先回学校了。这一晚上，估计她也睡不安生，心里不知把这事反反复复琢磨过多少遍。

松赞三树他们毕业回到家中，并没有马上赴西藏，而是逗留了好几个月。

这是邢山岭的意思。因为他已经退居二线了，基本上不再去拖拉机厂上班。他从没忘记自己的专业，在厂里当书记时，也短不了被人请去为牛呀马的牲口看病。现在，来请他的人更多了。他认为三个孩子虽然在学校里学了很多知识，但缺乏实战经验，有必要跟着他磨炼磨炼，一个个亲自下手为牲口治病疗伤。

也是，纸上得来终觉浅，绝知此事要躬行。更何况，邢山岭根据多年实践所掌握的偏方秘方，是任何书上都没有的。但偏方治大病，不起眼不值钱的几味药草，却能让大牲口起死回生，这不是从书上能学来的。因此，只要有人来请他给牲口看病疗伤，他便带上三树他们一块去。没人来请的时候，他便给西缘他们上课，连讲带比画地介绍自己积累的条条经验。

这期间有件事，让全家人有点儿为难，那就是三树和拉则的婚事。按照邢山峰的意思，尽快帮他们办了就得了，省得他们成天价耳鬓厮磨，万一出了事谁面子上都不好看。但小满儿认为不合适，可不是，双方的老人都不在，怎么办喜事啊？卓玛的意思是把儿子两口和次仁都请过来，就地解决问题。可山峰在电话中和巴措商量此事时，才知道次仁因为身体的原因，已经把村书记辞掉了。

小满儿一听非常着急，想赶过去伺候阿爸一段时间。可当时已经到了年根儿底下，家里需要做的事情太多，她根本就走不出去。也是，那时候过年和现在不一样，现在，随便买些鸡鸭鱼肉，休息几天吃几顿好饭，放几声鞭炮就算过年了。有的人家图个喜庆贴春联买鞭炮。多数人家懒得连这些都免了。当时，过年可是庄稼主子一年中的大事，除了“三夏”和“三秋”，就数过年最热闹、最喜庆和最忙碌了！

一进冬月，妇女们就忙着赶集上庙，买花布和花线给孩子们准备过年的衣服鞋袜。那时候孩子多，两口子养活个五六七八个一点儿都不稀罕，所以她们都会黑天白日加班赶着做，有的甚至把姥姥妗子请过来帮忙。进了腊月，人们就更忙了，一家家日子再艰难，也要杀掉养了一年的肥猪，再买头小猪崽放进圈里。当然，也不是家家都把整头猪吃掉，多数人家会留一半卖一半换成钱。那时候是以生产队为单位的，每个队的牲口圈里都盘着口大锅，平时煮饲料，过年杀猪用。那半个来月你就听吧，村子里一天到晚响着猪们痛苦的哀嚎声。

接下来，妇女们的主要工作就是做豆腐、蒸年糕和一锅又一锅的白面卷子，抽空儿炒落花生和瓜子。家长带着孩子们赶集买鞭炮、香纸和香蕉橘子薄荷糖什么的年货。那时候的炮市可热闹了，卖炮的排成一字长蛇阵，一个个站在小拉车或是床上，用大竹竿挑着上千响的山东鞭“噼里啪啦”放个不停。整个市场上硝烟弥漫，炸烂的纸屑在地上铺了一大层，人踩在上面就像踩在暄腾腾的草地上。有的家里穷，没钱给孩子买，他们就会三五成群去炮市上，争抢没有炸响的哑炮，回家来自己装上捻线也能响。有的哑炮一瞬间没响，等孩子们抢到手却炸开了，把他们的小手炸得血肉模糊也不喊疼，在地上抓把土，吹一吹还要接着抢。这种事，笔者就曾亲身经历过。

小满儿去不了，大家就商量着让三树和拉则回去过年并照顾次仁。这天，小满儿去赶集，想给阿爸买些点心和槽子糕什么的让三树带回去。邢西缘和三树忙着清理屋里院子里的卫生。她不经意间在立柜顶上发现了一个牛皮纸包，便随手打开来——里面是一只雕刻着天蓝色狼身子的刀鞘，非常漂亮。她不认识这是什么，便把三树喊了进来。他也觉得很奇怪，问道：“这是只刀鞘啊，哪儿来的？”

邢西缘指了指柜顶，说：“就放在这上面呀，是干吗用的？”

三树刚想解释，小满儿回来了。她一看西缘手中的东西，愣怔间脸色都变了。少顷，她一把便夺了过去，鼻子不是鼻子，脸不是脸，恼怒地问道：“你拿这个干、干吗？”

邢西缘被弄得莫名其妙，因为长这么大，还是头一次见母亲这么恼怒。她也不高兴地反问道：“怎、怎么啦？这是禁物啊？干吗用的呀？”

“不用你管！”小满儿气哼哼说罢，又夺过牛皮纸袋出去了。西缘和三树被弄得一头雾水，却把这件事牢牢地“刻”在了心里。小满儿去厨房里准备做饭，心里更是百味杂陈，恍惚间，她差点儿把刀鞘和纸袋扔进灶火坑里一把火烧掉。这是她永久的疼，已经多少年过去都快忘记了，想不到今天又被孩子们翻腾了出来。

她的态度不完全是生气，更大程度上是恼羞成怒。因为这件事她一直不知道跟谁、和怎么说，尤其是面对丈夫山峰哥的时候，更是愧疚难当。可不是，一家人心心念念想孩子盼孩子，自己把孩子生下来了，却不知道是死是活，更不知道去了哪里。她知道这刀鞘肯定和孩子有关，当年也曾问过梅朵和护士们，却一直没任何结果。等到西缘出生后，她才从心里把这事稍稍放下了。她胡思乱想着，随手把刀鞘埋进了盛粮食的大瓮里。因为这种地方，除了她别人不会乱动。

邢山岭一直给孩子们上课，直到“二十三，糖瓜粘”那天，才让拉则和三树回到了老家里。

真是月到中秋分外亮，人逢喜事精神爽。次仁见儿子回来了，还带着一位漂亮勤快、能说会道的对象，心里一高兴，身上的病也就好了多半。他乐颠颠地想做饭时，三树忙打开了随身带的大包小包，里面都是年糕、豆腐和馒头什么的好吃头，沉甸甸的一路上累得人够呛。次仁见状忙说：“咱这儿又不过春节，你带这么多东西干吗？”

“不过春节也兴吃啊。”拉则笑着说，“在那边生活了好几年，三树俺们都吃惯了。”

“确实。”次仁说，“内地的饮食比咱这边的花样多多了。”

“都好吃都好吃。”三树边往外掏东西边说，“从小吃惯了的，一辈子都想吃。”

当天晚上，次仁让拉则住厢房。他和儿子躺在一条炕上，东拉西扯有说不完的话，直到东方发亮了，才迷瞪了一小会儿。等他们起来后，拉则已经把早饭做好了。自从杨改新牺牲后，次仁哪儿享受过这种待遇呀？他很是感动，边夸奖着拉则边吃完了饭。三人各骑着一匹马，没多大工夫便来到坎坝村的巴措家中。

藏族兄弟虽然不过春节，但按照国家的规定，巴措他们也放了几天假。两家人在一起，最重要的话题，当然就是三树和拉则的婚事，而且是一拍即合。当天下午，三树和拉则便去原来的公社，现在已改成乡政府的办公室里办理了结婚登记。就在内地的大年初一那天，两家人请来了亲朋好友，为他们举办了一场又说又笑，又唱又跳，十分隆重的婚礼。

汉族的大年初一，应该是一年当中最欢快、最隆重、最神圣的一天！

除夕夜里，一家人会聚在堂屋里，围着热腾腾的铁炉子喝酒吃饭嗑瓜子，说着喜庆话亲切话，在震耳欲聋的鞭炮声中坐到很晚。小伙子们在家待不住，约几个相好的伙伴，端着酒菜去宽屋大院的人家，又吃又喝闹腾到深更半夜。但是，不管睡多晚，初一一大早必须起来，跟着平辈的老大去给长辈们拜年。有的大家族能聚合数十人，轰隆隆像打狼似的喊着长辈的称呼跪满院子，有的人家院子小，盛不下只能跪到街上。长辈们当然非常热情，客气着请大家去屋里喝茶抽烟。一般情况下没人去屋里，因为还急着去下一家拜年哩。

大家拜完年便各自回家吃饺子，这是头天晚上就包好了的。人们讲究的是三十晚上吃素馅饺子，初一早起好歹要吃肉馅饺子。吃完饭就三五成群去坟上给先人们烧纸添坟放鞭炮，男男女女甭管地上多脏，也要念叨着让先人收钱双膝下跪，说是这时候跪不跪就看孝顺不孝顺了。

初二一天没什么规矩，人们大多聚在一块闲聊，或是去看年轻人们打悠千、去大队部看宣传队演节目。初三是新媳妇回门的日子，也是外甥串亲戚去看望姥姥舅舅的一天。初五讲究崩穷，天不亮鞭炮声便不绝于耳，说是鞭炮越响就会把“穷”崩得越远。

过了初五，勤快的庄稼人就去收拾自家的自留地了。再就是正月十二黑介烧老鼠尾巴，孩子们会用旧鞋垛成塔状，上小下大足有一人多高，然后点着了让它慢慢燃烧。这些旧鞋是他们从各家各户收集来的，从中还闹过不少笑话。笔者的老弟就干过这种事。正月十二那天，他带领着几个孩子，抬着筐子去收旧鞋。碰上个尕婶儿笑着对他们说："小波，你们去东头于家街里的秋员家收吧，他们家破鞋多。"

孩子们不明就里，便去秋员家门口大声喊："听说你们家破鞋多，给几双呗！"结果被那家的娘儿们臭骂了一顿。原来是这家人不正经，男的找娘儿们，女的养汉，谁也不嫌谁，在村子里影响很不好。那个正坐在门口纳鞋底骂他们的娘儿们，就是那个出了名的养汉老婆。

等鞋塔燃着了，孩子们便会把用秃了的笤帚疙瘩点着，边甩动着火花边满街转悠。据说这样能去百病，因此而引起大火，把人们家门口堆放的柴火垛燃着也不稀罕。大人们忙着救火，孩子们回家挨顿揍也是常事。等过了正月十五元宵节，这年就基本上算过完了。

熟人多了好办事。邢山峰就打了几个电话，便把三个孩子的工作安排好了。

也是，他在西藏和日喀则地区，尤其是亚东县工作生活多年，熟人、朋友和战友遍地都有，这点儿事根本用不着亲自过去。三个孩子都安排在亚东县防疫站工作。因为在牧区，牲口的防疫是个非常重要的问题，需要大量的专业人才。

松赞三树因为条件特别优秀，他从上小学一直到大学都是学生干部，而且在大学期间还入了党，所以被安排为防疫站副站长和第一防疫队队长。邢西缘和格桑拉则，各负责两个乡的防疫和为牲口家禽治病。县委组织部的一位副部长通知他们，过了二月二龙抬头的那天就可以上班了。

那已是上世纪的九十年代初，手机已经进入了人们的生活。凡是条件好点儿的家庭，都为青年人置办了手机。一是为工作和生活方便，也是家庭经济实力的象征，家长们当然要为自己孩子找对象和方方面面考虑。

邢西缘接到电话，便从北京坐飞机直接去了拉萨。麦其旺堆当然非常关注她的行程，但并不敢和她通电话。他约上三树和拉则，开着辆吉普车一块去机场接上了西缘。这家伙到哪儿都落个好人缘，吉普是他借朋友的。四个人一见面，当然是又搂又抱、又说又笑，在机场接站口很是热闹了一阵子，出入的行人受感染，也不由得陪着他们欢笑。

麦其旺堆在这边生活了几年，嘻嘻哈哈的脾气秉性一点儿都没变，模样却发生了很大变化。也许是因为这里的风硬日头毒，他的皮肤被吹晒得又黑又红，从一个奶油小生变成了一位钢铁大汉。邢西缘刚看到他时，像不认识似的好一会儿没回过神来。要不是三树和拉则在旁边，她真不敢相认。

初恋的感觉深刻而浓烈，就像刻在石板上的字迹，哪怕年深日久，经历过多少风吹日晒也不会褪色！旺堆这小子也是个死心眼儿，这几年，不知有多少个女孩子爱他追他，甚至有的主动往他的怀里钻。他佯装浑然不觉，嘻嘻哈哈就把她们打发了。因为在他的心目中，好像除了邢西缘已经再也装不下任何人。

相对来说，西藏的交通在全国算是比较落后的。但是，从拉萨到日喀则和亚东，公路却是一路畅通。因为这里紧挨着印度，所以这儿的一切大多是为战备考量，公路作为输送战备物资和兵源需要，当然是第一和必须保证的！

吉普车开了一天一宿，终于到了三树家。亲外孙女到来，可是把次仁这老家伙高兴坏了。他去圈里挑了只肥羊，出门就宰杀了。格桑拉则作为这个家里的主妇，当然非常热情地款待了西缘和哥哥旺堆。次仁拿着刀子要剥羊皮和开膛破肚时，三树却把刀子接了过来说："阿爸，这活让我来干吧……几年没干，我都快忘了。"

"也是。"次仁笑着把刀子递给他说，"想当年，你还不到十岁就会剥羊了！"

松赞三树笑了笑却没马上动手，而是仔细端详着刀把……等次仁去忙别的事，他又把西缘从屋里叫出来说："你看看这刀把，有什么……想法没有？"

"刀把？"西缘疑惑地接过来，低头仔细打量着——刀把上雕刻着一个天蓝色、仰天长啸的狼头。她没有三树那么深的心思，一时并没想起什么，便抬头问道："怎、怎么了？"

"你再看看……"三树提醒道，"想想我阿姐藏的那只刀鞘。"

邢西缘这才反应过来，不由得惊讶说："就是，合在一起，正好是一条完整的狼啊！"

松赞三树点了点头，说："你先别声张，等我问问阿爸再说。"

这时，次仁正好从厨房里出来倒洗菜水。三树忙叫道："阿爸，你过来一下。"

"怎么了？"次仁拎着盆子走过来问道，"我正帮拉则和旺堆做饭呢。"

"没事。"三树说，"你歇会儿吧，让他们做呗。"少顷，他又问道："阿爸，这把刀……我怎么好久没看到过了？"

"我平时出门不带它，"次仁说，"而是带那把弯刀，因这把刀没刀鞘了，带着不方便。"

"姥爷。"邢西缘问道，"这么漂亮的刀，怎么会没刀鞘啊？"

“这个……”次仁迟疑一下，说，“刀鞘早就找不着，不知道弄哪儿去了。”

“什么时候弄丢的呀？”三树说，“打从我记事起，就没见过这把刀有鞘。”

“那就是丢得更早呗，”次仁说，“我都记不起是哪年丢的了。”

“我妈妈手里有只刀鞘，”西缘说，“配这把刀正合适。回头我给你带过来。”

降央次仁一听就愣住了，少顷才说：“她手里怎么可能有刀鞘啊？在你们那边，人们出门又从不兴带刀。”

“真的。”西缘说，“那刀上有条狼身子，和你的这把刀正好相配。”

“不可能。”次仁连连摇着头说，“这刀还是解放初期县长亲自赠给我的。”他停顿一下接着说：“那年，上级号召打狼，年底评选出来九个打狼英雄，我排在头一名。县里召开表彰大会，县长亲自把这把刀送到我的手里。”

“姥爷你真了不起！”西缘不由得夸奖了一句。大家就是这样闲聊天一样说着，实际上谁也没往心里去，更没人往深处想。

当天晚上合并同类项，西缘和拉则住厢房，三个大男人住正房。

两个姑娘躺在被窝里，开始打嘴仗。拉则说：“西缘，这回你服气了吧？”

邢西缘歪头看了看她，说：“我服什么气呀？”

“按你们那边的称呼，”拉则笑着说，“你应该叫我妗子呢！”

“臭美吧你。”西缘撇着嘴说，“打死我也不会叫你！”

“不叫说明你不孝顺，”拉则说，“反正事实明摆着，叫不叫我也是你妗子。哈哈……”

“滚半搁爬着去吧。”西缘迟疑一下，终于说，“风水轮流转，说不定哪天，你还得……叫我嫂子哩！”

“什么？”拉则歪头看看她，问道，“你答应我哥哥了？”

西缘摇了摇头说：“我不是说说不定吗？也许吧。”

“真是……二十好几的老姑娘了，你还抖得什么劲啊？”拉则说，“我哥喜欢你这么多年，大家都看出来了……莫非你还让他给你磕头下跪呀？”

“那倒不至于，”西缘笑着说，“先立业后成家嘛。谁像你们，什么也没干就结婚了。”

她们俩闲斗嘴，旺堆也睡不着。他叫上三树，出门去了小溪旁。两人坐在夜露轻沾的草地上，推心置腹地进行了一次长谈。

正是初春时节，寒风依然料峭。但倔强的小草，已经首先奉献出来了满地灿烂的黄花。蟋蟀的早醒者们，在黄花间比赛般没完没了、此起彼伏地唱起来春天的歌谣。夜空也显得格外明净，因那晚没有月亮，如织的繁星，像和地上的黄花争宠似的闪闪烁烁。小溪水永远不知疲倦地汩汩流淌，在星光的辉映下浮泛着一层又一层的粼粼波光。

麦其旺堆显得愁眉苦脸，唉声叹气地点上了颗烟。三树不由得讥讽地笑着说：“哟！长本事了，抽上烟了！”

麦其旺堆有一点儿不好意思地说：“偶、偶尔抽两口。”

“碰上什么发愁的事了？”三树问道，“看你这愁眉苦脸的样子。”

“兄弟。”旺堆苦笑着反问，“你是真傻呀还是装傻？这么多年了，难道你这个当舅舅的一点儿也没看出来？”

松赞三树愣了一下，才问道：“你是说……西缘呀？”

“可不是她呗。”旺堆说，“这五六年都过去了，她一直没给过我一句真心话。”稍停，他接着说：“我现在好歹是你的大舅哥，这点儿忙你一定要帮帮吧？”

“这种事……别人怎么帮啊？”三树说，“你怎么比我还死心眼儿？非在这一棵树上吊死？”

“那没、没办法。”旺堆说，“年轻时扎下的根子，想拔也拔不出来了。”

“唉——”三树叹了口气，说，“小时候，你俩最不对眼了。西缘长得又黑又难看，你和她可没少瞪眼。”

“话不能这么说。”旺堆说，“女大十八变，越变越好看，会变的变个桃花女，不会变的变个鞋底片。你看西缘现在，活生生一个桃花女。”

“嘿嘿……”三树笑了笑，说，“她这个桃花女二十好几，是桃花也快落配了。”

“甭说这些没用的。”旺堆不高兴地说，“你就说这个忙帮不帮吧？”

“帮，我当然帮。”三树苦笑着说，“可她的脾气你也知道，认准了的事，会一条道走到黑。别看她个子不高，拧劲可不小，拿定了的主意，八匹马也拉不回头。”

“那怎么办呀？”旺堆说，“你们小两口甜甜蜜蜜的，就瞅着我这个大舅哥闹心啊！”

“呵呵……”三树笑了笑，说，“你多风光啊？整天价又唱又跳，到哪儿老百姓不是又捧又敬，双手欢迎？再说了，你身边可以说是美女如云，干吗非盯着这一个呢？”

“滚、滚蛋吧你！”旺堆不由得生气地说着，站起身就要走……三树忙拉住他，笑着说：“好、好吧。这个忙我一定帮，要实在不行，我去和姐夫说说。这行了吧？”

也许是旺堆的赤诚感动了上苍，还没等三树帮忙，老天爷便专门给他创造了个机会。

邢西缘和拉则上班没几天，便分头去了自己所负责的牧区。她正好赶上女牧民的一匹马生病，躺在地上已经奄奄一息了。那位牧民不知该怎么办，急得差点儿掉泪。西缘看了看，知道这马是因为吃了坏东西，肚子胀得像气鼓一样，连呼吸都困难了。她想起山岭大伯教给的偏方，几味药灌下去，马儿窜了一大堆稀粪，立刻就站了起来。那位牧民感动得不得了，非要留她吃饭。西缘知道这里的藏民个个实在，过分推辞反倒不近人情，便留下来吃了两口。

谁知道青藏高原的天气真像孩子的脸儿，一天不知变几遍。原本都快春暖花开了，却又来了场倒春寒。西缘骑着马往回走时，正赶上了一场暴风雪。只见狂风呼啸，鹅毛般的雪花横飞斜舞，把天地间搅得一片白茫茫。她听当地人说过，自己这是碰上了大烟泡，别说看不清路，连东西南北都分不清了。

常言说：老马识途。可西缘骑的正好是一匹刚训练出来的生马个子，而且是头一回走这条路。她自己分不清，那马就更不行了。所以，在不知不觉中，人和马走向了和县城相反的方向，渐渐消失在了茫茫风雪之中。

天已经很晚了，不见西缘回家来，三树可着急了。当时，他们夫妇和西缘合租了一个小院，晚上是住在一起的。他打西缘的手机，但一直没人接。因为她的手机是装在衣服口袋里，在怒吼的风雪中根本听不见。西缘开始并没想到自己走错了方向，正集中精力在茫茫风雪里打马急行。情急之下，三树把情况报告给了防疫站站长。站长一着急，直接把电话打到了县公安局。公安局又打给了当地派出所，所里派出两辆吉普车和十多个民警，分头出去寻找。

急切间，三树突然想起旺堆他们也在那一带巡回演出，便打通了他的手机。旺堆一听比他还着急，当即便和几个好弟兄打马冲进了风雪之中。也许老天爷就是故意成全他，当时风声稍微低了一些，旺堆竟然打通了西缘的手机。他在电话中问了问情况，就知道她是走反了方向，便着急地说：“你走的方向不对，马上停下来在原地等我！”

邢西缘这才明白了过来，忙停下马儿在原地等待。那马儿许是累坏了，喷着鼻子卧在地上。西缘也坐下来，把身子靠在马肚子上取暖。在这个节骨眼儿上，她的手机却没电了……寒风仍在肆虐呼啸，大雪仍在漫天飞舞，气温已经降到零下二十多摄氏度。因为打不通电话，当旺堆和战友们找到西缘时已到凌晨时分，她被冻僵并昏迷了过去。旺堆惊恐地大声呼唤着却听不到回答。急切间，他抱起西缘裹紧在皮大衣里面跳上赤兔马……晨光微曦，邢西缘醒了过来。她茫然呆怔片刻，才弄清了自己所处的位置，感动之下，情不自禁地轻轻亲了亲旺堆的面颊又闭上了双眸。

麦其旺堆简直是受宠若惊，愣怔间看了她一眼，随后便高兴地打马大声狂吼道：“战友们，冲啊——”

二十四

在农村生活过的人都知道，狗儿们最害怕的是来买狗的屠夫。甭管是大狗小狗，见了他们都会浑身哆嗦，尿都出来了。这是因为他们长期杀狗，身上有种特殊的味道，人闻不出来，狗儿们却嗅得清清楚楚，一只只想跑却迈不开步子。

狼也是一样。降央次仁有年头晚上不出去打狼了，因为他身上那种特殊的味道，狼儿们离开老远就能嗅到，没等他至近前，一条条早退避三舍了。他老是看不见打不着，逐渐逐渐便兴趣索然了。而且，他也从中慢慢悟出来一点儿道理，知道自己身上肯定有某种看不见摸不着的什么东西，让狼儿们害怕了。

这天，次仁的两个远房亲戚找上门来，说是他们那里闹狼了，想请他这位当年的英雄去帮忙打狼。次仁知道他们那里是半山区，地形条件比较复杂，而且，他原本也不想再干那一行，便一口拒绝了。可是那俩人就是不走，一直苦苦哀求，说他们那儿的一群狼有十多条，非常厉害，这些日子已经吃掉乡亲们七八只羊了。

一个亲戚说："它们的狼王是公的，个头比一般的狼高出半脑袋，力气特别大，而且十分狡猾。它带领着群狼，有时声东击西，有时打消耗战，抽冷子就下口了。"

"可不是。"另一个说，"这些日子，都快把我们耗死了！为保护羊群，人、狗和藏獒都不敢睡觉，成宿成宿瞪眼耗着。一直到天快亮了的时候，大家实在困极了，刚回家躺下，就听到羊的哀叫声。大家连忙又起来，追出去一看，狼没了，羊却少了好几只。"

"我都怀疑这狼王学会三十六计了。"另一个亲戚说，"有时候，西边圈里的羊一阵骚动，等大家急忙赶过去，却看到羊一只也没少，狼也不见了。大家还没回过神来，东边的圈里又传来羊的哀叫声。等我们急忙赶过去，狼已经不见了，羊也少了两三只。"他喘了口气，又补充道："这不就是三十六计中的声东击西吗？狼王都学会了！"

听他们说得这么神乎其神，次仁倒被激起兴趣来了。他想过去和这条狼王比画比画，当即答应了他们的请求。他简单收拾了一下，带上猎枪和弯刀便骑马出发了。

三人骑马赶到半山区的时候，天色已近傍晚了。

降央次仁不让他们惊动任何人，独自在这牧区的十多个羊圈里转悠了转悠，便凭直觉说："今晚肯定不会有事。你们放心大胆地睡吧。"

亲戚们想陪陪他，都被拒绝了。次仁说："我这人比较独，你们给我准备些肉干和一壶酒，别的就甭管了。"

当天晚上，狼群真是没来骚扰，让这里的牧民们睡了个安稳觉。第二天一大早，次仁没惊动任何人，便独自进山里察看狼道了。生活在牧区的人们都知道，狼是有自己的道路的，只要它们看不到也嗅不到有什么变化，来去总是走一条道。次仁进了山，发现这里的情况非常复杂。山不高，但沟壑纵横，四通八达，而且灌木和杂草丛生，不熟悉的人进来很容易迷失方向，像迷宫一样进来了就出不去。他凭着多年的经验，仔细辨认着狼的脚印和粪便，甚至是它们留下的毫毛，终于发现了一条狭窄的沟壑，从壁立的悬崖中间劈开来直通牧区。而且，通道口两边都是丈余的石壁，又被草木掩映着，不注意根本看不到。他观察良久，"嘿嘿"一笑，心里便有了主意。

当天傍晚，次仁把牧民们和几位猎手召集到一起，说了自己把狼围起来消灭的想法。大家都觉得这办法挺好，但有位村书记说："办法是不错。但现在国家有法律，要保护野生动物，不能随便打杀。"

大家听他说得有道理，一时都不知该怎么办了。次仁思索片刻，说："要不这样……咱们尽量不用猎枪，用棍棒和刀具把它们赶跑，而且不敢再来骚扰就行了。"

大家觉得这办法也可以，纷纷表示赞成。夜色降临时，次仁让所有人身上都涂满了羊奶，自己也涂了一身。这样一来，现场到处弥漫着羊的味道，一点儿人味也嗅不出来了。他让大家都躲在羊圈中，自己一个人翻穿着羊皮大衣，揣着弯刀藏在了通道口的悬崖顶上。一切准备就绪，人们猫在羊群中，一个个连呼吸都屏住了。

半夜时分，夜色如墨，黑得透彻而深沉。鸡不叫狗不咬，羊们好像也知道主人们想干什么，一只只连倒嚼也停止了。在一片死寂之中，狼们像魅影一样，一条条闪着绿莹莹的目光，从通道口悄没声息地鱼贯而出。次仁默默数了数，总共是十三条。领头出来的，就是牧民们说的那条高大凶猛的狼王。他悄悄地从石头顶上滑下来，死死挡住了道口。

尽管四周毫无声息，狼王还是狡猾地迟疑了片刻，随后便带领着群狼像狂风般向羊圈扑去……次仁见状，忙打了个响亮的口哨。瞬间，牧民、猎手、狗子和藏獒们从四面八方冲出来，把狼群团团围住了。狼王似乎愣了一下，紧接着长啸了一声，转身欲返回通道……却见次仁手拿藏刀，凶神恶煞般堵着道口。十几个高倍手电筒照射下，狼王一下子怔住了。狼男狼女们晕头转向，一时也傻了眼。

瞬间，人们喊叫着、怒吼着冲上去，棍棒齐上，刀光闪闪，眼看着就有几条狼已是鲜血淋漓，有的已经躺在了地上。此时的狼王好像刚回过神来，它长啸了一声，反回头龇牙咧嘴地向次仁扑过去……次仁早做好了准备，把寒光闪烁的弯刀攥在手中。就在狼王抓破他皮大衣肩头的时刻，他的弯刀已经砍下来它的一块耳朵。狼王落在地上，似乎迟疑了一下，然后再次长嚎一声，退回几步纵身一跃，便像闪电般跳上了丈余的石壁。紧接着，有几条身强体壮的母狼也跳上去逃跑了。剩下的那些老狼小狼，像没头苍蝇般带着浑身鲜血哀嚎着乱钻乱闯，大多从棍棒和狗牙的缝隙中逃跑了。估计人们要不是顾忌国家的法律手下留情，这些弱狼一条也活不了，都得死在棍棒和狗嘴之下。

从那以后，这群狼确实再也没在这一带牧区出现过。说实话，次仁和狼打了一辈子交道，有时心里还是很佩服它们的机智灵活和拼搏精神，尤其是夫妻之间的忠贞不渝。也是，公狼和母狼一旦结成夫妇，绝对是不离不弃终身相守，其中一条要是死了，另一条绝不会移情别恋，只能孤独地了此一生。这点，连自诩为代表现代文明的人类都没办法和它们相比。

那年，不知是受洋流和季风的影响还是别的原因，反正一年三百六十多天全国的平均气温都偏低。尤其是青藏高原，还没到十月一就开始断断续续下大雪了。

也是那年，阴历的八月十五和阳历的十月一正好凑在了同一天。企事业单位和国家行政人员，统一放了七天假。当时，政府部门已经有不允许大操大办的规定。麦其旺堆和邢西缘把亲人和朋友请来，举办了场简单的婚礼。在现场，三树和他们商量着回内地一趟，还好说歹说，把不怎么痛快的次仁硬带上了。这小子有心计，临行前还把次仁送给他的那把狼刀带在了身上。他之所以这么做并没多想，只是心里琢磨着小满儿手里的那只漂亮的刀鞘。

敬女婿抬闺女。新姑爷上门，可是高兴和忙坏了丈母娘小满儿。虽说她是看着旺堆长大的，但现在身份不同了，当然必须好好款待。按照邢山峰的意思，是把大家请到大饭店里吃一顿。但她不同意，说去饭店里气氛不对，不如在家里一家子亲亲热热显得和美。而且，她知道闺女和女婿要回来，早已经把肉和菜什么的准备好了。

实际上也是，人多手稠，做顿饭也不难。西缘和拉则撸胳膊挽袖子，也都上了手。小满儿买了些熟食，无非是心尖儿肚把儿舌头根儿什么的，又炒了几个热菜，满满一桌子摆了上来。主食也好说，好吃莫过饺子么。小满儿准备了两样馅，茴香和肉，韭菜鸡蛋再加上虾仁也挺好吃。酒更好说，邢山峰带回来一箱子“丛台”，司机已搬进屋里了。

邢山岭两口、小满儿夫妇、旺堆和三树小夫妻，再加上次仁，一张大方桌坐了九个人，高高兴兴说说笑笑，连吃带喝多么亲切热烈啊！尤其是卓玛，吃了一顿饭的时间看着自己最疼的孙子和媳妇，目光就没移开过！

酒足饭饱之后，邢山峰急着回单位值班先走了。山岭和卓玛也回了东院。次仁这老家伙喝高了，被小满儿搀扶着蹒跚地进屋里躺着去了。这时，三树把狼刀拿了出来对小满儿说：“姐，你看看这刀多漂亮啊！”

小满儿不知何意地接在手中看了看，说：“就是，这是谁的刀呀？真好看！”

“这是咱阿爸当年得的奖品，”三树说，“还是县长亲自发给他的呢。”

“真好！”小满儿说着随口问，“这么好看的刀，怎么没刀鞘啊？”

“阿爸说是弄丢了。”三树说，“姐，把你收着的那只刀鞘拿出来试试呗？”

“这个……”小满儿毫无准备，不由得愣住了。西缘忙说：“就是。妈你留着那个干吗呀？要能配上多好啊。”

在这种情况下，又是兄弟媳妇又是新女婿的，小满儿实在没办法拒绝。她犹豫片刻，起身出去了。拉则和旺堆不知道是怎么回事，瞪眼瞅着三树和西缘没吭声。少顷，小满儿拿着那只用牛皮纸包着的刀鞘回来了。三树忙接过来，把刀插了进去——不大不小、不松不紧，严丝合缝正合适。尤其是接在一起活灵活现的那条仰天长啸的狼，把大家都看呆了。片刻，小满儿疑惑地问：“老天爷！这是怎么回事啊？”

“怎么回事咱们说不清，”三树说，“问问阿爸就明白了。”

正在这时，次仁迷瞪着发红的双眸进来问道：“怎、怎么了？”

松赞三树忙把刀递给他说：“阿爸，你看这是怎么回事啊？”

降央次仁接过去看了看，惊讶而奇怪地问道：“这就是我那把刀的刀鞘嘛，哪儿来的呀？”

“这是我姐收着的。”三树说，“你再看看，真是你这把刀的刀鞘吗？”

“没错呀。”次仁说，“我估计天下不会有第二把。”而后，他又补充道：“当时，总共有九个人获奖，每人都奖给了一把狼刀。”

“那……这刀鞘会不会是别人的呀？”三树说，“你怎么肯定就是你那把？”

“因为九把刀九种颜色，”次仁说，“就我这把是天蓝色的。”稍停，他问小满儿道：“你这刀鞘是哪儿来的呀？”

“我是……”小满儿停顿了片刻才说，“我是从半路上捡、捡的，怎么啦？”

“半路上捡的？”次仁更加奇怪地问，“你从哪儿的半路上捡的呀？”

“这个……”小满儿似乎回忆了一下，说，“那、那年，咱这儿闹地震，我去西藏那边找山峰……在半路上捡的呀。”

次仁迟疑着想说什么。三树忙问道：“阿爸，你的刀鞘丢哪儿了？”

“这么多年了，”次仁说，“我一直想不起丢哪儿了。”片刻，他又问小满儿说：“你能不能详细说说，到底是在哪儿捡的呀？”

“我一辈子也忘不了。”小满儿说，“那是在大漠中，一个像月亮模样的湖边，旁边还有三棵树和好多乱石头。”稍停，她又说：“我去的时候，曾和雪月姐在那儿住过一个晚上。”

“月亮湖啊？”次仁忙问道，“你一个人，在那儿干、干吗呀？”

“我干、干吗？”小满儿愣怔片刻才说，“我从雪月家的地窖里逃出来，被沙尘暴刮到那里去的……当时，我都昏迷得不记事了。”

“不记事了？”次仁又问，“那你醒过来又、又怎么样了？”

“我醒过来……我醒过来……”小满儿喃喃地说，“好像在那儿生了个孩、孩子。”

“生了个孩、孩子？！”次仁震惊地问，“那……后来又怎么样、样了？”

“还能怎么样？”小满儿说，“孩子不见了呗，不知道是被狼吃了还是被人捡走了。”

“这、这可怎么说、说呀？”次仁愣片刻，磕磕巴巴地说，“莫非事情就这么巧、巧啊？！”

“阿爸。”三树问道，“你说说，到底是怎么回事啊？”

“怎、怎么回事……”次仁迟疑片刻，终于说，“那个孩子……就是我捡走了。”

大家一听，全都瞪着眼愣住了。正在这时，邢山峰回来取忘在家里的公文包。他看看大家，奇怪地问道：“你们……这是怎么了，一个个愣着干吗呀？”

“你先别打岔。”小满儿冲他摆摆手，又问次仁道，“你捡孩子，就没看见地上的女人？”

“我当然看到了。”次仁说，“我当时还用手试了试，她已经不出气了……我见孩子还活着，就把他暖在袍子里了。”

“阿爸啊——”小满儿已经是泪流满面了。她像是和谁吵架般喊道：“那个女的……就是我啊！你怎么就没看出来呀？！”

“是你……”次仁愣一下才说，“被人抱走时才多大？我怎么能看出来呀？”少顷，他又补充道：“谁知道你还活着啊！”

邢山峰忙说：“这个……从医学角度上说，人有时候确实有种假死现象，就是呼吸和心跳都停止了，但并不是真死，也可能过一两分钟就醒了。”前面说过，次仁当年毕竟是他的下属，他实在叫不出“爸”这个字，每次都是含含糊糊就过去了。

“就、就是啊。”次仁说，“我又不是孙悟空，没有火眼金睛。这都快……二十年了，我怎么能看出来呀？”

“阿爸，这些都不重要，”三树说，“关键是……那个孩子现在在哪儿？死了还是活着？”

“嘿嘿，”次仁笑了笑说，“能在哪儿啊？傻小子啊，那个孩子就是你呀！”

大家一听，再次震惊地愣住了。次仁说：“要说，你的命也真大，那么点儿个小人，愣是靠喝羊奶长这么大了！”片刻，他又补充道：“当时我要说是捡的孩子，怕人们胡乱猜疑，干脆就说了是亲戚给、给的。”

小满儿闻听，瞅着三树愣了一会儿。而后，她一把抱住他，声泪俱下地叫道：“我那……难、难见面的儿子啊！”

松赞三树似乎停顿了一下，连忙哽咽着叫了声“妈”，泪水也流了下来。西缘和拉则受了感染，也泪眼婆娑地扑过去抱住了他们。邢山峰的眼睛也红了，却硬挺着含笑说：“看看……这是好事啊！全家大团圆，你们哭、哭什么呀？”

几个人一听，哭着哭着又笑了。次仁擦抹着眼睛说：“这、这事也忒巧了，我自己做、做梦都不敢相信。”

“就是。”旺堆也说，“真是奇巧得让人难相信是真的。”

“常言说：世界之大，无奇不有嘛。”山峰说，“千万种奇巧，有人们想不到的，没有发生不了的。咱家这悲欢离合，估计连编电视剧的作家也写不出来。”

“就是。”三树说，“真值得庆贺，咱们今儿晚上接着喝酒，不醉不归！”

傍晚时分，西缘和拉则边帮着小满儿做饭边打嘴仗。她把嘴一撇，说：“哼！臭美吧你，还让我叫你舅妈？一眨眼我成你嫂子了！”

拉则愣了一下，反驳道：“我也是你嫂子啊！”

“你俩就别斗嘴了。”小满儿满面是笑地说，“我看谁也甭叫谁，还是直接叫名字吧。”

“叫名字显得不亲。”拉则说，“还是以姐妹相称吧。”而后，她又笑着说：“我比你大，你该叫我姐姐。”

“咱俩是同一天出生的，”西缘说，“我凭什么叫你姐呀？”

“虽然是同一天，可我比你落地早啊。”拉则说，“你当然得叫我姐了。”

“早什么早？”西缘撇嘴瞪眼地说，“不就早那么仨俩钟头吗？”

“早一分钟她也是老大，”小满儿对女儿说，“你可不是该叫姐？”

格桑拉则笑了，西缘没吭声，却故意往外喊叫着招呼大家吃饭……

接下来的几天，邢家东西两个院子里从早到晚都充满着欢声笑语。

邻居们觉得奇怪，纷纷登门来打问是怎么回事。等听完解释后，一个个也感到很惊奇，出门便大话小话地满街筒子宣传开了。这一下，来他家的人就更多了，没多大工夫，全村的父老乡亲们就都知道了。人人拍手称奇，纷纷来看那个叫三树的人儿。邢家本来人缘就好，哪个来了不得进屋喝口茶呀？两家人从早到晚进行招待，被弄得不胜其烦还得笑脸相迎送。

眼瞅着假日就到期，该上班的就都走了，家里才清静下来。

次仁也闹着想回去，却被小满儿硬拦了下来。他知道女儿是好意，却苦笑着说："这闺女……有句话你没听说过？"

小满儿边收拾家务边笑着问："啥话呀？你说给我听听。"

"这个……"次仁迟疑一下才说，"常言说得好，父母家永远是儿女的家；儿女家却永远成不了父母的家。"

"还有这么句话呀？"小满儿边问边琢磨，越想越觉得此话有道理。可不是，在自个儿家里，想躺着躺着，想仰着仰着，什么时候都随意；要是真去了西缘或是三树家里，一天两天还行，待日子长了，怎么着心里也会觉得别扭想回自己家。她这样想着，就对他说："阿爸，要不这样吧……西藏那边忒冷，等过年春暖花开的时候我再送你回去。"

降央次仁无奈地点头答应了。他当时可万万没想到，这一留下来却碰上了件大事，使自己从此再也回不到西藏那个家了！

二十五

前面说过，那年不知受什么影响，全国的平均气温都偏低。

尤其是青藏高原，从十月一就开始下雪，下下停停，停停下下，断断续续直到十冬腊月就没有个好天气。尤其是西藏日喀则一带，到阴历的冬月竟遭受到了百年不遇的大雪灾！

那里可是次仁的老家所在啊！他每天盯着电视看新闻，一颗心就像在火里烤油里煎般遭受折磨！也是，人们常说"鹅毛大雪"，那里下的雪可是比鹅毛大多了，老天爷就像扔砖头似的，一团团一块块地从天上砸下来！先是路断人稀，紧接着牛羊看不见了、人看不见了、骡马看不见了、房屋看不见了……整个村庄都看不见了。只有村头那棵百年的老栎树，才露出来大半个树冠！

不用听电视中播音员的报道，次仁也能想到那是种什么情况。因为他小时候就曾经经历过一次，虽然没有这场雪下得这么大，也是把房屋都埋住了，牛和马还好点儿，整群整群的羊儿，大多被雪捂死了！它们就是不死也没了草吃，因为放草的房屋都被压塌了，有草也没办法拿出来。人们要想从家里出来，必须先用铁锨什么的挖出条路才行。那像棉被般足有齐胸高的积雪，捂得人们喘气都感到困难。

那几天，降央次仁吃不下睡不着，着急上火嘴上起了好几个大燎泡。他像是得了精神病，成天价叨唠着要回去抢救自家那儿间旧房屋。小满儿精心伺候着他，连说带劝地开导道："飞机火车都不通了，你怎么回去啊？再说了，你那儿间破房子能值几个钱？闹不好只怕把小命儿都搭进去。"

降央次仁没吭声，眼里的泪花花却在打转转。这时候，邢山峰回家来了，也耐心地劝了他半天。他是回来找哥哥山岭商量大事的。因为国家民政部下发了通知，号召全国各地马上行动起来，千方百计支援灾区。

灾区牵动着万人心啊！多少人不是和次仁一样，整天盯着电视看新闻？邢山岭和桑吉卓玛也在盯着电视，边看边着急地骂着老天爷不睁眼。尤其是卓玛，边看边抹眼泪，她的一家人可是都在那里啊，换成谁能不着急？可着急上火有嘛用？这千里万里的，她也回不去呀！

"你们也在看电视啊？"邢山峰边问着边坐下来说，"这雪也忒大了……估计凡是有电视的人家，都挤满了人在看。"

"可不是。"山岭说，"这么大的雪，谁不为灾区的老百姓着急啊！"片刻，他又不无意外地问道："你怎么这会儿回来了？"

"我回来和哥哥商量支援灾区的办法呀。"山峰说着递给山岭颗烟并帮他点着了。他已被提拔为副省长，上班快半年了，是专门从省城赶回来的。山岭忙问道："你想出什么好办法来了，还专门赶回来和我商量？"

"我认为这正是咱们回报藏族兄弟的好机会。"山峰说，"当年咱这儿闹地震，藏族兄弟们给捐献了二百多匹好马，现在，咱们不该回馈一下？"

"当然应该了。"山岭说，"可咱拿什么回报呀？这千里万里的，咱是牛犊子赶兔子——有劲使不上啊！"

"不对。这个忙咱能帮上。"山峰说罢又问道，"哥，你说要想清理积雪，什么机械最赶劲？"

邢山岭思索片刻，说："当然是推土机和铲车了！"

"着哇！"山峰说，"你忘了？咱们的拖拉机厂，从去年就开始生产推土机和铲车了，现在不是正好用得上？！"

"就是哈。"山岭高兴地说，"我真是老了……去年开创新生产线，他们还请我去剪的彩呢！"

邢山峰点了点头，说："我已经和市委书记说过了，她是我在时的市长，也同意这办法。现在，他们正在召开常委会研究讨论呢。"

"哦。"山岭点了点头，又问，"不会有什么问题吧？"

"应该不会。"山峰说，"当年赠马的事历历在目……她那时候虽然年轻，也应该还记得。再说了，常委当中有好几人，都是当时的基层干部。咱们以德报德，应该应分。"稍停，他接着说："我现在考虑的是……这笔钱从哪儿出？不能因此违反政策。"

"就是。"山岭说，"拖拉机厂现在是股份制，咱不能像过去一样吃大锅饭。"

"我这次回来，就是受省委书记的委托，专门来督办这件事的。"山峰说，"在路上，我就一直琢磨这个问题，有个想法不知行不行？"

“什么想法啊？”山岭说，“说出来咱们商量商量。”

“就是……”山峰迟疑一下，问道，“哥，你还记得不？当年准备买马的钱，你们存在哪儿了？是银行还是信用社？”

“这个……”山岭思索着说，“那时候是存在公社信用社里了。我不是带着张现金支票过去的？”稍停，他又补充道：“当时是按一匹马三百块准备的，总共是六万多块。”

“可当时没能转过去呀。”山峰说，“因为当时坎坝公社的会计是个新手，没有及时取出来……十天的期限过去就取不出来了。”

“是、是吗？”山岭惊讶地说，“要是那样，钱应该还在信用社里存着呢！”

“明天咱俩去看看吧。”山峰说，“这马上就三十年了……按银行和信用社的政策，死期存款应该是八年翻一番。六万块钱存八年就变成了十二万；十二万再翻一番就是二十四万；二十四万再翻一番，就是四十八万……咱们按出厂价，这些钱买六七十台拖拉机足够了！哈哈……”

桑吉卓玛也跟着笑了笑，说：“你们弟兄俩这账算得真清楚，可现在银行和信用社的政策是不是有变化，你们知道不？”

“没事。”山峰说，“有变化也不要紧，特事特办，不行就让省委书记做个批示。这事，咱们一定得千方百计办好！”

谁都没想到，由于上下一心和各方面的支持，这事办起来一路绿灯，办得十分漂亮！

仅仅几天后，十台推土机、十台铲车和六十台小拖拉机便排列在了工厂大门口。其中有十台是拖拉机厂捐献的。邢山岭心细，因考虑到一路上机手们要睡觉休息，还要拉着七八十人一路上的吃喝拉撒、柴油、煤炭和锅碗瓢盆什么的，他特意让厂子里把十多台拖拉机装上了帆布棚子。市里的食品公司还送来了一车面包、香肠、牛奶，解决了一路上的早餐。

邢山峰掰着手指头算账说："咱按照拖拉机的时速为四十公里计算，每天早走晚歇开十个钟头，差不多半个月就能到拉萨了。再往前走，拉萨到亚东也不过两天的路程……"

"账不能这么算。"山岭笑着说，"雪那么大，一路上还说不清碰上什么情况呢。再说了，那边的公路可不比咱这边，路况差多了！"

"也不是。"山峰说，"昨天晚上我和巴措通了个电话，他说家里人都没事。我又问路上的情况，他说这两年因为和印度关系不怎么好，拉萨到亚东的路修得非常棒，要不真打起来，战略物资运输不及时，那可就被动了。"

"是吗？"山岭说，"那就走着看吧。"稍停，他又说："你嫂子闹着要回去看看，我当然应该陪她回去。你不能去吧？"

"我当然要去。"山峰说，"书记给我的任务，就是要带队过去……小满儿也去。因为次仁一直闹着要回去看看，她不放心呀。"

"哈哈……"山岭笑着说，"那正好，咱全家都一块过去吧！"

他们俩这么随便说着，谁都没想到这一路有多凶险，山岭和次仁，一去就没能再回来。

那天，天气格外晴朗，微风徐徐，阳光灿烂，湛蓝的长空像水洗过般万里无云。

拖拉机厂门口的公路上彩旗飘飘，锣鼓声声，鞭炮炸响，腾起来阵阵硝烟。邢台一中的学生和军乐队一早就赶来为援藏队送行，铿锵的乐声吸引来好多人看热闹。

六七十台崭新的小拖拉机排成了两行，锃明瓦亮地闪烁着微光。最亮眼的是那些年轻的拖拉机手，一个个身穿崭新的军大衣，胸佩大红花神气活现地坐在自己的车上。更亮眼的是领头的两位女机手，差不多吸引了所有人的目光。当时，县里为打破人们的传统观念，专门开办了个女机手培训班。她们是从培训班挑选出来的，一个叫三巧儿，一个叫六妮儿。她俩除了开车外还有一项任务，就是一路上帮卓玛和小满儿做饭和照顾那些小伙子。邢山峰站在带队的吉普车旁，一直往北方张望……

上午九点整，一支由警车开路的轿车队行驶了过来。山峰忙含笑迎了过去……原来是省委书记和省长也赶来为援藏队送行了。一番寒暄之后，山峰跳上台拖拉机大声说："大家静一静，欢迎省委程书记讲话！"

少顷，年过半百、行动迟缓的一位干部被人搀扶着也登上了拖拉机。只见，他清了清喉咙大声说："同志们，你们的行动光荣啊！全国一盘棋，一方有难，八方支援，是咱们国家的一贯政策，支援西藏灾区是咱们义不容辞的责任。你们肩负着省委市委和全省人民的重托，不远万里风雪兼程，送去咱们河北人民一颗温暖的心。我代表全省人民感谢你们，并祝愿你们一路顺利、平安归来！"说到此，他把手一挥命令道："出发吧！"

在人们热烈的掌声、震天响的锣鼓鞭炮声中，拖拉机排成一字长蛇阵，浩浩荡荡出发了！

拖拉机队走的是川藏公路，头一天走得特别顺利。因为路好，天气也好，小伙子们精力充沛，干劲十足。从上午九点到晚上九点，中间吃了顿饭还跑了整整五百公里。

接下来的几天也不错，因为每天都是早起七点出发，晚上八点才休息，所以，基本上仍保持着每天五百来公里的速度。再后来进入了半山区，速度便慢了下来，但每天仍是四百公里左右。带队的邢山峰心里暗暗高兴，照这速度，用不了半月就可以到灾区了。

邢山岭两口子、小满儿和次仁披着被子坐在带棚的拖斗里，一路上说说笑笑倒也安闲。邢山峰出发前就已经计划好了，这几天路过的大小城市比较多，吃饭睡觉都比较好安排。所以根本用不着小满儿、卓玛和那两位女机手做饭。

看着不见头不见尾的拖拉机队伍，山岭和卓玛不由得想起当年送马时的一个多月。两人揣着温馨藏着甜蜜却又感慨万千，可不是，眨眼间三十年都过去了，他们都变老了，真是岁月无情，天不饶人啊！接下来，次仁和卓玛又说起西藏刚解放他们从奴隶当上村干部那些激情燃烧的年代，同样是感慨万千，唏嘘不已。而后，他们又讲起西藏叛乱中，英俊潇洒的小班长邢山峰独战群匪，救下十多位村干部的英雄事迹。卓玛还把从不离身的那张牛皮画拿了出来，并告诉大家说："当时，我让画家画了两张，一张挂在家里的墙上，就是告诉后代子孙，永远不能忘记这救命大恩！"

"那他还不是应该的？"山岭笑着说，"换成任何一位解放军战士，都会那么做。"

"那可不一样。"次仁说，"你是没见，当时，山峰被匪徒打得浑身都是血窟窿，我们都认为他肯定活不成了。"稍停，他又补充道："这大恩大德，真让人没办法回报。"

"可不是。"小满儿说，"一年以后他从北京回到家里，连我都没认出来。"

大家看看画又看看前面车上的邢山峰，再次叹息着感慨岁月的不饶人。一个个心情复杂，好一会儿没开口。次仁点上颗烟，突然想起地指了指自己胸口上方问山岭："你这儿怎么样？后来又闹过毛病吗？"

邢山岭稍愣神，想了想才说："没什么事，就是下雨阴天的时候感到有点儿憋气。”稍停，他又说：“这些年，还不是多亏了卓玛的精心照顾，老寒腿也好多了。”

“那是，卓玛大姐照顾人一独一。”次仁说，“当年，我们刚参加工作时，她就像个大姐姐一样关照每个人。”

“也多亏了你。”卓玛说，“你给他配的药，我让他吃了好几年哩。”

“那也不能太大意。”次仁说，“千万不能累着，更不能过于用力气。”而后，他往外边看了看说：“前面应该到二郎山了。这山不高，应该没什么事。”

他说得没错。车队进藏后，翻越的头一座就是二郎山。这座山不高，也不算险峻，路上只铺了层薄薄的小雪，车队虽然减了速，多半天也就翻过去了。就地扎营后，小满儿、卓玛和女机手三巧儿、六妮儿便忙活着为大家做饭。这是离开邢台后，她们为机手们做的头一顿饭。精力充沛的年轻人顾不上休息，一个个围着她们看，倒觉得有点儿稀罕了。实际上，旁边的人们都是心照不宣：这几个家伙哪儿是看做饭呀？你看，一个个的目光扫来扫去，最后都落在三巧儿和六妮儿身上……他们这是看漂亮姑娘哩！

也是，爱美之心，人皆有之。所有的大老爷们儿，谁不是从那个年岁过来的呀？现在虽说七十七八十八，已经有贼心有贼胆却没贼劲了，碰上漂亮姑娘也愿意多看几眼，甚至是看到丈母娘叫大嫂——没话找话浪三句呗。女人不是也一样，遇上阳刚气十足的帅哥儿，不是也愿意多看几眼？这可不包括那些奶油小生，据说女人看到这些“娘娘腔”玩意儿，就会恶心想吐。静下心来，细思极有道理，要不是这份男女之间互相吸引的骚情，这个世界上还会有人吗？咱们又如何才能来到这个美丽、让人永远留恋的大自然之间啊！

小满儿她们做的纯粹是华北平原的庄稼饭——揪水片。就是把面粉用盐水和得稀软，边用手蘸着水揪成半个巴掌那么大一片片，扔进烧开的锅里煮熟后捞进碗中，再加上先前做好的鸡蛋西红柿卤汤……这种饭做起来很快，简单省事好吃还顶时候，吃一顿就能顶一天。庄稼主子在干苦活紧活时，比如拔麦子、打坯、挖井什么的，一般都喜欢做这种饭。

大家吃过晚饭后，小伙子们便回各自带棚的拖斗里休息了。他们都是四个人挤在一起，只有三巧儿和六妮儿是俩人住一个斗。好在这会儿是冬天，再怎么累也不可能出汗，要是放在夏天可就麻烦了，四个大汉浑身臭汗又没办法洗澡，挤在一起那觉可怎么睡啊？

要说这川藏公路，当年修筑起来不知道有多么艰难和凶险。据说，差不多平均每公里就有一个解放军战士牺牲在这里，那真是他们用鲜血和生命铺成的啊！

先不说在四川境内，光入藏后就有十四座四千米以上的高山连绵不断相阻拦。头一座就是折多山，又高又凶险。再加上积雪已经冻成了冰，路面又湿又滑特别难走。拖拉机队伍只能减了速，像蜗牛一样慢慢爬行，但最后还是出事了。

小满儿他们坐的那台拖拉机，机手是个老司机。仗凭着艺高人胆大，这家伙开车就特别冒失，只要有机会就想超过别人。以前，他就曾多次超别的车倒没发生过什么问题，这次，就在他想超车时却出大事了。

要想超前面的车必须靠边开。这位机手低估了路面湿滑的程度，就在他靠边时，没想到后轮胎蹴出了路肩，大有继续往下滑的趋势。好家伙，下面可是万丈深渊，如果滑下去，一车人必死无疑！

邢山岭就坐在拖斗边沿上，见状惊呼一声便跳了下去。他双脚不稳地蹴在路肩最边儿上，用肩膀扛住拖斗拼尽全力往上顶……在大家的惊叫声中，次仁和小满儿正想往下跳时，拖拉机在山岭的努力下加大油门冲上了路中间。可是，他们眼瞅着山岭脚步蹒跚一下，张嘴“哇”地喷出一大口鲜血便往下滚去……小满儿不由得大喊一声：“大哥！”

邢山岭没回答，嘴里边冒着鲜血边迅速掉进万丈深渊不见了。这时，卓玛也跳下车来，她茫然愣了片刻，问小满儿说：“怎、怎么，你大哥呢？”

小满儿顾不上回答，仍在看着下面撕心裂肺地呼唤：“大哥！大哥……”

桑吉卓玛这才明白了过来，不由得声嘶力竭地喊道：“山岭！山岭啊……”随即，她浑身哆嗦着一屁股跌坐在地上，眼泪“哗哗”地流了下来。这时候，整个车队都停了，机手们从前后赶了过来。邢山峰在最前面，所以赶来得最晚。他低头望着山岭滚下去的痕迹和那道扎眼的鲜血，心里一下子全明白了。他不由得惊慌而急切地问：“怎、怎么回事？这是怎么回事？！”

小满儿眼里流着泪，边用力把卓玛扶起来边说：“大、大哥掉、掉下去了，快想办法吧！”

“他就是为救这台车和我们几个人，”次仁说，“不小心掉下去了。”

邢山峰明白了，大声命令道：“快！把车上的大绳都拿来！”

机手们见状，忙分头回自己的车上去拿大绳……这是出发时就准备好了的。为防止意外，山峰命令买了好多大绳放在车上。过了一小会儿，机手们都拿着大绳赶了回来。急切间，山峰拿起根绳子便往自己身上拴……小满儿稍愣，急忙说：“你干吗？都多大岁数了？”

“就是。”次仁说，“还是让年轻人下去吧。”

“就是，还是我们下去吧。”几个机手说着，忙把绳子拴在自己腰间。另外的机手们赶紧把一条条大绳接在了一起。人们抓住绳子，把两名机手慢慢送下去……然后瞪着眼往下观望。渐渐地，两名机手也看不到了。大家不由得都屏住了呼吸，齐刷刷低头往下张望……过了好一会儿，底下终于传来喊声：“快！往上拉吧！”

多少人抓住绳子，用力往上拽，一下、一下……足有抽袋烟的工夫，才把抱住山岭的两位机手拉了上来。卓玛头一个扑上去，声泪俱下地叫道：“山、山岭，老头子……”

邢山峰和小满儿也扑上去呼唤着……但是，此时的山岭已经没了任何生命体征，浑身苍白得没了一点儿血色。也是，他的血已经从嘴里流光了。这时，卓玛边流泪边拍打着他的脸颊声声问道：“山岭，老头子，你就不管我了？你就这么走、走了？”

她的那种苍凉、那种无助和悲伤，让两位女机手和不少人都流下了泪水。过了一会儿，山峰眼睛红红地和次仁商量道：“要不，先把人藏在一个山洞里，等回来时再带回去？”

降央次仁还没回答，就听卓玛大声说：“那怎么行、行啊！还不被野兽吃完了？”

“就是。”次仁说，“那样是不合适，还是想办法带着走吧。”

“必须带走！”卓玛不容置疑地说，“你们嫌累，我一个人背、背着！”

“我不是那个意思。”山峰说，“大嫂你想想，咱们回去肯定是坐火车和汽车，如果抬着个死人，人家能让咱上车吗？”

大家觉得也是这么个道理，一时都没吭声。卓玛却坚定地说：“不管怎么样，反正不能把人留在这儿！”

山峰不知该怎么解释，张了张嘴没出声。就这样僵持了一会儿，次仁说：“要不大家看这样行不行，就是……按照俺们那儿的风俗习惯，让山岭大哥享受一次天葬，回头再把他的尸骨带回去。”

“这样肯定不行。”山峰说，“要是被铁路公安检查出来，绝对不会让上车，闹不好他们还会当刑事案件进行调查呢。”

降央次仁想了想，觉得他说得有道理，抓着脑袋就没再说什么。卓玛却说：“我看这样……不是说青山处处埋忠骨吗？就埋在咱们那儿也行啊。”

“那好，咱就这么办。”山峰说，“大家上车，快赶路吧！”

真是天有不测风云，人有旦夕祸福。次仁当时可万万没想到，数日后被带回去的并不是只有山岭一个人，还加上了他自己。

拖拉机队行进得多辛苦啊！要不是卓玛心细，出发前准备了不少中药、藏药和西药，机手们超疲劳加上水土不服，不知有多少人闹毛病呢！

过了一山又一山，不管是险峻还是平缓；过了一个隧道又一个隧道，不管是长还是短；过了一座桥又一座桥，不管是高还是低……车队沿着公路依山腰盘旋，马不停蹄地向前向前……碰上雪滑路湿就开慢点儿，赶上路干干净净就开快点儿，有时一天下来还不到四百公里，有时一天走五百多公里，十四座高山翻过去了十一座，在翻第十二座安久拉山时却再次发生了大事。

那天天气还挺好，风平浪静，道路也很好走，太阳还没落山，圆圆的月亮便出来了。日月争辉，长天明亮，到晚上九点，车队已经走了五百多公里。邢山峰带领大家在一个避风的山洼中扎下了营寨。机手们吃过饭就休息了。小满儿她们刷洗打扫，睡下时已经快十一点了。

女机手三巧儿没睡多一会儿，就被肚子疼惊醒了。她坐起身，觉得必须去方便一下才能接着睡，本想把旁边的六妮儿叫醒做个伴，但看着她打着小呼噜睡得正香，便没忍心开口。她披上皮大衣，蹑手蹑脚地下车了。此时，月上中天，把雪地照得亮堂堂，比白天也差不了多少。她四下看了看，也没发现什么异常，便走出去了一段路，找了个树木掩映的雪坑，又往周围看了一眼，才蹲下身方便……突然，她好像感觉到有什么不正常，身子战栗一下忙抬头张望——四条狼站在雪坑的不同方向，正瞪着绿莹莹的眼睛包围了她。

一瞬间，三巧儿惊骇地瞪圆了双眸，被吓得身子软了，腿也哆嗦了，似乎胆也破了！她惊叫了一声“俺娘！”挣扎着想跑，结果却又跌坐在了地上，脚蹬手挠变声变调地喊叫道：“狼！有狼！快、快来人啊——”

只见，那条个子高高的公头狼低吼了一声，四条狼一齐冲她扑了过来……三巧儿也是急中生智，忙把身子连同脚和脑袋全部缩进皮大衣里面。也赶上她人长得小巧，紧紧裹在大衣里成了一团。一时间，四条狼围着她竟发愣地不知该怎么下口。

本来，人们累了一天，刚睡着当然是特别深沉。偏偏就有降央次仁因为打狼多年养成的习惯，睡觉特别轻。而且，他还憋着泡尿，刚穿上大衣从车上跳下来。当他听到三巧儿惊骇变调的叫声时，愣着神稍微判断了一下，回手拿上那把锋利带弯的藏刀，便向那个树木掩映的雪坑扑了过去……

这时，狼们正按着三巧儿低吼着撕咬，已经快把她的大衣扯烂了，好在还没伤及身子。

降央次仁见状，如炸雷般大吼一声：“畜生，找死啊！快把人给我放、放开！”

头狼稍愣神，停住撕咬，抬头看了他一眼。好家伙！就在这一瞬间，次仁认出了几年前那条耳朵豁了一块的头狼。狼的记忆力比人强多少倍，头狼当然也认出了他。次仁不由得倒抽了一大口凉气，心里感觉到今天不怎么好。也是，仇人相见格外眼红，一场生死恶战是无可避免了。那三条母狼不知怎么回事，但也嗅出了他身上那种独具的特殊味道，不由得惊惧地愣住了……三巧儿趁机忙爬起来，连滚带爬地逃出了雪坑，几乎是裸露着身子边往车上跑边大声喊叫：“快！快起来！狼，有狼啊——”

终于，头狼长嚎了一声，和三条母狼同时扑向了次仁，人和狼瞬间撕咬在一起。次仁虽然上了年纪，但在此生死关头，却爆发出来惊人的战斗力。他的腿脚显得十分灵便，挥刀跳跃腾挪间，连连伤了两条母狼。当然，他身上的皮大衣也被撕扯开了几个大口子，有两处还伤及到了皮肉。那条头狼身上也挂了彩，急得眼都由绿变红了。它一时间却停止了进攻，跳出圈外看着两条伤势较轻的母狼和次仁撕缠。另一条母狼已经不行了，躺在雪地上张大着嘴巴喘息，眼瞅着就只剩下出的气没有进的气了。

头狼观察了片刻，趁着次仁对付母狼，突然跃起老高，想咬住他的后脖颈子……次仁的经验有多丰富？他早有防备，就在头狼下口的刹那间躲闪了一下，结果被它咬住后肩胛。也就在这千钧一发之际，他挥刀往后猛力一戳，正好飞快地划开了它软绵的肚皮……不过，此头狼确实非同寻常，就在断气的那一刻，它稍稍挪动了一下嘴巴，狠狠咬住了次仁的脖子。

当疲惫不堪、深睡着的机手们被三巧儿的叫声惊醒的时候，那些家伙还不知出了嘛事。他们手忙脚乱地穿上衣服从车上跳下来，才弄明白发生了什么。一个个忙又返回车上，拿起棍棒刀具，在三巧儿的指引下，乱纷纷赶到那个树木掩映的雪坑时，却都惊骇地猛然站定，一个个瞪大着眼睛，张圆了嘴巴，差点儿把下巴颏儿掉下去——老天爷，那是怎样一种触目惊心的惨烈场面啊！满地的鲜血和大衣碎片，满地的狼毛和残肢，一条死母狼躺在雪地上，豁耳朵头狼和次仁仍缠搅在一块，都已经没有了生命体征。雪坑外面，还有两条哩哩啦啦的血迹，那应该是另外两条狼逃跑时留下来的。

当机手们费了九牛二虎的力量把人和狼分开时，山峰、小满儿和卓玛也赶到了。他们也不由得惊骇地愣在雪坑边沿上……此时此刻，苍天无语，高山低头，雪野静默，就连莽莽大漠也在为这位老猎人表示着尊敬和哀悼！

桑吉卓玛不由得感叹道："次仁打了一辈子狼……这也许是报应吧。"

沉寂，沉寂，沉寂……不知是过了几分钟，还是过了一个世纪。当小满儿长号一声"阿爸"时，山峰拔出腰间的手枪，冲天上"啪啪"打出去五发子弹，并大声命令道："把人和狼都装车上，咱们向目的地出发！"

尾 声

几年后，汉藏交界的贡嘎山腰间建起了一座雄伟壮丽的烈士陵园。

苍松翠柏间，一尊高耸入云的大理石墓碑上写着八个红色的大字：民族英烈名垂千古。墓碑后面是对藏马援邢、邢车支藏的事迹简介。红花绿草间，耸立着一座高高的坟冢，那是降央次仁和邢山岭的合葬墓。四周回廊曲折，绿树掩映着他们两人的雕像。在靠里面的雕像群落中，有义犬荒子、忠马黑玉，也有中华人民共和国建立后，所有为民族团结做出过贡献的英烈雕像和他们的事迹介绍。

每年的清明和国庆两个节日，各族兄弟来这里参观瞻仰者络绎不绝。这年清明，人来得特别多。邢山峰带领着小满儿和老嫂子卓玛，一大早就来到这里祭奠哥哥和次仁。他当省长已经有几年了，因为做民族工作比较出色，昨天刚接到中组部的通知，准备调到国家民族事务委员会当主任。他也和全家人约好了，都来这里见个面，回去简单收拾一下，就直接奔北京了。小满儿当然要跟他一块去。按照她的意思，想让卓玛也去，两口子愿意为她养老送终。也是，卓玛已经是七十多岁的人了，自从山岭去世后，她的身体是每况愈下，牙齿已掉光，头发也全白了。而且，她有时候显得精神恍惚，几次去集市上买菜往回走时竟找不到家了，还是被人送回来的。即便这样，她仍不愿跟着去北京，执意要守在邢家庄这个和山岭生活了多少年的老家里。

邢山峰夫妇觉得这样肯定不行，可又做不通她的工作，就想让全家人都来劝劝她。这也是两口子此行的目的。让人意想不到的是，开奔驰车的司机竟然是小满儿！她虽然也是五十多岁的人了，但从表面看身体似乎没多大变化，仍然是那么腼腆却精神抖擞。几年前她想学开车的时候，山峰差点儿笑掉大牙，并表示坚决反对。小满儿却执意要学，她的目的很简单，就是觉得山峰上了年纪，身体也不怎么好，去哪儿也离不开车，必须有个司机跟着，人家辛苦不用说，全家人在一起多个外人也觉得别扭不是。

就在小满儿刚把车停下，忙打开后门想搀卓玛下来时，一辆中巴正好停在了对面。车门开处，驾驶员麦其旺堆先跳了下来。他拉开后门，首先跳下来的是一男一女两个四五岁的孩子。紧接着，索朗巴措夫妇、松赞三树两口子和邢西缘也下车来。

旁边的人们看着这一大家子，好奇地跟着笑，大概是觉得好玩吧。也是，孩子们的叫声是有点儿混乱，有必要帮他们捋一捋。男孩是旺堆和西缘生的，叫山峰两口子“姥姥姥爷”没问题；女孩是三树和拉则家的，叫他们“爷爷奶奶”没错。关键是卓玛，男孩叫“老奶奶”是对的。女孩……要按拉则，也应该叫“老奶奶”；但要是按山岭来说，她就应该叫“大奶奶”了。

以前大家虽然也见过面，但那时孩子们还不会叫人。山峰两口子开始没想到这事，只得现场商量了一下，才决定让她跟着男孩叫“老奶奶”。女孩看了看三树和拉则，便拉上男孩，脆声地连连叫着“老奶奶”。卓玛咧开没牙的嘴巴，边答应着泪水边流了下来。

一家人来到山岭和次仁的合葬墓前，简单烧香烧纸祭奠着……除了五个老人，剩下的两辈人“呼啦啦”跪成了一片。卓玛干脆坐在了地上，声泪俱下地呼唤着山岭的名字泣不成声。小满儿心软，也跟着流下了眼泪。山峰心里当然也不好受，但也只是眼圈红了，忍着没让泪水流出来。剩下的那一片人，也就是应应景而已。

祭奠完后，山峰带领着大家在整个陵园里参观瞻仰。两个孩子对人的雕像没兴趣，却拉着山峰的手，反复追问义犬荒子和忠马黑玉的事情。山峰只得让巴措和梅朵给他们做了个简单的介绍。这事三树和旺堆他们也是头一次听说，一个个不由得连连称奇。

当大家看到两位解放军的雕像后，西缘和拉则也不知道他们是谁，又都做了些什么。两个孩子更是，缠着山峰要听两位解放军叔叔的故事。山峰阴沉了片刻，指着其中的一位说：“这位叔叔叫李狄三，是解放军进藏第一人。”少顷，他抬头问三树他们道：“你们……听说过先遣连的英雄事迹吗？”

松赞三树点了点头，说：“听说过，就是……西藏解放前夕，来这里打头阵的那支部队呗。”

“没错。”山峰点了点头，说，“这个李狄三，就是先遣连的总指挥和党代表。”少顷，他接着讲述道：“西藏解放前夕，国民党的大部队虽然已经逃往台湾，但是，仍有大量的残余队伍和数不清的特务盘踞在这里。他们和当地的反动势力勾结在一起，千方百计抗拒西藏解放。”

两个孩子各自依偎在母亲怀里，瞪着眼睛认真听着。大人们也并不十分了解当时的情况，一个个听得很专注。邢山峰意识到什么，忙说："外面太冷，咱们还是去车上讲吧。"

麦其旺堆答应着，忙去车上把暖风打开了。大家上车坐定后，邢山峰接着讲道："当时，为了不让西藏人民遭受战争之苦，党中央制定了和平解放的战略。先遣连就是在这种情况下，经过千辛万苦从新疆进入西藏的。李狄三只带领了一百三十多名战士，悄悄进入了阿里地区。"他缓了口气，继续讲道："他们和反动势力斗智斗勇，千方百计接触群众并给他们送温暖，很快就打开了局面。但是，由于战争负伤和不适应当地的恶劣环境，再加上后勤供应困难，大多数战士都病倒了。李狄三他们吃草根啃树皮，打野兽充饥，等大部队赶到时，一百三十多名战士已经牺牲了一半多。他自己也不幸牺牲了。"

人们听到这里，不由得都揪心地松了口气。邢山峰咳嗽了两声，最后说："情况汇报到党中央，毛主席感慨地连说了两遍'盖世英雄，真是盖世英雄'！"

大家纷纷感叹着这支部队的不容易，惋惜着战士们年轻的生命。邢西缘指着李狄三旁边的那尊雕像问道："爸，这位战士又是怎么回事啊？"

邢山峰往外看了看，说："这位战士叫郭小四……在一九五九年西藏叛乱中，他为了保护群众的生命，只身勇斗匪徒立下了赫赫战功。那年国庆节，毛主席和周总理把他请到天安门城楼上，还代表全体解放军战士向全国人民发言表忠心呢！"

大家纷纷赞叹着这位战士了不起。邢山峰突然想起什么，说道："对了，这两位英雄都是河北无极县人……"

"这事我知道。"桑吉卓玛接过话头对巴措和梅朵说，"送马那年，咱们不是还专门去过无极县，看望了这两位战士的父母吗？"

“可不是？”茸贡梅朵说，“那天在郭小四家的郭家庄，咱们好几个人都喝多了，就在大街上又跳又唱的，把全村人都招来看热闹了。”

说到这里，大家都哈哈笑了起来。邢山峰又说：“你们要想知道这两位英雄的事迹，那应该又是另外两部长篇小说了！哈哈……”

二〇二三年三月三十日 于三亚

图书在版编目（CIP）数据

旷世奇缘 / 章云天著． -- 北京：作家出版社，2023.10
ISBN 978-7-5212-2359-0

Ⅰ.①旷…　Ⅱ.①章…　Ⅲ.①长篇小说-中国-当代
Ⅳ.①I247.5

中国国家版本馆 CIP 数据核字（2023）第 109399 号

旷世奇缘

作　　者：章云天
责任编辑：李亚梓
特约校对：任国强
封面设计：琥珀视觉
出版发行：作家出版社有限公司
社　　址：北京农展馆南里 10 号　　　**邮　　编：**100125
电话传真：86-10-65067186（发行中心及邮购部）
86-10-65004079（总编室）
E-mail: zuojia@zuojia.net.cn
http: //www.zuojiachubanshe.com
印　　刷：唐山玺诚印务有限公司
成品尺寸：142×210
字　　数：255 千
印　　张：10.75
版　　次：2023 年 10 月第 1 版
印　　次：2023 年 10 月第 1 次印刷
ISBN 978-7-5212-2359-0
定　　价：52.00 元

作家版图书，版权所有，侵权必究。
作家版图书，印装错误可随时退换。